BESTSELLER

Anne Perry nació en Blackheath, Inglaterra, en 1938. Su escolarización fue interrumpida en varias ocasiones por los frecuentes cambios de domicilio y sucesivas enfermedades, que la llevaron a dedicarse a la lectura apasionadamente. Su padre trabajó como astrónomo, matemático y físico nuclear. Él fue quien la animó a dedicarse a la escritura. Tardó veinte años en publicar su primer libro. Durante todo ese tiempo tuvo diferentes trabajos para ganarse la vida y dedicarse a lo que realmente era su pasión: escribir. Su primera novela sobre la serie del inspector Pitt, editada en 1979, fue *Crímenes de Cater Street*, publicada también en esta colección. Anne Perry se ha consagrado como consumada especialista en la recreación de los claroscuros, contrastes y ambigüedades de la sociedad victoriana. Su serie de novelas protagonizadas por el inspector Pitt y Charlotte, su perspicaz esposa, es seguida por millones de lectores en todo el mundo.

Para más información, visite la página web de la autora: www.anneperry.co.uk

Biblioteca

ANNE PERRY

El complot de Whitechapel

Traducción de
Aurora Echevarría

DEBOLS!LLO

Título original: *The Whitechapel Conspiracy*

Primera edición en esta presentación: abril, 2014

© 2001, Anne Perry
© 2003, Penguin Random House Grupo Editorial, S. A.
  Travessera de Gràcia, 47-49. 08021 Barcelona
© Aurora Echevarría, por la traducción

Printed in Spain – Impreso en España

ISBN: 978-84-9032-900-9 (vol. 306/21)
Depósito legal: B-3211-2014

Compuesto en M. I. maqueta, S. C. P.

Impreso en Novoprint
Sant Andreu de la Barca (Barcelona)

P 329009

Para Hugh y Anne Pinnock,
por la amistad que nos une

1

La sala de tribunal de Old Bailey estaba de bote en bote. Todos los asientos estaban ocupados y los ujieres hacían retroceder a la gente en las puertas. Era el 18 de abril de 1892, el primer lunes después de Pascua y el comienzo de la temporada social de Londres. Era también el tercer día del juicio del distinguido soldado John Adinett por el asesinato de Martin Fetters, viajero y anticuario.

El testigo en el estrado era Thomas Pitt, el superintendente de la comisaría de Bow Street.

El fiscal Ardal Juster se encaraba a él.

—Empecemos por el principio, señor Pitt. —Juster era un hombre moreno de unos cuarenta años, alto y esbelto, de rasgos faciales poco comunes. Era bien parecido desde algunos puntos de vista, desde otros un tanto felino, y se movía con una elegancia inusitada. Levantó la vista hacia el estrado—. ¿Qué hacía exactamente en Great Russell Street? ¿Quién lo llamó?

Pitt se irguió ligeramente. Era también de buena estatura, pero ahí se acababa todo parecido con Juster. Tenía el cabello demasiado largo, los bolsillos abultados, la corbata torcida. Llevaba testificando ante tribunales desde sus tiempos de agente de policía, hacía veinte años, pero nunca le había parecido una experiencia placentera. Siempre era consciente de que estaba en juego por lo menos la reputación de un hombre, y posiblemente su libertad. En ese caso concreto se trataba de su vida. No temía sostener la mirada fría y desapasionada que Adinett le dirigía desde el banquillo de los acusados. Solo iba a decir la verdad. Las consecuencias escapaban a su control. Eso se había repetido a sí mismo antes de subir al estrado de los testigos, pero no le había proporcionado ningún alivio.

El silencio se había vuelto más opresivo. No hubo ningún movimiento entre el público. Nadie tosió.

—El doctor Ibbs mandó llamarme —respondió Pitt—. No estaba satisfecho con las circunstancias que rodeaban la muerte del señor Fetters. Había trabajado conmigo en otras investigaciones y confiaba en mi discreción en caso de que estuviera equivocado.

—Entiendo. ¿Puede decirnos qué ocurrió después de que recibiera la llamada del doctor Ibbs?

John Adinett permanecía inmóvil en el banquillo de los acusados. Era un hombre delgado, pero de constitución fuerte, y su rostro traslucía una seguridad en sí mismo que derivaba tanto del talento como de una situación de privilegio. En la sala había hombres que lo apreciaban y admiraban. Estaban perplejos, incapaces de creer que se le acusara de semejante crimen. Tenía que tratarse de un error. En cualquier momento la defensa pediría que se retiraran los cargos y le ofrecería sus más sinceras disculpas.

Pitt respiró hondo.

—Fui inmediatamente a la casa del señor Fetters, en Great Russell Street —empezó—. Eran poco más de las cinco de la tarde. El doctor Ibbs me esperaba en el vestíbulo y subimos juntos a la biblioteca, donde habían encontrado el cuerpo sin vida del señor Fetters. —Mientras hablaba la escena volvió a su mente de un modo tan vívido que podría haber estado subiendo de nuevo por las escaleras iluminadas por el sol, recorriendo el rellano con su enorme jarrón chino lleno de decorativas cañas de bambú, pasando por delante de cuadros de pájaros y flores, y de las cuatro ornamentadas puertas de madera con el borde tallado, hasta entrar en la biblioteca. La luz de última hora de la tarde que entraba a raudales por las altas ventanas salpicaba de rojo la alfombra turca, arrancaba destellos de las letras doradas de los lomos de los libros que llenaban los estantes y bañaba las superficies gastadas de las grandes butacas de cuero.

Juster se disponía a instarlo a continuar hablando.

—En el fondo de la habitación había un cadáver —prosiguió Pitt—. Desde la puerta la cabeza y los hombros quedaban ocultos tras una de las grandes butacas de cuero, aunque el doctor Ibbs me dijo que el mayordomo la había apartado ligeramente para intentar alcanzar el cuerpo con la esperanza de asistirlo como fuera...

Reginald Gleave, el abogado defensor, se puso en pie.

—Su Señoría, el señor Pitt sabe sin duda mejor que nadie que no debe ofrecer testimonio de algo que uno no sabe por sí mismo. ¿Vio personalmente mover la butaca?

El juez parecía cansado. El juicio prometía ser muy reñido, algo de lo que era consciente con desagrado. No se pasaría por alto ninguna cuestión, por trivial que fuera.

Pitt notó que enrojecía de indignación. En efecto, lo sabía mejor que nadie. Debería haber sido muy cauteloso. Se había propuesto no incurrir en ningún error, y ya había cometido uno. Estaba nervioso. Tenía las manos húmedas. Juster había dicho que todo dependía de él. No podía confiar absolutamente en nadie más.

El juez miró a Pitt.

—Vaya por partes, superintendente, aunque le resulte menos claro al jurado.

—Sí, Su Señoría. —Pitt oyó su propia voz tensa. Sabía que era el nerviosismo, pero daba la impresión de estar enfadado. Volvió a trasladarse mentalmente a esa habitación—. El estante de arriba quedaba fuera de mi alcance, y para acceder a él había una pequeña escalera con ruedas. Estaba tumbada de lado a un metro de los pies del cadáver, y en el suelo había tres libros, uno cerrado, los otros dos abiertos boca abajo y con varias páginas dobladas. —Veía la escena mientras hablaba—. En el estante superior se apreciaba el espacio correspondiente a los libros.

—¿Sacó de tales hechos alguna conclusión que le hiciera seguir investigando? —preguntó Juster con tono inocente.

—Parecía como si el señor Fetters hubiera tratado de coger algún libro y tras perder el equilibrio hubiera caído al suelo —contestó Pitt—. El doctor Ibbs me había dicho que tenía un cardenal en la sien y el cuello roto, lo que había causado su muerte.

—Exacto. Eso es lo que ha testificado —convino Juster—. ¿Coincidía con lo que vio usted?

—Al principio pensé que sí...

De pronto se despertó la atención en la sala. Ya empezaba a percibirse algo parecido a la hostilidad.

—... pero al mirar con más detenimiento, advertí pequeñas incongruencias que me hicieron dudar y seguir investigando —concluyó Pitt.

Juster arqueó sus negras cejas.

—¿Cuáles eran? Por favor, expóngalas para que comprendamos sus conclusiones, señor Pitt.

Era una advertencia. El caso se basaba únicamente en esos detalles, todos circunstanciales. Las semanas de investigación no habían revelado ningún motivo por el que Adinett pudiera haber querido hacer daño a Martin Fetters. Habían sido íntimos amigos que tenían en común tanto sus creencias como sus circunstancias. Ambos tenían dinero, habían viajado mucho y estaban interesados en la reforma social. Contaban con un amplio círculo de amigos comunes y eran igualmente respetados por todos cuantos los conocían.

Pitt había ensayado mentalmente la respuesta muchas veces, no tanto en beneficio del tribunal como de sí mismo. Había examinado de manera minuciosa cada detalle antes de considerar siquiera el seguir adelante con la acusación.

—La primera fueron los libros que yacían en el suelo. —Recordaba haberse agachado para recogerlos, furioso al ver el cuero dañado y las páginas dobladas—. Todos eran del mismo tema, más o menos. El primero era una traducción al inglés de la *Ilíada*, de Homero; el segundo, una historia del Imperio otomano, y el tercero trataba de las rutas comerciales de Oriente Próximo.

Juster fingió sorprenderse.

—No entiendo por qué eso podría hacerle dudar. ¿Tendría la amabilidad de explicárnoslo?

—Porque los demás libros del estante superior eran de ficción —respondió Pitt—. El *Waverley*, de sir Walter Scott, varias novelas de Dickens y una de Thackeray.

—¿Y en su opinión a la *Ilíada* no le correspondía estar entre ellas?

—Los demás ejemplares del estante del medio versaban sobre temas de la Grecia antigua —explicó Pitt—, en particular de Troya: la obra y los discursos del señor Schliemann, objetos de arte y de interés histórico… todos menos tres tomos de Jane Austen, que habría sido más adecuado que estuvieran en el estante superior.

—Yo habría puesto en un lugar más accesible las novelas, sobre todo las de Jane Austen —observó Juster encogiéndose de hombros con una sonrisa.

—Tal vez no si ya las hubiera leído —argumentó Pitt, demasiado tenso para devolverle la sonrisa—. Y si fuera usted un anticuario con un interés particular por la Grecia homérica, no tendría la mayoría de los libros sobre ese tema en los estantes del medio y solo tres en el de arriba, junto con las novelas.

—No —concedió Juster—. Resulta un tanto excéntrico, por no decir algo peor, e innecesariamente poco práctico. En cuanto hubo reparado en los libros, ¿qué hizo?

—Examiné con mayor detenimiento el cuerpo sin vida del señor Fetters y pedí al mayordomo, que era quien lo había encontrado, que me explicara exactamente lo ocurrido. —Pitt echó un vistazo al juez para ver si le permitía reproducirlo.

Este asintió.

Reginald Gleave permanecía sentado con los labios apretados y el cuerpo encorvado, esperando.

—Prosiga, si viene al caso —ordenó el magistrado.

—Me dijo que el señor Adinett había salido por la puerta principal, y que llevaba fuera unos diez minutos cuando sonó el timbre de la biblioteca y él acudió a ver qué quería el señor —explicó Pitt—. Mientras se acercaba a la puerta, oyó un grito y un golpe sordo, y al abrirla algo alarmado vio los tobillos y los pies del señor Fetters asomando por detrás de la gran butaca de cuero de la esquina. Se acercó a él inmediatamente para ver si se había hecho daño. Le pregunté si había movido el cuerpo. Respondió que no lo había hecho, pero que para acceder a él había apartado un poco la butaca.

La gente empezó a revolverse nerviosa en su asiento. Todo parecía muy poco relevante. Nada hacía pensar en pasión o violencia, y menos aún asesinato.

Adinett miraba de hito en hito a Pitt, con las cejas juntas, los labios ligeramente apretados.

Juster vaciló. Sabía que estaba perdiendo al jurado. Se reflejaba en su rostro. No se trataba tanto de hechos como de fe.

—¿Un poco, señor Pitt? —Su voz sonó áspera—. ¿Qué quiere decir con «un poco»?

—Fue muy específico —respondió Pitt—. Dijo que hasta el borde de la alfombra, es decir, unos veintiocho centímetros. —Continuó sin esperar a que Juster se lo pidiera—. Eso significaba que habría estado colocada en un ángulo un tanto difícil para recibir la luz de la ventana o del brazo de la lámpara, y demasiado cerca de la pared para estar cómodo. Impedía acceder a una parte considerable de la estantería, donde estaban los libros de viajes y arte, libros que, según me aseguró el mayordomo, el señor Fetters consultaba a menudo. —Miraba fijamente a Juster—. Llegué a la conclusión de que no era allí donde estaba normalmente la butaca y examiné la alfombra para ver si había huellas de las patas. En efecto, las había. —Respiró hondo—. También advertí una zona desgastada en el pelo de la alfombra, y cuando volví a observar los zapatos del señor Fetters, encontré pelusilla atrapada en la suela. Parecía proceder de la alfombra.

Esta vez hubo murmullos en la sala. Reginald Gleave apretó los labios, al parecer más de cólera y resolución que de temor.

De nuevo Pitt continuó sin que se lo pidieran.

—El doctor Ibbs me había dicho que suponía que el señor Fetters se había inclinado tanto que había perdido el equilibrio y caído de la escalera, de tal modo que se golpeó la cabeza contra los estantes de la esquina. La fuerza del golpe, aumentada por el peso de su cuerpo, no solo le causó contusiones lo bastante graves para hacerle perder el conocimiento, sino que le rompió el cuello, que fue lo que provocó su muerte. Consideré la posibilidad de que hubiera recibido un golpe que lo hubiera dejado inconsciente y luego alguien lo hubiera arreglado todo de forma que pareciera que se había caído. —Hubo un rápido revuelo de papeles en la primera hilera, el silbido de una inhalación. Una mujer profirió un grito ahogado.

Un miembro del jurado frunció el entrecejo y se echó hacia delante.

Pitt prosiguió sin cambiar de expresión, pero notaba las palmas sudorosas y cómo la tensión se acumulaba en su interior.

—Los libros que podría haber estado leyendo habían sido arrojados al suelo, y los espacios vacíos dejados por estos habían sido llenados con ejemplares del estante superior con objeto de explicar el uso de la escalera. La butaca había sido empujada hacia la esquina, y el cadáver, colocado de modo que quedara medio escondido por ella.

En el rostro de Gleave apareció una expresión de cómica incredulidad. Miró a Pitt, luego a Juster, y por último al jurado. Como actuación fue soberbia. Por supuesto, había sabido exactamente lo que iba a decir Pitt.

Juster se encogió de hombros.

—¿Quién hizo eso? —preguntó—. El señor Adinett ya se

había marchado, y cuando el mayordomo entró en la habitación no había nadie aparte del señor Fetters. ¿No cree al mayordomo?

Pitt escogió con cuidado sus palabras.

—Creo que dijo la verdad tal como la entendió.

Gleave se levantó. Era un hombre corpulento, ancho de espaldas.

—Su Señoría, lo que piense el superintendente Pitt sobre la veracidad del mayordomo no viene al caso y está fuera de lugar. El jurado ha tenido ocasión de escuchar el testimonio del mayordomo y juzgar por sí mismo si decía o no la verdad, y si es o no una persona honrada y competente.

Juster disimuló su cólera con visible dificultad. Tenía las mejillas encendidas.

—Señor Pitt, sin decirnos por qué, ya que parece irritar a mi docto colega, ¿tendría la amabilidad de explicarnos qué hizo usted después de elaborar tan insólita hipótesis?

—Examiné la habitación por si había algo más que pudiera ser relevante —respondió Pitt haciendo memoria—. Vi una bandeja en una mesilla al otro lado de la biblioteca, y una copa medio llena de oporto. Pregunté al mayordomo cuándo se había marchado el señor Adinett y me lo dijo. Luego le pedí que volviera a colocar la butaca donde la había encontrado al entrar y que repitiera sus movimientos con tanta exactitud como fuera capaz. —Visualizó la expresión sorprendida del hombre y su resistencia. Era evidente que le parecía poco respetuoso para con el muerto. Aun así había obedecido cohibido, con los miembros rígidos, los movimientos temblorosos, el rostro con resuelto control de las emociones que experimentaba—. Yo me quedé detrás de la puerta —prosiguió Pitt—. Cuando el mayordomo se vio obligado a pasar por detrás de la butaca para llegar a la cabeza del señor Fetters, salí de la habitación, crucé el pasillo y abrí la puerta de enfrente. —Se interrumpió, dejando a Juster tiempo para reaccionar.

Ahora todos los miembros del jurado escuchaban con atención. Ninguno se movía. Ninguno dejaba vagar la mirada.

—¿Le llamó el mayordomo? —Juster escogió sus palabras con exactitud.

—No enseguida —respondió Pitt—. Me llegó su voz desde la biblioteca hablando con un tono bastante normal, luego pareció darse cuenta de que yo no estaba, salió al rellano y me llamó de nuevo.

—¿De modo que dedujo usted que no le había visto salir?

—Sí. Probé de nuevo, con los papeles cambiados. Agachado detrás de la butaca, no lo vi salir.

—Entiendo. —Esta vez la voz de Juster rezumaba satisfacción. Asintió muy levemente—. ¿Y por qué entró en la habitación de enfrente, señor Pitt?

—Porque la distancia entre la puerta de la biblioteca y las escaleras es de unos seis metros —explicó Pitt visualizando la extensión del rellano, los brillantes rayos de sol que entraban por la ventana del fondo. Recordaba el rojo y el amarillo de la vidriera de colores—. Si el mayordomo hubiera tocado el timbre para pedir ayuda, casi con toda seguridad me habría encontrado con alguien por las escaleras antes de que pudiera salir de la casa.

—Suponiendo que no hubiera querido que lo vieran. —Juster terminó la frase por él—. Y de la que había salido de forma bastante ostensible hacía quince minutos, para acto seguido volver a entrar por la puerta lateral, subir por las escaleras a hurtadillas y hacer que un asesinato pareciera un accidente…

Hubo un revuelo en la sala. Una mujer soltó un gritito ahogado.

Gleave se había puesto en pie con el rostro encendido.

—¡Su Señoría! ¡Esto es indignante! Me…

—¡Sí! ¡Sí! —asintió el juez con impaciencia—. ¡Lo sabe de sobras, señor Juster! ¡Si le permito tanta libertad, me veré obligado a hacer lo mismo con el señor Gleave, y estoy seguro de que no le gustará!

Juster trató de parecer arrepentido, pero no lo consiguió ni remotamente. Pitt pensó que no se había esforzado lo suficiente.

—¿Vio algo raro en la habitación del otro lado del pasillo? —inquirió Juster con ingenuidad volviéndose con elegancia hacia el jurado—. ¿Qué clase de habitación era, por cierto? —Arqueó sus negras cejas.

—Una sala de billar —respondió Pitt—. Sí, vi que en el borde de la puerta había un arañazo reciente, delgado y curvado hacia arriba, justo encima del picaporte.

—Un lugar curioso para dañar una puerta —comentó Juster—. No habría sido posible hacerlo con ella cerrada, ¿no le parece?

—No. Solo si estaba abierta —convino Pitt—. Lo que haría muy incómodo jugar en la mesa.

Juster se detuvo con los brazos en jarras. Era una postura curiosamente rígida; sin embargo se le veía relajado.

—De modo que lo más probable es que lo hiciera alguien al entrar o salir.

Gleave volvía a estar en pie con el rostro congestionado.

—Como ya se ha observado, resultaría incómodo jugar con la puerta abierta. La pregunta sin duda se responde a sí misma, Su Señoría. ¡Alguien rascó la puerta abierta con un taco de billar, precisamente porque, como de forma tan astuta e inútil ha señalado el señor Pitt, era incómodo! —Sonrió dejando ver una dentadura perfecta.

Se produjo un silencio absoluto en la sala.

Pitt levantó la vista hacia Adinett, que estaba inclinado en el banquillo, inmóvil.

Juster parecía casi un niño en su inocencia, pero sus facciones poco comunes no habían sido modeladas para adoptar tal expresión. Levantó la vista hacia Pitt como si hasta ese instante no se le hubiera ocurrido tal pensamiento.

—¿Investigó esa posibilidad, superintendente?

Este le sostuvo la mirada.

—Así es. La criada encargada de limpiar y encerar la habitación me aseguró que no había visto tal marca esa mañana, y nadie había entrado en ella desde entonces. —Vaciló—. El arañazo estaba en la madera, y no había rastro de cera o polvo.

—¿La creyó? —Juster alzó una mano con la palma vuelta hacia Gleave—. Pido disculpas. Por favor, no responda a esa pregunta, señor Pitt. Interrogaremos a la criada a su debido tiempo, y el jurado decidirá por sí mismo si es una persona honrada y competente... y si conoce su trabajo. Tal vez la pobre señora Fetters también pueda decirnos si es una buena sirvienta.

Hubo murmullos de vergüenza, cólera e hilaridad en la sala. La tensión cesó. Hablar en esos momentos habría sido perder el tiempo, y la convicción de ello se reflejó en el rostro sombrío de Gleave, con sus pobladas cejas juntas.

Los miembros del jurado respiraron hondo, sin hablar.

—¿Qué hizo entonces, superintendente? —inquirió Juster con despreocupación.

—Pregunté al mayordomo si el señor Adinett llevaba un bastón —contestó Pitt. Antes de que Gleave pudiera objetar añadió—: Así era. El lacayo lo confirmó.

—Entiendo. —Juster sonrió—. Gracias. Ahora, antes de que se lo pregunte mi docto colega, lo haré yo. ¿Sabe de alguien que hubiera oído por casualidad al señor Adinett y el señor Fetters discutir, tener unas palabras o una riña?

—Pregunté, y nadie oyó nada —admitió Pitt, que recordó compungido cuánto se había esforzado en averiguarlo. Hasta la señora Fetters, que había llegado a creer que su marido había sido asesinado, no recordaba ninguna ocasión en que él y Adinett hubieran discutido, ni ninguna razón por la que este pudiera haberle deseado algún mal. Era tan desconcertante como terrible.

—Aun así, a partir de esos cabos sueltos usted se formó la opinión de que Martin Fetters había sido asesinado, y nada menos que por John Adinett —presionó Juster, con los ojos muy abiertos y un tono sereno. Levantó sus largas y esbeltas manos para enumerarlos—: El desplazamiento de una butaca de la biblioteca, tres libros colocados donde no debían en la estantería, una rozadura en una alfombra y pelusilla enganchada a una suela de zapato, y un arañazo reciente en la puerta de una sala de billar. ¿Basándose en eso haría condenar a un hombre por el más atroz de los crímenes?

—Lo haría juzgar —corrigió Pitt notando que se ruborizaba—. Porque creo que el asesinato es la única explicación que encaja con todos los hechos. Creo que lo asesinó en una discusión repentina y luego lo arregló todo para que pareciera...

—¡Su Señoría! —exclamó Gleave, de nuevo en pie, con los brazos levantados.

—No —dijo el juez, ecuánime—. El superintendente Pitt es experto en pruebas criminales, como ha quedado demostrado en los veinte años que lleva en la policía. —Sonrió con tristeza y frío humor—. Corresponde a los miembros del jurado decidir por sí mismos si es una persona honrada y competente.

Pitt echó un vistazo al jurado y vio al presidente asentir levemente. Tenía el rostro sereno, inexpresivo, la mirada fija.

En la tribuna una mujer rió y se llevó enseguida las manos a la boca.

Gleave se ruborizó.

Juster inclinó la cabeza e hizo señas a Pitt para que continuara.

—... que pareciera un accidente —concluyó Pitt—. Creo que luego salió de la biblioteca y cerró con llave la puerta por fuera. Bajó por las escaleras, se despidió de la señora Fetters y dejó que el mayordomo lo acompañara a la puerta, donde también lo vio marcharse el lacayo.

El presidente del jurado se volvió hacia el hombre que tenía al lado e intercambiaron una mirada. Luego ambos centraron de nuevo su atención en Pitt.

Este prosiguió con su versión de los hechos tal como los veía.

—Adinett salió, recorrió unos cien pasos y volvió a entrar por la puerta lateral del jardín. A esa hora exactamente se vio a un hombre que respondía a su descripción general. Entró por la puerta lateral de la casa, subió de nuevo a la biblioteca, abrió la puerta y tocó el timbre de inmediato para llamar al mayordomo.

Reinaba un silencio absoluto en la sala. Todas las miradas estaban clavadas en Pitt. Era casi como si todos los asistentes hubieran contenido el aliento.

—Cuando el mayordomo entró, Adinett se quedó donde lo tapaba la puerta abierta —continuó el superintendente—. Cuando el mayordomo pasó por detrás de la butaca, como se vio obligado a hacer para llegar hasta el señor Fetters, Adinett salió, cruzó el pasillo y entró en la sala de billar, por si el mayordomo daba la alarma y subían otros criados por las escaleras. Una vez que el rellano estuvo desierto, se marchó, pero en sus prisas dio con el bastón contra la puerta. Salió de la casa, esta vez sin que nadie lo viera.

Se oyeron suspiros y frufrús de tela cuando el público cambió por fin de postura.

—Gracias, superintendente. —Juster se inclinó muy levemente—. Circunstancial pero, como ha dicho usted, la única respuesta que encaja con todos los hechos. —Miró por un instante al jurado antes de volver a la carga—. Y aunque sería oportuno que explicáramos al tribunal por qué ocurrió tan horrible suceso, no estamos obligados a hacerlo, sino solo a demostrar que ocurrió. Lo que en mi opinión ha hecho usted admirablemente. Le estamos agradecidos. —Giró muy despacio sobre sus talones e invitó a Gleave a ocupar su lugar.

Pitt se volvió hacia Gleave con el cuerpo tenso, esperando el ataque que Juster le había advertido que llegaría.

—Después del almuerzo, si me lo permite Su Señoría —dijo Gleave, con una sonrisa, su gruesa cara tensa de expectación—. Necesitaré mucho más tiempo que el mero cuarto de hora con que contamos ahora.

Pitt no se sorprendió. Juster le había repetido una y otra vez que lo esencial del caso dependía de su testimonio y que contara con que Gleave haría todo lo posible por echarlo por tierra. Aun así, era demasiado consciente de lo que le esperaba para disfrutar del cordero con verduras que le sirvieron en la taberna de la esquina del juzgado, y dejó la mitad, lo que no era nada propio de él.

—Tratará de ridiculizarle o de negar toda las pruebas —dijo Juster mirando fijamente a Pitt, sentado frente a él. Aquel tampoco saboreó mucho la comida. Sobre la superficie de madera tenía posada una mano, que se movía inquieta, como si solo la buena educación le impidiera tamborilear con los dedos—. No creo que la doncella aguante. Bastante asustada estará solo de comparecer ante un tribunal, sin un «caballero» que ponga en duda su inteligencia y su sinceridad. Si insinúa que la pobre no sabe decir ni qué día es, cabe la posibilidad que ella le dé la razón.

Pitt bebió un sorbo de sidra.

—No podrá hacer lo mismo con el mayordomo.

—Lo sé —admitió Juster haciendo una mueca—. Y Gleave también lo sabe. Con él intentará un enfoque totalmente distinto. Yo de él lo halagaría, me ganaría su confianza, hallaría el modo de darle a entender que la reputación de Fetters está pendiente de un accidente, no de un asesinato. Gleave hará lo mismo, apuesto lo que sea. Analizar el carácter y encontrar los puntos flacos es lo suyo.

A Pitt le habría gustado contradecirlo, pero sabía que estaba en lo cierto. El rostro severo y perspicaz de Gleave era el de un hombre que todo lo veía; olía la vulnerabilidad como un sabueso sobre la pista de algo. Sabía halagar, amenazar, minar, tantear o lo que hiciera falta.

Eso le puso furioso. El nudo en la boca del estómago que le impedía comer era tanto de indignación como de miedo al fracaso. Estaba seguro de que Martin Fetters había sido asesinado, y si no convencía de ello a ese jurado Adinett se marcharía de allí no solo en libertad, sino exonerado.

Volvió a subir al estrado de los testigos esperando un ataque y decidido a hacerle frente, contener su genio y no permitir que Gleave consiguiera irritarle o lo manipulara.

—Bien, señor Pitt —empezó Gleave, situado frente a él con los hombros cuadrados, los pies un tanto separados—. Examinemos esas curiosas pruebas suyas a las que tanta importancia concede y de las que extrae una conclusión tan atroz. —Vaciló, pero era para crear efecto y dejar que el jurado saboreara su sarcasmo y se preparara para oír más—. Lo mandó llamar el doctor Ibbs, un hombre que al parecer es una especie de admirador suyo.

Pitt estuvo a punto de replicar, pero se dio cuenta de que era precisamente eso lo que pretendía Gleave. Una trampa demasiado fácil.

—Un hombre que aparentemente quería asegurarse de que no se le pasaba por alto ningún hecho significativo —prosiguió Gleave asintiendo muy levemente y apretando los labios—. Un hombre nervioso, inseguro de sus propias capacidades. O bien un hombre que deseaba hacer daño al insinuar que una tragedia era en realidad un crimen. —Su tono de voz daba a entender que Ibbs era un incompetente.

Juster se levantó.

—Su Señoría, el señor Pitt no es un experto en la moralidad y las emociones de los médicos, ya sea en general o en particular. No puede saber a ciencia cierta por qué lo llamó el doctor Ibbs. Solo sabe lo que el doctor Ibbs dijo y hemos escuchado por nosotros mismos. Le pareció que la explicación del accidente no encajaba enteramente con los hechos tal como él los veía, de modo que llamó con toda razón a la policía.

—Se admite la protesta —convino el juez—. Señor Gleave, deje de conjeturar y pregunte.

—Su Señoría —murmuró Gleave. Luego miró con dureza a Pitt—. ¿Le comentó el doctor Ibbs que sospechaba que era un asesinato?

Pitt vio la trampa. De nuevo saltaba a la vista.

—No. Dijo que estaba preocupado y me pidió mi opinión.

—Usted es policía, no médico, ¿no es cierto?

—Por supuesto.

—¿Alguna vez le ha pedido otro médico su opinión médica? ¿Sobre la causa de una muerte, por ejemplo? —El sarcasmo estaba ahí, bajo su inocencia superficial.

—No. Solo mi opinión sobre la interpretación de las pruebas, eso es todo —respondió Pitt con cautela. Sabía que se trataba de nuevo de una trampa, pero esta vez no la veía.

—Exacto —repuso Gleave—. Por lo tanto, si el doctor Ibbs lo llamó porque no estaba del todo satisfecho, sin duda tiene usted suficiente inteligencia para deducir que sospechaba que la muerte no había sido un simple accidente, sino que podía tratarse de un asunto criminal… que involucraría a la policía.

—Sí.

—Entonces, cuando ha dicho que no le comentó sus sospechas de que era un crimen, ha sido poco sincero, ¿no es cierto? No me atrevo a decir menos que franco, aunque el término acude inevitablemente a mi cabeza, señor Pitt.

Pitt sintió cómo la sangre le afluía a la cara. Había intuido que se le tendía una trampa y la había esquivado, pero para caer directamente en otra que le hacía parecer evasivo y lleno de prejuicios, exactamente el propósito de Gleave. ¿Qué podía decir ahora para arreglarlo o al menos no empeorarlo?

—La incongruencia de los hechos no significa necesariamente que se trate de un crimen —dijo despacio—. La gente mueve objetos por muchas razones, no siempre con mala intención. —Tartamudeaba tratando de encontrar las palabras—. A veces es un intento de ayudar o hacer que un accidente no parezca un descuido, para absolver a los que siguen con vida u ocultar una indiscreción. Hasta para enmascarar un suicidio.

Gleave parecía sorprendido. No había esperado que respondiera.

Constituía una pequeña victoria. Pitt no debía bajar la guardia.

—Las marcas en la alfombra… —Gleave volvió al ataque—. ¿Cuándo se hicieron?

—En cualquier momento desde que se barrió por última vez la alfombra, que según me dijo la criada fue la mañana anterior —contestó Pitt.

Gleave adoptó un aire de inocencia.

—¿Podría haberlas causado algo que no fuera un hombre arrastrando el cuerpo sin vida de otro?

Se oyeron risitas nerviosas en la sala.

—Por supuesto —convino Pitt.

Gleave sonrió.

—Y la pelusa en el zapato del señor Fetters, ¿puede explicarse también de otro modo? ¿Por ejemplo, que la alfombra tuviera la esquina arrugada y tropezara? ¿O que estuviera sentado en una silla y se quitara los zapatos? ¿Tenía flecos la alfombra, señor Pitt?

Gleave sabía muy bien que así era.

—Sí.

—Precisamente. —Gleave hizo un gesto con las manos—. Un

cabo demasiado endeble del que colgar a un hombre de honor, soldado valeroso, patriota y erudito como John Adinett, ¿no le parece?

Hubo murmullos en la sala, y la gente se removió nerviosa en su asiento, volviéndose para mirar a Adinett. Pitt vio en sus caras respeto y curiosidad, pero no odio. Se volvió hacia los miembros del jurado. Estos se mostraban más circunspectos, hombres juiciosos que asumían la responsabilidad con pavor. Estaban sentados rígidamente, con el cuello alto y blanco, el cabello bien peinado, los bigotes recortados, la mirada fija. No los envidiaba. Nunca había querido ser el último juez de otro hombre. Hasta el presidente barbilampiño parecía preocupado, con las manos ante sí, los dedos entrelazados.

Gleave sonreía.

—¿Le sorprendería saber, señor Pitt, que la criada que quitó el polvo y enceró la sala de billar ya no está segura de que el arañazo que tan providencialmente advirtió usted fuera reciente? Ahora dice que tal vez ya estaba allí y no había reparado en él.

Pitt no estaba seguro de cómo responder. La pregunta había sido formulada con poca elegancia.

—No la conozco lo bastante para sorprenderme o no —dijo con cautela—. Los testigos a menudo modifican su testimonio... por diversas razones.

Gleave parecía ofendido.

—¿Qué insinúa, señor?

Juster volvió a interrumpir.

—Su Señoría, mi docto colega ha preguntado al testigo si estaba sorprendido. El testigo se ha limitado a responder a la pregunta. No ha hecho ninguna insinuación.

Gleave no esperó a que el juez interviniera.

—Veamos qué nos queda de este extraordinario caso. El señor Adinett hizo una visita a su viejo amigo, el señor Fetters. Pasaron juntos una agradable hora y media en la biblioteca. Luego el señor Adinett se marchó. ¿Supongo que está de acuerdo? —Arqueó las cejas en un gesto inquisitivo.

—Sí —concedió Pitt.

—Bien. Prosigamos. Unos doce o quince minutos después sonó el timbre de la biblioteca, el mayordomo acudió y, mientras se acercaba, oyó un grito y un golpe sordo. Al abrir la puerta vio con gran aflicción que su señor estaba tendido en el suelo y la escalera tumbada de lado. Como es muy natural, llegó a la conclusión de que había sido un accidente… que resultó fatal. No vio a nadie más en la habitación. Se volvió y salió para pedir ayuda. ¿Está de acuerdo hasta aquí?

Pitt se obligó a sonreír.

—No lo sé. Como aún no había testificado, no estaba aquí para escuchar el testimonio del mayordomo.

—¿Encaja eso con los hechos que usted conoce? —preguntó Gleave por encima de nuevas carcajadas.

—Sí.

—Gracias. ¡Este es un asunto de la mayor seriedad, señor Pitt, no una oportunidad para entretener a los curiosos y exhibir lo que tal vez cree que es su sentido del humor!

Pitt se ruborizó. Se inclinó sobre la barandilla, furioso.

—¡Me ha hecho una pregunta imposible de responder! —acusó—. Me he limitado a señalárselo. ¡Si su estupidez entretiene al público, usted tiene la culpa, no yo!

El rostro de Gleave se ensombreció. No había contado con un contraataque, pero disimuló rápidamente su cólera. No era sino un gran actor.

—Luego tenemos al doctor Ibbs, comportándose con exagerado celo por razones que se nos escapan —continuó como si la interrupción no hubiera tenido lugar—. Usted acudió a su llamada y encontró todos esos indicios enigmáticos. La butaca no estaba donde usted la habría colocado de haber sido suya esa bonita habitación. —Su tono era burlón—. Al mayordomo le parece que estaba en otro lugar. Había una marca en la alfombra. —Miró al jurado, sonriente—. Los libros no estaban en el orden en que usted los habría puesto de haber sido suyos. —No se molestó en retirar la sonrisa de su cara—. Aún quedaba oporto en la copa y, sin embargo, el señor Fetters llamó al mayordomo. Nunca sabremos por qué… pero ¿acaso nos incumbe? —Miró a los miembros del jurado—. ¿Vamos a acusar por eso a John Adinett de asesinato? —Su semblante reflejaba asombro—. ¿Vamos a hacerlo? ¡Yo no! Caballeros, tenemos aquí un puñado de datos irrelevantes sacados a relucir por un médico ocioso y un policía que quiere darse a conocer aun a costa de la muerte de un hombre y la monstruosamente equivocada acusación contra otro que era amigo del difunto. ¡Rechácenlos como la sarta de disparates que son!

—¿Es esa su defensa? —preguntó Juster—. ¡Parece más bien una recapitulación!

—¡Pues no lo es! —replicó Gleave—. Aunque apenas necesito añadir más. Le devuelvo a su testigo, no faltaba más.

—No hay mucho que decir —observó Juster ocupando su lugar—. Señor Pitt, cuando interrogó por primera vez a la criada, ¿estaba segura del arañazo en la puerta de la sala de billar?

—Totalmente.

—¿De modo que algo le ha hecho cambiar de opinión desde entonces?

Pitt se pasó la lengua por los labios.

—Sí.

—Me pregunto qué podría ser. —Juster se encogió de hombros y enseguida pasó a otro tema—. ¿Y el mayordomo estaba seguro de que la butaca de la biblioteca había sido movida de sitio?

—Sí.

—¿Ha cambiado desde entonces de opinión? —Juster extendió las manos en el aire—. Oh, por supuesto que no lo sabe. Bien, pues no lo ha hecho. El criado también está totalmente seguro de que limpió las botas de su señor lo bastante a fondo para que no quedaran pelusas o hilos enganchados en las suelas, de la felpa del centro o de los flecos. —Pareció tener una idea repentina—. Por cierto, ¿lo que encontró era un fleco o una suave pelusa de felpa?

—Una pelusa del mismo color que el centro de la alfombra —respondió Pitt.

—Eso es. Hemos visto los zapatos, pero no la alfombra. —Sonrió—. Poco práctico, supongo. Tampoco podemos ver los estantes de la biblioteca con sus libros mal colocados. —Parecía perplejo—. ¿Por qué un viajero y anticuario, interesado particularmente en Troya, sus leyendas, su magia y sus ruinas emplazadas en el centro mismo de nuestro patrimonio, iba a colocar tres de sus libros más descriptivos en un estante donde, para alcanzarlos, se veía obligado a subirse a una escalera? Y era obvio que los quería, ¿o por qué habría provocado su propia muerte utilizándola para cogerlos? —Alzó los hombros de manera teatral—. ¡A no ser, naturalmente, que no lo hiciera!

Aquella noche Pitt no logró serenarse. Paseó por su jardín arrancando alguna que otra mala hierba, fijándose en las flores abiertas y en los capullos por abrir, en las hojas nuevas de los árboles. Nada conseguía retener su atención.

Charlotte salió y se detuvo a su lado con expresión preocupada. Los últimos rayos del sol formaban un halo alrededor de su pelo y hacían resaltar su color castaño rojizo. Los niños estaban acostados y la casa silenciosa. Empezaba a hacer frío.

Pitt se volvió y le sonrió. No era preciso explicar nada. Ella seguía el caso desde los primeros días y sabía por qué estaba inquieto, aun cuando ignoraba el presentimiento que tenía en esos momentos. Pitt no le había hablado de cuán grave sería que no declararan culpable a Adinett porque el jurado le creía incompetente y consideraba que se había dejado llevar por emociones personales, creando un caso de la nada para satisfacer su propia ambición o prejuicios.

Charlaron de otras cosas, trivialidades, mientras caminaban despacio hasta el final del césped y volvían. Lo que dijeron no importaba, era sentirla a su lado lo que él valoraba, el hecho de que estuviera allí y no lo agobiara con preguntas ni le dejara ver sus propios temores.

Al día siguiente Gleave comenzó su defensa. Ya había hecho todo lo posible por desacreditar el testimonio del doctor Ibbs, así como el de los criados que advirtieron los minúsculos cambios que había mencionado Pitt, y el del hombre de la calle que había visto entrar por la puerta lateral de la casa de Fetters a alguien que respondía vagamente a la descripción de Adinett. Esta vez llamó a las personas que debían testificar sobre el carácter de John Adinett. Había mucho donde escoger, y así lo hizo saber Gleave a los que se hallaban en la sala. Los hizo desfilar, uno tras otro. Procedían de distintas condiciones sociales y profesiones, del ejército, la política, hasta de la Iglesia.

El último en comparecer, el ilustre Lyall Birkett, era un ejemplo típico. Era un hombre esbelto, rubio, de rostro aristocrático e inteligente, y actitud circunspecta. Aun antes de hablar imprimía a sus opiniones cierta autoridad. No tenía ninguna duda acerca de la inocencia de Adinett, un buen hombre atrapado en una red de intrigas y mala suerte.

Como ya había prestado declaración, Pitt tenía autorización para permanecer en la sala, y dado que estaba al mando de la comisaría de Bow Street, no debía rendir cuentas a nadie si no regresaba. Decidió quedarse a oír el resto del juicio desde un banco.

—Doce años. —Birkett respondió a la pregunta de Gleave sobre cuánto hacía que conocía a Adinett—. Nos conocimos en el club del ejército. Por regla general uno puede estar seguro de quien conoces allí. —Sonrió de forma casi imperceptible. No era una sonrisa nerviosa, ni zalamera, ni había humor en ella, solo un gesto afable—. Es un mundo pequeño, ¿comprende? Los campos de batalla ponen a prueba a los hombres. Enseguida te enteras de quién tiene valor, en quién puedes confiar cuando hay algo que perder. Preguntas por ahí y encuentras a alguien que lo conoce.

—Creo que todos lo comprendemos —dijo Gleave, quien también sonrió hacia el jurado—. Para poner a prueba la valía de un hombre, su coraje, su lealtad y su honor en la lucha no hay nada como la amenaza contra su propia vida, o tal vez algo peor… el miedo a ser lisiado y no morir, a acabar tullido de por vida. —Una expresión de gran dolor apareció en su rostro. Se volvió despacio hacia el público de modo que los miembros del jurado también alcanzaran a verlo—. Y díganos, ¿alguna vez oyó decir algo malo de John Adinett a sus compañeros del club del ejército, señor Birkett?

—Ni una palabra. —Birkett seguía tratando el asunto con ligereza. En su voz no había sorpresa ni énfasis. Para él no era más que una equivocación bastante estúpida que se aclararía en un par de días, posiblemente menos.

—Pero ¿conocían al señor Adinett? —apremió Gleave.

—Oh, por supuesto que sí. Se había distinguido en su servicio en Canadá. En algo relacionado con la Hudson's Bay Company y en una rebelión de alguna isla. Fue Fraser quien me habló de ello. Dijo que habían elegido a Adinett por su coraje y sus conocimientos de la zona. Una inmensa región inexplorada, ¿sabe? —Arqueó las cejas—. Por supuesto que lo sabe. Al monte, hacia Thunder Bay. De nada sirve un hombre allí a menos que tenga imaginación, resistencia, lealtad absoluta, inteligencia y valor.

Gleave asintió.

—¿Qué hay de la sinceridad?

Birkett pareció por fin sorprendido. Abrió mucho los ojos.

—Se da por descontada, señor. No hay cabida para el hombre que no es sincero. Cualquiera puede estar equivocado de una manera u otra, pero la mentira es inexcusable.

—Y la lealtad a sus amigos, a sus compañeros. —Gleave dejó caer el comentario con naturalidad. No corría peligro de que se le fuera la mano en su actuación. Nadie, aparte de Juster, Pitt y el juez, tenía suficiente experiencia en farsas judiciales para advertir sus tácticas.

—La lealtad tiene más valor que la vida —se limitó a decir Birkett—. Confiaría a John Adinett todo cuanto poseo, mi casa, mi tierra, mi mujer, mi honor, y no tendría ni un momento de preocupación.

Gleave quedó tan satisfecho consigo mismo como cabía que estuviera. Los miembros del jurado contemplaban a Birkett con admiración, y algunos habían mirado por primera vez a Adinett sin pestañear. Estaba ganando, y ya saboreaba la victoria.

Pitt echó un vistazo al presidente del jurado y advirtió que fruncía el entrecejo.

—¿Conocía usted al señor Fetters? —preguntó Gleave llanamente, volviéndose hacia el testigo.

—De vista. —El rostro de Birkett se ensombreció y apareció en él una expresión de tristeza tan profunda que nadie podía ponerla en duda—. Un buen hombre. Es un tanto irónico que recorriera el mundo en busca de lo antiguo y lo hermoso para desenterrar las glorias del pasado, y muriera de un resbalón en su propia biblioteca. —Exhaló silenciosamente—. He leído sus trabajos sobre Troya. Abrió un nuevo mundo para mí, lo reconozco. Nunca creí que fuera tan… cercano. Me atrevería a decir que fueron sus viajes y un apasionado interés por la riqueza de otras culturas lo que unió a Fetters y Adinett.

—¿Podrían haber tenido algún conflicto sobre ello? —preguntó Gleave, y en sus ojos brilló la certeza de la respuesta.

Birkett se sobresaltó.

—¡Cielos, no! Fetters era un experto, mientras que Adinett no era más que un entusiasta, un defensor y admirador de los que hacían los hallazgos. Hablaba muy bien de Fetters, pero no aspiraba a emularlo, solo a disfrutar de sus logros.

—Gracias, señor Birkett —dijo Gleave con una ligera inclinación—. Ha reforzado todo lo que ya hemos oído de boca de otros hombres distinguidos como usted. Desde los más eminentes a los más humildes, nadie ha hablado mal del señor Adinett. No sé si mi docto colega tiene alguna pregunta más, pero yo he terminado.

Juster no vaciló. Estaba perdiendo a los miembros del jurado, y Pitt se daba cuenta. No obstante, el atisbo de incertidumbre que se traslució en su cara enseguida quedó enmascarado.

—Gracias —dijo con elegancia antes de volverse hacia Birkett.

Pitt sintió en el pecho un tirón de ansiedad; Birkett era inexpugnable, como lo habían sido todos los testimonios sobre el carácter del procesado. Al asociar una y otra vez a Adinett con hombres que lo admiraban y estaban dispuestos a jurarle amistad, e incluso a comparecer en una sala de tribunal donde se le acusaba de asesinato, Gleave lo había puesto por encima de las críticas. Atacando a Birkett solo lograría indisponer a los miembros del jurado, no los convencería de los escasos y poco convincentes hechos.

Juster sonrió.

—Señor Birkett, dice usted que Adinett era totalmente leal a sus amigos.

—Así es —afirmó Birkett asintiendo con la cabeza.

—¿Una cualidad que admira?

—Por supuesto.

—¿Por encima de la lealtad a sus principios?

—No. —Birkett parecía un tanto desconcertado—. No he dicho tal cosa, señor. O si lo he hecho, no era mi intención. Un hombre debe anteponer sus principios a todo, o no vale nada. Eso esperaría de él un amigo. O al menos todo hombre al que yo escoja como tal.

—Yo también —convino Juster—. Un hombre debe hacer lo que cree que es correcto, aun al terrible coste de perder una amistad o la estima de aquellos a quienes aprecia.

—¡Su Señoría! —exclamó Gleave levantándose con impaciencia—. ¡Todo eso suena muy moral, pero no viene al caso! Si mi docto colega tiene un argumento que exponer, ¿se le puede pedir que lo haga?

El juez miró a Juster con expresión interrogante.

Juster no se inmutó.

—El argumento es muy importante, Su Señoría. Adinett es un hombre que pondría sus principios, sus convicciones, por encima incluso de la amistad. En otras palabras, habría sacrificado hasta la amistad, por larga o duradera que hubiera sido, por sus creencias si hubieran estado en pugna. Hemos demostrado que la víctima, Martin Fetters, era su amigo. Quedo agradecido al señor Gleave por haber establecido que la amistad no era la principal preocupación de Adinett y que la habría sacrificado por sus principios de haberse visto obligado a ello.

Hubo murmullos en la sala. Un miembro del jurado pareció sorprenderse, pero en su rostro se reflejó de pronto la comprensión. El presidente dejó escapar un suspiro y algo dentro de él se relajó.

—¡No hemos demostrado que existiera tal pugna! —protestó Gleave, dando un paso hacia delante.

—¡Ni que no existiera! —replicó Juster volviéndose hacia él.

El juez hizo callar a los dos con la mirada.

Juster dio las gracias a Birkett y regresó a su sitio, esta vez caminando garboso con un ligero contoneo.

Al día siguiente Gleave emprendió su ataque final contra Pitt. Se volvió hacia el jurado.

—Todo este caso, endeble y basado en pruebas circunstanciales como es, depende enteramente del testimonio de un solo hombre, el superintendente Thomas Pitt. —Su voz rezumaba desdén—. Si pasamos por alto lo que él dice, ¿qué queda? No hace falta que se lo diga: ¡nada en absoluto! —Empezó a contar con los dedos—. Un hombre que vio a otro en la calle entrando en un jardín. Ese individuo podría haber sido John Adinett o podría no haberlo sido. —Levantó otro dedo—. Un arañazo en una puerta que podría llevar días allí y que probablemente lo causó un taco de billar manejado con torpeza. —Un tercer dedo—. Una butaca de la biblioteca apartada por un buen número de razones. —Un cuarto dedo—. Libros fuera de su sitio. —Se encogió de hombros al tiempo que agitaba las manos—. Tal vez el señor Fetters los dejó fuera y la criada, que no lee mitología griega clásica, volvió a ponerlos donde le pareció, fijándose en que se vieran ordenados, no en la clasificación temática. ¡Es muy posible que no sepa leer! Un hilo de la alfombra enganchado a un zapato. —Abrió los ojos como platos—. ¿Cómo llegó allí? Qué sé yo. Y lo más absurdo de todo, media copa de oporto. El señor Pitt pretende que creamos que eso significa que el señor Fetters no tenía motivos para llamar al mayordomo. Lo que en realidad significa es que el señor Pitt no está acostumbrado a tener criados… lo que podría haberse deducido, puesto que es policía. —Pronunció la última palabra con profundo desprecio.

Se produjo un silencio en la sala.

Gleave hizo un gesto de asentimiento.

—Propongo llamar a varios testigos que conocen bien al señor Pitt para que les digan qué clase de hombre es, de modo que puedan juzgar por ustedes mismos el valor de su testimonio.

A Pitt se le cayó el alma a los pies cuando oyó el nombre de Albert Donaldson y vio su conocida figura cruzar la sala y subir al estrado. Parecía más corpulento y gris que cuando había sido su superior, hacía quince años, pero la expresión de su cara era tal como la recordaba, y supo que seguía albergando un profundo desdén hacia su persona.

Testificó exactamente lo que esperaba de él.

—¿Se ha jubilado de la policía metropolitana, señor Donaldson? —preguntó Gleave.

—Sí.

Gleave hizo un ligero gesto de asentimiento.

—Cuando era usted inspector de Bow Street, ¿trabajaba allí un agente llamado Thomas Pitt?

—Así es. —La expresión de Donaldson delataba ya sus sentimientos.

Gleave sonrió. Relajó los hombros.

—¿Qué clase de hombre era, señor Donaldson? Supongo que tuvo ocasión de trabajar a menudo con él. De hecho, él debía rendirle cuentas.

—¡Ese no rendía cuentas a nadie! —exclamó Donaldson lanzando una mirada hacia Pitt, sentado entre el público. No había tardado ni un minuto en localizarlo en las filas delanteras—. Hacía lo que le daba la gana. Siempre creía saber más que los demás y no permitía que nadie le dijera nada.

Llevaba años esperando esa oportunidad para vengarse de las ocasiones en que se había sentido frustrado por la insubordinación de Pitt, el desacato a unas reglas que este consideraba restricciones insignificantes, los casos en que había seguido investigando sin tener informados a sus superiores. Pitt había obrado mal, se daba cuenta ahora que estaba a cargo de la comisaría.

—¿El adjetivo «arrogante» lo describiría bien? —inquirió Gleave.

—Muy bien —se apresuró a responder Donaldson.

—¿Aferrado a sus ideas? —prosiguió Gleave.

Juster se levantó a medias, pero cambió de opinión.

El presidente del jurado se echó hacia delante con el entrecejo fruncido.

En el banquillo de los acusados Adinett permanecía inmóvil.

—También lo describe bien —afirmó Donaldson—. Se empeñaba en hacer las cosas a su manera, sin importarle el procedimiento oficial. Quería toda la gloria para él y eso estuvo claro desde el principio.

Gleave le invitó a dar ejemplos de la arrogancia, ambición y abierto desacato a las normas de Pitt, y Donaldson obedeció encantado, hasta que el abogado decidió que era suficiente. Parecía un tanto reacio a entregárselo a Juster, pero no tenía otra elección.

Juster inició las repreguntas con cierta satisfacción.

—No simpatizaba con el agente Pitt, ¿verdad, señor Donaldson? —preguntó con aire ingenuo.

Habría sido absurdo que el testigo negara sus sentimientos. Hasta él era consciente de ello. Los había mostrado demasiado abiertamente.

—No puedes simpatizar con un hombre que hace imposible tu trabajo —respondió a la defensiva.

—¿Porque resolvía los casos de forma poco ortodoxa, al menos a veces? —inquirió Juster.

—Quebrantaba las reglas —corrigió Donaldson.

—¿Cometía errores? —Juster lo miró a la cara.

Donaldson se ruborizó ligeramente. Sabía que Juster podía consultar los archivos sin dificultad, y probablemente lo había hecho.

—Bueno, no más que la mayoría de los hombres.

—En realidad menos que la mayoría —repuso Juster—. ¿Sabe de algún hombre o mujer que haya sido condenado por el testimonio del señor Pitt y que más tarde se haya descubierto que era inocente?

El presidente del jurado se relajó.

—¡No sigo todos sus casos! —objetó Donaldson—. Tengo más cosas que hacer con mi tiempo que seguir los casos de cada agente de policía ambicioso.

Juster sonrió.

—Entonces se lo diré yo, ya que forma parte de mi trabajo conocer a los hombres en quienes confío —afirmó—. La respuesta es no; nadie ha sido condenado erróneamente a partir del testimonio del superintendente Pitt, en toda su carrera en el cuerpo.

—¡Porque tenemos buenos abogados! —Donaldson miró de soslayo a Gleave—. ¡Gracias a Dios!

Juster aceptó el argumento con una sonrisa que dejaba ver una dentadura perfecta. Sabía que no debía dar muestras de cólera ante el jurado.

—Pitt era ambicioso. —Dejó que sonara como una aseveración antes que como una pregunta.

—Ya lo he dicho. ¡Mucho! —replicó Donaldson.

Juster hundió las manos en los bolsillos con aire despreocupado.

—Supongo que debe de serlo. Ha alcanzado el puesto de superintendente en una comisaría muy importante, Bow Street. Un cargo bastante más alto del que usted jamás consiguió, ¿no es cierto?

Donaldson enrojeció intensamente.

—¡Yo no me casé con una mujer de familia bien y con contactos!

Juster parecía sorprendido; sus negras cejas estaban arqueadas.

—¿De modo que socialmente también lo supera? Y tengo entendido que la esposa del señor Pitt no solo es de buena familia, sino también inteligente, encantadora y agraciada. Creo que sabemos perfectamente cómo se siente, señor Donaldson. —Le dio la espalda—. Gracias. No tengo más preguntas.

Gleave se levantó. Decidió que no podía salvar la situación y volvió a sentarse.

Donaldson bajó del estrado con expresión sombría, encorvado, y no miró a Pitt cuando se encaminó hacia la puerta.

Gleave llamó a su siguiente testigo. La opinión que este tenía sobre Pitt no era mejor, aunque por distintos motivos. Juster no logró zarandearlo tan fácilmente. Su antipatía hacia Pitt se debía a la forma en que había procedido hacía tiempo en un caso en que un amigo suyo había sido considerado sospechoso, hasta que se demostró que no era culpable, bastante avanzado el asunto. No había sido una de las investigaciones más hábiles o mejor llevadas de Pitt.

El tercer testigo dio ejemplos que podían interpretarse de manera poco halagadora, haciendo parecer a Pitt arrogante y lleno de prejuicios. Sus primeros años fueron descritos con poca amabilidad.

—¿Dice que era hijo de un guardabosque? —preguntó Gleave con voz cuidadosamente neutral.

Pitt sintió frío. Recordaba a Gerald Slaley y sabía lo que iba a seguir a continuación, pero no podía detenerlo. No podía hacer nada más que permanecer quieto y aguantar.

—Así es. Deportaron a su padre por robar —explicó el testigo—. Si quiere saber mi opinión, Pitt siempre ha sentido resentimiento hacia la pequeña nobleza. Iba tras nosotros a propósito, lo convirtió en una especie de cruzada. Estudie sus casos y lo verá. Por eso lo ascendieron los hombres que lo escogieron: para llevar a juicio los casos en que estuvieran involucrados los poderosos y ricos, los casos que ellos creían políticos. Y él nunca les ha fallado.

—Sí —concedió Gleave astutamente—. He examinado la hoja de servicios de Pitt. —Miró a Juster y de nuevo a Slaley—. He advertido que se ha especializado en casos en los que están implicadas personas importantes. Si mi docto colega desea refutar el argumento, no tengo inconveniente en enumerárselos.

Juster hizo un gesto de negación. Sabía lo suficiente para no permitirlo. Demasiados de dichos casos habían sido conocidos, y eso podría contrariar a los miembros del jurado. Uno nunca sabía quiénes eran sus amigos ni los hombres que admiraban.

Gleave quedó satisfecho. Había presentado a Pitt como a un ser ambicioso e irresponsable, que actuaba movido no por el honor, sino por un resentimiento que albergaba desde hacía mucho tiempo y una sed de venganza porque su padre había sido acusado de un crimen del que él seguía creyéndolo inocente. Eso era algo que Juster no podía subsanar.

La acusación recapituló.

La defensa tuvo la última palabra. Recordó de nuevo a los miembros del jurado que todo el caso dependía de las pruebas presentadas por Pitt.

El jurado se retiró a considerar el veredicto.

No llegaron a ninguno esa noche.

A la mañana siguiente reaparecieron por fin cuatro minutos antes del mediodía.

—¿Han llegado a un acuerdo sobre el veredicto? —preguntó el juez, sombrío.

—Así es, Su Señoría —anunció el presidente. No levantó la vista hacia el banquillo de los acusados ni hacia Juster, sentado con rigidez, su cabeza morena ligeramente inclinada, ni a Gleave, que sonreía confiado. Sin embargo había tranquilidad en su porte, la cabeza muy erguida.

—¿Y están todos conformes con el veredicto? —preguntó el juez.

—Sí, Su Señoría.

—¿Declaran al acusado, John Adinett, culpable o inocente del asesinato de Martin Fetters?

—Culpable, Su Señoría.

Juster alzó la cabeza de golpe.

Gleave dejó escapar un grito ahogado y se levantó a medias de su asiento.

Adinett quedó petrificado, sin comprender.

La sala prorrumpió en exclamaciones de asombro, y los periodistas se pelearon por salir a informar a sus periódicos de que había ocurrido lo inimaginable.

—¡Apelaremos! —La voz de Gleave se oyó por encima del tumulto.

El juez llamó al orden, y mientras se imponía por fin en la sala una especie de silencio escalofriante pidió al ujier que le trajera el tocado negro que debía ponerse para pronunciar la sentencia de muerte contra John Adinett.

Pitt permaneció sentado, paralizado. Era tanto una victoria como una derrota. Cualquier cosa que hubiera creído el jurado, su reputación había quedado hecha trizas para el público. El veredicto era justo. No albergaba duda alguna sobre la culpabilidad de Adinett, aun cuando no tenía ni idea de por qué había cometido el crimen.

Sin embargo, en todos los delitos que había investigado, todas las odiosas y trágicas verdades que había desvelado, nunca habría hecho ahorcar a un hombre de buen grado. Creía en el castigo; sabía que era necesario tanto para el culpable como para la víctima y la sociedad. Era el comienzo de la curación. No obstante, nunca había creído en la extinción de un ser humano, cualquier ser humano… ni siquiera John Adinett.

Salió a la calle y echó a andar por Newgate Street sin experimentar ninguna sensación de victoria.

2

—Lady Vespasia Cumming-Gould —anunció el lacayo sin pedirle la invitación.

No había en Londres criado de cierta categoría que no la conociera. Había sido una de las mujeres más hermosas de su generación, y la más osada. Tal vez seguía siéndolo. A los ojos de ciertas personas no tenía rival.

Entró por las puertas dobles y se detuvo en lo alto de las escaleras que descendían en una elegante curva hasta la sala de baile. Tres cuartas partes de esta ya estaban llenas, pero el murmullo de la conversación disminuyó por un instante. Lady Vespasia reclamaba atención, incluso ahora.

Nunca había sido esclava de la moda, sabía bien que lo que le favorecía era preferible al último grito. Las cinturas de avispa y los casi inexistentes miriñaques de esa temporada eran maravillosos, siempre y cuando una no permitiera que las mangas resultaran demasiado exageradas. Vestía de raso color perla con un encaje de Bruselas tanto en el escote como en las mangas y, cómo no, perlas, siempre perlas en el cuello y las orejas. Su cabello plateado era una diadema en sí mismo, y recorrió por un instante la sala con sus ojos gris claro antes de empezar a bajar a saludar y ser saludada.

Conocía, naturalmente, a la mayoría de los invitados que pasaban de los cuarenta, del mismo modo que estos la conocían a ella, aunque solo fuera de oídas. Entre ellos había amigos, pero también enemigos. No era posible defender ciertas creencias, o incluso simples lealtades, sin granjearse la animadversión o la envidia de alguien. Y ella siempre había luchado por lo que creía, no siempre con prudencia, pero de todo corazón, así como con todo su considerable ingenio e inteligencia.

En el transcurso de medio siglo las causas habían cambiado. La vida entera había cambiado. ¿Cómo iba la arbitraria, adorable y poco imaginativa joven Victoria a prever a la hermosa, ambiciosa y amoral Lillie Langtry? ¿O cómo podría el serio del príncipe Alberto haber sabido qué decir al excéntrico y brillante Oscar Wilde, un hombre que escribía con tanta comprensión y cuyas palabras podían ser tan deslumbrantemente frívolas?

Desde entonces había habido una época de cambio, guerras terribles que habían costado la vida de innumerables hombres y choques de ideas que probablemente habían acabado con aún más. Se habían explorado continentes, habían nacido y perecido sueños de reforma. El señor Darwin había puesto en tela de juicio los fundamentos de la existencia.

Vespasia saludó con una leve inclinación de la cabeza a una anciana duquesa, pero no se detuvo a hablar con ella. Hacía mucho que se habían dicho todo cuanto tenían que decirse, y ninguna de las dos iba a molestarse en repetirlo. En realidad Vespasia se preguntaba qué demonios hacía allí esa mujer en esa recepción diplomática. Parecía un grupo singularmente ecléctico, y necesitó un momento de reflexión para comprender qué podía tener la gente en común. Luego cayó en la cuenta de que cada uno poseía cierto valor como entretenimiento… menos la duquesa.

Al príncipe de Gales se le reconocía fácilmente. Aparte de su aspecto, con el que Vespasia estaba muy familiarizada, pues había coincidido con él tantas veces que había perdido la cuenta, la distancia casi imperceptible a la que se mantenía la gente que lo rodeaba le hacía aún más evidente. Se percibía cierta actitud de respeto. Por divertida que fuera la broma o entretenido el chismorreo, uno no podía codearse con el heredero al trono ni abusar de su buen carácter.

¿Sonreía Daisy Warwick al príncipe desde el otro lado de la sala? ¿Un tanto descarada, sin duda? ¿O tal vez daba por hecho que todos los presentes estaban al corriente de la íntima relación que existía entre ellos, y en realidad a nadie le importaba? La hipocresía era un defecto que Daisy nunca había practicado. De la misma manera que la discreción era una virtud que ejercía de forma selectiva. Era indiscutiblemente hermosa y tenía un aire distinguido digno de admiración.

Vespasia nunca había deseado ser la querida de un miembro de la familia real. Pensaba que los peligros superaban con creces cualquier ventaja, y no digamos los goces. En ese caso ni le agradaba ni le desagradaba el príncipe de Gales, pero prefería a la princesa, pobrecilla. Era sorda y estaba aprisionada en su propio mundo, pese a lo cual debía de estar enterada de los excesos de su marido.

Una tragedia mucho mayor que tenía en común con tal vez menos mujeres, pero aun así demasiadas, era la muerte de su hijo primogénito al comienzo de ese año. El duque de Clarence también se había visto aquejado, como su madre, de sordera. Esta había sido un peculiar vínculo entre ambos, que los había unido más en su mundo casi silencioso. Ella lloraba sola su muerte.

A menos de cuatro metros de Vespasia el príncipe de Gales se reía con ganas de algo que había dicho un hombre alto de nariz recia y ligeramente torcida. Su rostro denotaba fuerza, inteligencia e impaciencia, aunque en ese momento su expresión reflejaba sentido del humor. Vespasia no le conocía, pero sabía quién era: Charles Voisey, un juez del tribunal de apelación, hombre de gran saber, muy respetado entre sus coetáneos, aunque también algo temido.

El príncipe de Gales la vio y se le iluminó la cara de placer. Ella era una generación mayor que él, pero siempre lo había cautivado la belleza, y todavía recordaba los años más deslumbrantes de Vespasia, cuando él era un joven lleno de ilusiones. Ahora estaba cansado de esperar, cansado de cargar con la responsabilidad sin el respeto y las recompensas de ser monarca. Se disculpó ante Voisey para acercarse a ella.

—Lady Vespasia —dijo con placer mal disimulado—. Cuánto me alegro de que haya podido venir. Sin usted la velada habría carecido de cierta cualidad.

Ella le sostuvo por un instante la mirada antes de hacer una ligera reverencia. Todavía era capaz de conseguir que esta pareciera un gesto de infinita gracia, con la espalda muy tiesa, el equilibrio perfecto.

—Gracias, Su Alteza. Es una velada espléndida. —Pensó en cuán espléndida era, como tantas otras últimamente: un despilfarro, con tanta comida, el mejor vino, criados por doquier, música, arañas de luz y cientos de flores frescas. No faltaba nada que pudiera aumentar el glamour, no se había escatimado en nada.

Había asistido en el pasado a tantas celebraciones en las que había habido más risas, más alegría, y por un porcentaje mínimo del costo. Las recordó con nostalgia.

El príncipe de Gales vivía muy por encima de sus posibilidades, llevaba años haciéndolo. Ya nadie se sorprendía de las desmesuradas fiestas que organizaba en su casa, de los fines de semana de caza, de los días en las carreras donde se apostaban y se hacían y perdían fortunas, de sus comidas pantagruélicas o sus regalos excesivamente generosos a favoritos de una u otra clase. Muchos ya ni lo comentaban.

—¿Conoce a Charles Voisey? —preguntó él. El juez estaba a su lado; la buena educación pedía una presentación—. Voisey, lady Vespasia Cumming-Gould. Nos conocemos desde hace más tiempo del que quisiéramos recordar. Deberíamos abreviarlo. —Hizo un gesto con las manos—. Quitar todas las partes tediosas de en medio y dejar solo las risas y la música, las buenas comidas, las conversaciones y tal vez un poco de baile. Entonces tendríamos la edad adecuada, ¿no le parece?

Ella sonrió.

—Es la mejor sugerencia que he oído en años, señor —dijo con entusiasmo—. Ni siquiera me importa conservar parte de las tragedias o hasta de las disputas… limitémonos a eliminar las horas tediosas, el intercambio de frases que no sentimos, el estar de brazos cruzados, las mentiras educadas. Se llevarían años.

—¡Eso es! ¡Eso es! —convino él, la cara llena de convicción—. No me había dado cuenta hasta ahora de cuánto la he echado de menos. Me niego a permitir que vuelva a suceder. Paso años de mi vida desempeñando mis funciones. ¡Le aseguro que no estoy seguro de que las personas con quienes la paso estén más satisfechos con ella que yo! Hacemos comentarios predecibles, esperamos la respuesta del otro y pasamos a la siguiente respuesta igualmente predecible.

—Me temo que eso forma parte de los deberes de la familia real, señor —intervino Voisey—, mientras tengamos un trono y a un monarca en él. No se me ocurre cómo podríamos cambiarlo.

—Voisey es juez del tribunal de apelación —informó el príncipe a Vespasia—, lo que supongo le convierte en un fanático de los precedentes. Si no se ha hecho antes, más vale no hacerlo ahora.

—Al contrario —repuso Voisey—. Soy partidario de las

nuevas ideas, siempre que sean buenas. Resistirse al progreso es morir.

Vespasia lo miró con interés. Era un punto de vista poco común en alguien de una profesión tan anclada en el pasado.

El magistrado no le devolvió la sonrisa, como habría hecho un hombre con menos seguridad en sí mismo.

El príncipe ya estaba pensando en otra cosa. Su admiración por las ideas ajenas parecía sumamente limitada.

—Por supuesto —reconoció con displicencia—. Es asombroso el número de inventos nuevos que estamos viendo. Hace diez años nos habría parecido inconcebible tener electricidad.

Voisey esbozó una débil sonrisa y clavó su mirada en Vespasia un instante antes de hablar.

—En efecto, señor. Uno se pregunta qué queda aún por venir. —Se mostraba educado, pero Vespasia percibió en su voz un atisbo de desdén. Era un hombre de ideas, de conceptos amplios, de revoluciones del pensamiento. Los detalles no le interesaban; eran para hombres más bajos de estatura, que veían el mundo desde un nivel inferior.

Se unieron a ellos un renombrado arquitecto y su mujer, y la conversación derivó hacia temas más generales. El príncipe dirigió una mirada pesarosa y divertida a Vespasia, luego participó en las trivialidades.

Vespasia logró disculparse y se acercó a hablar con un político que conocía desde hacía años. Este parecía a la vez hastiado y divertido, su rostro profundamente surcado de arrugas, lleno de carácter. En el pasado habían compartido cruzadas personales, triunfos y tragedias, amén de una buena dosis de farsa.

—Buenas noches, Somerset —dijo ella con verdadero placer. Había olvidado el aprecio que le tenía. Sus fracasos habían sido tan magníficos como sus éxitos, y había llevado unos y otros de forma airosa.

—¡Lady Vespasia! —A Somerset se le iluminó la mirada—. ¡Por fin un poco de cordura! —Tomó la mano que ella le ofrecía y la rozó con los labios en lo que era más un gesto que un acto—. Ojalá tuviéramos una nueva cruzada, pero me temo que es algo imposible incluso para nosotros. —Recorrió con la mirada la suntuosa estancia y el número cada vez más elevado de hombres y mujeres que se congregaban en ella riendo, el destello de los diamantes, la luz que acariciaba sedas y piel pálida, encajes y brocados brillantes. Se le endureció la mirada—. Se destruirá a sí mismo... si no entra en razón en los próximos dos años. —En su voz había pesar y perplejidad—. ¿Cómo es posible que no se den cuenta?

—¿En serio lo crees? —Ella pensó por un instante que tal vez hablaba para causar efecto y exageraba de manera un tanto teatral. Luego reparó en sus labios apretados y su mirada sombría—. ¿De veras...?

Somerset se volvió hacia ella.

—Si Bertie no recorta mucho sus gastos —susurró inclinando por un instante la cabeza hacia el príncipe de Gales, que a tres metros de él se reía a carcajadas de alguna broma— y la reina no vuelve a la vida pública y empieza a conquistar de nuevo a su pueblo. —Hubo otra carcajada a unos metros de distancia. Carlisle bajó aún más la voz—. Muchos sufrimos penas, Vespasia. La mayoría hemos perdido algo que amamos en nuestra vida. No podemos permitirnos renunciar... dejar de trabajar a causa de ello. El país está compuesto de un puñado de aristócratas, cientos de miles de médicos, abogados y curas, un par de millones de tenderos y comerciantes de una u otra clase, y granjeros. Y docenas de millones de hombres y mujeres corrientes que trabajan de sol a sol porque no les queda otro remedio si quieren dar de comer a los que dependen de ellos, los ancianos y los niños. Los hombres mueren, y a las mujeres se les parte el corazón. Pero la vida sigue.

En alguna parte del fondo de la habitación empezó a sonar música. Se oyó un tintineo de copas.

—No es posible gobernar a un pueblo desde más allá de una determinada distancia —prosiguió Somerset—. La reina ya no es uno de nosotros. Ha permitido que ya no se cuente con ella. Y Bertie es excesivamente uno de nosotros, con sus apetitos... ¡Solo que él no los paga de su bolsillo, como tenemos que hacer los demás!

Vespasia sabía que lo que decía era cierto, pero no había oído nunca a nadie expresarlo con tanta osadía. Somerset Carlisle tenía un ingenio irresponsable y un gran talento para lo estrafalario que ella conocía demasiado bien. Todavía experimentaba una emoción incontrolable cuando pensaba en sus pasadas batallas y las cosas grotescas que su amigo había hecho en su esfuerzo por acelerar la reforma. Pero lo conocía demasiado bien para creer que bromeaba o exageraba.

—Victoria será la última monarca —murmuró con una áspera nota de pesar en la voz—. Si ciertas personas se salen con la suya… créeme. Hay en el país un malestar más profundo que el que hemos tenido en dos siglos. En algunos lugares la pobreza es casi increíble, por no hablar de los sentimientos anticatólicos, el miedo a los judíos liberales que han entrado en Londres después de las revoluciones europeas del cuarenta y ocho, y por supuesto siempre están los irlandeses.

—Exacto —coincidió ella—. Siempre hemos tenido casi todos esos elementos. ¿Por qué ahora, Somerset?

Él permaneció callado varios minutos. Pasaron varias personas a su lado. Un par de ellas hablaron, las demás saludaron con la cabeza, pero no se entrometieron.

—No estoy seguro —respondió por fin—. Una combinación de cosas. El tiempo. Hace más de treinta años que murió el príncipe Alberto. Es mucho tiempo para vivir sin un monarca efectivo. Existe una generación que comienza a darse cuenta de que podemos arreglárnoslas bastante bien sin uno. —Levantó un tanto un hombro—. Personalmente, no estoy de acuerdo con ellos. Creo que la mera existencia de un monarca, tanto si hace algo como si no, es una salvaguarda contra muchos de los abusos de poder, de los cuales tal vez no somos conscientes sencillamente porque hemos tenido mucho tiempo ese escudo. Un monarca constitucional, por supuesto. El primer ministro debería ser la cabeza de la nación, y el soberano, el corazón. Creo que es muy prudente no reunir ambos en la misma figura. —Le dedicó una sonrisita torcida—. Eso quiere decir que podemos cambiar de parecer cuando descubrimos que estamos equivocados, sin suicidarnos.

—También cuenta quiénes somos —dijo ella, igualmente en voz baja—. Hemos tenido un trono durante miles de años, y la noción de él mucho más tiempo. No creo que me gustara cambiarlo.

—A mí tampoco. —Somerset sonrió de pronto, y se le iluminó la cara de un humor desenfrenado—. ¡Soy demasiado viejo para eso! —Tenía al menos treinta y cinco años menos que ella.

Vespasia le lanzó una mirada que debería haberlo inmovilizado a veinte pasos, pero que sabía que no iba a lograrlo.

Se unió a ellos un hombre esbelto, un poco más alto que Vespasia, con una mata de pelo negro salpicado de canas por las sienes. Tenía los ojos muy oscuros, la nariz larga y la boca delicada, con profundas arrugas a cada lado. Parecía inteligente, irónico y hastiado, como si hubiera visto demasiadas cosas en la vida y se le estuviera agotando la compasión.

—Buenas noches, Narraway. —Somerset lo escudriñó con interés—. Lady Vespasia, permite que te presente a Victor Narraway. Es el jefe de la Rama Especial. No estoy seguro de si es un secreto o no, pero conoce usted a mucha gente a la que podría preguntar, si le interesa. Lady Vespasia Cumming-Gould.

Narraway se inclinó y saludó como correspondía.

—Habría dicho que estaba usted demasiado ocupado cazando a anarquistas para perder el tiempo charlando y bailando —comentó Carlisle con sequedad—. ¿Inglaterra está a salvo por esta noche entonces?

Narraway sonrió.

—No todo el peligro se agazapa en oscuros callejones de Limehouse —contestó—. Para constituir una verdadera amenaza debería tener los tentáculos mucho más largos.

Vespasia lo escudriñó tratando de averiguar si creía en lo mismo que Carlisle, pero no fue capaz de separar la tristeza de la diversión en su mirada. Enseguida hizo un comentario sobre el ministro de Asuntos Exteriores, y la conversación pasó de largo el asunto y se tornó trivial.

Una hora después, con los compases de un agradable y cadencioso vals de fondo, Vespasia disfrutaba de un champán excelente. Llevaba un rato sentada sola cuando reparó en que el príncipe de Gales se hallaba a unos cuatro metros. Conversaba con un hombre de mediana edad, constitución robusta, rostro serio y agradable, y un copete de cabello ralo en la coronilla. Le pareció que hablaban del azúcar.

—¿… no está de acuerdo, Sissons? —preguntó el príncipe. Su expresión era educada, pero menos que interesada.

—A través del puerto de Londres sobre todo —respondió Sissons—. Por supuesto, es una industria que requiere mucha mano de obra.

—¿De veras? Reconozco que no tenía ni idea. Supongo que lo damos por hecho. Una cucharada de azúcar con el té y demás.

—Oh, hay azúcar en muchísimas cosas —dijo Sissons con pasión—. Bizcochos, pastas, tartas, hasta en alimentos que podríamos creer que son salados. ¡Una pizca de azúcar mejora el sabor de los tomates más de lo que usted creería!

—¿En serio? —El príncipe arqueó ligeramente las cejas para dar a entender que le parecía una información valiosa—. Habría dicho que para eso estaba la sal.

—Es mejor el azúcar —aseguró Sissons—. Es principalmente la mano de obra lo que aumenta el coste, ¿entiende?

—¿Cómo dice?

—La mano de obra, señor.—repitió Sissons—. Por eso el barrio de Spitalfields es óptimo. Cientos de hombres que necesitan trabajo... un pozo casi sin fondo al que recurrir. Volátil, por supuesto.

—¿Volátil? —El príncipe seguía aparentemente perdido.

Vespasia advirtió que había otras personas lo bastante cerca para oír esa conversación sin sentido y que también escuchaban. Una de ellas era lord Randolph Churchill. Ella lo conocía de vista de toda la vida, como había conocido a su padre antes que a él. Sabía de su inteligencia, así como de su consagración a sus creencias políticas.

—Una gran mezcolanza de gente —explicaba Sissons—. De distinta procedencia, religión y demás. Católicos, judíos y, cómo no, irlandeses. Muchos irlandeses. La necesidad de trabajo es casi lo único que tienen en común.

—Entiendo. —El príncipe empezaba a tener la impresión de que ya había dicho lo suficiente para cumplir con las normas de la buena educación, de modo que se le podía disculpar por abandonar esa conversación sumamente tediosa.

—Ha de ser rentable —continuó Sissons con tono cada vez más vehemente, con el rostro sonrosado.

—Bueno, supongo que al tener un par de fábricas usted es quien mejor puede saberlo. —El príncipe sonrió con afabilidad, como para zanjar el asunto.

—¡No! —exclamó Sissons con brusquedad avanzando un paso al tiempo que el príncipe daba otro para alejarse—. Tres fábricas. Lo que quería decir no es que son rentables, sino que pesa sobre mí una gran responsabilidad para conseguir que lo sean, pues de lo contrario un millar de hombres se quedaría sin empleo, y el caos y el perjuicio que eso provocaría serían terribles. —Las palabras le salían a trompicones a una velocidad cada vez mayor—. No me atrevo a conjeturar en qué podría acabar. No en esa parte de la ciudad. Como ve, no tienen ningún otro lugar adonde ir.

—¿Ir? —El príncipe frunció el entrecejo—. ¿Por qué habrían de querer irse?

Vespasia se sintió encoger. Tenía una idea muy gráfica de la pobreza desmoralizadora en ciertos barrios de Londres, en concreto en el East End, del que Spitalfields y Whitechapel eran el corazón.

—Quiero decir para buscar empleo. —Sissons comenzaba a ponerse nervioso. Era evidente en las gotas de sudor en la frente y el labio, que brillaban a la luz de las arañas—. Morirán sin duda de hambre. Sabe Dios lo cerca que ya están de hacerlo.

El príncipe guardó silencio. Se sentía visiblemente incómodo. Era un tema de lo más impropio en ese maravilloso y opulento despliegue de placeres. Era de mal gusto recordar a hombres con una copa de champán en la mano, y a mujeres cubiertas de diamantes, que a unos pocos kilómetros de distancia miles de personas no tenían qué llevarse a la boca ni dónde pasar la noche. Les incomodaba.

—¡Es necesario que mantenga el negocio! —La voz de Sissons se alzó un poco por encima del murmullo de otras conversaciones y la música lejana—. Tengo que asegurarme de que cobro todas mis deudas… para poder seguir pagándoles.

El príncipe parecía desconcertado.

—Por supuesto. Sí… así debe ser. Muy concienzudo, estoy seguro.

Sissons tragó saliva.

—Todas… señor.

—Sí, ya lo creo. —El príncipe parecía decididamente desdichado en esos momentos. Era evidente su deseo de escapar de esa absurda situación.

Randolph Churchill se tomó la libertad de interrumpirlos. Vespasia no se sorprendió. Sabía que la relación de este con el príncipe de Gales venía de antiguo y había evolucionado. En 1876 había sido de profundo odio a propósito del asunto de Aylesford, cuando el príncipe le había desafiado a batirse en duelo en París, ya que era ilegal en Inglaterra. Dieciséis años atrás el príncipe se había negado públicamente a entrar en la casa de todo el que recibiera a los Churchill. Como consecuencia, estos habían sido condenados al ostracismo.

Con el tiempo la enemistad se había desvanecido y Jennie Churchill, la esposa de Randolph, había encandilado de tal modo al príncipe, convirtiéndose al parecer en una de sus muchas queridas, que este comía de buen grado en su residencia de Connaught Place y le hacía regalos caros. Randolph volvía a gozar de su favor. Además de ser nombrado presidente de la Cámara de los Comunes y ministro de Hacienda, dos de los cargos más altos del país, era el confidente personal del príncipe, lo acompañaba a actos sociales y deportivos, le daba consejos y recibía elogios y confianza.

En ese momento intervino para salvar una situación tediosa.

—Por supuesto que debe… hummm… Sissons —dijo alegremente—. Es la única manera de llevar un negocio, ¿no es cierto? Pero esta es una ocasión para divertirnos. Beba más champán, que es excelente. —Se volvió hacia el príncipe—. Debo felicitarle, señor. Una elección exquisita. No sé cómo lo hace.

El príncipe se animó considerablemente. Estaba con uno de los suyos, un hombre en quien podía confiar no solo en asuntos políticos, sino también sociales.

—¿Verdad que lo es? Ha quedado bien.

—A la perfección —coincidió Churchill sonriendo. Era un hombre bien vestido, de mediana estatura, facciones regulares y un bigote muy amplio y vuelto hacia arriba que le confería un aire distinguido. Había un orgullo ilimitado en su actitud—. Creo que pide un bocado suculento para acompañarlo. ¿Puedo hacer que le traigan algo, señor?

—No… no, iré con usted. —El príncipe aprovechó la ocasión para escapar—. Debo hablar con el embajador francés. Un buen hombre. Discúlpenos, Sissons. —Y dándole la espalda se marchó con Churchill demasiado deprisa para que Sissons pudiera hacer algo más que murmurar unas palabras que nadie oyó y despedirse.

—Un loco —murmuró Somerset Carlisle al lado de Vespasia.

—¿Quién? —preguntó ella—. ¿El hombre del azúcar?

—No, que yo sepa. —Somerset sonrió—. Aburrido en extremo, pero si eso fuera locura entonces habría que encerrar a la mitad del país. No, me refiero a Churchill.

—Oh, desde luego —concedió ella con naturalidad—. No eres el primero en decirlo. Al menos tiene claro lo que es ventajoso para él, cosa preferible a la situación de Aylesford. ¿Quién es ese hombre de pelo gris y aspecto apasionado? —Miró a lo lejos para indicarle a quién se refería y se volvió de nuevo hacia Carlisle—. No recuerdo haberlo visto nunca, pero irradia una clase de pasión casi evangélica.

—Es el propietario de un periódico —explicó Carlisle—. Thorold Dismore. Dudo que aprobara la descripción que has hecho de él. Es republicano y un ateo convencido. Sin embargo, tienes bastante razón; tiene algo de prosélito.

—Nunca he oído hablar de él —comentó ella—. Y creía conocer a todos los dueños de periódicos de Londres.

—Dudo que leas el suyo. Es de buena calidad, pero no es contrario a dejar que sus ideas se reflejen con bastante claridad en él.

—¿De veras? —Vespasia arqueó las cejas en un gesto inquisitivo—. ¿Y por qué iba eso a disuadirme de leerlo? Nunca he creído que alguien fuera capaz de informar de una noticia sin pasarla antes por el filtro de sus propios prejuicios. ¿Acaso los suyos son más poderosos de lo normal?

—Creo que sí. Y tampoco es contrario a defender que se combata por su causa.

—Oh. —Ella sintió el comentario como una corriente de aire gélido, nada más. No debería haberse sorprendido. Miró al hombre con más detenimiento. Tenía un rostro inteligente, de facciones recias, angulosas, susceptible de una profunda emoción. Habría dicho que era un hombre que no cedía terreno a nadie y cuya manifiesta afabilidad tal vez enmascaraba un carácter capaz de ser desagradable cuando perdía el control. No obstante, las primeras impresiones podían ser erróneas.

—¿Quieres conocerle? —preguntó Carlisle, intrigado.

—Tal vez —contestó ella—, pero estoy bastante segura de que no deseo que se entere de ello.

—Me aseguraré de que no lo haga —prometió él sonriendo—. Sería terriblemente presuntuoso. Desde luego, no permitiré que se crezca. Si arreglo una presentación, creerá que la idea fue suya y me estará muy agradecido por haber intervenido.

—Somerset, rayas en lo impertinente —observó Vespasia, consciente del aprecio que le tenía. Era osado, disparatado, apasionado en sus creencias y, bajo su fachada frívola, encantadoramente único. A ella siempre le había atraído la gente excéntrica.

Era pasada la medianoche y Vespasia empezaba a preguntarse si quería quedarse mucho más cuando oyó una voz que hizo desvanecer el tiempo, transportándola de nuevo a un verano inolvidable en Roma medio siglo atrás: 1848, el año de las revoluciones en toda Europa. Durante un período —demasiado breve— de euforia y frenesí los sueños de libertad se habían propagado como el fuego por Francia, Alemania, Austria-Hungría e Italia. Luego, uno por uno, los habían destruido. Habían asaltado las barricadas, sometido a la gente y devuelto a los papas y reyes su poder. La reforma había sido anulada y pisoteada por los soldados. En Roma habían sido los soldados franceses de Napoleón III.

Apenas se volvió para mirar. Quienquiera que fuera, solo podía ser un eco. Era la memoria que le jugaba una mala pasada, una entonación que sonaba igual, algún diplomático italiano, tal vez de la misma región, hasta de la misma ciudad. Creía haberlo olvidado, haber olvidado aquel año tumultuoso, con su pasión, sus ilusiones y todo el coraje y el dolor, y al final la pérdida.

Desde entonces había viajado de nuevo a Italia, pero nunca a Roma. Siempre había hallado la manera de evitarlo sin dar ninguna explicación. Era otra parte de su vida, una existencia totalmente distinta de la realidad de su matrimonio, sus hijos, Londres, hasta de sus recientes aventuras con el extraordinario policía, Thomas Pitt. ¿Quién hubiera imaginado que Vespasia Cumming-Gould, la aristócrata por excelencia, cuya familia descendía de la mitad de las casas reales de Europa, iba a hacer causa común con el hijo de un guardabosque que se había hecho policía? Claro que la preocupación por lo que pensaran los demás paralizaba a la mitad de sus conocidos privándolos de toda clase de pasión, alegría y dolor. De pronto se volvió. No fue tanto un acto premeditado como una reacción que no pudo evitar.

A menos de cuatro metros vio a un hombre casi de su edad. En aquella época había sido un veinteañero esbelto, moreno, ágil como un bailarín, con esa voz que llenaba sus sueños.

Ahora tenía el cabello gris y estaba un poco más fornido, pero sus huesos no habían cambiado, como tampoco la forma de sus cejas o su sonrisa.

Como si hubiera notado su mirada, él se volvió hacia Vespasia apartando por un momento su atención del hombre con quien hablaba.

La reconoció en el acto, sin un instante de duda o indecisión.

De pronto ella se asustó. ¿Acaso la realidad podía igualar los recuerdos? ¿Se había permitido creer más de lo que de hecho había ocurrido? ¿Era la mujer de su juventud remotamente parecida a la que era hoy? ¿O descubriría que el tiempo y la experiencia le habían vuelto demasiado prudente para ser capaz de seguir viendo el sueño? ¿Necesitaba verlo con la pasión de la juventud, el sol romano en el rostro y una pistola en la mano, de pie junto a las barricadas, dispuesto a morir por la República?

Él se acercaba a ella.

El pánico la dejó empapada como una ola, pero la costumbre, la autodisciplina de toda una vida y la absurda esperanza impidieron que se levantara y se fuera.

Él se detuvo frente a ella.

Vespasia sentía los latidos del corazón en el cuello. Había amado muchas veces en la vida, en ocasiones con pasión, en otras con sentido del humor, por lo general con ternura, pero nunca tanto como había amado a Mario Corena.

—Lady Vespasia —dijo él con formalidad, como si fueran simples conocidos. No obstante su tono era suave, acariciaba las sílabas. Después de todo era un nombre romano, como él le había dicho bromeando hacía mucho tiempo.

El hombre había empleado su título. ¿Debía responder ella con la misma corrección? Después de todo lo que habían compartido, la ilusión, la pasión y la tragedia, parecía una negación. Nadie les oía.

—Mario... —Era extraño volver a pronunciar su nombre. La última vez lo había susurrado en la oscuridad, con voz ahogada en llanto, las mejillas húmedas. Las tropas francesas entraban en Roma. Mazzini se había rendido para salvar al pueblo. Garibaldi se había dirigido al norte, a Venecia, con su mujer embarazada, vestida de hombre y armada como todos los demás, luchando a su lado. El Papa había regresado y anulado todas las reformas, cancelado la deuda, la libertad y el alma en un solo acto.

Pero todo eso era cosa del pasado. Italia ya estaba unida; al menos eso se había hecho realidad.

Él escudriñaba sus ojos, su rostro. Ella esperaba que no dijera que seguía siendo hermosa. A él nunca le había importado eso.

¿Debía decir algo para adelantarse a él? Un comentario trillado sería intolerable. Pero si hablaba, entonces nunca lo sabría. No había tiempo para juegos.

—A menudo he imaginado que volvía a encontrarme contigo —dijo él por fin—. Nunca creí que ocurriría... hasta hoy. —Se encogió de hombros de forma casi imperceptible—. Llegué hace una semana a Londres. Era imposible estar aquí sin pensar en ti. No sabía si preguntar por ti o dejar los sueños sin tocar.

Entonces alguien mencionó tu nombre y todo el pasado regresó a mí como si fuera ayer, y no tuve fuerzas para sacrificarme. Pensé que te encontraría aquí. —Recorrió con la mirada la suntuosa sala, con sus columnas, sus deslumbrantes arañas, el torbellino de música, risas y vino.

Ella sabía exactamente a qué se refería. Ese era su mundo de dinero y privilegios, todos ellos heredados. Tal vez en algún pasado lejano alguien los había ganado, pero no esos hombres y mujeres que se hallaban ahí ahora.

Podía reemprender fácilmente las viejas batallas, pero no era lo que ella quería. Había creído tan desesperadamente como él en la revolución de Roma. También había luchado y discutido por ella, trabajado día y noche en hospitales durante el sitio, llevado agua y comida a los soldados, y al final hasta disparado armas junto a los últimos defensores. Y había comprendido por qué, cuando al final Mario había tenido que escoger entre ella y su amor por la República, él había elegido sus ideales. El dolor que le había causado tal decisión nunca la había abandonado del todo, aun después de todos esos años, pero si la elección de él hubiera sido distinta, habría sido peor. Ella no habría podido amarlo del mismo modo, porque sabía en qué creía.

Vespasia sonrió a su vez, mientras una risa efervescente se alzaba en su interior.

—Tienes ventaja sobre mí. Yo ni en mis sueños más descabellados habría imaginado que te encontraría aquí, codeándote con el príncipe de Gales.

Él la miró con ternura al recordar viejas bromas, disparates que les hacían desternillarse.

—*Touché* —reconoció—. Pero ahora el campo de batalla está en todas partes.

—Siempre lo ha estado, querido —repuso ella—. Aquí es más complicado. Pocas cuestiones son tan sencillas como nos lo parecían entonces.

Él no pestañeó.

—Eran sencillas.

Vespasia pensó en lo poco que había cambiado él. Solo en aspectos superficiales: el color del pelo, las finas arrugas del rostro. Tal vez por dentro fuera más sabio, tuviera unas cuantas cicatrices y heridas, pero la misma esperanza ardía con idéntica fuerza, junto con todos los viejos sueños.

Ella había olvidado lo abrumador que podía ser el amor.

—Queríamos una república —prosiguió él—. Una voz para el pueblo. Tierras para los pobres, viviendas para los que dormían en la calle, hospitales para los enfermos, luz para los prisioneros y los locos. Era sencillo imaginarlo, sencillo hacerlo cuando tuvimos el poder... por un breve período antes de que volviera la tiranía.

—Carecíais de los medios —recordó ella. Mario no merecía que se le respondiera con nada más que la verdad. Al final, tanto si las tropas francesas hubieran entrado como si no, habría caído la República, porque los que poseían el dinero no estaban dispuestos a dar lo necesario para mantener en marcha su frágil economía.

El dolor encendió el rostro de Mario.

—Lo sé. —Recorrió con la mirada la espléndida estancia en la que se encontraban, todavía llena de música y conversaciones—. Los diamantes que veo aquí habrían bastado para mantenernos durante meses. ¿Cuánto crees que se sirve en estos banquetes en el transcurso de una semana? ¿Cuánto se come de más y cuánto se tira porque no se necesita?

—Lo suficiente para alimentar a los pobres de Roma —respondió ella.

—¿Y a los pobres de Londres? —preguntó él con sorna.

—No lo bastante para eso. —En las palabras de Vespasia subyacía la amargura de la verdad.

Mario contempló a la gente en silencio, el rostro fatigado por la larga batalla librada contra la ceguera de corazón. Ella lo observó, consciente de en qué había creído hacía tantos años en Roma, y supo sin sombra de duda que seguía creyendo en lo mismo. Si entonces habían sido el Papa y los cardenales, ahora eran el príncipe y sus cortesanos, admiradores y adláteres. Era la corona de Gran Bretaña y su Imperio, no la corona de tres pisos del Papa, pero todo lo demás era igual: el esplendor y la indiferencia, el uso inconsciente de la pólvora, la flaqueza humana.

¿Qué hacía él en Londres? ¿De veras quería saberlo? Tal vez no. Era un momento entrañable. Allí, en medio del ruidoso y superficial glamour de la sala de baile, Vespasia sentía el calor del sol romano en la cara, el polvo, la luz deslumbradora en los ojos, bajo sus pies las piedras que habían resonado al ritmo de los pasos de las legiones que habían conquistado hasta el último confín de la tierra y gritado «¡Ave César!» al marchar, las águilas en lo alto, los brillantes penachos rojos. Allí habían arrojado a los mártires cristianos a los leones, habían luchado los gladiadores, habían crucificado boca abajo a san Pedro, había pintado Miguel Ángel la capilla Sixtina.

No quería que el pasado quedara eclipsado por el presente. Era demasiado precioso, estaba demasiado entremezclado con el tejido de sus sueños.

No; no iba a preguntárselo.

Luego el momento pasó y dejaron de estar solos. Un hombre llamado Richmond los saludó con afabilidad y les presentó a su esposa; poco después se unieron a ellos Charles Voisey y Thorold Dismore, y pasaron a hablar de temas más generales. Fue una conversación trivial y bastante divertida, hasta que la señora Richmond hizo un comentario sobre la Troya antigua y los emocionantes hallazgos que había hecho Heinrich Schliemann. Vespasia se obligó a prestar atención al momento presente y sus banalidades.

—Asombroso —coincidió Dismore—. Extraordinaria la persistencia de ese hombre.

—Y las cosas que descubrieron —dijo la señora Richmond con entusiasmo—. La máscara de Agamenón, el collar que seguramente llevó Helena. Eso los hace reales en un sentido que nunca habría imaginado… de carne y hueso como cualquiera de nosotros. Es una sensación de lo más extraña sacarlos del terreno de la leyenda y hacerlos mortales, con vidas que dejan atrás restos físicos, objetos.

—Seguramente. —Voisey se mostró cauto.

—¡Oh, creo que hay poco lugar para la duda! —protestó ella—. ¿Ha leído alguno de los maravillosos trabajos de Martin Fetters? Es genial. Hace que todo parezca tan inmediato.

Hubo un momento de silencio.

—Sí —dijo Dismore con brusquedad—. Es una gran pérdida.

—¡Oh! —La señora Richmond se ruborizó—. Lo había olvidado. Qué terrible. Lo siento mucho. Él… cayó… —Se interrumpió sin saber muy bien cómo continuar.

—¡Por supuesto que cayó! —exclamó Dismore, cortante—. Sabe Dios cómo un jurado ha llegado a semejante veredicto. No cabe duda de que es absurdo. Pero se apelará y será revocado. —Miró a Voisey.

Richmond se volvió también hacia él.

Voisey les sostuvo la mirada.

Mario Corena estaba desconcertado.

—Lo siento, Corena, pero no puedo opinar —dijo Voisey tenso. Estaba pálido y tenía los labios apretados—. Es muy probable que yo sea uno de los jueces que examinen el caso cuando se presente la apelación. Solo sé que ese maldito policía Pitt es un ser ambicioso e irresponsable, que está resentido con los que han nacido en mejor cuna y con más dinero que él. Está decidido a ejercer el poder que le otorga su puesto solo para demostrar que puede hacerlo. A su padre lo deportaron por robo y él nunca lo ha superado. Es una especie de venganza contra la sociedad. Da pavor la arrogancia del ignorante cuando se le concede cierta responsabilidad.

Vespasia sintió como si la hubieran abofeteado. Por un momento se quedó sin habla. Percibió la cólera en la voz de Voisey, vio el fuego en sus ojos. La cólera que ella experimentaba era comparable.

—No sabía que lo conocía —dijo con tono gélido—, pero estoy segura de que un miembro de la judicatura como usted nunca juzgaría a ningún hombre, independientemente de su linaje o su condición, sino basándose en pruebas cuidadosamente demostradas. Usted jamás permitiría que le influyeran las palabras o actos de otros hombres, y menos aún sus propios sentimientos. La justicia debe ser igual para todos, o deja de ser justicia. —Su voz estaba empapada de sarcasmo—. Supongo, por lo tanto, que usted le conoce mejor que yo.

Voisey estaba tan pálido que se le resaltaban las pecas. Respiró hondo, pero guardó silencio.

—Es pariente político mío —concluyó ella. Un pariente muy lejano, pero no había necesidad de añadirlo. Su sobrino nieto, ahora muerto, había sido cuñado de Pitt.

La señora Richmond estaba horrorizada. Eso era una metedura de pata descomunal. Por un instante le pareció casi divertido, pero enseguida se dio cuenta de la seriedad con que todos los demás se lo habían tomado; la tensión cargó el ambiente como una tormenta inminente.

—Poco afortunado —dijo Dismore rompiendo el silencio—. Seguramente cumplía con su deber tal como él lo entendía. Aun así, la apelación cambiará sin duda el veredicto.

—Ah… sí —añadió Richmond—. Sin duda alguna.

Voisey se mantuvo circunspecto.

3

Poco más de tres semanas después Pitt, que había vuelto a casa temprano de Bow Street, paseaba alegremente por el jardín. Mayo era uno de los meses más hermosos, lleno de pálidas flores, hojas nuevas y el brillante resplandor de los tulipanes, la intensa fragancia de los alhelíes, suntuosa como el terciopelo. Empezaban a salir los altramuces, altas columnas de tonos rosa, azul y morado, y había al menos media docena de amapolas orientales que se abrían, frágiles y llamativas como seda coloreada.

En realidad más que trabajar en el jardín lo admiraba, a pesar de que había suficientes malas hierbas para tenerlo totalmente ocupado. Esperaba que Charlotte terminara las tareas domésticas que estuviera haciendo y se reuniera con él, y cuando oyó abrirse la puertaventana se volvió satisfecho. Sin embargo, quien caminaba por el césped era Ardal Juster, su rostro moreno sombrío.

Lo primero que pensó Pitt fue que los jueces del tribunal de apelación habían hallado un error en el procedimiento y anulado el veredicto. No creía que hubiera nuevas pruebas. Había buscado por todas partes e interrogado a todo el mundo.

Juster se detuvo frente a él. Echó un vistazo a los parterres que tenía a izquierda y derecha, luego levantó la mirada hacia el sol que se filtraba a través de las hojas de un castaño en el fondo del jardín. Inhaló hondo la fragancia de la tierra húmeda y las flores.

Pitt se disponía a poner fin a la tensión cuando Juster habló.

—La apelación de Adinett ha sido desestimada —anunció en voz baja—. Saldrá en los periódicos de mañana. Veredicto por mayoría, cuatro contra uno. Lo pronunció Voisey. Él era uno de los cuatro. Abercrombie fue la única voz disidente.

Pitt no comprendía. Juster se comportaba como si fuera portador de noticias de una derrota, no de una victoria. Se aferró a la única explicación que se le ocurrió, lo que él mismo creía, que ahorcar a un hombre era una solución degradante, pues no dejaba que este respondiera de su pecado ni le daba tiempo para cambiar. Creía, por supuesto, que Adinett había cometido un acto de profunda maldad, pero siempre le había preocupado desconocer por completo sus motivos. De haberse sabido toda la verdad, cabía la posibilidad de que el asunto hubiera parecido distinto.

Aun cuando ese no fuera el caso, e independientemente de quién fuera Adinett, la exigencia de que pagara por ello con su vida degradaba más a los que lo exigían que a él mismo.

El rostro de Juster, iluminado por el sol de la tarde, traslucía ansiedad. En sus ojos solo se veía la luz reflejada.

—Lo ahorcarán —comentó Pitt.

—Por supuesto —dijo Juster. Se metió las manos en los bolsillos, con el entrecejo aún fruncido—. No he venido por eso. Lo leerá en los periódicos de mañana y, de todos modos, usted sabe tanto como yo al respecto. He venido para prevenirle.

Pitt se sobresaltó. Sintió un escalofrío, a pesar de la tarde agradablemente templada.

Juster se mordió el labio.

—No ha habido ningún error en la sentencia, pero mucha gente se resiste a creer que un hombre como John Adinett asesinara a Fetters. Si les proporcionáramos un móvil, tal vez lo aceptarían. —Vio la expresión de Pitt—. No me refiero al ciudadano corriente… ese está satisfecho con que se haya hecho justicia… posiblemente hasta le parece bien que alguien de la posición de Adinett reciba la misma justicia que él. No le hace falta comprender. —Entrecerró los ojos a causa de la luz—. Me refiero a los hombres de nuestra clase, los que tienen poder.

Pitt no estaba seguro de entenderle.

—Si no han anulado el veredicto, entonces la ley acepta tanto su culpabilidad como que el juicio se condujo con imparcialidad. Tal vez lloren su muerte, pero ¿qué más pueden hacer?

—Castigarle a usted por su temeridad —respondió Juster con una sonrisa torcida—. Y puede que a mí también, según hasta qué punto crean que fue decisión mía acusarlo.

El cálido viento agitó las hojas del castaño y una docena de estorninos levantó el vuelo formando un remolino.

—Creía que ya me habían arrojado todos los insultos que se les pasaran por la cabeza en el estrado de los testigos —dijo Pitt, recordando con repentina cólera y dolor las acusaciones contra su padre. Le había sorprendido que todavía le afectara tanto. Creía haberlo empujado a un segundo plano y dejado que curara. Le asombró que la herida se abriera con tal facilidad y volviera a sangrar.

Juster parecía apenado, con las mejillas ligeramente encendidas.

—Lo siento, Pitt. Creía haberle prevenido lo suficiente, pero no estoy seguro de si lo hice. Esto está lejos de haber terminado.

Pitt sintió un nudo en la garganta, como si por un instante le costara respirar.

—¿Qué podrían hacer?

—No lo sé, pero Adinett tiene amigos poderosos… no lo bastante para salvarlo, pero a los que les sentará mal perder. Ojalá pudiera decirle qué cabe esperar de ellos, pero lo ignoro. —La consternación estaba impresa en sus ojos y en sus hombros un tanto caídos.

—No habría cambiado nada —aseveró Pitt con franqueza—. Si te abstienes de iniciar un procedimiento judicial porque el acusado tiene amigos, la ley no vale nada, y nosotros tampoco.

Juster esbozó una sonrisa que curvó las comisuras de su boca hacia abajo. Sabía que era cierto, pero el precio estaba lejos de ser sencillo, y se daba cuenta de que las palabras de Pitt, además de irónicas, eran una baladronada. Tendió una mano.

—Si puedo servirle de algo, llámeme. Sé defender tanto como acusar. Hablo en serio, Pitt.

—Gracias —repuso este con sinceridad. Era una cuerda salvavidas que podía necesitar.

—Me gustan sus flores. —Juster hizo un gesto de asentimiento—. Así ha de ser, mucho color en todas partes. No soporto las hileras rectas. Resulta demasiado fácil ver los defectos, aparte de cualquier otra cosa.

Pitt se obligó a sonreír.

—Así lo creo yo también.

Permanecieron en silencio por unos segundos, empapándose del color en la brisa de la tarde, el lánguido zumbido de las abejas, las risas de niños a lo lejos y el cotorreo de los pájaros. El aroma de los alhelíes casi dejaba un gusto en la boca.

Luego Juster se despidió, y Pitt se encaminó hacia la casa.

En los periódicos de la mañana Pitt encontró todo lo que había temido. En los titulares se anunciaba el fracaso de la apelación de Adinett, que sería ejecutado en menos de tres semanas. Pitt ya lo sabía, pero verlo en letra impresa lo hacía más inmediato. Eliminaba la última posibilidad de evasión.

Casi debajo de la noticia, donde nadie podía pasarlo por alto, había un extenso artículo de Reginald Gleave, quien había defendido a Adinett y declaraba abiertamente que seguía creyendo en su inocencia. Calificaba el veredicto de uno de los grandes errores de la justicia británica de ese siglo, y aseguraba que un día la gente se avergonzaría profundamente de una institución que había cometido, en su nombre, una injusticia tan terrible.

No censuraba a los jueces del tribunal de apelación, aunque tenía palabras poco amables para el magistrado que presidió el primer juicio. Se mostraba indulgente con los miembros del jurado, a quienes consideraba hombres legos en lo tocante a la ley que se habían dejado engañar por los verdaderamente culpables. Uno de ellos era el fiscal Ardal Juster. El principal culpable era Pitt.

> … un hombre peligroso e intolerante, que ha abusado del poder que le otorga su cargo a fin de llevar a cabo una *vendetta* personal contra las clases acaudaladas porque procesaron a su padre por robo cuando él no tenía edad para comprender la necesidad y la justicia de tal medida.
>
> Desde entonces ha desafiado a la autoridad de todas las maneras que se le han ocurrido, menos quedarse sin empleo y perder así el poder que tanto desea. Y no se equivoquen, es un hombre ambicioso, con una mujer que resulta caro mantener y aspiraciones de llevar la vida de un caballero.
>
> Los agentes que velan por la observancia de la ley deben ser imparciales y justos para con todos, sin temer ni favorecer a nadie. Esa es la esencia de la justicia y, al final, la única libertad.

Había más de lo mismo, pero se lo saltó y se limitó a leer frases sueltas aquí y allá.

Sentada a la mesa del desayuno frente a él, Charlotte lo miraba fijamente, con la cuchara de la mermelada en una mano. ¿Qué debía explicarle? Si ella leía el artículo, primero se enfadaría y luego temería por él. En cambio, si se lo ocultaba, ella sabría que se mostraba evasivo y eso sería aún peor.

—¿Thomas? —La voz de Charlotte interrumpió sus pensamientos.

—Reggie Gleave ha escrito un artículo bastante virulento sobre el caso —explicó él—. Adinett ha perdido la apelación y Gleave se lo ha tomado mal. Lo defendió él, ¿recuerdas? Tal vez cree de verdad que es inocente.

Ella lo escudriñaba con preocupación en la mirada, interpretando su expresión antes que escuchando sus palabras.

Pitt forzó una sonrisa.

—¿Hay más té? —Dobló el periódico y titubeó un instante. Si se lo llevaba consigo, Charlotte era perfectamente capaz de salir y comprar otro. Y el hecho de que él lo hubiera ocultado haría que ella se preocupara más. Lo dejó en la mesa.

Charlotte soltó la cucharada de la mermelada y sirvió el té. No dijo nada más, pero su esposo sabía que en cuanto saliera de la casa, ella lo leería.

A media tarde el subinspector Cornwallis había enviado a buscar a Pitt. Este supo en cuanto entró en su despacho que pasaba algo grave. Imaginó un caso embarazoso y sumamente complicado, tal vez otro como el asesinato de Fetters en el que estaría involucrada una figura destacada. Era la clase de asuntos que llevaba últimamente.

Cornwallis se hallaba de pie detrás de su escritorio, como si hubiera estado paseándose por la habitación y fuera reacio a sentarse. Era un hombre ágil de mediana estatura. Había pasado la mayor parte de su vida en la marina y todavía daba la impresión de que el mando en alta mar iba más con su manera de ser, haciendo frente a los elementos antes que a la tortuosidad de la política y la opinión pública.

—¿Sí, señor? —preguntó Pitt.

Cornwallis parecía profundamente compungido, como si llevara largo rato buscando palabras para lo que tenía que decir, pero aún no las hubiera encontrado.

—¿Se trata de un nuevo caso? —inquirió Pitt.

—Sí… y no. —Cornwallis lo miró fijamente—. ¡Pitt, detesto esto! Llevo toda la mañana luchando contra ello y he perdido.

Ninguna batalla me ha sentado peor. Si supiera qué más hacer, lo haría. —Meneó la cabeza ligeramente—. Pero creo que si continúo con ello solo conseguiré empeorar las cosas.

Pitt estaba desconcertado, y la visible agitación de Cornwallis lo llenó de fría aprensión.

—¿Se trata de un caso? ¿Quién está implicado?

—En el East End —respondió Cornwallis—. Y no tengo ni idea de quién está involucrado. La mitad de los anarquistas de Londres, que yo sepa.

Pitt respiró hondo para calmarse. Como todos los demás agentes de policía, y la mayoría de la gente en general, estaba al corriente de las actividades anarquistas que tenían lugar en Europa, entre ellas varias explosiones en Londres y diversas capitales del continente. Las autoridades francesas habían hecho circular un dossier con fotos de quinientos anarquistas buscados. Varios estaban a la espera de ser juzgados.

—¿Quién ha muerto? —preguntó—. ¿Por qué piden que intervengamos? El East End no es nuestro territorio.

—No ha muerto nadie —contestó Cornwallis—. Es un asunto de la Rama Especial.

—¿Los irlandeses? —Pitt estaba sorprendido. Como todo el mundo, estaba enterado de los problemas irlandeses, de los fenianos, de la historia de mitos y violencia, tragedia y lucha que habían asediado a Irlanda a lo largo de los últimos trescientos años. Asimismo sabía que había disturbios en ciertas partes de Londres, motivo por el cual se había separado a un sector especial de la policía para que se concentrase en hacer frente a la amenaza de bombas, asesinatos o incluso pequeñas insurrecciones. Inicialmente se le había conocido como la Rama Especial Irlandesa.

—Ningún irlandés en particular —corrigió Cornwallis—. Conflictos políticos generales; sencillamente prefieren no llamarlos políticos. La gente no lo aceptaría.

—¿Por qué nosotros? —preguntó Pitt—. No lo entiendo.

—Será mejor que se siente. —Cornwallis señaló con un gesto la silla que había al otro lado de su escritorio y tomó asiento.

Pitt obedeció.

—No se trata de nosotros —añadió Cornwallis con franqueza—, sino de usted. —No desvió la vista mientras hablaba; al contrario, sostuvo la mirada de Pitt sin parpadear—. Queda relevado del mando de Bow Street y será trasladado temporalmente a la Rama Especial a partir de hoy.

Pitt quedó atónito. No era posible. ¿Cómo iban a destituirle de su cargo en Bow Street? ¡No había cometido ninguna torpeza y menos aún un error! Quería protestar, pero las palabras no parecían adecuadas.

La boca de Cornwallis se convirtió en una fina línea, como si le atormentara un dolor físico.

—La orden viene de arriba —susurró—. Muy por encima de mí. La cuestioné, incluso me opuse a ella, pero no está en mi mano revocarla. Todos los hombres implicados se conocen entre sí, y yo soy un intruso. No soy uno de ellos. —Escudriñó los ojos de Pitt tratando de juzgar cuánto había comprendido de lo que quería decir.

—Uno de ellos... —repitió Pitt. Acudieron en tropel a su memoria viejos recuerdos, como una marea de oscuridad. Había visto en el pasado corrupción de lo más sutil, hombres cuyas lealtades estaban por encima del honor o una promesa, que se cubrían mutuamente sus crímenes, que daban prioridad a los suyos excluyendo al resto. Se les conocía como el Círculo Interior. Sus largos tentáculos lo habían alcanzado antes, pero apenas había pensado en él en los dos últimos años. De pronto Cornwallis le decía que ese era el enemigo.

Tal vez no debería haberle extrañado. Les había asestado golpes duros en el pasado. Debían de haber estado esperando el momento oportuno para vengarse, y su declaración ante el tribunal les había proporcionado la ocasión perfecta.

—¿Amigos de Adinett? —inquirió.

Cornwallis asintió levemente.

—No tengo forma de saberlo, pero apostaría lo que fuera que sí. —Él también evitó mencionar el nombre, pero ninguno de los dos dudó de su significado. Cornwallis inspiró hondo—. Lo he dispuesto todo para que se presente ante el señor Victor Narraway en la dirección que le daré. Es el comandante de la Rama Especial del East End y le informará de sus deberes. —Se interrumpió bruscamente.

¿Iba a añadir que Narraway también pertenecía al Círculo Interior? Si ese era el caso, entonces Pitt estaba más solo de lo que había sospechado.

—Ojalá pudiera decirle algo más sobre Narraway —agregó

Cornwallis con aire apenado—, pero toda la Rama Especial es como un libro cerrado para el resto de nosotros. —Arrugó la cara en una mueca de desagrado. Tal vez se había visto obligado a aceptar la necesidad de crear una fuerza clandestina pero, como para la mayoría de los ingleses, iba en contra de su modo de ser.

—Creía que el problema feniano había disminuido —dijo Pitt con ingenuidad—. ¿Qué puedo hacer yo en Spitalfields que no hagan mejor sus propios hombres?

Cornwallis se inclinó sobre su escritorio.

—Pitt, no tiene nada que ver con los fenianos o los anarquistas, y Spitalfields es irrelevante. —Hablaba en voz baja y apremiante—. Quieren sacarlo de Bow Street. Están decididos a acabar con usted, si pueden. Al menos se trata de otro empleo por el que será remunerado. Le ingresarán dinero para que su mujer lo retire. Si tiene cuidado y es inteligente, tal vez logre perderse en Whitechapel y, créame, eso sería muy deseable por un tiempo… Ojalá… ojalá fuera de otro modo.

Pitt se disponía a levantarse, pero le fallaron las piernas. Iba a preguntar cuánto tiempo debía permanecer desterrado, persiguiendo sombras en el East End, privado de dignidad, de mando, del estilo de vida a que estaba acostumbrado… ¡y que se había ganado! Sin embargo, no estaba seguro de ser capaz de soportar la respuesta. Luego, al observar el rostro de Cornwallis, se dio cuenta de que este no tenía ninguna respuesta que darle.

—¿Tengo que vivir… en el East End? —preguntó. Oyó su propia voz seca y algo quebrada, como si llevara días sin hablar. Comprendió que era por la conmoción. Había oído el mismo tono en otros al comunicarles noticias insoportables.

Se obligó a reaccionar. Eso no era insoportable. Ningún ser amado había sido herido o muerto. No podía seguir viviendo en su casa, pero esta seguía estando allí para Charlotte, y para Daniel y Jemima. Solo faltaría él.

¡Aun así era tan injusto! Él no había hecho nada malo, ¡ni tan siquiera equivocado! Adinett era culpable. Había presentado las pruebas ante un jurado, con imparcialidad, y este las había examinado y pronunciado un veredicto.

¿Por qué había matado John Adinett a Fetters? Ni siquiera Juster había logrado dar con un motivo. Todos habían creído que existía entre ambos una buena amistad, dos hombres que no solo compartían la pasión por viajar y por objetos atesorados por sus vínculos con la historia y la leyenda, sino también muchos ideales y sueños de cambiar el futuro. Ambos querían una sociedad más bondadosa y tolerante, que ofreciera a todos una oportunidad para progresar.

Juster se había preguntado si la discusión podía haber tenido que ver con dinero o con una mujer. Nadie sabía de la menor diferencia entre ambos hasta ese día. No se les había oído alzar la voz. Cuando el mayordomo había entrado media hora antes con el oporto, los dos hombres parecían los mejores amigos.

Sin embargo, Pitt estaba seguro de no haber interpretado mal los hechos.

—Pitt... —Cornwallis seguía inclinado sobre el escritorio, mirándolo muy serio.

Pitt volvió a prestar atención.

—¿Sí?

—Haré todo lo que pueda. —Cornwallis parecía avergonzado, como si supiera que eso no bastaba—. Solo... espere a que pase. ¡Tenga cuidado! Y por el amor de Dios, no se fíe de nadie. —Juntó las manos sobre la superficie de roble—. ¡Ojalá estuviera en mi poder hacer algo! Pero ni siquiera sé contra quién estoy luchando.

Pitt se levantó.

—No hay nada que hacer —dijo cansinamente—. ¿Dónde puedo encontrar al tal Victor Narraway?

Cornwallis le entregó una hoja de papel con una dirección escrita en ella: el número 14 de Lake Street, en Mile End New Town. Estaba en las afueras del barrio de Spitalfields.

—Pase antes por casa para recoger la ropa que va a necesitar y sus enseres personales. Cuidado con lo que le dice a Charlotte... No... —Se interrumpió al cambiar de parecer acerca de lo que iba a decir—. Hay anarquistas —dijo en su lugar—. Auténticos terroristas. Tal vez tienen pensado hacer algo aquí.

—Supongo que es posible. Después del Domingo Sangriento en Trafalgar Square, pocas cosas podrían sorprenderme. De todos modos eso terminó hace cuatro años. —Pitt se acercó a la puerta—. Sé que ha hecho todo lo posible. —No era fácil decirlo—. El Círculo Interior es una enfermedad secreta. Sabía que... Solo lo había olvidado. —Y sin esperar a que Cornwallis hablara salió y bajó por las escaleras, ajeno a las personas que pasaban a su lado, sin oír siquiera a los que se dirigían a él.

Le daba pavor decírselo a Charlotte, de modo que la única manera de hacerlo era inmediatamente.

—¿Qué pasa? —preguntó ella en cuanto lo oyó entrar en la cocina.

Se encontraba de pie frente al gran fogón negro. La habitación estaba totalmente iluminada por el sol y olía a pan recién horneado, y las sábanas que colgaban del tendedero del techo habían sido izadas. En el aparador galés había porcelana blanca y azul, y en el centro de una pulcra mesa de madera, un frutero lleno. Archie, el gato naranja y blanco, se limpiaba tumbado en la cesta de la ropa, mientras su hermano Angus se deslizaba esperanzado por el alféizar de la ventana hacia la jarra de leche que estaba junto al codo de Charlotte.

Los niños estaban en el colegio, y Gracie debía de haber salido para hacer algún recado. Ese era el hogar que Pitt adoraba, lo que hacía la vida agradable. Después del horror y la tragedia del crimen, era volver allí, con sus risas y su cordura, y saberse querido, lo que quitaba el veneno de las heridas del día.

¿Cómo lograría arreglárselas sin eso? ¿Cómo se las apañaría sin Charlotte?

Por un momento se apoderó de él una rabia ciega hacia los hombres secretos que le habían hecho eso. Era monstruoso que desde la seguridad del anonimato le privaran de las cosas que más amaba, que invadieran su vida y la esparcieran como hierba seca, sin dar cuentas a nadie. Quería hacerles lo mismo, pero cara a cara, para que supieran por qué y él pudiera ver en sus ojos que lo entendían.

—Thomas, ¿qué pasa? —La voz de Charlotte sonó áspera por el miedo. Se había vuelto hacia él, con el trapo del horno en una mano, y lo miraba con fijeza. Él se dio cuenta vagamente de que Angus había alcanzado la leche y empezaba a beber a lengüetazos.

—Me han destinado a la Rama Especial —respondió él.

—No lo entiendo —dijo ella despacio—. ¿Qué significa eso? ¿Qué es la Rama Especial?

—Se ocupa de los terroristas y los anarquistas —contestó él—. Fenianos en su mayoría, hasta el año pasado. Ahora es cualquiera que quiere crear disturbios o cometer un asesinato político.

—¿Por qué es tan terrible? —Charlotte le escudriñaba el rostro, llegando a sus emociones antes que a sus palabras. No cuestionaba el dolor que veía reflejado en él, solo la causa.

—Ya no estaré en Bow Street. Ni con Cornwallis. Trabajaré para un tipo llamado Narraway… en Spitalfields.

—¿Spitalfields? —Ella frunció el entrecejo—. El East End. ¿Quieres decir que tendrás que desplazarte cada día hasta la comisaría de Spitalfields?

—No… Tendré que vivir en Spitalfields, como una persona corriente.

En los ojos de Charlotte se reflejó poco a poco la comprensión, seguida de la soledad y la cólera.

—¡Eso es… monstruoso! —exclamó con incredulidad—. ¡No pueden hacerlo! ¡Es injusto! ¿De qué tienen miedo? ¿Creen que un puñado de anarquistas va a poner todo Londres en peligro?

—No tiene nada que ver con atrapar anarquistas —explicó él—. Se trata de castigarme, porque John Adinett forma parte del Círculo Interior y yo presté la declaración que lo llevará a la horca.

Ella tenía la cara tensa, los labios pálidos.

—Sí, lo sé. ¿Están escuchando a gente como Gleave? ¡Eso es ridículo! Adinett era culpable… ¡tú no tienes la culpa!

Él no dijo nada.

—Está bien. —Charlotte se volvió y añadió con voz llorosa—: Sé que no tiene nada que ver con eso. ¿No puede ayudarte nadie? ¡Es tan injusto! —Se volvió de nuevo—. Tal vez tía Vespasia…

—No. —Pitt sentía un dolor casi insoportable. Miró fijamente a su esposa. Tenía la cara encendida de cólera y desesperación, el pelo desprendiéndose de los pasadores, los ojos llenos de lágrimas. ¿Cómo iba a soportar vivir solo en Spitalfields sin verla al final de cada jornada, sin compartir con ella una broma o una idea, o hasta discutir una opinión, y sobre todo sin tocarla y sentir su calor entre los brazos?

—¡No será para siempre! —Lo dijo tanto para ella como para sí mismo. Tenía que mirar hacia un tiempo en el futuro, fuera cuando fuese. No toleraría esa situación un día más de lo necesario. Habría alguna manera de luchar contra ello… con el tiempo.

Charlotte trató de contener las lágrimas. Tenía los ojos húmedos y buscó un pañuelo en los bolsillos del delantal. Lo encontró y se sonó ruidosamente.

De pronto Pitt se sintió indeciso. Antes de entrar en la cocina había previsto recoger sus cosas y marcharse inmediatamente, sin alargar la despedida. Así sería más fácil, al menos para los niños. Sin embargo, quería quedarse el máximo tiempo posible, estrecharla en sus brazos y, como la casa estaba vacía, hasta subir y hacer el amor por última vez quizá en mucho tiempo.

¿Sería lo mejor… o solo haría peor y más difícil el momento… que no iba a tardar?

Al final no pensó en ello, se limitó a abrazarla, a besarla, a estrecharla tan fuerte que ella gritó y él se apartó, pero solo un par de centímetros, lo justo para no hacerle daño. Luego la llevó arriba.

Cuando él se hubo marchado, Charlotte se quedó sentada frente al espejo del tocador, cepillándose el pelo. Tuvo que quitarse los pocos pasadores que quedaban y rehacer el peinado. Tenía muy mala cara, los ojos rojos y todavía escocidos por las lágrimas, aunque estas también eran de cólera, así como de conmoción y desamparo.

Oyó cerrarse la puerta de la calle y los pasos de Gracie por el pasillo.

Se recogió rápidamente el pelo y volvió a sujetárselo con los pasadores de manera desordenada, luego bajó por las escaleras y entró en la cocina.

Gracie estaba en el centro de la habitación.

—¿Qué ha pasado? —dijo horrorizada—. El pan se ha echado a perder. Mire. —A continuación se dio cuenta de que se trataba de algo mucho más grave—. ¿Es el señor Pitt? ¿Está herido? —Tenía la cara lívida.

—¡No! —se apresuró a responder Charlotte—. Está bien. Quiero decir que no está herido.

—Entonces ¿qué ocurre? —exigió saber Gracie. Tenía todo el cuerpo rígido, los hombros hundidos de la tensión, sus pequeñas manos juntas.

Charlotte se sentó con parsimonia en una silla. No era algo que pudiera explicarse en pocas palabras.

—Le han echado de Bow Street y enviado a la Rama Especial, en el East End. —Nunca se le había pasado por la cabeza no confiarse a Gracie. Esta llevaba siete años con ellos, desde que era una niña abandonada de trece años, mal nutrida y analfabeta, pero con lengua afilada y ganas de superarse. Para ella, Pitt era el hombre más excelente del mundo y el mejor en su profesión. Se consideraba mejor que cualquier otra criada de Bloomsbury porque trabajaba para él. Compadecía a las que servían a meros lores inútiles. En su vida no había emoción, y tampoco un propósito.

—¿Qué es la Rama Especial? —preguntó con recelo—. ¿Por qué él?

—Antes se ocupaba de los terroristas irlandeses que ponían bombas. —Charlotte explicó lo poco que sabía—. Ahora de anarquistas en general, y nihilistas, creo.

—¿Quiénes son?

—Los anarquistas son gente que quiere acabar con todos los gobiernos y crear el caos...

—No hace falta acabar con los gobiernos para eso —comentó Gracie con sorna—. ¿Quiénes son los otros que terminan en «istas»?

—¿Los nihilistas? Gente que quiere destruirlo todo.

—¡Eso es una tontería! ¿Qué sentido tiene? ¡Entonces tú tampoco tienes nada!

—Sí, es una tontería —coincidió Charlotte—. No creo que tengan mucho sentido común, solo cólera.

—De modo que el señor Pitt va a detenerlos. —Gracie parecía un poco más esperanzada.

—Va a intentarlo, pero primero tiene que encontrarlos. Por eso deberá vivir en Spitalfields.

Gracie estaba horrorizada.

—¿Vivir allí? ¡No pueden obligarle a vivir en Spitalfields! ¿No saben qué clase de lugar es? ¡Caray, es la escoria del East End! Es un lugar inmundo y apesta a Dios sabe qué! Allí nadie está a salvo de nada, ni de ladrones, ni de asesinos, ni de enfermedades, o de que te ataquen en la oscuridad. —Alzaba cada vez más la voz—. Tienen toda clase de fiebres y la sífilis, además de todo lo demás. Quien vuele con dinamita algunos de esos lugares estará haciendo un favor al mundo. Tendrá que decirles que no está bien. ¿Quién se creen que es? ¿Un polizonte inútil?

—Saben cuál es la situación allí —dijo Charlotte, embargada de nuevo por la tristeza—. Por eso lo hacen. Es una especie de castigo por haber encontrado las pruebas contra Adinett y haber testificado ante el tribunal. Ya no es el jefe de Bow Street.

Gracie se encorvó como si hubiera recibido un golpe. Se la

veía muy menuda y delgada. Había presenciado demasiadas injusticias para poner en duda su existencia.

—Eso es perverso —murmuró—. Es una gran equivocación. Supongo que le pagarán en la rama esa.

—Oh, sí. ¡No sé cuánto! —Se trataba de algo en lo que Charlotte no había pensado. Era típico de Gracie ser práctica. Había vivido en la pobreza durante demasiado tiempo para olvidarlo. Había conocido la clase de frío que te hace enfermar, el hambre que te obliga a comer las sobras que otros tiran, cuando tener una rebanada de pan es ser rico y nadie piensa siquiera en el mañana, y no digamos la semana siguiente—. ¡Bastará! —añadió con más energía—. Tal vez no podamos permitirnos lujos, pero sí comida. Y se acerca el verano, de modo que no necesitaremos tanto carbón. Sencillamente no tendremos vestidos nuevos por un tiempo, ni podremos comprar juguetes o libros.

—Ni carne de ovino. Los arenques son buenos, y las ostras son baratas. Y sé dónde conseguir buenos huesos para hacer caldo y demás. Nos las arreglaremos. —Gracie respiró hondo—. ¡De todos modos no es justo!

También resultó difícil explicárselo a los niños. Jemima, de diez años y medio, crecía alta y delgada, y su cara había perdido un poco la redondez. Era posible entrever a la mujer en que iba a convertirse.

Daniel, dos años menor, era de constitución más robusta y decididamente más infantil. Sus facciones comenzaban a definirse, y tenía la piel suave y el pelo ondulado en la nuca, como Pitt.

Charlotte había decidido decirles que su padre tendría que ausentarse por un tiempo de tal forma que comprendieran que no lo había decidido él, que les echaría muchísimo de menos.

—¿Por qué? —preguntó Jemima inmediatamente—. Si no quiere irse, ¿por qué tiene que hacerlo? —Se resistía a aceptarlo, toda su cara llena de resentimiento.

—A veces todos nos vemos obligados a hacer cosas que no queremos —respondió Charlotte. Trataba de hablar con voz serena, consciente de que los niños estaban tan atentos a sus emociones como a sus palabras. Debía hacer todo lo posible por disimular su propia aflicción—. Es cuestión de lo que es correcto, lo que debe hacerse.

—Pero ¿por qué tiene que hacerlo? —insistió Jemima—. ¿Por qué no puede hacerlo otro? Yo no quiero que se vaya.

Charlotte la acarició.

—Yo tampoco. Pero si nos quejamos, solo le pondremos las cosas más difíciles. Le he dicho que cuidaremos unos de otros y le echaremos de menos, pero que estaremos bien hasta que vuelva.

Jemima reflexionó unos minutos al respecto, sin saber si aceptarlo o no.

—¿Está persiguiendo hombres malos? —Daniel habló por primera vez.

—Sí —se apresuró a responder Charlotte—. Hay que detenerlos y él es la persona más adecuada para hacerlo.

—¿Por qué?

—Porque es muy listo. Otras personas llevan tiempo intentándolo y no lo han conseguido, de modo que han enviado a papá.

—Entiendo. Entonces supongo que estaremos bien. —Daniel meditó un momento—. ¿Es peligroso?

—No va a enfrentarse a ellos —dijo Charlotte con más tranquilidad de la que sentía—. Solo debe averiguar quiénes son.

—¿No va a detenerlos? —preguntó Daniel de modo razonable, con una ceja arqueada.

—Él solo no —explicó Charlotte—. Se lo dirá a otros policías y lo harán todos juntos.

—¿Estás segura? —Daniel intuía que su madre estaba preocupada, aun cuando no sabía el porqué.

Ella se obligó a sonreír.

—Por supuesto. ¿Tú no?

Él asintió, satisfecho.

—De todas formas le echaré de menos.

—Yo también —dijo Charlotte, obligándose a seguir sonriendo.

Pitt fue en tren directamente a la dirección al norte de Spitalfields que le había facilitado Cornwallis. Resultó ser una pequeña casa situada detrás de una tienda. Victor Narraway le esperaba. Pitt vio que era un hombre enjuto, con una mata de pelo oscuro salpicado de canas y un rostro en el que la inteligencia era peligrosamente evidente. No podía pasar inadvertido en cuanto uno lo miraba a los ojos.

Estudió a Pitt con interés.

—Siéntese —ordenó señalando la sencilla silla de madera que tenía enfrente. En la habitación había muy pocos muebles, solo una cómoda con todos los cajones bien cerrados, una mesita y dos sillas. Seguramente antaño había sido una trascocina.

Pitt obedeció. Vestía su ropa más vieja, la que solía llevar cuando no quería llamar la atención en los barrios más pobres. Había pasado mucho tiempo desde la última vez que le había parecido necesario. Se sentía incómodo, sucio y en una situación de total desventaja. Era como si sus años de éxitos se hubieran desvanecido y convertido en nada más que un sueño, o un deseo.

—No veo que vaya a serme usted de mucha utilidad —dijo Narraway sombrío—, pero supongo que no debería mirar los dientes a caballo regalado. Me lo han endilgado, así que será mejor que le saque el mayor provecho. Creía que era usted famoso por su forma de hacer frente al escándalo entre la pequeña nobleza. Spitalfields no parece su territorio.

—No lo es —dijo Pitt a regañadientes—. Lo era Bow Street.

—¿Y dónde demonios ha aprendido a hablar así? —Narraway arqueó una ceja. Tenía una buena voz, y su dicción le venía tanto de nacimiento como por educación, pero no era mejor que la de Pitt.

—Me educaron con el hijo del dueño de la finca —respondió recordándolo aun entonces con vividez; el sol que entraba por las ventanas, el profesor con su vara y sus lentes, las interminables repeticiones hasta que quedaba satisfecho. Al principio le había molestado, pero luego le fascinó. Ahora estaba agradecido.

—Tuvo suerte —comentó Narraway con una sonrisa tensa—. Pero si quiere servir de algo aquí tendrá que desaprenderlo, y deprisa. ¡Tiene aspecto de buhonero o vagabundo, y habla como un refugiado del Ateneo!

—Puedo hablar como un buhonero si quiero —afirmó Pitt—. No uno del barrio, pero sería estúpido que lo intentara. Todos se conocen.

La expresión de Narraway se relajó por vez primera y en sus ojos se vislumbró un atisbo de aceptación. Era un primer paso, nada más. Hizo un gesto de asentimiento.

—El resto de Londres no tiene ni idea de lo grave que es esto —aseguró con aire sombrío—. Solo saben que hay disturbios. Pero es más que eso. —Observaba a Pitt con detenimiento—. No se trata de algún que otro lunático con un cartucho de dinamita, aunque sin duda también los tenemos. —La ironía apareció fugazmente en su rostro—. No hace ni dos meses tuvimos a un hombre que arrojaba dinamita por el retrete y bloqueaba las tuberías, hasta que la dueña se quejó. Los obreros que levantaron las tuberías y la encontraron no tenían ni idea de lo que era. Un pobre infeliz creyó que le sería útil para reparar grietas y la dejó en el suelo de su buhardilla para que se secara, e hizo saltar todo el lugar por los aires. Se derrumbó la mitad de la casa.

Era absurdo, pero también amargo y dramático. Uno se reía de lo ridículo que resultaba, pero quedaba la tragedia.

—Si no es algún nihilista intentando hacer realidad sus ambiciones —preguntó Pitt—, ¿qué buscamos entonces?

Narraway sonrió, un poco más relajado. Se arrellanó en la silla y cruzó las piernas.

—Siempre ha existido el problema irlandés y dudo que desaparezca, pero por el momento esa no es nuestra principal preocupación. Sigue habiendo fenianos por ahí sueltos, pero arrestamos a un buen número el último año y están bastante silenciosos. Todavía hay un fuerte sentimiento anticatólico generalizado.

—¿Es peligroso?

Narraway observó la expresión de duda de Pitt.

—No en sí mismo —respondió con aspereza—. Tiene mucho que aprender. ¡Empiece por permanecer callado y escuchar! Búsquese un empleo cualquiera que justifique su existencia. Recorra las calles de por aquí. Tenga los ojos bien abiertos y la boca cerrada. Escuche las conversaciones frívolas, entérese de lo que se dice y lo que no se dice. En el aire se palpa una cólera que no existía aquí hace diez o quince años. ¿Se acuerda del Domingo Sangriento del ochenta y siete, y de los asesinatos de Whitechapel del otoño siguiente? Han pasado cuatro años de eso y es cuatro veces peor.

Por supuesto que Pitt recordaba los otoños de 1887 y 1888. Todo el mundo los tenía presentes. Sin embargo, ignoraba que la situación siguiera estando tan cerca de la violencia. Había creído que se trataba de uno de esos estallidos esporádicos que se producían de vez en cuando para, acto seguido, volver a apagarse. Una parte de él se preguntaba si Narraway no dramatizaba en exceso, tal vez para darse importancia. Había mucha rivalidad dentro de las distintas ramas responsables de hacer observar la ley, cada una de las cuales protegía su propio territorio e intentaba ampliarlo a costa de las demás.

Narraway le leyó el rostro como si hubiera hablado.

—No emita juicios apresurados, Pitt. Muéstrese escéptico, por supuesto, pero haga lo que se le ordena. No sé si Donaldson tenía razón en lo que dijo sobre usted en el estrado, pero a mí tendrá que obedecerme mientras esté en la Rama Especial, o le pondré de patitas en la calle tan deprisa que acabará viviendo en Spitalfields o en un lugar parecido de por vida, ¡y su familia con usted! ¿He hablado con suficiente claridad?

—Sí, señor —respondió Pitt, horriblemente consciente aún del terreno tan peligroso en el que se hallaba. No tenía ningún amigo y demasiados enemigos. No podía permitirse dar a Narraway un pretexto para que lo echara.

—Bien. —Narraway volvió a cruzar las piernas—. Entonces escúcheme con atención y no olvide lo que le digo. No importa lo que usted crea, yo tengo razón, y deberá usted actuar de acuerdo con lo que yo le diga si quiere sobrevivir, y no digamos serme de alguna utilidad.

—Sí, señor.

—¡Y no me conteste como un loro! —exclamó Narraway—. ¡Si quiero un pájaro parlante, me compraré uno! —Tenía la cara tensa—. En el East End reina una pobreza tan absoluta y desesperada como no es capaz de imaginar siquiera el resto de la ciudad. La gente se muere de hambre y de enfermedades provocadas por el hambre, hombres, mujeres y niños. —La cólera contenida hizo que su voz sonara áspera—. Son más los niños que mueren que los que logran vivir. Eso quita valor a la vida. Los valores son distintos. Ponga a un hombre en una situación en la que no tenga nada que perder y tendrá problemas. Ponga a cien mil hombres y tendrá un polvorín para la revolución. —Observaba a Pitt con atención—. Es ahí donde sus católicos, terroristas anarquistas, nihilistas y judíos representan un peligro. Son la única chispa que podría hacer estallar sin proponérselo todo lo demás. Solo necesita empezar.

—¿Judíos? —preguntó Pitt intrigado—. ¿Qué problema hay con los judíos?

—No es lo que esperábamos —admitió Narraway—. Hay un montón de judíos bastante liberales procedentes de Europa. Vinieron después de las revoluciones del cuarenta y ocho, que fueron sofocadas de una manera u otra. Contábamos con que su cólera se desbordara aquí, pero hasta la fecha no ha sido así. —Se encogió muy levemente de hombros—. Lo que no es lo mismo que decir que no vaya a hacerlo. Y hay mucho sentimiento antisemita por ahí, nacido en su mayor parte del miedo y la ignorancia. Pero cuando las cosas se ponen difíciles, la gente busca cabezas de turco, y los que son evidentemente distintos se convierten en el primer blanco, porque es el más fácil.

—Entiendo.

—Lo dudo —repuso Narraway con desdén—, pero lo hará si presta atención. Le he encontrado alojamiento en Heneagle Street, con un tal Isaac Karansky, un judío polaco respetado en el barrio. Cabe esperar que esté usted a salvo dentro de lo que cabe, y en situación de vigilar y escuchar, de averiguar algo.

Sus instrucciones seguían siendo muy vagas, y Pitt no sabía muy bien qué se esperaba de él. Estaba acostumbrado a tener un caso concreto que investigar, algo que ya había sucedido y que él debía desentrañar, averiguar quién era el responsable, cómo se había hecho y, si era posible, por qué. Tratar de descubrir algo sobre un hecho poco específico que podía o no suceder en el futuro era totalmente distinto, algo demasiado indefinido para entenderlo. ¿Por dónde iba a empezar? No había nada que examinar, nadie a quien interrogar y, peor aún, carecía de autoridad.

Una vez más se sintió abrumado por una sensación de fracaso, tanto pasado como por venir. No servía para ese empleo. Requería habilidades y conocimientos que no poseía. Allí era un extraño, casi un extranjero respecto a las costumbres imperantes. No lo habían enviado a ese lugar porque pudiera ser útil, sino a modo de castigo por haber acusado a Adinett y tenido éxito. No obstante, seguía teniendo un empleo y una fuente de ingresos para Charlotte y los niños. Al menos estaba agradecido por eso, aun cuando en ese momento su gratitud se hallaba sepultada bajo el miedo y la cólera.

¡Tenía que intentarlo! Necesitaba sacar más información a Narraway, aun cuando eso significara tragarse su orgullo y obligarse a preguntar. Cuando saliera de esa habitación diminuta e insulsa sería demasiado tarde. Se sentiría más solo de lo que había estado profesionalmente en toda su vida.

—¿Cree que hay alguien tratando deliberadamente de fomentar la violencia, o va a ocurrir en una serie de accidentes que nos pillarán desprevenidos? —preguntó.

—Lo segundo es posible —respondió Narraway—. Siempre lo ha sido. Pero creo que esta vez será lo primero. Aunque probablemente parecerá espontáneo, y sabe Dios que hay suficiente pobreza e injusticia para avivarla, una vez encendida. Y suficiente odio religioso y racista para que estalle una guerra en las calles. Eso es lo que debemos prevenir, Pitt. En comparación, el asesinato parece algo muy simple, ¿verdad? Casi hasta irrelevante, salvo para los involucrados. —Su voz volvía a ser áspera—. Y no me diga que toda la tragedia o la injusticia está hecha de personas individuales... ¡ya lo sé! Sin embargo, ni siquiera las mejores sociedades del mundo logran erradicar los pecados personales de la envidia, la avaricia y la cólera, y no creo que lo consigan nunca. De lo que estamos hablando es de una clase de locura en la que nadie está a salvo y que destruye todo cuanto tiene utilidad o valor.

Pitt no dijo nada. Sus pensamientos eran tan sombríos que le asustaron.

—¿Ha leído algo sobre la Revolución francesa? —preguntó Narraway—. Me refiero a la grande, la de 1789, no a este reciente fiasco.

—Sí. —Pitt se estremeció al pensar de nuevo en las lecciones en la finca y la descripción de las calles de París, en las que corría la sangre humana mientras la guillotina hacía su trabajo día tras día—. El Gran Terror —añadió.

—Exacto. —Narraway apretó los labios—. París está muy cerca, Pitt. No crea que no podría ocurrir aquí. Tenemos suficiente desigualdad, créame.

A pesar suyo, Pitt consideró la posibilidad de que hubiera al menos alguna verdad en lo que decía Narraway. Exageraba, por supuesto, pero hasta la imagen más pálida resultaba terrible.

—¿Qué necesita exactamente de mí? —preguntó controlando con cuidado su voz—. Deme algo que buscar.

—¡Yo no le necesito absolutamente para nada! —exclamó Narraway con repentina indignación—. Usted me ha caído de arriba. No estoy muy seguro de por qué pero, ya que está aquí, puedo utilizarlo. Aparte de tener un lugar donde vivir tan razonable como cabe esperar de Spitalfields, Isaac Karansky es un hombre de cierta influencia en su propia comunidad. Obsérvelo, escuche, averigüe cuanto pueda. Si se entera de algo útil, avíseme. Estoy aquí cada semana a una hora u otra. Hable con el zapatero de la acera de enfrente. Él sabe cómo hacerme llegar los recados. No me llame a menos que sea importante, ¡y no deje de hacerlo si puede serlo! Si se equivoca, prefiero que sea por pecar de prudente.

—Sí, señor.

—Bien. Entonces váyase.

Pitt se levantó y se encaminó hacia la puerta.

—¡Pitt!

Este se volvió.

—¿Sí, señor?

Narraway lo observaba.

—Tenga cuidado. Ahí fuera no tiene amigos. No lo olvide nunca, ni por un momento. No se fíe de nadie.

—No, señor. Gracias. —Pitt salió sintiendo frío, a pesar del ambiente cargado y el olor medio dulzón de la madera podrida.

Preguntando un par de veces llegó a través de estrechas y grises callejas a Heneagle Street. Encontró la casa de Isaac Karansky en la esquina de Brick Lane, una concurrida calle que conducía por delante de la altísima mole de la fábrica de azúcar hasta Whitechapel Road. Llamó a la puerta. No ocurrió nada, de modo que volvió a llamar.

Acudió a abrirla un hombre de unos cincuenta y cinco años. Tenía la tez morena, a todas luces semítica, y el pelo negro salpicado generosamente de canas. En su mirada había tanta amabilidad como inteligencia mientras estudiaba a Pitt, pero las circunstancias le habían enseñado a ser cauteloso.

—¿Sí?

—¿Señor Karansky? —preguntó Pitt.

—Sí... —Tenía la voz grave, con un leve acento, y muy recelosa de los intrusos.

—Me llamo Thomas Pitt. Acabo de llegar a este barrio y estoy buscando alojamiento. Un amigo me ha comentado que usted podría tener una habitación para alquilar.

—¿Cómo se llama su amigo, señor Pitt?

—Narraway.

—Bien, bien. Tenemos una habitación. Pase, por favor, y vea si es lo que busca. Es pequeña, pero limpia. Mi mujer es muy maniática. —Se apartó para franquearle la entrada.

El pasillo era estrecho, y las escaleras no estaban a más de un par de metros de distancia de la puerta. Todo estaba oscuro, y Pitt supuso que en invierno habría humedad y haría muchísimo frío, pero olía a limpio, a una especie de cera, y llegaba un aroma a hierbas que no logró identificar. Era agradable, una casa donde vivía gente en familia, donde una mujer cocinaba, barría y hacía la colada, y estaba por lo general ocupada.

—Arriba de todo. —Karansky señaló las escaleras.

Pitt subió despacio, oyendo el crujido que acompañaba cada paso que daba. En lo alto Karansky le indicó una puerta y Pitt la abrió. La habitación era pequeña, con una ventana tan sucia que costaba ver lo que había fuera, pero tal vez era preferible dejarlo a la imaginación. Uno podía crearse su propio sueño.

Había una cama de hierro, ya hecha con sábanas de hilo que parecían limpias y almidonadas, y varias mantas, además de una cómoda de madera con media docena de cajones con extraños tiradores, y una palangana y una jarra encima. De la pared colgaba un trozo de espejo. No había armario, pero sí dos colgadores en la puerta. En el suelo, al lado del lecho, había una alfombra.

—Servirá —aceptó Pitt. Los años se desvanecieron, y era como si volviera a ser un muchacho, en la finca, y la policía acabara de llevarse a su padre; cuando a su madre y a él los expulsaron de la casa del guardabosque y se encontraron en las habitaciones de los criados. Entonces se habían considerado afortunados. El señor Matthew Desmond los había acogido. La mayoría de la gente los habría echado a la calle.

Recorrió la habitación con la mirada recordando de nuevo la pobreza, el frío y el miedo; era como si los años intermedios solo hubieran sido un sueño y hubiera llegado el momento de despertar y seguir adelante con la realidad. El olor le resultaba curiosamente familiar; no había polvo, solo la desnudez y el saber cuánto frío haría, los pies descalzos en el suelo, hielo en el cristal de la ventana, agua fría en la jarra.

Keppel Street parecía obra de la fantasía. Iba a echar de menos las comodidades a que estaba acostumbrado. Peor aún, iba a echar infinita e insoportablemente de menos el calor, las risas y el amor, la seguridad.

—Serán dos chelines a la semana —susurró Karansky a sus espaldas—. Y un chelín y seis peniques más con comida. Puede sentarse con nosotros a la mesa si lo desea.

Recordando lo que Narraway había dicho sobre la posición de Karansky en la comunidad, Pitt no vaciló en aceptar.

—Gracias, eso estaría muy bien. —Se llevó una mano al bolsillo y contó el dinero para pagar el alquiler de la primera semana. Como Narraway había dicho, debía encontrar alguna clase de empleo o suscitaría sospechas—. ¿Cuál es el mejor lugar para buscar trabajo?

Karansky se encogió expresivamente de hombros, el pesar impreso en su rostro.

—No existe tal lugar. Aquí la gente lucha por sobrevivir. Parece fuerte de espaldas. ¿Qué está dispuesto a hacer?

Pitt no había pensado seriamente en ello hasta ese momento. Solo mientras contaba el dinero de su alquiler cayó en la cuenta de que debía tener una fuente de ingresos visible, pues de lo contrario despertaría sospechas innecesarias. Habían transcurrido muchos años desde la última vez que había hecho un gran esfuerzo físico. Su trabajo a veces era duro para los pies, pero en la mayoría de los casos era la mente lo que utilizaba, sobre todo desde que había estado a cargo de Bow Street.

—No tengo manías —respondió. Por lo menos no se encontraban lo bastante cerca de los muelles para tener que cargar carbón o levantar cajones—. ¿Qué me dice de la fábrica de azúcar? La he visto al bajar por Brick Lane. Se huele desde aquí.

Karansky arqueó una ceja.

—Le interesa, ¿eh?

—¿Si me interesa? No. Solo pensé que podría haber trabajo allí. El azúcar necesita a muchos hombres, ¿no es así?

—Oh, sí, cientos —coincidió Karansky—. Una de cada dos familias del barrio debe al menos parte de sus ingresos a esa fábrica. Pertenece a un hombre llamado Sissons. Tiene tres, todas por aquí; dos a esta parte de Whitechapel Road y la tercera al otro lado.

Algo en su expresión llamó la atención de Pitt, una vacilación, una actitud vigilante.

—¿Es un buen lugar para trabajar? —preguntó tratando de adoptar un aire de naturalidad.

—Cualquier empleo es bueno —respondió Karansky—. Pagan lo suficiente. La jornada es larga y el trabajo puede ser duro, pero da lo bastante para vivir si anda con ojo. Es mucho mejor que morir de hambre, y ya hay bastante de eso por aquí. Pero no se haga ilusiones a menos que conozca a alguien que lo meta.

—No conozco a nadie. ¿Dónde más puedo buscar?

Karansky parpadeó.

—¿No va a intentarlo?

—Lo intentaré, pero usted mismo ha dicho que no cuente con ello.

Hubo un movimiento en el rellano al otro lado de la puerta y Karansky se volvió. Pitt vio más allá de él a una atractiva mujer. Su cabellera seguía siendo abundante y morena a pesar de que debía de tener casi la edad de Karansky, pero tenía el rostro surcado de arrugas de hastío y ansiedad, y una expresión angustiada en los ojos, como si el miedo nunca la abandonara. Aun así sus facciones eran hermosas y proporcionadas, y poseía un aire de dignidad que la experiencia había pulido antes que destruido.

—¿Le parece bien la habitación? —preguntó con timidez.

—Ya está arreglado, Leah —la tranquilizó Karansky—. El señor Pitt se quedará con nosotros. Buscará empleo mañana.

—Saul necesita ayuda —dijo ella mirando a Pitt—. ¿Puede levantar y cargar? No es duro.

—Me estaba preguntado por la fábrica de azúcar —explicó Karansky—. Tal vez prefiera eso.

La mujer pareció sorprendida y preocupada, como si Karansky hubiera hecho algo que la hubiera decepcionado. Frunció el entrecejo.

—¿No estaría mejor con Saul? —Dio a entender con su expresión que quería decir mucho más que esas simples palabras, y esperaba que él lo entendiera.

Karansky se encogió de hombros.

—Puede probar suerte con los dos, si quiere —comentó a Pitt.

—Usted ha dicho que no conseguiré nada en la fábrica de azúcar a menos que conozca a alguien —recordó Pitt.

Karansky lo miró unos segundos en silencio, como si tratara de decidir si Pitt era honrado, y la verdad al respecto lo eludiera.

Fue la señora Karansky quien rompió el silencio.

—La fábrica de azúcar no es un buen sitio, señor Pitt. Saul no le pagará tan bien, pero es mejor trabajar con él, créame.

Pitt trató de sopesar las ventajas de la seguridad y lo que parecía sentido común, frente a la pérdida de una oportunidad para descubrir qué había tan peligroso en las fábricas de azúcar que mantenían a la mitad de la comunidad, ya fuera directa o indirectamente.

—¿A qué se dedica Saul? —preguntó.

—Es tejedor de seda —respondió Karansky.

Pitt tenía el presentimiento de que Karansky esperaba que se interesara por la fábrica de azúcar y fuera tras ese empleo pese a su advertencia. Recordó el consejo de Narraway de no fiarse de nadie.

—Entonces iré a verlo mañana, y si tengo suerte tal vez me dé un empleo —afirmó—. Cualquier cosa será mejor que nada, aunque sea por unos pocos días.

La señora Karansky sonrió.

—Se lo diré. Es un buen amigo. Le buscará algo que hacer. Tal vez no sea mucho, pero es tan seguro como puede serlo algo en esta vida. Bueno, debe de tener hambre. Comeremos en menos de una hora. Siéntese con nosotros.

—Gracias. —Pitt aceptó recordando el olor de la cocina y retrocediendo ante la idea de volver a salir a las desagradables y grises calles, con su olor a suciedad y miseria—. Lo haré.

4

No era la primera noche que Pitt pasaba fuera de casa, pero Charlotte sentía una clase de soledad que no había experimentado en otras ocasiones, tal vez porque no tenía ni idea de cuándo volvería su esposo o de si iba a hacerlo siquiera. Cuando lo hiciera, sería solo temporalmente.

Estuvo desvelada mucho tiempo, demasiado enfadada para conciliar el sueño. Dio vueltas y más vueltas en el lecho llevándose consigo la ropa de cama hasta que quedó en total desorden. Por fin, alrededor de las dos, se levantó, la deshizo y volvió a hacerla con sábanas limpias. Media hora después se durmió por fin.

Se despertó en pleno día con dolor de cabeza y la determinación de hacer algo respecto a la situación. Le resultaba intolerable limitarse a sobrellevarla. Era totalmente injusto, en primer lugar y ante todo para Pitt, pero también para toda la familia.

Se vistió y bajó a la cocina, donde encontró a Gracie sentada a la mesa. La puerta de la trascocina estaba abierta y un rayo de sol caía en el suelo. Los niños ya se habían ido al colegio. Charlotte estaba enfadada consigo misma por no haberlos visto, particularmente ese día.

—Buenos días, señora. —Gracie se levantó y se acercó al hervidor de agua que silbaba sobre el fogón—. Estoy preparando el té. —Llenó la tetera mientras hablaba y la llevó a la mesa, donde había dos tazas—. Daniel y Jemima estaban bien esta mañana, y se han marchado sin más. Pero yo he estado pensando. Tenemos que hacer algo. Esto no está bien.

—Estoy de acuerdo —dijo Charlotte al instante. Se sentó frente a la criada deseando que el té estuviera pronto listo.

—¿Una tostada? —ofreció Gracie.

—Aún no. —Charlotte meneó muy levemente la cabeza. Seguía doliéndole mucho—. Yo también me he pasado la mitad de la noche dándole vueltas, pero sigo sin saber qué podemos hacer. El señor Pitt me comentó que el comandante Cornwallis lo había arreglado todo, por su seguridad y para que tuviera alguna clase de empleo. La gente a la que ha disgustado se alegraría de verlo sin nada y saber dónde encontrarlo. —No quería expresarlo en palabras, pero era preciso explicarlo—. Podrían haberle preparado un accidente en la calle o algo parecido...

Gracie no se sorprendió, tal vez porque había visto demasiada muerte de niña en el East End. No había nada sobre la pobreza que no supiera, aunque parte de ello iba retrocediendo en su memoria. Sin embargo, estaba enfadada. La expresión de su delgada carita era severa, y tenía los labios tensos en una fina línea.

—¿Todo porque ha hecho bien su trabajo y ha llevado a la horca a Adinett? ¿Y qué querían que hiciera? ¿Fingir que no estaba mal que asesinara al señor Fetters? ¿O hacerse el tonto, como si no se hubiera dado cuenta de lo que había pasado?

—Sí, creo que eso es exactamente lo que querían que hiciera —respondió Charlotte—. Dudo que todos los médicos hubieran advertido que algo no encajaba. Fue mala suerte que Ibbs fuera lo bastante rápido para darse cuenta de que allí ocurría algo raro y llamara a Thomas.

—¿Quién es ese tal Adinett? —Gracie juntó las cejas—. ¿Y por qué iba a querer alguien que se quedara sin castigo después de haber asesinado al señor Fetters?

—Es un miembro del Círculo Interior —explicó Charlotte con un escalofrío—. ¿Todavía no está listo el té?

Gracie le dirigió una mirada perspicaz y al adivinar cómo se sentía lo sirvió. Estaba un poco claro, pero olerlo resultaba relajante, aun cuando todavía estaba demasiado caliente para beberlo.

—¿Significa eso que pueden asesinar y quedarse tan panchos? —Gracie apretó los dientes de indignación.

—Sí, a menos que alguien valiente o temerario se interponga en su camino. Entonces también se desharán de él. —Charlotte trató de beber un sorbo de té, aun a sabiendas de que iba a quemarse, pero servirse más leche lo estropearía.

—¿Qué vamos a hacer entonces? —Gracie la miró con los ojos muy abiertos, sin parpadear—. ¡Debemos demostrar que tenía razón! No sabemos quién está en ese Círculo, pero sabemos que somos más que ellos. —No contempló la posibilidad de que Pitt se hubiera equivocado. No merecía la pena negarlo siquiera.

Charlotte sonrió a pesar de cómo se sentía. La lealtad de Gracie era más reconstituyente que el té. No podía decepcionarla mostrándose menos valiente u optimista que ella. Dijo lo primero que se le pasó por la cabeza, para que no se produjera un silencio.

—Lo que hizo tan distinto ese juicio fue que nadie sabía por qué Adinett podría haber querido asesinar al señor Fetters. Eran amigos desde hacía años, y nadie sabía de ninguna pelea entre ambos, ese día o en cualquier otro momento. Algunas personas se resistían a creer que tuviera un motivo, y todas las pruebas estaban basadas en hechos, no en sentimientos. Había muchas, pero cada una por separado no parecía gran cosa. —Bebió un sorbo de té—. Y algunos testigos se echaron atrás cuando llegó el momento de declarar ante el tribunal y repetir su versión de los hechos ante el abogado defensor, que trató de hacerles parecer bobos.

—De modo que hemos de averiguar por qué lo hizo —se limitó a decir Gracie—. Debía de tener un motivo. No lo habría hecho por nada.

Charlotte ya había empezado a darle vueltas. Los periódicos habían publicado poca cosa sobre los dos hombres, aparte de su valía general, su posición social y lo incomprensible de todo el asunto. Si las pruebas eran ciertas, y ella no lo ponía en duda, debía de haber muchas más cosas que averiguar, entre ellas algo tan monstruoso y desagradable que había llevado al asesinato de uno de ellos y a la sentencia de muerte del otro. Sin embargo, fuera lo que fuese había permanecido totalmente oculto.

—¿Por qué un hombre que va a ser ahorcado decidiría no contar a nadie, en defensa propia, la razón por la que ha matado a un amigo? —Se preguntó en voz alta.

—Porque no lo justificaría de ningún modo —respondió Gracie—. Si no, lo habría dicho.

Charlotte siguió el curso de sus pensamientos mientras bebía de nuevo un sorbo de té.

—¿Por qué la gente mata a amigos, a personas que conocen pero con quienes no están emparentados, de las que es poco probable que hereden y de las que no están enamorados?

—Atacas a alguien porque lo odias o porque le tienes miedo

—razonó Gracie—. O porque tiene algo que tú deseas y no quiere dártelo. O porque estás muerto de envidia.

—No se odiaban —dijo Charlotte tendiendo una mano hacia el pan y el cuchillo—. Hacía años que eran amigos y nadie los vio nunca discutir.

—¿Una mujer? —aventuró Gracie—. Tal vez Fetters lo sorprendió haciendo algo con la señora Fetters.

—Supongo que es posible —dijo Charlotte pensativa al tiempo que cogía la mantequilla y la mermelada—. No lo habría presentado como defensa porque no lo era. Eso solo empeoraría la opinión que tenía la gente de él. A menos que lo negara, dijera que Fetters lo había imaginado, este lo acusara, no atendiera a razones y lo atacara. —Respiró hondo y dio un mordisco al pan advirtiendo que tenía hambre—. Sin embargo, difícilmente habría hecho todo eso desde lo alto de la escalera de la biblioteca, ¿no? ¡Yo no lo creería si fuera miembro del jurado!

—Usted nunca sería miembro de ningún jurado —señaló Gracie—. Es mujer. Y es preciso tener casa y dinero propios.

Charlotte no hizo comentario alguno al respecto.

—¿Qué hay del dinero? —preguntó.

Gracie hizo un gesto de negación.

—No se me ocurre nada por lo que podría haber discutido desde lo alto de una escalera, ¡y menos una con ruedas!

—A mí tampoco, la verdad —coincidió Charlotte—. Lo que significa que, fuera lo que fuese, Adinett se tomó la molestia de ocultarlo y fingir que no tenía nada que ver con ello. Por lo tanto, fue algo de lo que se sentía avergonzado. —Volvían a estar en el punto de partida.

—Tenemos que averiguar más —afirmó Gracie—. Y usted debería desayunar como es debido. ¿Quiere algo caliente? Puedo prepararle un huevo, si le apetece.

—No, es suficiente, gracias —rehusó Charlotte. Tal vez en adelante deberían ser menos despilfarradores y no comer huevos excepto como plato principal. No eran hombres trabajadores, solo mujeres y niños.

La pobreza había enseñado a Gracie a ser práctica, de modo que aceptó la respuesta sin chistar.

—Creo que visitaré a la señora Fetters —anunció Charlotte cuando hubo terminado la tercera rebanada—. Thomas dijo que era una mujer muy agradable y que estaba convencida de la culpabilidad de Adinett. Tal vez esté casi tan interesada como yo en saber por qué murió su marido. ¡Yo lo estaría!

—Buena idea. —Gracie empezó a recoger los platos y llevó la mantequilla y la mermelada a la despensa—. Tiene que saber algo sobre Adinett, y muchas cosas sobre su marido, pobrecillo. Supongo que debe de ser terrible estar de luto. Si yo acabara de perder a alguien que quisiera, detestaría tener que pasar los días sola en una casa con las ventanas cerradas, los espejos tapados y los relojes parados, ¡como si yo misma estuviera muerta! Ya es bastante malo vestir de negro. Lo hice para el funeral de mi abuelo, y tuvieron que darme unos buenos cachetes para poner color en mi cara, o habría tenido pavor de que me metieran a mí en la fosa en lugar de a él.

Charlotte no pudo evitar sonreír. Se levantó y vertió un poco de leche en un platito para Archie y Angus, luego puso en su bol los restos de pastel de carne de la noche anterior. Los gatos se abalanzaron sobre él ronroneando de placer anticipado y rodeándole los tobillos.

Después de haberse asegurado de que Gracie tenía todo lo que iba a necesitar ese día, subió de nuevo a su habitación. En realidad Gracie se había mostrado relajada acerca de sus quehaceres, algo inusitado en ella, como si ya los hubiera resuelto mentalmente y no le interesaran. De todos modos eran lo último que preocupaba a Charlotte, de forma que apenas importaba.

Se cambió de ropa tras elegir con mucho cuidado de su vestuario un traje entallado de color aguamarina. Era muy favorecedor, razón por la cual lo había escogido, pero también discreto. Lo había comprado porque le serviría varias temporadas, pero el hecho de que fuera práctico también significaba que no era inapropiado para visitar a alguien que estaba de luto. Presentarse de amarillo o con estampados habría sido una falta de tacto.

Se peinó con considerable arte. Le había costado mucho tiempo aprender a hacerlo ella misma, pero cuando uno iba bien peinado, tenía mucho terreno ganado. Una actitud adecuada y una sonrisa podían conseguir casi todo lo demás.

Tomó el ómnibus y luego caminó. Debía de tener cuidado con el dinero, y hacía un día muy agradable. Sabía por Pitt dónde había vivido Martin Fetters, y de todos modos los periódicos habían hecho famosa esa dirección. Se trataba de Great Coram Street, entre Woburn Place y Brunswick Square, una bonita casa no muy distinta de las vecinas, con excepción de las cortinas echadas. Si a la muerte de Fetters habían cubierto la calle de paja para amortiguar el ruido de los carruajes que pasaban, ya no la había.

Charlotte subió por los escalones sin vacilar y llamó a la puerta. Ignoraba si la señora Fetters la recibiría con cordialidad o estaría tan desconsolada que consideraría impertinente y molesta la visita. En realidad le traía sin cuidado. Era un caso de necesidad.

Abrió la puerta un sombrío mayordomo que la examinó con educado desinterés.

—¿Sí, señora?

Charlotte había preparado lo que iba a decir.

—Buenos días. —Le tendió su tarjeta de visita—. ¿Tendría la amabilidad de dársela a la señora Fetters y preguntarle si puede dedicarme unos minutos? Se trata de un asunto de la mayor importancia para mí, y creo que podría serlo también para ella. Está relacionado con mi marido, el superintendente Thomas Pitt, que investigó la muerte del señor Fetters. Él no ha podido venir personalmente.

El mayordomo parecía sobresaltado.

—Oh, cielos —farfulló en busca de palabras adecuadas. Era evidente que nunca se había visto en tal situación, y aún sufría la angustia y la congoja de los pasados dos meses—. Sí, señora, recuerdo al señor Pitt. Fue muy amable con nosotros. Si tiene la bondad de esperar en la salita de la mañana, iré a preguntar a la señora Fetters si puede recibirla. —No se permitió la educada ficción de fingir que ignoraba si la señora estaba en casa.

Charlotte fue conducida a una pequeña y luminosa habitación orientada hacia el sol matinal y decorada con estampados chinos a la moda, porcelanas y crisantemos dorados sobre un biombo de seda. Al cabo de cinco minutos el mayordomo regresó y la acompañó a otra estancia muy femenina, en tonos rosas y verdes, que daba al jardín. Juno Fetters era una mujer atractiva, algo metida en carnes, que se conducía con mucha dignidad. Tenía el cutis muy pálido a pesar del cabello castaño. Como era natural, en esos momentos vestía toda de negro, y le sentaba mejor que a la mayoría de las mujeres.

—¿Señora Pitt? —preguntó con curiosidad—. Por favor, pase y póngase cómoda. He dejado la puerta abierta porque me gusta que corra el aire. —Señaló la puerta del jardín—. Pero si tiene frío, no tengo inconveniente en cerrarla.

—No, gracias —repuso Charlotte sentándose frente a ella—. Es una delicia. El olor del césped es tan agradable como el de las flores. Hay veces que hasta lo prefiero.

Juno la miró con preocupación.

—Buckland me ha dicho que el señor Pitt no ha podido venir personalmente. Espero que no se sienta mal.

—No —la tranquilizó Charlotte. Miró la cara inteligente y muy singular de Juno, de mirada franca y arrugas que en otro tiempo habrían indicado sentido del humor. Decidió decirle la verdad acerca de Pitt, excepto dónde estaba, de lo que poco sabía de todos modos—. Le han obligado a abandonar Bow Street y enviado a alguna parte en una misión secreta. Es una especie de castigo por haber testificado contra Adinett.

El rostro de Juno se llenó de perplejidad y a continuación de cólera.

—¡Eso es monstruoso! —Sin darse cuenta había escogido la misma palabra que tenía Charlotte en mente—. ¿Con quién podemos hablar para que lo arreglen?

—Con nadie. —Charlotte meneó la cabeza—. Al investigar el caso se ha creado enemigos. Seguramente es mejor que desaparezca por un tiempo. He venido a verla porque Thomas habló muy bien de usted y estaba convencido de que creía que su marido había sido víctima de un asesinato, no de un accidente. —Trató de interpretar la expresión de Juno y quedó sorprendida al ver en su rostro un fugaz atisbo de congoja. En lugar de considerarse perspicaz, tuvo la impresión de estar entrometiéndose en su intimidad.

—En efecto lo creo —susurró Juno—. Al principio no lo hice. Me quedé atontada. No podía comprender lo que había ocurrido. Martin no es... no era torpe. Y yo sabía perfectamente que jamás habría puesto los libros de Troya y Grecia en el estante de arriba. No tenía sentido. Y había otras cosas que el señor Pitt señaló: la butaca, que no solía estar allí, y la pelusa enganchada al zapato. —Parpadeó varias veces esforzándose por controlar la emoción.

Charlotte habló para darle tiempo, tal vez para distraerla de un asunto tan personal como los zapatos. Mencionarlos sin duda le había hecho evocar la imagen de Fetters tendido en el suelo. Debía de ser insoportable.

—Si usted hubiera conocido el móvil de Adinett, lo habría dicho en el juicio, o antes. —Se inclinó un poco—. Pero ¿ha tenido tiempo para volver a considerarlo desde entonces?

—Tengo poco más que hacer —respondió Juno con un amago de sonrisa—. Pero no se me ocurre nada.

—Necesito saberlo. —Charlotte percibió el apremio en su voz. Se había propuesto no traicionarse del todo, pero ver la congoja de Juno le había soltado la lengua—. Es la única manera que tengo de demostrarles que el veredicto fue justo, y que Thomas no fue arrogante ni irresponsable, ni hubo parcialidad en su modo de actuar. Buscó las pruebas de un caso y no se equivocó. No quiero que ninguno de los involucrados lo ponga en duda.

—¿Cómo piensa hacerlo?

—Averiguando todo lo posible sobre John Adinett y, si usted me ayuda, sobre su marido, para saber no solo qué ocurrió, sino demostrar por qué lo hizo.

Juno respiró hondo para serenarse y miró con gravedad a Charlotte.

—Yo también deseo saberlo. Nada impedirá que deje de echar de menos a Martin ni me consolará de su muerte, pero si lo comprendiera estaría menos enfadada. —Meneó levemente la cabeza—. No me sentiría tan confusa y tal vez le encontraría algún sentido. Todo parece tan… inconcluso. ¿Es absurdo decir eso? Mi hermana no para de repetirme que debería marcharme un tiempo fuera, tratar de olvidarlo… Me refiero a cómo ocurrió. ¡Pero no quiero! ¡Necesito saber por qué!

En el jardín los pájaros cantaban, y la brisa traía el olor del césped.

—¿Conocía bien al señor Adinett? ¿Les visitaba a menudo?

—Bastante a menudo. Al menos un par de veces al mes, en ocasiones más.

—¿Le tenía simpatía? —Charlotte quería saberlo porque necesitaba comprender las emociones que había en juego. ¿Tenía Juno la sensación de que la había traicionado un amigo o era en cierto modo un desconocido? ¿Se enfadaría si Charlotte investigaba sus vidas con actitud crítica?

Juno reflexionó unos momentos antes de responder, sopesando sus palabras. La pregunta parecía entrañar cierta dificultad.

—No estoy completamente segura. Al principio sí. Era un hombre muy interesante. Aparte de Martin, nunca había oído hablar a nadie de sus viajes con tanto ardor. —Se le iluminó la cara al recordar—. Eran su pasión, y describía las tierras inexploradas de Canadá de tal modo que sus peligros y su belleza cobraban vida aun en pleno Londres. No podías sino admirarlo. Me sorprendí deseando escucharle, aunque no siempre quería sostenerle la mirada.

Era una forma curiosa de expresarlo, y a Charlotte se le antojó sumamente expresiva. No había asistido al juicio, de modo que solo contaba con las fotos de los periódicos para recrear mentalmente una imagen de Adinett, pero aun en fotografía había cierta severidad en sus facciones, una habilidad para ejercitar el dominio de sí mismo y tal vez enmascarar sus emociones, lo que sospechaba podía ser incómodo.

¿Qué clase de hombre era? No recordaba haber tenido que averiguar la verdad sobre un asesinato en el que no conocía a ninguna de las dos personas más involucradas. En el pasado siempre había sido cuestión de deducir quién de entre varios individuos era culpable. En esta ocasión sabía quién era, pero no le conocía y solo podía percibir parte de su realidad a través de las observaciones de terceros.

Había leído que tenía cincuenta y dos años, pero a partir de una fotografía del periódico no podía saber si era alto o bajo, moreno o castaño.

—Si tuviera que buscarle en una multitud, ¿cómo lo describiría? —preguntó.

Juno reflexionó unos minutos.

—Militar —respondió con certeza en la voz—. De su persona emanaba una especie de poder, como si se hubiera puesto a prueba contra el mayor peligro que conociera y hubiera comprobado que estaba a la altura. No creo que temiera a nadie. Nunca... se mostraba jactancioso; si entiende lo que quiero decir. Esa era una de las cosas que más admiraba Martin de él. —Se le volvieron a llenar los ojos de lágrimas y parpadeó indignada, tratando de contenerlas—. Yo también le respetaba —se apresuró a añadir—. Poseía una especie de fortaleza de carácter que es poco común y que resulta aterradora y atractiva a la vez.

—Creo que la entiendo —dijo Charlotte con aire pensativo—. Les hace parecer invulnerables, un poco distintos de nosotros. De mí, por lo menos. De vez en cuando me sorprendo a mí misma hablando demasiado y sé que es la necesidad de impresionar.

Juno sonrió, y su rostro se llenó de pronto de calor y vida.

—Sí, ¿verdad? Porque conocemos nuestras debilidades y creemos que los demás también pueden percibirlas.

—¿Era alto? —Charlotte cayó de repente en la cuenta de que hablaba en pasado, como si ya hubiera muerto, lo que no era el caso. Seguía vivo en alguna parte, sentado en una celda, seguramente en Newgate, esperando los tres domingos que la ley le concedía antes de ahorcarlo. ¡La sola idea la hacía enfermar! ¿Y si estaban todos equivocados y era inocente?

Juno no era consciente de lo que pasaba por la cabeza de Charlotte, ni siquiera del cambio que se había operado en su interior.

—Sí, bastante más alto que Martin —respondió—. Claro que Martin no era muy alto, solo medía un par de centímetros más que yo.

No había ninguna razón que lo explicara, pero Charlotte se sobresaltó. Se dio cuenta de que se había formado una imagen totalmente diferente del señor Fetters. Si había aparecido una fotografía en los periódicos, no la había visto.

Es posible que Juno advirtiera su sorpresa, porque preguntó vacilante:

—¿Le gustaría verlo?

—Sí… por favor.

Juno se levantó y abrió un pequeño escritorio de tapa corrediza, del que sacó una fotografía en un marco de plata. Le temblaba la mano cuando se la tendió.

Charlotte la cogió. ¿La había guardado Juno en el escritorio para evitar cubrirla de negro, como si siguiera vivo? Ella habría hecho lo mismo. Súbitamente el pensamiento insoportable de que Pitt estuviera muerto la asaltó con tal fuerza que por un instante se sintió mareada.

Luego estudió la cara del marco. Era ancha, de nariz recia y grandes ojos oscuros. Denotaba inteligencia, sentido del humor y casi sin duda un genio vivo. Era vulnerable, el rostro de un hombre de emociones profundas. Él y Adinett tal vez habían compartido muchos intereses pero, por lo que ella veía, sus caracteres eran de todo punto distintos. Lo único que los unía era su forma de mirar directamente a la cámara y su consagración a un objetivo. Martin Fetters tal vez también había incomodado a la gente, pero habría sido con su franqueza, e imaginó que era un hombre capaz de ofrecer una sincera amistad.

Devolvió la fotografía a Juno con una sonrisa. Era un hombre extraordinario. No se le ocurrió nada que decir para aliviar el dolor de su pérdida.

Juno devolvió la fotografía a su lugar.

—¿Quiere ver la biblioteca? —Era una pregunta con muchas capas de significado. Allí era donde Fetters había trabajado, donde estaban sus libros, la clave de su mente. También era donde le habían matado.

—Sí, por favor. —Charlotte se levantó y siguió a Juno por el pasillo y escaleras arriba.

Juno se puso tiesa al acercarse a la puerta, los hombros cuadrados y rígidos, pero asió el pomo y la abrió de un empujón.

Era una estancia masculina, llena de cuero y colores fuertes, con tres paredes forradas de libros. La chimenea tenía una pantalla de latón revestida de cuero verde. En la mesa junto a la ventana había un mueble bar y tres copas limpias.

La mirada de Charlotte se desplazó de la gran butaca más próxima a la esquina opuesta hacia la izquierda, antes de detenerse en la escalera de madera labrada y pulida que estaba apoyada contra los estantes. Tenía solo tres peldaños, y una larga vara central a la que sujetarse. Era necesario utilizarla para alcanzar los estantes superiores aun siendo un hombre alto. Si Martin Fetters solo superaba en unos centímetros a su esposa, habría tenido que subirse al peldaño superior para ver los títulos del estante de arriba. Eso hacía de lo más improbable que hubiera guardado allí los volúmenes que consultaba más.

Charlotte se volvió hacia la gran butaca, que estaba colocada a casi dos metros de la esquina y miraba hacia el centro de la habitación. Dada la posición tanto de la ventana como del brazo de la lámpara de la pared, esa era la ubicación más lógica de la butaca para leer.

Juno siguió sus pensamientos.

—Estaba aquí —dijo apoyando todo su peso contra ella y arrastrándola hasta que estuvo a apenas un metro de la estantería y la pared—. Él yacía en el suelo, con la cabeza detrás. La escalera estaba allí. —Señaló la otra esquina.

Charlotte se acercó al lugar donde debía de haber estado la cabeza de Fetters y pasó a gatas por detrás de la butaca. Se volvió para mirar hacia la puerta y no vio nada de toda esa pared. Se levantó de nuevo.

Juno la observaba con expresión grave. No fue preciso que dijeran que creían que había ocurrido tal como lo había explicado Pitt y aceptado el jurado. Cualquier otra posición habría resultado torpe y poco natural.

Charlotte examinó la habitación con más detenimiento, leyendo los títulos de los libros. Todos los que se hallaban en los estantes más accesibles trataban de temas que, según advirtió al cabo de unos minutos, tenían una serie de características en común.

En los estantes más alejados de la gastada butaca estaban las obras de ingeniería, siderurgia y navegación, así como sobre la lengua, costumbres y topografía de Turquía en particular y Oriente Próximo en general. Luego había tomos sobre algunas de las grandes ciudades: Éfeso, Pérgamo, Izmir y Bizancio, bajo todos los nombres que habían recibido desde el emperador Constantino hasta ese día.

Había otros libros sobre la historia y la cultura del islam turco: sus creencias, su literatura, su arquitectura y su arte desde Saladino y las Cruzadas, pasando por los grandes sultanes, hasta el precario estado político actual.

Juno la observaba.

—Martin empezó a viajar cuando construía vías de ferrocarril en Turquía —murmuró—. Fue allí donde conoció a John Turtle Wood, que lo inició en la arqueología, y descubrió que tenía talento para ella. —Había orgullo en su voz y afecto en su mirada—. Hizo hallazgos maravillosos. Me los enseñaba cuando los traía a casa. Se quedaba en medio de la habitación sosteniéndolos en las manos... tenía unas manos muy bonitas, fuertes y al mismo tiempo delicadas. Y les daba vueltas despacio, recorriendo las superficies, diciéndome de dónde procedían, su antigüedad, qué clase de gente utilizaba esos objetos. —Respiró hondo y continuó—: Me describía todo lo que sabía de su vida cotidiana. Recuerdo una pieza de cerámica. Tal vez fuera imaginativa, pero al mirarlo, al observar su cara llena de emoción, yo llegué a ver a Helena de Troya de verdad, una mujer que avivaba la fantasía de los hombres con tal pasión que dos naciones libraron una guerra por ella y una quedó en ruinas.

Charlotte estaba furiosa por Pitt, por la injusticia de que hombres cuyo nombre ni siquiera sabía tuvieran poder para arrebatarle tanto. En esos momentos le conmovió la pérdida de una persona que había sido amada, que había estado llena de vida, sueños y metas.

—¿Dónde conoció su marido a Adinett? —preguntó. La arqueología era interesante, pero no había tiempo que perder.

Juno se recordó la tarea que tenían entre manos.

—Eso fue mucho después. Martin aprendió mucho de Wood, pero siguió su camino. Conoció a Heinrich Schliemann y trabajó para él. Aprendió de los alemanes toda clase de métodos nuevos, ¿sabe? —Su rostro traslucía entusiasmo—. Eran los mejores en arqueología. Trazaban mapas de un yacimiento y lo dibujaban todo, y no solo por partes o tal vez un elemento, como un templo o un palacio. —Su voz se apagó—. A Martin eso le encantaba.

—¿Cuándo fue eso? —preguntó Charlotte sentándose en una silla.

Juno tomó asiento enfrente.

—Oh… Me temo que no sé cuándo conoció Martin al señor Wood, pero sí sé que empezaron a trabajar juntos en Éfeso en el año sesenta y tres. Creo que fue en el sesenta y nueve cuando el Museo Británico compró el yacimiento y empezaron a trabajar en el templo de Diana, y debió de ser el año siguiente cuando Martin conoció al señor Schliemann. —Tenía la mirada perdida al recordar—. Fue entonces cuando se enamoró de Troya y del proyecto de encontrarla. Recitaba páginas enteras de Homero, ¿sabe? —Sonrió—. La traducción inglesa, no el original. Al principio yo pensé que me aburriría, pero no fue así. Le importaba tanto que no pude evitar que me interesara a mí también.

—Y Adinett era un especialista en esos temas —dijo Charlotte.

Juno pareció sobresaltarse.

—¡Oh, no! De ningún modo. Creo que nunca estuvo en Oriente Próximo, y no le interesaba la arqueología, que yo sepa; de lo contrario Martin lo habría mencionado.

Charlotte estaba desconcertada.

—Creía que eran buenos amigos que pasaban mucho tiempo juntos…

—En efecto —confirmó Juno—, pero lo que tenían en común eran los ideales y la admiración por otros pueblos y culturas. Adinett mostraba interés por Japón desde que a su hermano mayor lo destinaron allí como miembro de la legación británica de Yedo… la capital. Creo que fue atacado por alguna de las nuevas autoridades reaccionarias que trataban de expulsar a todos los extranjeros.

—¿Viajaba a Extremo Oriente? —Charlotte no veía el valor de esa información pero, dado que no tenía la menor idea de cuál podía ser el móvil del asesinato, recogía toda la que podía.

Juno hizo un gesto de negación.

—Creo que no. Solo le fascinaba su cultura. Vivió mucho tiempo en Canadá y tenía un amigo japonés en la Hudson's Bay Trading Company. Estaban muy unidos. No sé cómo se llamaba. Siempre se refería a él como Shogun. Era así como lo llamaba.

—¿Hablaba de él?

—Ya lo creo. —La expresión de Juno era sombría—. Era realmente muy interesante. Yo misma no perdía sílaba de lo que decía. Le veo sentado al otro lado de la mesa, contándonos sus viajes por esas grandes extensiones cubiertas de nieve, cómo era la luz, el frío, el enorme cielo polar, los animales y, por encima de todo, la belleza.

»Había en ello algo que amaba, y eso se traslucía en su voz.

»Por lo visto hubo un breve levantamiento en Manitoba en 1870 encabezado por un francocanadiense llamado Louis Riel. No perdonaban que los británicos hubieran ocupado todo el país y ejecutado a varios de los suyos. —Frunció el entrecejo—. Los británicos enviaron una expedición militar, con el coronel Wolseley a la cabeza. Adinett y Shogun se ofrecieron voluntarios para ejercer de guías e introducirlos en el interior; se reunieron con la fuerza expedicionaria en Thunder Bay, a unos seiscientos cincuenta kilómetros al norte de Toronto. La guiaron otros mil kilómetros. Era de lo que solía hablar.

Charlotte no veía en ello nada útil en relación con el asesinato de Fetters, aunque parecía una conversación mucho más interesante que las que solían mantenerse en la sobremesa. ¿Qué había ocurrido para provocar una riña tan violenta que terminó en asesinato?

—¿Fue sofocada la rebelión? —Suponía que así había sido, pero no había oído hablar de ello.

—Oh, sí, al parecer con éxito. —June reparó en la expresión confundida de Charlotte—. Adinett se identificaba mucho con los francocanadienses —explicó—. Hablaba de ellos a menudo y con gran afecto. Admiraba el republicanismo francés y su pasión por la libertad e igualdad. Viajaba con bastante frecuencia a Francia, la última vez no hace ni dos meses. Eso era lo que él y Martin compartían en realidad, la pasión por la reforma social. —Sonrió al recordar—. Hablaban durante horas al respecto, comentando las maneras en que podría llevarse a cabo. Martin aprendió sobre ella de la Grecia antigua, la primera democracia, y Adinett del idealismo revolucionario francés, pero sus objetivos eran muy parecidos. —Se le volvieron a llenar los ojos de lágrimas—. ¡Sencillamente no comprendo por qué pudieron discutir! —Parpadeó varias veces y le tembló la voz—. ¿Podríamos estar equivocados?

Charlotte no estaba dispuesta a considerarlo.

—No lo sé. Por favor, trate de recordar si el señor Fetters le habló de alguna riña o enfado por algo. —Parecía una posibilidad muy remota. ¿Quién, aparte de un lunático, discutiría hasta llegar a los puños por las virtudes de una forma de democracia en lugar de otra en un país extranjero?

—Enfado no —dijo Juno con seguridad mirando a Charlotte—. Pero le preocupaba algo. Diría que se le notaba inquieto, nada más. Pero siempre estaba como distraído cuando se enfrascaba en su trabajo. Era muy brillante, ¿sabe? —Había apremio en su voz—. Encontraba piezas de anticuario que nadie más era capaz de localizar. Veía el valor de los objetos. Últimamente se dedicaba más a escribir para diversas publicaciones y participar en reuniones y demás. Era un gran orador. A la gente le encantaba escucharle.

Charlotte lo visualizaba sin dificultad. La cara de la fotografía reflejaba inteligencia y entusiasmo.

—Lo siento tanto… —Le salieron las palabras antes de que pensara en el efecto que iban a tener.

Juno ahogó un sollozo y tardó unos segundos en dominarse del todo.

—Discúlpeme —dijo meneando la cabeza—. Le preocupaba algo, pero no me habló de ello y yo no podía presionarlo; con ello solo lograba hacerle enfadar. Yo no tenía ni idea de qué se trataba. Suponía que era algo relacionado con una de las sociedades de anticuarios a las que pertenecía. Se pelean bastante entre ellas. Hay muchísima competencia, ¿sabe?

Charlotte estaba confundida. Todo parecía tan simple, tan inocente…

—Pero a Adinett no le interesaban las antigüedades —observó.

—En absoluto. Escuchaba a Martin, pero solo porque era un amigo; yo a veces notaba que le aburrían. —Juno la miró con tristeza—. No ayuda mucho, ¿verdad? —No era una pregunta.

—No veo cómo puede hacerlo —admitió Charlotte—. ¡Sin

embargo debe de haber alguna razón! Solo que no sabemos aún dónde buscar. —Se levantó. No lograría averiguar nada más de momento y ya había robado demasiado tiempo a Juno Fetters.

Esta también se puso en pie, pero despacio, como si experimentara un cansancio que la debilitaba.

Charlotte vislumbró la agobiante soledad en que sumía el luto, pero no tenía ni idea de cómo ayudarla. Hacía menos de dos horas que la había conocido. Difícilmente podía ofrecerse a hacerle compañía. Por otro lado, tal vez prefería llorar a solas. La necesidad de mostrarse cortés con desconocidos tal vez era lo último que quería... o lo primero. Al menos le obligaba a dominarse y a ocupar un rato la mente, sin permitir que los recuerdos la consumieran. Las convenciones que mantenían a una viuda reciente fuera de la sociedad probablemente pretendían ser consideradas, así como guardar las buenas costumbres, pero a duras penas podrían haberse diseñado mejor para intensificar su dolor. Tal vez estaban hechas para todos los demás, a fin de ahorrarles la incomodidad de tener que pensar en algo que decir y no se vieran demasiado obligados a recordar la muerte y que esta al final llegaba a todos.

—¿Me permite que la visite otro día? —preguntó. Sabía que se arriesgaba a ser rechazada, pero al menos dejaba la decisión a Juno.

El rostro de esta se llenó de esperanza.

—Por favor, no dude en hacerlo. —Respiró hondo—. Quiero saber qué ocurrió realmente, aparte de los hechos físicos. ¡Y... deseo hacer algo más que estar sentada de brazos cruzados!

—Gracias. —Charlotte le devolvió la sonrisa—. En cuanto se me ocurra algo lo más remotamente prometedor que seguir, vendré a verla. —Y se volvió hacia la puerta, consciente de que de momento no había hecho nada para ayudar a Pitt.

Gracie tenía sus propios planes. Tan pronto como Charlotte se hubo marchado, abandonó el resto de sus quehaceres, se puso su chal y su sombrero mejores —solo tenía dos— y, tras coger el dinero justo para un viaje en ómnibus, también salió.

Tardó poco más de veinte minutos en llegar a la comisaría de Bow Street, donde Pitt había sido superintendente hasta el día anterior. Subió con resolución por los escalones y entró como si fuera a la guerra, que era como se sentía. En su niñez las comisarías habían sido lugares que debían evitarse a toda costa, lo mismo que sus ocupantes, fueran quienes fuesen. Ahora entraba en una a propósito, pero era en pro de una causa por la que habría ido hasta las puertas del infierno de haber sido el único camino. Estaba tan furiosa que se habría enfrentado a cualquiera.

Se encaminó directamente hacia el sargento de la recepción, quien la miró con escaso interés.

—¿Sí, señorita? ¿Puedo ayudarla en algo? —No se molestó en dejar de mordisquear su lápiz.

—Sí, por favor —dijo ella con educación—. Quisiera hablar con el sargento Tellman. Es muy urgente y está relacionado con un caso en el que está trabajando. Tengo información para él. —Se lo había inventado, naturalmente, pero necesitaba verlo y cualquier mentira que lo lograra serviría. Se lo explicaría cuando lo viera.

El sargento no se dejó impresionar.

—Claro, señorita. ¿Y de qué se trata?

—Es muy importante —afirmó ella—. Al sargento Tellman no le hará ninguna gracia que no le diga que estoy aquí. Me llamo Gracie Phipps. Vaya a decírselo y deje que él decida si sale o no.

El sargento observó largo rato su rostro, los ojos que no parpadeaban, y concluyó que a pesar de su aspecto menudo era lo bastante decidida para convertirse en una molestia considerable. Sumó a eso el hecho de que sabía muy poco de la vida personal o la familia de Tellman. Este era un nombre singularmente taciturno, y el sargento no estaba seguro de quién podía ser esa chica. La prudencia es la madre de la ciencia. Tellman podía ser desagradable cuando se enfadaba.

—Espere aquí, señorita. Iré a decírselo.

Tellman tardó menos de cinco minutos en aparecer. Como siempre, se le veía flaco, adusto y tan pulcramente vestido como para estar incómodo con el cuello apretado. Llevaba el pelo, lacio y brillante, peinado hacia atrás, y sus mejillas hundidas estaban ligeramente encendidas. Sin prestar la menor atención al sargento de la recepción se dirigió directamente hacia donde estaba Gracie.

—¿Qué pasa? —preguntó casi sin aliento—. ¿Qué haces aquí?

—He venido para saber qué estás haciendo tú —replicó ella.

—¿Yo? Estoy investigando robos.

Gracie arqueó las cejas.

—Estás investigando un robo insignificante cuando han echado al señor Pitt y lo han enviado a Dios sabe dónde. La señora Pitt está casi fuera de sí, los niños están sin padre... ¡y tú persiguiendo a un maldito ratero!

—¡No es un ratero! —replicó él enfadado, pero sin alzar la voz—. Estamos persiguiendo a un auténtico experto.

—Y esa es tu excusa, ¿eh? —El desprecio de Gracie era hiriente—. ¡Una maldita caja fuerte es más importante que lo que le han hecho al señor Pitt!

—¡No! —Tellman estaba pálido de furia, tanto contra la jovencita y el hecho de que lo juzgara mal como contra la injusticia de lo ocurrido—. ¡Pero no hay nada que yo pueda hacer! —aseguró con indignación—. A mí no van a escucharme. Ya han puesto a otro en su lugar mientras su silla seguía caliente. A un tipo llamado Wetron, que me dijo que lo dejara correr, que no pensara en ello siquiera. Ya está hecho y se acabó.

—Y cómo no, tú has sido la obediencia personificada y has hecho exactamente lo que él te ha dicho —lo desafió ella echando chispas por los ojos—. Ya veo que tendré que tratar de solucionarlo yo sola. —Se mordió el labio para que dejara de temblarle—. Deja que te diga que me has decepcionado. Contaba con que me ayudaras porque pensaba que, a pesar de que te pasas la mitad del tiempo lloriqueando y haciendo muecas, todavía había cierta lealtad en ti... para ser justo por lo menos. ¡Y esto no es justo!

—¡Por supuesto que no! —El sargento tenía el cuerpo rígido, y casi se le quebró la voz—. Es perverso, pero es el poder el que hace estas cosas. No sabes cómo ni quiénes son, o no hablarías así, como si solo fuera cuestión de que yo dijera: «Hagamos justicia al señor Pitt», y ellos respondieran: «¡Oh, sí, por supuesto!», y todo cambiara. El señor Wetron me ha dicho que deje estar el asunto, y sé que me tiene vigilado para asegurarse de que lo hago. ¡Que yo sepa, podría ser uno de ellos!

Gracie miró fijamente a Tellman. En sus ojos percibió auténtico miedo y por un momento ella también se asustó. Sabía que sentía por ella más que afecto, por mucho que quisiera negárselo a sí mismo, y que le costaría dejarle ver sus sentimientos. Decidió mostrarse un poco más amable.

—Bueno, pues tenemos que hacer algo. No podemos permitir que esto ocurra. Ni siquiera está ahora en casa. —Le tembló la voz—. Le han enviado a Spitalfields, no solo para trabajar allí, sino para vivir.

La cara de Tellman se tensó como si lo hubieran abofeteado.

—No lo sabía.

—Bueno, pues ahora ya lo sabes. ¿Qué vamos a hacer? —Lo miró con expresión suplicante. Le costaba mucho pedirle un favor, con todas las diferencias que había entre ambos y las luchas contra cualquier admisión de amistad. Sin embargo, no había vacilado en acudir a él. Era el aliado natural. Solo entonces se maravilló de la tranquilidad con que lo había abordado. No le cabía duda de que era lo correcto.

Si Tellman reparó en el uso del plural y se preguntó por qué Gracie se incluía en el plan, no dio muestras de ello. Se le notaba profundamente apenado. Echó un vistazo por encima del hombro al sargento de la recepción, que los observaba intrigado.

—Salgamos —dijo con aspereza cogiendo a Gracie por el brazo. La condujo casi a rastras a través de la puerta y escaleras abajo hasta la calle, donde pudieran hablar sin que les oyera nadie aparte de desconocidos indiferentes—. ¡No sé qué podemos hacer! —prosiguió—. ¡Es el Círculo Interior! Por si no lo sabes, es una sociedad secreta de hombres poderosos que se favorecen unos a otros en todo, hasta se protegen de la ley si pueden. Habrían salvado a Adinett si el señor Pitt no se hubiera interpuesto y nunca se lo perdonarán. No es la primera vez que se cruzan con él.

—Pero ¿quiénes son? —Gracie se resistía a demostrar cuánto le asustaba ese pensamiento. Cualquier persona que había superado a Pitt en astucia tenía que estar emparentada con el mismísimo diablo.

—¡Esa es la cuestión! ¿Es que no me escuchas? —preguntó Tellman desesperado—. Miras a alguien que está en el poder, y podría serlo o no. Nadie más lo sabe.

Gracie estaba temblando.

—¿Quieres decir que podría serlo el mismo juez?

—Por supuesto. Solo que esta vez no lo era, o habría hallado el modo de liberar a Adinett.

Gracie se cuadró de hombros.

—Bueno, es igual, tenemos que hacer algo. No podemos dejar al señor Pitt en un agujero inmundo del que nunca será capaz de salir. ¿Estás diciendo que Adinett no se cargó a ese tipo? ¿Cómo se llamaba?

—Fetters. No. No he dicho eso. Lo hizo él. ¡Solo que no sabemos por qué!

—Entonces será mejor que lo averigüemos, y pronto, ¿no? —repuso ella—. Tú eres detective. ¿Por dónde empezamos?

Una mezcla de expresiones desfiló por la cara de Tellman: reticencia, ternura, cólera, orgullo, miedo.

Con una punzada de vergüenza Gracie se dio cuenta de lo mucho que le pedía. Ella poco tenía que perder en comparación con lo que a él le costaría el fracaso. Si el nuevo superintendente le había ordenado que no siguiera investigando el asunto y se olvidara de Pitt, y luego Tellman lo desobedecía, se quedaría sin empleo. Y ella sabía el tiempo y el esfuerzo que había invertido en conseguir ese puesto. No había pedido favores a nadie ni los había recibido. No tenía ningún pariente vivo y contaba con pocos amigos. Era un hombre orgulloso y solitario que esperaba poco de la vida y controlaba su propia cólera ante los actos injustos, conservando su propio sentido de la justicia.

Se había tomado muy mal que ascendieran a Pitt de puesto. Este no era un caballero, sino un tipo corriente, hijo de un guardabosque, ni mejor ni peor que el mismo Tellman y otros cientos de agentes como ellos. Sin embargo, a medida que trabajaban juntos, había nacido una lealtad no admitida, y traicionarla iba en contra de su sentido de la decencia. No podría vivir en paz consigo mismo, y Gracie lo sabía.

—¿Por dónde empezamos? —preguntó ella de nuevo—. Si lo hizo fue por algo. A menos que se sea imbécil, nadie mata a alguien sin una razón tan buena como una montaña que no se puede esquivar.

—Lo sé. —Él estaba en mitad de la acera, absorto en sus pensamientos, mientras los carruajes y los carros circulaban por Bow Street, y los transeúntes se veían obligados a bajar a la calzada para rodearlos—. En su momento hicimos todo lo posible para averiguarlo. Nadie había visto nunca nada que pareciera remotamente una pelea. —Meneó la cabeza—. No había dinero por medio, ni mujeres, ni rivalidad en los negocios o los deportes. Hasta coincidían en política.

—¡Bueno, pues no buscasteis lo suficiente! —Gracie estaba plantada frente a él—. ¿Qué haría Pitt si estuviera aquí?

—Lo mismo que hizo entonces —contestó Tellman—. Analizó todo lo que tenían en común esos dos hombres para ver sobre qué podían haber discutido. Hablamos con los amigos y conocidos de ambos, con todo el mundo. Registramos la casa, leímos todos sus papeles. No había nada.

Gracie estaba al sol, mordiéndose el labio inferior y mirando al sargento de hito en hito. Tenía el aspecto de una niña cansada y enfadada, a punto de llorar. Seguía estando demasiado delgada y tenía que meter el dobladillo de casi todas las faldas para que no se le enredaran en los pies.

—Nadie mata a alguien sin ninguna razón —repitió con obstinación—. Y lo hizo de repente, de modo que pasó algo poco antes de que se lo cargara. Tienes que averiguar qué pasó cada día de la semana anterior. ¡Tuvo que ocurrir algo! —No estaba dispuesta a rebajarse a decir «por favor».

Tellman vaciló, no porque se mostrara remiso a actuar, sino sencillamente porque no se le ocurría nada útil que hacer.

Gracie lo miraba fijamente. Él tenía que darle una respuesta, y no soportaba la idea de que fuera un no. Ella no lo entendía. No tenía ni idea de las dificultades, de todo lo que él y Pitt ya habían hecho entonces. Para Gracie era solo una cuestión de lealtad, de luchar por los que amaba, los que formaban parte de su vida.

Tellman no quería formar parte de la vida de nadie y no estaba dispuesto a admitir que le importaba Pitt. Importaba la injusticia, por supuesto, pero el mundo estaba lleno de actos injustos. Podías luchar contra algunos, contra otros no. Era estúpido perder el tiempo y las fuerzas en batallas imposibles de ganar.

Gracie seguía esperando, negándose a creer que él no fuera a acceder.

El sargento abrió la boca para decir que era inútil, que ella no lo entendía, y se sorprendió diciendo lo que sabía que Gracie quería oír.

—Investigaremos los últimos días de Adinett antes de que matara a Fetters. —¡Era absurdo! ¿Qué clase de policía permitía que una chiquilla lo coaccionara para hacer el ridículo—. ¡No sé cuándo! —añadió a la defensiva—. ¡En mi tiempo libre! ¡No ayudará a nadie que Wetron me expulse de la policía!

—Por supuesto que no —convino ella, razonable. A continuación le dedicó una repentina y deslumbrante sonrisa que lo llenó de felicidad. Él sintió que la sangre le afluía a las mejillas y se odió por ser tan vulnerable.

—Iré a verte si averiguo algo —anunció—. ¡Ahora lárgate y

déjame trabajar! —Y sin volver a mirarla giró sobre sus talones, subió con resolución por los escalones y entró en la comisaría.

Gracie aspiró ruidosamente por la nariz y, con la moral levantada, se dirigió hacia la parada del ómnibus para volver a Keppel Street.

Tellman empezó esa misma noche. Salió de Bow Street, compró una porción de pastel de carne a un vendedor ambulante, como hacía la mayoría de las noches, y se lo comió mientras subía por Endell Street. Hiciera lo que hiciese, debía arreglárselas para no dejar rastro, no solo por su propia seguridad, sino por la práctica razón de que, si lo sorprendían, no podría continuar.

¿Quién podía saber qué había hecho Adinett, a quién había visto, adónde había ido justo antes de la muerte de Fetters? El mismo Adinett había declarado bajo juramento que no había hecho nada extraordinario.

Tellman dio otro bocado al pastel con cuidado de no desmenuzarlo.

Adinett contaba con recursos propios y no tenía necesidad de ganarse la vida. Podía gastar el tiempo como le viniera en gana. Al parecer solía dedicarlo a visitar diversos clubes, muchos de ellos relacionados con las fuerzas armadas, la exploración, la Sociedad Geográfica Nacional y otros de similar naturaleza. Esa era la pauta de quienes habían heredado dinero y podían permitirse permanecer ociosos. Tellman la despreciaba con toda la indignación del hombre que había visto a demasiados matarse a trabajar y aun así irse a la cama con frío y hambre.

Pasó junto a un chico que vendía periódicos.

—¿El periódico, señor? —ofreció el chaval—. ¿Ha leído sobre el señor Gladstone? Insultó a los trabajadores del país, o eso dice lord Salisbury. ¡Los hay que consiguen la jornada de ocho horas, con suerte! —Sonrió—. ¿O sobre la nueva edición de *Darkness and Dawn*, todo acerca de la corrupción de la Roma antigua? —añadió esperanzado.

Tellman le pagó y cogió la última edición, no por las noticias sobre las elecciones, sino para enterarse de las últimas informaciones respecto a los anarquistas.

Apretó el paso mientras se concentraba de nuevo en el problema. Le produciría más que satisfacción averiguar por qué

Adinett había cometido un asesinato y demostrarlo de tal modo que todo Londres se viera obligado a enterarse, tanto si quería como si no.

Estaba muy habituado a rastrear las idas y venidas de la gente, pero siempre con la autoridad que le otorgaba su condición de policía. Hacerlo con discreción sería muy diferente. Tendría que servirse de algunos favores prestados en el pasado y tal vez de unos cuantos por hacer.

Decidió que empezaría por el lugar más obvio, con los conductores de coches de alquiler que conocía. Estos solían frecuentar siempre los mismos barrios, y si Adinett había cogido uno —y dado que no tenía vehículo propio, era muy probable—, había posibilidades de que hubiera coincidido más de una vez con el mismo cochero.

Si había utilizado el ómnibus o incluso el ferrocarril metropolitano, sería prácticamente imposible averiguar sus movimientos.

Los primeros dos cocheros de punto que encontró Tellman no pudieron ayudarle. El tercero solo supo indicarle la dirección que habían tomado los demás.

Eran las nueve y media. Estaba cansado, le dolían los pies y estaba furioso consigo mismo por haber cedido a un estúpido impulso cuando habló con el séptimo cochero, un hombre menudo de pelo entrecano y con una tos áspera. Le recordaba a su padre, que de día había trabajado de portero en el mercado de pescado de Billingsgate y de noche conducía un coche de punto, lloviera o tronara, para alimentar a su familia y proporcionarle un techo. Tal vez fue el recuerdo lo que le hizo hablar al hombre con amabilidad.

—¿Tiene un poco de tiempo? —preguntó.

—¿Quiere ir a alguna parte? —inquirió a su vez el cochero.

—A ningún sitio en particular —respondió Tellman—. Necesito cierta información para ayudar a un amigo que está en apuros. Y tengo hambre. —No era cierto, pero era una excusa diplomática—. ¿Dispone de diez minutos para tomar un pedazo de pastel de carne y una cerveza conmigo?

—Mal día. No puedo permitírmelo —explicó el cochero.

—Necesito ayuda, no dinero —dijo Tellman. Albergaba pocas esperanzas de averiguar nada útil, pero seguía visualizando el rostro receloso de su padre, y era como una deuda con el pasado. No quería saber nada de ese hombre, solo darle de comer.

El cochero se encogió de hombros.

—Como quiera. —Dicho esto, se apresuró a dejar el caballo y echó a andar al lado de Tellman hasta el vendedor ambulante más próximo, y aceptó sin rechistar una ración de pastel de carne—. ¿Qué quiere saber?

—¿Pasa a menudo por Marchmont Street?

—Sí. ¿Por qué?

Tellman llevaba consigo una foto de Adinett que no había tirado después de la investigación. La sacó del bolsillo y se la enseñó.

—¿Recuerda haber llevado a este hombre?

El cochero entrecerró los ojos.

—Es el tipo que mató al que excavaba buscando vasijas antiguas y demás, ¿verdad?

—Sí.

—¿Es usted policía?

—Sí… pero no estoy de servicio. Lo hago para ayudar a un amigo. No puedo obligarle a decirme nada, y nadie más va a interrogarle. No es una investigación y seguramente me despedirán si descubren que he reanudado las pesquisas.

El cochero le miró con renovado interés.

—¿Por qué lo hace entonces?

—Ya se lo he dicho, un amigo mío está en apuros —repitió Tellman.

El cochero lo miró de reojo, con las cejas arqueadas.

—¿De modo que si le ayudo, usted me ayudará… cuando esté de servicio?

—Podría —concedió Tellman—. Depende de usted si puede ayudarme.

—Subió a mi coche tres o cuatro veces. Un señor de aspecto elegante, como un viejo soldado o algo así. Siempre andaba rígido, con la cabeza erguida. Pero era bastante educado. Daba buenas propinas.

—¿Adónde lo llevó?

—A muchos lugares. Al oeste la mayoría de las veces, a clubes de caballeros y cosas así.

—¿Qué clase de clubes? ¿Recuerda alguna dirección? —Tellman no sabía por qué se molestaba en averiguarlo. Aunque supiera el nombre de los clubes, ¿de qué serviría? Carecía de autoridad para entrar en ellos y preguntar con quién había hablado Adinett.

Y aun cuando lo descubriera, seguiría sin significar nada. Pero al menos podría decir a Gracie que lo había intentado.

—No exactamente. Uno era un lugar que nunca había visto, algo relacionado con Francia. Con París, para ser exactos. Era un año, que yo recuerde.

Tellman no comprendió.

—¿Un año? ¿Qué quiere decir?

—Como mil setecientos y algo. —El cochero se rascó la cabeza, dándose golpecitos en el sombrero torcido—. Lo tengo... 1789... eso es.

—¿Algún sitio más?

—Me comería otro pedazo.

Tellman le complació, más por él que a modo de soborno. Esa información era inútil.

—A un periódico —continuó el cochero después de haberse zampado la mitad del segundo trozo—. El que siempre habla de reformas y demás. Salió de él con el señor Dismore, que es el dueño. Lo sé porque lo he visto en el periódico.

No era sorprendente. Tellman ya sabía que Adinett conocía a Thorold Dismore.

El cochero frunció el entrecejo.

—Por eso me pareció muy raro que un señor como él me pidiera que le llevara a más allá de Spitalfields, a Cleveland Street esquina con Mile End Road. Estaba emocionado, como si hubiera averiguado algo estupendo. No hay nada estupendo en Spitalfields, ni en Whitechapel ni en Mile End, se lo aseguro.

Tellman estaba perplejo.

—¿Le llevó a Cleveland Street?

—Sí... ya se lo he dicho. ¡Dos veces!

—¿Cuándo?

—Justo antes de ir a ver a ese tal señor Dismore, el dueño del periódico. Todo entusiasmado. Un par de días después de eso se cargó a ese pobre tipo. Extraño, ¿no?

—Gracias —dijo Tellman con repentina emoción—. Muchísimas gracias. Deje que de camino le invite a un vaso de cerveza.

—No tengo inconveniente. Gracias.

5

A Pitt le resultaba terriblemente difícil vivir en Heneagle Street, no porque Isaac y Leah Karansky no le hicieran la vida todo lo confortable que les permitían sus medios. De hecho se mostraban amables con él el tiempo que pasaban juntos, como durante las comidas que compartían. Leah era una cocinera excelente, pero la comida era distinta de los platos sencillos y abundantes a los que él estaba acostumbrado. Y solo podía comer a horas fijas. No había tazas de té cuando quería, ni pan elaborado en casa con mantequilla y confitura, tampoco bizcocho. Todo era desconocido, y al final de la jornada se dormía de puro agotamiento, pero no se relajaba.

Añoraba a Charlotte, a los niños, hasta a Gracie, más de lo que hubiera creído posible, aunque era una tranquilidad saber que cada semana Charlotte recibía dinero.

Ver a Isaac y a Leah juntos, las miradas que se cruzaban y que hablaban de años de entendimiento, alguna que otra risa, la forma en que ella se preocupaba por su salud, la delicadeza con que él la tocaba, todo eso le recordaba con más intensidad su soledad.

Hacia el final de la primera semana descubrió la otra emoción que lo consumía formándole un nudo en el estómago y produciéndole dolor de cabeza.

Había aceptado el ofrecimiento de Isaac de ayudarle a conseguir empleo con Saul, el tejedor de seda. Se trataba de un trabajo que no requería ninguna destreza, por supuesto; solo era cuestión de agacharse para levantar cajones y fardos, barrer el suelo, llevar y traer todo lo que se necesitaba, hacer recados. Era la tarea más manual del taller y a buen seguro exigía menos esfuerzo físico que trabajar en la fábrica de azúcar. Además le brindaba muchas más oportunidades para salir a la calle, escuchar y observar sin llamar la atención, aunque poco sentido le veía a eso: la captura de los anarquistas Nicoll y Mowbray era prueba de que los detectives de la Rama Especial dominaban su oficio y no necesitaban la ayuda de un extraño como él en el barrio.

Aquel día, regresaba a Heneagle Street —no podía pensar en aquella casa como su hogar— cuando oyó un grito un poco más adelante. La cólera que contenía era inconfundible. Siguieron voces altas y ásperas, luego un estrépito, como si hubieran arrojado a la acera una botella y esta se hubiera roto en pedazos. A continuación se oyó un grito de dolor seguido de un torrente de insultos. Una mujer chilló.

Pitt echó a correr.

Hubo más gritos y el estruendo de un cargamento de barriles que caían en cascada al suelo, algunos de los cuales reventaban al chocar contra otros. Por encima del barullo general se elevó un alarido de indignación.

Pitt dobló la equina y vio a unas veinte personas un poco más adelante en la calle, la mitad medio ocultas por un carro abierto por detrás. Los barriles caían rodando a la calzaba y bloqueaban la circulación en ambas direcciones. Los hombres ya habían empezado a pelear con furia.

De las tiendas y talleres salieron otras personas, y por lo menos la mitad de los hombres se incorporó a la pelea. Las mujeres se quedaron al margen, alentándolos a gritos. Una se agachó para coger una piedra y la arrojó describiendo un amplio círculo con el brazo, mientras se arremolinaban sus faldas marrones y rasgadas.

—¡Vete a casa, cerda papista! —espetó a otra espectadora—. ¡Vuélvete a tu Irlanda con los tuyos!

—¡Tengo de irlandesa lo que tú, maldita pagana! —exclamó la otra, y lanzó una escoba con tal fuerza que, al alcanzar a la primera mujer en la espalda, se partió en dos y la hizo caer en la cuneta, donde yació jadeante unos momentos antes de sentarse despacio y empezar a soltar maldiciones.

—¡Papista! —vociferó alguien más—. ¡Furcia!

Otra media docena de personas, hombres y mujeres, se unió a la multitud, todos profiriendo insultos a pleno pulmón. Varios niños de aspecto desaliñado daban brincos y alentaban a gritos a los que les caían bien entre la marabunta.

Se oyó el silbato de un policía, débil y estridente. Siguió un momento de tregua durante el cual se oyó el golpeteo de pies corriendo.

Pitt giró sobre sus talones. No le correspondía detener la pelea, aun cuando hubiera estado en su mano. Vio a un agente de policía correr hacia los combatientes y retrocedió hasta el arco de entrada del patio de un cantero. Narraway esperaba de él que observara, aunque ignoraba qué podía decirle que tuviera la más mínima utilidad. Eso no era más que una de las infinitas escenas callejeras deplorables que debían de producirse con regularidad, sin sorprender a nadie.

Llegaron más policías que intentaron separar a los hombres que peleaban y vieron recompensados sus esfuerzos convirtiéndose ellos mismos en víctimas. El odio a la policía parecía lo único que tenía en común esa gente.

—¡Malditos polizontes inútiles! —vociferó un hombre agitando los puños en el aire, dispuesto a golpear a todos cuantos se hallaran a su alcance—. ¡No podíais pillar un resfriado, cabrones! ¡Cerdos!

Un agente trató en vano de alcanzarlo con su porra.

Pitt permaneció oculto. Contempló los edificios que lo rodeaban, de aspecto lastimoso y medio derruidos, ennegrecidos por el humo de cientos de chimeneas, las ventanas con parches, los adoquines de las calzadas rotos, las alcantarillas atascadas. El olor a podrido y a aguas residuales estaba en todas partes. La pelea callejera era atroz. No se trataba de un repentino estallido de cólera, sino de la lenta erupción de años de odio y cólera desatados antes de que la policía volviera a silenciarlos a base de miedo y golpes… hasta la próxima vez.

Pitt se alejó antes de que se fijaran en él y se quedaran con su cara. Mantuvo la cabeza gacha, con el sombrero inclinado, las manos en los bolsillos. Dobló la primera esquina a pesar de que se alejaba de Heneagle Street. Desde que había llegado era consciente de un resentimiento a punto de estallar, un nerviosismo en la voz de la gente, una predisposición para ofenderse. Esta vez había visto lo cerca que estaba la rabia de la superficie. Bastaba un insulto, un comentario desagradable, para que emergiera.

En esta ocasión la policía había acudido enseguida y se había restaurado alguna clase de orden, pero no se había resuelto nada. Le había sorprendido el intenso sentimiento anticatólico que había surgido en cuestión de segundos. Debía de estar escasamente contenido todo el tiempo. Al pasar por delante de una hilera de pequeñas tiendas, escaparates estrechos con montañas de cajas y productos, recordó otros comentarios que había oído, palabras de argot que significaban «papista», pronunciadas no por diversión sino con afán de venganza.

Y las habían devuelto con creces.

También recordó fragmentos de conversación sobre un negocio que no iba a materializarse por motivos religiosos; se negaba toda hospitalidad, hasta la ayuda razonable a una persona en apuros, no por codicia, sino porque el necesitado era de otra religión.

Los insultos antisemitas le sorprendían menos sencillamente porque los había oído antes: la deshumanización, el resentimiento, el reproche.

Entró en la primera taberna que vio y se sentó a una mesa próxima a la barra con una jarra de sidra.

Diez minutos después entró un joven estrecho de hombros con un dedo envuelto en un trapo ensangrentado.

—¡Eh, Charlie! ¿Qué te has hecho? —preguntó el camarero, intrigado.

—Me ha mordido una jodida rata, eso es lo que me ha pasado —respondió Charlie furioso—. Dame una pinta. Si me pagaran la mitad de lo que merezco por mi trabajo, me tomaría un trago de whisky, pero ¿a qué desgraciado de Spitalfields le han pagado alguna vez lo que vale?

—Tienes empleo, estás mejor que algunos —comentó con amargura un hombre de cara pálida mirándolo por encima de su media pinta de cerveza—. No sabes cuándo tienes dinero, ese es tu problema.

Charlie se volvió hacia él con indignación las mejillas encendidas.

—Mi problema es que unos tipos avariciosos me hacen trabajar noche y día, y se llevan lo que hago, lo venden y engordan dejándonos a todos en la miseria. —Respiró emitiendo un ruido áspero—. ¡Y los malditos cobardes sin agallas como tú no os unís a mí para luchar por la justicia… ese es mi problema! ¡Ese es el problema de todos los que estamos aquí! ¡Os tiráis al suelo y os hacéis los muertos cada vez que alguien os mira de reojo!

—¡Conseguirás que acabemos todos en el arroyo, estúpido! —replicó el otro aferrando su jarra como si fuera una especie de protección. Echaba chispas por los ojos mientras luchaba por vencer el miedo que lo atormentaba día y noche: el miedo al hambre, al frío, a que le hicieran daño, a verse despreciado y marginado.

Un hombre rubio miraba a uno y a otro, sin reparar al parecer en Pitt.

—¿Qué quieres, Charlie? Si todos te apoyáramos, ¿entonces qué? —preguntó a la defensiva.

Charlie lo fulminó con la mirada mientras estudiaba con cuidado la respuesta, la cara arrugada de cólera.

—Entonces, Wally, veríamos unos cuantos cambios por aquí —contestó—. Veríamos el día en que a cada hombre se le paga lo que vale, no lo que un cerdo seboso decide pagarle, porque no sirve de nada si se muere de hambre.

Wally tosió sobre su cerveza.

—¡Sigue soñando! —replicó con sorna. Su tono denotaba su cansancio ante palabras vacías que había oído demasiadas veces.

Charlie dejó su jarra vacía en la barra con tanta fuerza que hizo un arañazo en la madera.

—¿Ah, sí? —dijo beligerante—. Bueno, pues si tuviéramos más hombres con agallas en lugar de un montón de papistas y judíos llorones arrastrándose por ahí, nos levantaríamos y lucharíamos por lo que nos pertenece. ¡Como hicieron los malditos gabachos en París! Cortaron unos cuantos cuellos. ¡Entonces veríamos lo deprisa que esos cabrones elegantes cambian de parecer acerca de quién es qué!

Un hombre moreno se estremeció levemente, mordiéndose los labios.

—¡No deberías decir eso! No sabes quién está escuchando. Solo lograrás empeorar las cosas.

—¡Empeorar! —bramó Charlie—. ¿Qué es peor que esto? ¿Estáis esperando a que vengan esos malditos tipos y nos lleven a todos en carros a la Torre de Londres? ¿A todos? —Levantó la voz, la frustración vibrante en sus palabras—. Somos cientos de miles los pisoteados por un puñado de cabrones codiciosos y ociosos que van al oeste a chulear y comen hasta enfermar, tan gordos que no pueden ni abrocharse los pantalones. Y tienen a los polizontes metidos en sus malditos bolsillos —añadió volviéndose y desafiando a cualquiera a llevarle la contraria—. Por eso nunca cogieron al asesino de Whitechapel que mató a esas hembras en el ochenta y ocho. Os lo digo, él es uno de ellos... ¡y Dios es testigo!

Entró un repentino frío en la habitación. En la mesa contigua a la de Pitt tres hombres dejaron de hablar. Aun casi cuatro años después, no estaba bien visto hablar del asesino de Whitechapel. Nadie hacía bromas sobre él, ni había canciones o referencias en los teatros de variedades.

—¡No deberías decir esas cosas! —Un hombre de cabello entrecano fue el primero en hablar, con voz ronca y semblante pálido y demacrado.

—¡Digo lo que me viene en gana! —replicó Charlie, con las mejillas encendidas.

Alguien se echó a reír, luego paró tan repentinamente como había empezado.

Un hombre jorobado se levantó y sostuvo su jarra en alto.

—Brindo por nada —dijo con una sonrisa—. Por ayer, porque mañana podríamos estar muertos. —Vació la jarra de un trago sin apartársela de los labios para respirar.

—¡Cállate, estúpido! —replicó con un siseo el hombre más próximo con la cólera impresa en su rostro y los puños cerrados sobre la mesa.

El otro se dejó caer en su silla con expresión ceñuda; se le había borrado la sonrisa.

—¡Nunca he dicho nada! —gruñó—. Va a llegar el día. Y pronto.

—¡Entonces veremos cuánto azúcar son capaces de tomar! —masculló su compañero.

—¡Vuelve a decir la palabra «azúcar» y yo mismo te romperé la crisma! —amenazó el primer hombre con una mirada de odio—. Me entrenaré contigo para estar listo para todos los extranjeros que envenenan esta ciudad y nos quitan lo que debería ser nuestro.

Esta vez no hubo respuesta.

Pitt detestaba todo en esa taberna: el olor, la repentina cólera que se palpaba en el ambiente, el derrotismo, la luz de la lámpara de gas reflejada en las abolladas jarras de peltre, el serrín rancio, pero sabía que su trabajo consistía en escuchar lo que se decía. Se encorvó y bebió otro sorbo de sidra.

Media hora después entraron dos mujeres de mala vida en busca de clientes. Se las veía exhaustas y sucias, y excesivamente ansiosas, y por unos instantes Pitt se enfureció tanto como Charlie por la pobreza y la desesperación que obligaban a las mujeres a pasearse solas por las calles y las tabernas tratando de vender su cuerpo a desconocidos. Era un modo precario y a menudo peligroso de ganar un poco de dinero. También era rápido, por lo general asegurado, más llevadero que ser explotado en una fábrica y, a corto plazo, mucho mejor remunerado.

Hubo un estallido de risas ásperas, demasiado fuertes.

En la mesa contigua a la de Pitt un hombre ahogaba sus penas, temeroso de regresar a casa y decir a su mujer que había perdido su empleo. Seguramente se estaba bebiendo el poco dinero que le quedaba, el alquiler de la semana próxima, la comida del día siguiente. Había una desesperación gris en su cara.

Un joven llamado Joe contaba a su amigo Percy sus planes de ahorrar bastante dinero para comprar una carreta y empezar a vender cepillos más hacia el oeste, una zona menos peligrosa, donde podían obtenerse más ganancias. Un día se marcharía de allí y se buscaría una habitación en otra parte, tal vez Kentish Town o incluso en Pinner.

Pitt se levantó para irse. Había averiguado todo cuanto había que averiguar, nada que Narraway no supiera ya. El East End era un lugar lleno de cólera y miseria, donde bastaría un incidente para desatar una rebelión. Esta sería sofocada por la fuerza y cientos morirían. La cólera volvería a sumergirse hasta la próxima vez.

Aparecerían unos pocos artículos en los periódicos. Los políticos harían declaraciones pesarosas y luego volverían al serio asunto de cerciorarse de que todo continuara más o menos como antes.

Pitt regresó a Heneagle Street caminando con los hombros hundidos y la cabeza gacha.

Los comentarios sobre el azúcar no habían guardado aparentemente ninguna relación con el resto de la conversación, al menos a primera vista, y sin embargo se habían pronunciado con tal amargura que permanecieron grabados en su mente los días que siguieron. A partir de fragmentos sueltos de conversaciones oídas por casualidad en los diversos lugares adonde le llevaban sus obligaciones, se había dado cuenta de cuánta gente dependía de un modo u otro de las tres fábricas de azúcar de Spitalfields. El dinero que se ganaba en ellas se gastaba en las tiendas, las tabernas y las calles.

¿Habían sido tales comentarios solo una expresión de la amargura ante tal dependencia, y el miedo a que pudiera fallarles su única fuente de ingresos? ¿O había algo más específico? La referencia a un día futuro en que habría justicia, ¿era una mera bravata, fruto de la cólera, o se basaba en hechos?

Acudieron a su memoria las palabras de Narraway sobre un peligro creciente, no solo el resentimiento subyacente de siempre. Las circunstancias habían cambiado, a estas se había sumado la mezcolanza de gente, y había más inestabilidad que en el pasado.

Pero ¿qué indicaba eso? ¿Que tenía razón? En ese caso la solución estaba en la reforma, no en el mantenimiento del orden. La sociedad había generado su propia destrucción; los anarquistas iban a limitarse a encender la mecha.

Tal vez, pensó Pitt, debería mirar más de cerca la fábrica de azúcar de Brick Lane, averiguar más cosas de ese lugar y de los hombres que trabajaban allí, formarme una idea del carácter de esos hombres.

Consideró que la mejor manera era fingir que le interesaba trabajar en ella. No tenía experiencia en el proceso de elaboración del azúcar, pero debía de haber algo sencillo que pudiera hacer.

A la mañana siguiente bajó temprano por Brick Lane hasta el edificio de siete plantas, con sus ventanas achaparradas desde las que se dominaba toda la ciudad y el olor a jarabe de caña de azúcar, semejante al de las patatas podridas, que flotaba en el aire.

Resultó bastante fácil cruzar las puertas del patio. Había grandes barriles apilados y unos carros recién llegados de los muelles que estaban siendo descargados. Los hombres arrastraban y levantaban cajas que eran colocadas en su lugar.

—¿Quién eres tú? —preguntó bruscamente un hombre muy fornido. Vestía unos pantalones gastados de color parduzco y una cazadora de cuero que brillaba del roce continuo. Se plantó frente a Pitt cortándole el paso.

—Thomas Pitt. Estoy buscando un trabajo extra. —Era casi cierto.

—¿Ah, sí? ¿Y qué sabes hacer? —Miró a Pitt de arriba abajo con desdén—. No eres de aquí, ¿eh? —Era una acusación, no una pregunta—. Aquí tenemos todo lo que necesitamos —concluyó.

Pitt echó un vistazo a las altas paredes del edificio, el patio adoquinado, las puertas amplias que se abrían a la planta baja, los hombres que iban y venían.

—¿Trabajan toda la noche? —preguntó intrigado.

—Lo hacen las calderas. Hay que mantenerlas encendidas. ¿Por qué? ¿Quieres trabajar de noche?

Pitt no quería ni por asomo trabajar de noche, pero su curiosidad le obligó a continuar con el asunto.

—¿Por qué? ¿Hay trabajo?

—Puede. —El hombre entornó los ojos—. ¿Quieres hacer sustituciones si algún vigilante nocturno se pone enfermo?

—Sí —respondió Pitt enseguida.

—¿Dónde vives?

—En Heneagle Street, esquina con Brick Lane.

—¿Sí? Bueno, puede que te llamemos… o puede que no. Deja tus datos en la oficina. —Señaló una pequeña puerta en el costado del edificio.

—De acuerdo —aceptó Pitt—. Gracias.

No tuvo noticias de la fábrica de azúcar en varios días, pero el trabajo en el taller de Saul era más interesante de lo que había esperado. Se sorprendió admirando las brillantes y delicadas fibras y, sin habérselo propuesto, contemplando cómo las tejían para convertirlas en brocados, la sutil mezcla de colores de los estampados.

Saul lo observaba divertido, con su rostro moreno y delgado relajado para variar.

—No eres de aquí, ¿verdad? —dijo a media tarde de un lunes de principios de junio—. ¿Qué haces aquí? ¡No es tu oficio!

—Es una forma de ganarse la vida —respondió Pitt volviendo la cara. Le agradaba Saul, quien se había comportado con él mejor que bien, pero recordó la advertencia de Narraway de no confiar en nadie—. Isaac dijo que no era fácil conseguir empleo en las fábricas de azúcar a menos que conocieras a alguien.

—Y así es —confirmó Saul—. Todo el mundo quiere trabajo. Y es duro vender por las calles. No cuesta nada hacerse enemigos. Todo el mundo tiene su territorio, y te cortan el cuello si te metes en el de otro.

Pitt se preguntó qué presiones había utilizado Narraway para convencer a Saul de que lo aceptara. Había advertido que la mayoría de los demás judíos a los que veía contrataba a gente de su grupo, igual que todos los demás colectivos identificables.

—No lo dudo. —Sonrió—. ¿Y quién se ocupa en Spitalfields de barrer las calles?

Saul soltó un gruñido.

—Hay lugares peores.

Pitt lo miró con incredulidad.

—¡Créeme! —exclamó Saul con repentina intensidad, los ojos brillantes—. Puede que Spitalfields sea un barrio sucio y pobre, y huela fatal, pero es más seguro que otros sitios en los que he estado... al menos por ahora. Aquí puedes decir lo que piensas, leer lo que quieres, salir a la calle sin que te detengan. —Se inclinó con los hombros hundidos, el rostro tenso—. Tal vez te roben. O te ataque un grupo de gamberros o fanáticos religiosos... —Dejó escapar un pequeño gruñido—. Pero probablemente eso ocurra en casi todas partes. Aquí al menos es algo fortuito, no está organizado por el Estado. —Le dedicó una sonrisa torcida—. Algunos de los policías están corrompidos y casi todos son incompetentes... pero con la excepción de alguno no son depravados.

—¿Corrompidos? —no pudo evitar preguntar Pitt. La palabra le había salido sin poder contenerse.

Saul meneó la cabeza.

—Está claro que no eres de aquí.

Pitt guardó silencio.

—Aquí pasan toda clase de cosas —continuó Saul con gravedad—. Tú no levantes la cabeza, ocúpate de tus asuntos y mira por ti. Si bajan unos señores del oeste, no los ves, no los conoces. ¿Entendido?

—¿Quiere decir en busca de mujeres? —Pitt estaba perplejo. Había un montón de prostitutas de mejor clase desde Haymarket al parque, y en cualquier otra parte. No había necesidad de ir hasta ese barrio oscuro y sucio, y seguramente también peligroso.

—Y otras cosas. —Saul se mordió el labio, con mirada preocupada—. Cosas por las que no deberías preguntar. Como he dicho, es mejor no saber.

A Pitt se le agolpaban las ideas en la cabeza. ¿Hablaba de vicios personales o de los planes de insurrección que temía Narraway?

—Si va a afectarme, es asunto mío —repuso Pitt.

—No lo será si miras para otro lado. —Saul estaba serio, la urgencia de su consejo demasiado evidente para rechazarlo.

—Los terroristas afectan a todo el mundo —murmuró Pitt, y en cuanto lo dijo temió haber ido demasiado lejos.

Saul se sobresaltó.

—¡Terroristas! Estoy hablando de caballeros del oeste que recorren Spitalfields de noche en grandes carruajes negros y dejan a su paso una estela de destrucción. —Le temblaba la voz—. Tú concéntrate en tu trabajo, haz tus recados y mira por ti, y no te pasará nada. Si la policía te hace preguntas, no sabes nada. No has oído nada. Mejor aún, no estabas allí.

Pitt no siguió discutiendo, y esa noche, sentado a la mesa con los restos de la cena, absorbió su atención un amigo de Isaac que acudió a la puerta magullado y ensangrentado, con la ropa desgarrada.

—¿Qué te ha pasado, Samuel? —preguntó Leah horrorizada, levantándose de un salto de su silla mientras Isaac lo hacía pasar—. Parece que te haya atropellado un carruaje. —Lo miró con preocupación, considerando qué hacer para ayudarlo.

—He tenido un pequeño problema con un grupo de hombres del barrio —respondió Samuel mientras se llevaba al labio un pañuelo manchado de sangre y hacía una mueca al tratar de sonreír.

—¡Quita! ¡No hagas eso! —ordenó Leah—. Deja que te lo mire. Isaac, trae agua y el ungüento.

—¿Te han robado? —preguntó Isaac sin moverse.

Samuel se encogió de hombros.

—Sigo vivo. Podría haber sido peor.

—¿Cuánto? —inquirió Isaac.

—No importa cuánto —dijo Leah con severidad—. Luego nos ocuparemos de eso. Trae agua y el ungüento. ¡Este hombre está sufriendo! Y se está manchando toda la camisa de sangre. ¿Sabes lo que cuesta quitar la sangre de una buena tela?

Pitt sabía dónde estaban la bomba de agua y la jarra. Salió por la puerta trasera y volvió al cabo de cinco minutos con la jarra llena de agua. Ignoraba hasta qué punto esta estaba limpia.

Encontró a Leah y a Isaac juntos, con la cabeza inclinada, cuchicheando. Samuel estaba recostado en la silla, con los ojos cerrados. La conversación se interrumpió en cuanto Pitt entró.

—Bien, bien —se apresuró a decir Isaac cogiendo la jarra de sus manos—. Muchas gracias. —La dejó y echó cerca de medio litro en una olla limpia, que puso al fuego. Leah ya tenía el ungüento.

—Esto es demasiado —susurró la mujer con tono exaltado,

reanudando sin duda la conversación que la presencia de Pitt había interrumpido, sin caer en la cuenta de que este seguía allí—. Si le das todo eso esta vez, ¿qué pasará la próxima? ¡Y habrá una próxima, puedes estar seguro!

—Nos ocuparemos de ello la próxima vez que ocurra —aseveró Isaac con firmeza—. Dios proveerá.

Leah resopló de impaciencia.

—¡Ya te ha provisto de cerebro! ¡Utilízalo! —Se movió un poco, volviendo la espalda a Pitt—. Cada vez es peor, y eres el primero en verlo —apremió ella—. Con los católicos y los protestantes, que siempre están como el perro y el gato, y los terroristas por todas partes, a cual más loco, y ahora hablan de volar la fábrica de azúcar...

Samuel estaba sentado entre ambos, paciente y callado. Pitt se apoyó contra el aparador.

—¡Nadie va a volar la fábrica de azúcar! —exclamó Isaac tenso, lanzando a su mujer una mirada de advertencia.

—¿Ah, sí? Tú lo sabes, ¿no? —lo desafió ella con las cejas arqueadas, los ojos muy abiertos.

—¿Por qué habían de hacer tal cosa? —Él mantuvo la voz serena.

—¿Acaso necesitan una razón? —preguntó Leah con asombro. Levantó los hombros con dramatismo—. Son anarquistas. Odian a todo el mundo.

—Eso no tiene nada que ver con nosotros —señaló él—. Cuidamos de nosotros mismos.

—Volarán la fábrica de azúcar. ¡Eso tendrá que ver con todo el mundo! —replicó ella.

—¡Basta, Leah! —exclamó su esposo para poner fin a la conversación. Esta vez era una orden—. Encárgate de Samuel. Buscaré algo de dinero que prestarle. Todos ayudarán. Pon tu granito de arena.

La mujer lo miró con gravedad por unos segundos, a punto de proseguir la discusión, pero algo en la cara de él la detuvo y, sin decir nada más, obedeció.

El agua rompió a hervir y Pitt se la acercó para que lavara la herida de Samuel.

Una hora después, en la privacidad de la habitación donde Isaac hacía cuadrar sus cuentas, Pitt ofreció una contribución de unos pocos centavos para el fondo de Samuel. Se quedó irracionalmente encantado cuando este los tomó. Era una muestra de que lo aceptaban.

Tellman no comentó a nadie su interés por John Adinett ni su conversación con el cochero de punto. Pasaron tres días hasta que tuvo oportunidad de reanudar sus pesquisas. Wetron había vuelto a hablar con él. Le había preguntando con más detenimiento sobre el caso que tenía entre manos, esperando que diera cuentas minuciosamente de su tiempo.

Tellman le respondió con exactitud, obediente y solemne. Ese hombre había ocupado el puesto de Pitt y no tenía derecho a él. Tal vez no lo había decidido él, pero eso no lo disculpaba. Le había prohibido ponerse en contacto con Pitt o interesarse más por el caso Adinett. Eso sí era culpa suya. Tellman miró fijamente su cara redonda y bien afeitada, llena de blanda y callada insolencia.

A media tarde del martes volvió a disponer de tiempo para sí y lo primero que hizo al salir de Bow Street fue comprar un emparedado de jamón y un refresco a un vendedor ambulante. Luego echó a andar despacio hacia Oxford Street, reflexionando.

Había consultado las notas que había tomado durante la investigación y advertido que había varios períodos de tiempo, a menudo de hasta cuatro y cinco horas, durante los cuales no sabían dónde había estado Adinett. Entonces no les habían concedido importancia, porque estaban absortos en los hechos físicos. Dónde había estado Adinett no parecía venir al caso, solo era cuestión de captar todos los detalles. Ahora era lo único que Tellman tenía.

Aminoró el paso. No tenía ni idea de adónde ir, solo sabía que debía dar con algo definitivo, por Pitt y porque no tenía intención de volver a Gracie con las manos vacías.

¿Por qué un hombre como John Adinett iba a ir tres veces a un lugar como Cleveland Street? ¿Quién vivía allí? ¿Era posible que tuviera gustos extraños en sus vicios y Fetters los hubiera descubierto?

Aun mientras se lo preguntaba no lo creyó. Después de todo, ¿qué podía importarle eso a Fetters? Si no era un delito, o aun cuando lo fuera, a nadie más le incumbía.

¡Sin embargo, tal vez Fetters había averiguado algo sobre

Adinett que no podía permitirse saber! Tendría que ser algo delictivo. ¿Qué podía ser?

Apretó un poco el paso. Tal vez la respuesta estuviera en Cleveland Street. Era lo único que quedaba por explicar hasta la fecha.

En Oxford Street cogió un ómnibus hacia el este, cambió en Holborn y siguió hasta Spitalfields y Whitechapel, sin dejar de dar vueltas a la pregunta.

Cleveland Street era una calle muy normal —no había más que casas y tiendas destartaladas y mugrientas—, pero de aspecto respetable hasta cierto punto. ¿Quién vivía allí que Adinett había visitado tres veces?

Tellman entró en el primer comercio, una ferretería.

—¿Sí, señor? —Un hombre medio calvo y de aspecto cansado levantó la vista del hervidor de agua que estaba reparando—. ¿Qué desea?

Tellman compró una cuchara, más por buena voluntad que porque la necesitara.

—Mi hermana está pensando en comprarse una casa por aquí —mintió con naturalidad—. Le he prometido que echaría un vistazo antes al barrio. ¿Qué tal es? Tranquilo, ¿no?

El ferretero reflexionó unos momentos, con el parche metálico en una mano, el hervidor en la otra.

Tellman esperó.

El ferretero suspiró.

—Lo era antes —dijo con tristeza—, pero las cosas han cambiado en los últimos cinco o seis años. ¿Tiene críos su hermana?

—Sí —se apresuró a responder Tellman.

—Entonces es mejor que se vaya un par de calles más allá. —Movió la cabeza en la dirección a la que se refería—. Pruebe un poco más al norte, o al este. Manténgase lejos de la cervecería. Y de Mile End Road. Demasiado tráfico.

Tellman frunció el entrecejo.

—Ella estaba pensando en Cleveland Street. Las casas le parecen bien. Tienen un precio razonable, diría yo, y están en bastante buen estado. Pero hay mucho tráfico, ¿no?

—Usted verá. —El ferretero se encogió de hombros—. Yo no viviría aquí si no lo hiciera ya.

Tellman se inclinó hacia él y bajó la voz para preguntar:

—¿No habrá casas de mala reputación?

El ferretero se echó a reír.

—Las había, pero ya no las hay. ¿Por qué?

—Solo por curiosidad. —Tellman retrocedió—. ¿Qué es todo ese tráfico entonces? Ha dicho que hay mucho últimamente.

—No lo sé. —El ferretero había cambiado obviamente de parecer acerca de mostrarse tan franco—. Gente de visita, supongo.

—¿Carruajes y demás? —Tellman trató de adoptar un aire de inocencia.

No debió de lograrlo, porque el ferretero no tenía intención de informarle de nada más.

—No más que en otros lugares. —Volvió a concentrarse en el hervidor, eludiendo la mirada de Tellman—. Es más tranquilo ahora. Solo estuvo bastante concurrido hace un tiempo. Olvide lo que he dicho. No sé de ninguna casa que esté en venta, pero si el precio le parece correcto vaya a por ella.

—Gracias —dijo Tellman con educación. No tenía sentido granjearse un enemigo. No sabía si necesitaría hablar de nuevo con él.

Salió del establecimiento y echó a andar despacio por la calle, mirando a ambos lados, preguntándose qué había llamado la atención a Adinett y por qué.

Había varias casas, un par de tiendas más, el estudio de un artista, un pequeño patio donde se vendían barriles, un fabricante de pipas de cerámica y un zapatero. Podría haber sido cualquiera de las miles de calles de los barrios pobres de Londres. En el aire flotaba el olor dulce y rancio de la cervecería que no quedaba muy lejos.

Se detuvo y compró un emparedado a un vendedor ambulante al final de la calle, donde se convertía en Devonshire Street.

—Qué alegría encontrarte —dijo con la intención de entablar conversación—. ¿Mucho movimiento por aquí? No he visto un alma.

—Normalmente estoy en Mile End Road —explicó el vendedor—. Me vuelvo a casa. Te llevas el último. —Sonrió enseñando una dentadura mellada.

—Me ha cambiado la suerte —dijo Tellman con amargura—. Llevo toda la tarde buscando a un amigo de mi jefe. Mi jefe vino aquí hace unas cuantas semanas y se le cayó la cadenita de su reloj de bolsillo. «Ve a buscarla», me ha dicho. «Debo de habérmela dejado en su casa.» Me ha escrito la dirección en un papel, pero lo he perdido.

—¿Cómo se llamaba? —preguntó el vendedor mirando de hito en hito a Tellman con sus azules ojos muy abiertos.

—No lo sé. Lo perdí antes de leerlo.

—¿Has dicho la cadena de un reloj?

—Eso es. ¿Por qué? ¿Sabes dónde podría estar?

El vendedor se encogió de hombros y volvió a sonreír.

—Ni idea. ¿Qué aspecto tiene tu jefe?

Tellman describió al instante a Adinett.

—Un señor alto, de aspecto militar, muy bien vestido y con un bigotito. Camina con la cabeza muy erguida y los hombros echados hacia atrás.

—Lo he visto. —El vendedor estaba complacido consigo mismo—. Hace semanas que no lo veo —añadió.

—Pero ¿estuvo aquí? —Tellman procuró que no lo delatara su impaciencia, pero no pudo eliminarla de su voz—. ¿Lo viste?

—Ya te lo he dicho. ¿No dices que es tu patrón y que te ha enviado a buscar su cadena?

—Sí. Sí, ya lo sé. Pero si lo viste, tal vez sepas en qué casa entró. —Tellman mintió para encubrir su error—. Es un ogro. ¡Si vuelvo sin una buena explicación me acusará de habérmela quedado!

El vendedor meneó la cabeza con expresión compasiva.

—A veces me alegro de no trabajar para nadie. Hay días buenos y días malos, pero no tienes a nadie encima. —Señaló hacia la calle—. Era esa de allá abajo, a ese lado. El número 6. Tabaquería y confitería. Entra y sale mucha gente de ella. Es allí donde hubo todo el follón hace cuatro o cinco años.

—¿Qué follón? —preguntó Tellman con tono despreocupado, como si no tuviera verdadero interés.

—Carruajes que iban y venían a todas horas, y esa especie de pelea que hubo —respondió el vendedor—. No fue para tanto, supongo. Ha sido mucho peor desde entonces, en Spitalfields y por aquí. Pero pareció bastante desagradable en su momento. Muchos gritos, insultos y demás. —Hizo una mueca—. Fue extraño… ¡Todos eran de fuera! Ni uno era del barrio. —Observó a Tellman con atención—. ¿Por qué iba a querer venir aquí un montón de forasteros solo para pelearse unos con otros? Luego, tan deprisa como habían venido, se fueron todos.

Tellman sentía que el corazón le latía con fuerza.

—¿En la tienda de tabaco? —Tenía un nudo en la garganta. Eso era absurdo. Seguramente no significaba nada.

—Creo que sí. —El vendedor asintió sin dejar de observarle—. En fin, allí fue donde entró tu patrón. Me preguntó lo mismo, y cuando le respondí se marchó como un niño con zapatos nuevos.

—Entiendo. Muchas gracias. —Tellman se metió una mano en el bolsillo y sacó una moneda de seis peniques. Le temblaban los dedos. Era un tanto generoso, pero de pronto se sentía optimista y agradecido—. Toma, tómate una pinta a mi salud. Seguramente me has ahorrado un dineral.

—Gracias. —El vendedor aceptó la moneda, que desapareció al instante—. A tu salud.

Tellman asintió y echó a andar deprisa hacia donde el hombre le había indicado. Por fuera era como cualquier otra: una pequeña tienda de caramelos y tabaco, con una vivienda en el piso de arriba. ¿Qué demonios había allí dentro que John Adinett había encontrado tan emocionante? Tendría que volver cuando estuviera abierta. Tal vez hubiera algo por lo que volver. Hallaría el modo de hacerlo al día siguiente, a espaldas de Wetron.

Echó a andar con brío hacia Mile End Road.

Cuando regresó a Cleveland Street a media tarde del día siguiente, tras considerables dificultades y habiendo distorsionado tanto la verdad al hablar con su inspector que poco tenía que ver con los hechos, la tienda parecía exactamente igual que otras mil.

Tellman compró tres peniques de caramelos de menta y trató de entablar conversación con el dueño, pero había poco de qué hablar aparte del tiempo. Empezaba a desesperar cuando hizo un comentario sobre el calor, las fiebres y el pobre príncipe Alberto, que había muerto de tifus.

—Supongo que nadie está a salvo —concluyó, sintiéndose estúpido.

—¿Por qué iban a estarlo ellos? —dijo el hombre con tristeza mordiéndose el labio—. Los miembros de la familia real no son mejores que usted o que yo cuando se trata de ciertas cosas. Comen mejor, supongo, y desde luego visten mejor. —Acarició la delgada tela de su chaqueta—. Pero caen enfermos como nosotros y mueren, los pobres diablos. —Había en su voz una nota de profunda compasión que a Tellman le pareció extraordinaria en un hombre de semejante barrio, que evidentemente tenía poco y trabajaba mucho. Era el último lugar donde habría esperado encontrar compasión hacia los que parecían tenerlo todo.

—¿Cree que tienen problemas como los nuestros? —preguntó tratando de mantener un tono inexpresivo.

—Usted es libre de ir y venir a su gusto, ¿no? —dijo el tabaquero mirando a Tellman. Sus ojos eran de un gris sorprendentemente claro—. De tener la fe que quiera, católica, protestante, judía, o ninguna si lo prefiere. Un dios con seis brazos, si le da la gana. Y casarse con una mujer de la religión que sea si así lo desea.

Al instante acudió a la mente de Tellman la cara de facciones angulosas de Gracie, los ojos brillantes y la barbilla llena de determinación. Luego se enfureció consigo mismo por su debilidad. Era absurdo. Discrepaban en todo. Ella se habría identificado con ese tabaquero y su compasión. No veía nada malo en servir, mientras que a él le indignaba que alguien, hombre o mujer, llevara y trajera cosas a otra persona, la llamara «señor» o «señora» y limpiara detrás de ella.

—¡Por supuesto que lo soy! —Sonó mucho más cortante de lo que era su intención—. Pero no me casaría con una mujer que no creyera en lo mismo que yo. No me refiero tanto a la religión como a lo que está bien o mal, lo que es justo y lo que no.

El hombre sonrió paciente e hizo un gesto de negación.

—Si se enamora, le dará igual de dónde venga ella o en qué cree, solo querrá estar a su lado. —Habló con suavidad—. Y si se sienta a discutir de lo que es justo e injusto, es que no está enamorado. Téngala por amiga, pero no se case con ella. —Meneó la cabeza, y su voz dejó clara su opinión sobre tal decisión—. A menos que tenga dinero o algo que usted quiere.

Tellman se ofendió.

—¡No me casaría jamás por dinero! —exclamó enfadado—. Solo creo que es importante el sentido de la justicia que tiene cada uno. Si vas a compartir toda tu vida y tener hijos con alguien, debes estar de acuerdo en qué es decente y qué no.

El tabaquero suspiró y su sonrisa desapareció.

—Tal vez tenga usted razón. Sabe Dios que el amor puede traernos bastante aflicción si nuestras creencias y nuestra situación en la vida son distintas de las de la persona amada.

Tellman se llevó un caramelo a la boca mientras se abría la puerta de la tienda a sus espaldas. Se volvió de forma instintiva para ver quién era. Reconoció al hombre que entró, pero no sabía de dónde.

—Buenas tardes, señor. —El tabaquero apartó de su mente a Tellman y miró al nuevo cliente—. ¿En qué puedo servirle, señor?

El hombre vaciló, miró a Tellman y a continuación al tabaquero.

—Este caballero estaba antes que yo —dijo cortés.

—Ya está atendido —repuso el dueño de la tienda—. ¿Qué desea?

El hombre volvió a mirar a Tellman antes de responder.

—En ese caso, quería media libra de tabaco...

El tabaquero arqueó las cejas.

—¿Media libra? Enseguida, señor. ¿De qué clase? Tengo de todos los tipos. De Virginia, turco...

—De Virginia —lo interrumpió el hombre, al tiempo que metía una mano en el bolsillo en busca de dinero.

Fue la voz lo que Tellman reconoció. Tardó unos minutos en recordar dónde la había oído. Ese hombre era un periodista llamado Lyndon Remus. Había seguido a Pitt, haciendo preguntas y tanteando, durante el asesinato de Bedford Square. Era él quien había escrito el artículo que tanto perjuicio había causado.

¿Qué hacía en Mile End? ¡No comprar tabaco, desde luego, y menos media libra! No distinguía el de Virginia del turco, ni le importaba. Había venido para algo más, pero al ver a Tellman había cambiado de parecer.

—Gracias —dijo Tellman al tabaquero—. Buenas tardes.

Una vez en la calle dio unos cuarenta pasos hasta un amplio zaguán donde esperó casi oculto a que Remus saliera.

Al cabo de diez minutos empezó a preguntarse si el establecimiento disponía de otra salida. ¿Qué podía estar haciendo el periodista durante tanto tiempo allí dentro? Solo había una respuesta que tuviera algún sentido; había venido por la misma razón que él: intuía una noticia, un escándalo, tal vez la explicación de un asesinato. Debía de ser algo relacionado con John Adinett. No era posible que hubiera dos asesinatos relacionados con la misma pequeña tienda de tabaco.

Transcurrieron los minutos. Los coches pasaban de largo por la calle, algunos hacia Mile End Road, otros en sentido contrario. Al cabo de otros diez minutos Remus salió por fin. Miró a izquierda y derecha, cruzó la calle y echó a andar hacia el sur, pasando a un metro de Tellman. Luego, al darse cuenta de quién era, se detuvo en seco.

—¿Andas tras una gran noticia, Remus? —preguntó Tellman con una sonrisa.

La pecosa cara de facciones angulosas de Remus delató perplejidad por unos segundos; después recuperó la serenidad.

—No estoy seguro —respondió con tono despreocupado—. Muchas ideas, pero de momento todas inconexas. Tal vez signifique algo que estés aquí.

—Bobadas —dijo Tellman sonriente.

—Oh, no, yo no... —balbuceó Remus.

—Bobadas como caramelos de menta —aclaró Tellman—. Es lo que he comprado.

Remus relajó la expresión.

—Oh, sí, por supuesto.

—Es mejor que el tabaco —prosiguió Tellman—. No distingo uno de otro. Y tú tampoco.

—No es tu terreno, ¿eh? —Remus eludió la pregunta—. Sigues con el caso Adinett, ¿verdad? Un tipo interesante. —Entornó los ojos—. Pero ¿por qué te molestas? Ya lo han condenado. ¿Qué más quieres?

—¿Yo? —Tellman fingió sorprenderse—. Nada en absoluto. ¿Por qué? ¿Qué más crees que hay?

—Un móvil —dijo Remus de modo razonable—. ¿Vino Fetters aquí alguna vez?

—¿Qué te hace pensar que lo hizo? ¿Te lo ha dicho el tabaquero?

Remus arqueó las cejas.

—No se lo he preguntado.

—Entonces no andas tras Fetters —dedujo Tellman.

El periodista pareció sorprendido por un instante. Se le había escapado más de lo que había querido decir. Se recobró y miró a Tellman con una sonrisa forzada.

—Fetters y Adinett... todo es lo mismo, ¿no?

—No has dicho que fueras tras Adinett —señaló Tellman.

Remus se metió las manos en los bolsillos y echó a andar despacio en dirección a Mile End Road, dejando que Tellman lo alcanzara.

—Ya no es exactamente una primicia, ¿no? —dijo pensativo—. Ni para ti ni para mí. Para que yo me molestara en escribir sobre ello tendría que haber tenido un motivo realmente interesante para matar a Fetters. Y supongo que tendría que estar relacionado con otro crimen, uno bastante sonado, para que tú siguieras investigándolo... ¿no te parece?

Tellman no tenía intención de hablarle sobre Pitt.

—Eso suena razonable —admitió—. Suponiendo que yo no hubiera venido aquí solo por los caramelos de menta.

—Bobadas tal vez —dijo Remus con una sonrisa torcida, y apresuró ligeramente el paso. Caminaron un rato en silencio, cruzando un callejón que llevaba a la fábrica de cerveza—. Ten cuidado. Hay un montón de gente importante que intentará detenerte. Supongo que te ha enviado aquí el señor Pitt.

—¿Y a ti te ha enviado el señor Dismore? —contraatacó Tellman al recordar lo que el cochero había dicho sobre la visita de Adinett al periódico de Dismore después de marcharse por última vez de Cleveland Street.

Remus quedó perplejo por un instante, pero enseguida logró encubrir sus emociones y respondió con despreocupación:

—Soy independiente. No doy cuentas a nadie. ¡Pensé que un detective tan sagaz como tú lo sabría!

Tellman gruñó. No sabía qué pensar, solo que Remus creía estar tras la pista de una noticia que no tenía intención de compartir.

Llegaron a Mile End Road, y Remus se despidió y se perdió en la riada de gente que se dirigía al oeste.

Tellman decidió impulsivamente seguirle. Resultó ser más difícil de lo que esperaba, en parte por la cantidad de tráfico, carretas y carros de vendedores ambulantes antes que carruajes, pero sobre todo porque era evidente que Remus no quería que nadie lo siguiera y era consciente de tener detrás al policía.

Le costó varias carreras, unos cuantos sobornos y un poco de suerte no perderlo, pero media hora más tarde Tellman cruzaba el puente de Londres en un coche de punto. Poco más allá de la estación de tren Remus se apeó del suyo, pagó al cochero, subió corriendo por la escalinata del Guy's Hospital y desapareció detrás de las puertas.

Tellman también se apeó, pagó al cochero, subió por la escalinata y entró en el hospital.

Pero no se veía a Remus en ninguna parte.

Se acercó al portero y le describió al periodista para preguntarle qué dirección había tomado.

—Pregunte por las oficinas —respondió el hombre—. Por ahí —indicó solícito.

Tellman le dio las gracias y siguió sus indicaciones, pero por mucho que buscó no logró localizar a Remus. Casi media hora después de vagar por los pasillos salió del hospital y tomó el tren al norte del río. Poco antes de las seis de la tarde se encontraba en Keppel Street.

Permaneció varios minutos frente a la puerta trasera tratando de reunir suficiente coraje para llamar. Deseó que hubiera un modo de ver a Gracie sin tener que encontrarse con Charlotte. Le avergonzaba el hecho de no haber hecho nada por ayudar a Pitt. No le cabía duda de que Charlotte estaría consternada, pero no tenía ni idea de qué decir o hacer.

Tan solo el imaginarse vívidamente el desdén de Gracie impidió que diera media vuelta y se alejara presuroso de allí. Tendría que enfrentarse a ella algún día. Posponerlo solo lo haría aún más difícil. Respiró hondo, sin llamar todavía a la puerta. Tal vez debería averiguar algo más antes de hablar con ella. Después de todo no había descubierto gran cosa. No tenía ni idea de por qué había ido Remus al Guy's Hospital, ni siquiera una hipótesis.

La puerta se abrió y Gracie dejó escapar un gritito y casi se estrelló contra él. La sartén le resbaló de las manos y cayó con estrépito en el escalón.

—¡Serás estúpido! —exclamó furiosa—. ¿Qué crees que estás haciendo aquí de pie con cara de memo? ¿Qué tienes?

Él se agachó para recoger la sartén y se la entregó.

—He venido para contarte lo que he averiguado —dijo él, cortante—. No deberías dejar caer las sartenes buenas como esta. Las descascarillarás y ya no servirán.

—No lo habría hecho si no me hubieras pegado un susto de muerte —replicó ella—. ¿Por qué no has llamado como la gente normal?

—Iba a hacerlo. —No era del todo mentira. Por supuesto que lo habría hecho, en cualquier momento.

Gracie le miró de arriba abajo.

—Bueno, será mejor que pases. Supongo que lo que tienes que contar es algo más de lo que puede decirse en el umbral. —Se volvió rápidamente, con las faldas arremolinándose, y entró de nuevo.

Tellman la siguió a través de la trascocina hasta la cocina cerrando las dos puertas tras de sí. Si Charlotte estaba en la casa, no la vio.

—¡Y habla bajito! —advirtió Gracie, como si le leyera los pensamientos—. La señora Pitt está arriba, leyendo un cuento a Daniel y Jemima.

—Jemima ya sabe leer —recordó él, desconcertado.

—Por supuesto —repuso ella esforzándose por ser paciente—, pero su papá ya no está en casa y no hemos vuelto a saber de él. Nadie sabe qué es de él... ¡si le cuidan bien o qué! ¡Te reconforta que te lean! —Sorbió por la nariz y volvió la cara, decidida a no dejarle ver las lágrimas que se deslizaban por sus mejillas—. ¿Qué has averiguado? Supongo que quieres una taza de té. Y bizcocho.

—Sí, por favor. —Tellman se sentó a la mesa de la cocina mientras ella se ocupaba del hervidor, la tetera, dos tazas y varios trozos de bizcocho recién hecho, dándole la espalda todo el tiempo.

Él observaba sus rápidos movimientos, los delgados hombros bajo el vestido de algodón, la fina cintura, que podría abarcar con las manos. Ardía en deseos de consolarla, pero era demasiado orgullosa e irritable para permitírselo. De todos modos ¿qué podía decir él? Gracie nunca creería mentiras de que todo acabaría por solucionarse. Sus casi veintiún años de vida le habían enseñado que la tragedia era una realidad. Y a veces prevalecía la justicia, pero no siempre.

Él debía decir algo. Transcurrían los minutos. El hervidor empezó a silbar. La cocina era la misma habitación calentita y bienoliente de siempre. En ella se había sentido ridículamente feliz y muy a gusto, más que en ningún otro lugar que recordara.

Gracie dejó la tetera con brusquedad, corriendo el riesgo de descascarillarla.

—Bueno, ¿vas a contármelo o no? —preguntó.

—Claro que sí —respondió él, furioso consigo mismo por desear tocarla, ser delicado, rodearla con los brazos y estrecharla con fuerza. Se aclaró la voz y casi se atragantó—. Adinett fue a Cleveland Street, en Mile End, al menos tres veces, y la última parecía muy entusiasmado por algo. De allí fue a ver a Thorold Dismore, el dueño del periódico que siempre se está metiendo con la reina y diciendo que el príncipe de Gales gasta demasiado.

Gracie se quedó inmóvil, con las cejas juntas y una expresión de desconcierto en la mirada.

—¿Qué tenía que hacer un caballero como el señor Adinett

en Mile End? ¡Si lo que buscaba era una ramera, hay muchas más cerca, y más limpias! Podrían haberle matado allí.

—Lo sé. Pero eso no es todo. No iba a un burdel, sino a una tabaquería.

—¿Iba a Mile End a comprar tabaco? —preguntó ella con incredulidad.

—No —la corrigió él—. Iba a la tienda de tabaco por alguna otra razón, pero todavía no sé cuál. El caso es que he vuelto hoy allí y cuando he entrado en la tienda, ha aparecido nada menos que Lyndon Remus, el periodista que estuvo tratando de sacar todos esos trapos sucios cuando el señor Pitt trabajaba en el asesinato de Bedford Square. —Se inclinó con apremio, apoyando los codos en la mesa de madera—. No dijo una palabra mientras estuve allí, pero se quedó otros veinte minutos después de que yo me marchara; lo sé porque le estuve esperando. Y cuando salió hablé con él.

Gracie se había quedado paralizada, con los ojos como platos; había olvidado la tetera. Solo los pitidos del hervidor le hicieron volver a la realidad. Se limitó a sacar el pitorro.

—¿Y? —preguntó—. ¿Qué quería? ¿Qué tiene de especial Cleveland Street?

—Aún no lo sé —admitió Tellman—. Supongo que va tras un escándalo y cree estar sobre la pista de algo. Trató de sonsacarme qué hacía allí. Casi se emocionó al verme. Pensó que eso demostraba que no andaba mal encaminado. Tiene que ver con Adinett; llegó a reconocerlo.

Gracie se sentó en la silla frente a él.

—¡Sigue! —lo apremió.

—Cuando se fue lo seguí. Trató de despistarme, pero no lo consiguió.

—¿Adónde fue? —Gracie no apartaba la vista del rostro de Tellman.

—Al sur del río, al Guy's Hospital… a las oficinas. Pero allí lo perdí.

—El Guy's Hospital… —repitió ella despacio. Finalmente se levantó y preparó el té, que dejó en la mesa para que reposara—. ¿Y por qué demonios no iba a querer que supieras adónde iba?

—Porque es algo relacionado con Adinett —respondió él—. Y con Cleveland Street. Pero que me cuelguen si sé que es.

—Bueno, solo tienes que averiguarlo —repuso ella sin vacilar—. Porque debemos demostrar que el señor Pitt tiene razón al creer culpable a Adinett, y que este tenía un móvil perverso. ¿Quieres un trozo de bizcocho?

—Sí, por favor. —Tellman cogió el pedazo más grande del plato que ella le tendió. Hacía tiempo que había dejado de fingir ser educado cuando se lo ofrecía. Gracie preparaba el mejor bizcocho que había probado jamás.

Ella lo miraba con ansiedad.

—Vas a averiguar qué es, ¿verdad? Me refiero a qué pasó en realidad y por qué.

A Tellman le habría gustado que Gracie sintiera hacia él una milésima parte de la admiración que sentía por Pitt. Sin embargo, la fe que veía en su cara, aunque naciera de la desesperación, era tan maravillosa como aterradora. ¿Estaría él a la altura de tal fe? Apenas se le ocurría qué hacer a continuación. ¿Qué habría hecho Pitt si cambiaran los papeles?

Este le caía bien, tenía que admitirlo aunque no quisiera, y aun cuando no estuviera de acuerdo con él en numerosas cosas. Sin embargo, la mayor parte del tiempo era un tipo razonable. Era excéntrico y llevaba mucho tiempo acostumbrarse a él, pero, para bien o para mal, Tellman formaba parte de la vida de Pitt. Se había sentado muchas veces a su mesa, trabajado con él en demasiados casos, buenos o malos. Y además estaba Gracie.

—Sí, por supuesto que lo haré —dijo con la boca llena.

—¿Vas a seguir al tal Remus? —presionó ella—. Está sobre la pista de algo… sea lo que sea. La señora Pitt está tratando de averiguar más sobre el señor Fetters, pero aún no tiene nada. Te avisaré si se entera de algo. —Parecía cansada y asustada—. No lo dejarás, ¿verdad? ¡Pase lo que pase! Nadie más va a hacerlo aparte de nosotros.

—Ya te lo he dicho —afirmó él mirándola con fijeza—. ¡Lo averiguaré! Ahora come un poco de bizcocho. ¡Pareces un conejo de cuatro peniques! ¡Y sirve el té!

—Todavía no está listo. —No obstante, Gracie lo sirvió.

6

Charlotte abrió el periódico de la mañana, más porque se sentía sola que porque tuviera verdadero interés por los sucesos políticos que llenaban sus páginas conforme los partidos se preparaban para las elecciones. Eran muy duros con el señor Gladstone, a quien censuraban por pasar por alto todos los asuntos excepto la Ley de Autonomía Irlandesa y abandonar aparentemente todo esfuerzo por conseguir la jornada laboral de ocho horas. En todo caso ella no esperaba que los periódicos fueran imparciales.

Había una trágica noticia de un accidente de tren en Guiseley, al norte. Dos personas habían perecido y varias habían resultado heridas.

La New Oriental Bank Corporation se había visto obligada a retirar fondos y suspender ciertos pagos. El precio de la plata bajaba de manera preocupante. Habían sufrido pérdidas en Melbourne y Singapur. La liquidación de la Gatling Gun Company los había afectado mucho. Un huracán en Mauricio había sido el golpe supremo.

Charlotte no leyó el resto. Deslizó la mirada por la página y no pudo evitar que le atrajeran las letras negras que anunciaban la ejecución de John Adinett a las ocho de esa mañana.

De manera instintiva miró el reloj de la cocina. Eran las ocho menos cuarto. Deseó no haber abierto el periódico hasta más tarde... media hora habría bastado. ¿Por qué no había pensado en ello, contado los días y tenido cuidado de no mirarlo?

Adinett no se lo había pensado dos veces antes de matar a Martin Fetters, y cuanto más averiguaba de este, más se convencía de que le habría caído bien. Había sido un hombre entusiasta, que se aferraba a la vida con coraje y disfrutaba de su colorido y su variedad. Le apasionaba aprender de los demás y, a juzgar por sus escritos, parecía estar igualmente ansioso por compartir sus conocimientos de modo que todos vieran el mismo encanto que él veía. Su muerte había sido una pérdida no solo para su mujer, la arqueología y la recuperación de objetos antiguos, sino para quienes lo conocían, el entusiasmo del mundo en general.

Aun así, poner fin a la vida de Adinett no arreglaba nada. Charlotte dudaba que disuadiera a nadie de cometer un crimen en el futuro. Lo que detenía a la gente era la certeza de un castigo, no su severidad. Todos daban por sentado que saldrían impunes, de manera que el castigo carecía de importancia.

Gracie entró por la puerta trasera, por la que había salido para recoger los arenques que traía el chico de la pescadería.

—Serán nuestra cena —dijo con tono enérgico recorriendo la cocina para dejar la fuente en la despensa. Siguió hablando consigo misma, absorta en lo que iba a preparar para cada comida, cuántas patatas o harina quedaban, y si disponía de suficientes cebollas. Habían utilizado un montón de estas últimamente para dar sabor a platos muy sencillos.

En los últimos días Gracie se mostraba abstraída. Charlotte creía que tenía que ver con Tellman. Sabía que había estado allí la otra noche, aunque no lo había visto. Había oído su voz y no los había molestado a propósito. Tener a Tellman sentado en la cocina, exactamente como si Pitt estuviera allí, hacía aún más abrumadora la sensación de soledad.

Se alegraba por la chica, y era muy consciente, bastante más que la misma Gracie, de que Tellman estaba librando una batalla perdida contra sus sentimientos hacia ella. Sin embargo, en esos momentos le resultaba difícil fingir que se congratulaba de algo. Ya resultaba bastante duro echar de menos a Pitt. Las tardes parecían eternas ahora que no estaba pendiente de si lo oía llegar. No tenía a nadie a quien contar cómo le había ido el día, aunque no hubiera ocurrido nada extraordinario. Podría haber sido algo tan trivial como una flor recién abierta en el jardín, un chisme o tal vez una broma. Y si por alguna razón las cosas se torcían, tal vez no lo mencionaba, pero saber que podría haberlo hecho hacía que toda la irritación pareciera temporal, algo que podía pasarse por alto. Era extraño cómo la felicidad que no se compartía era la mitad de grande y, sin embargo, cualquier clase de infortunio se multiplicaba por dos cuando uno estaba solo.

Con todo, mucho peor que la soledad era su inquietud por Pitt, la preocupación diaria habitual de si comía bien, no pasaba frío, ¡si tenía a alguien que le lavaba la ropa! ¿Había encontrado un lugar lo bastante confortable y agradable donde vivir? Lo que realmente la angustiaba era si estaba fuera de peligro, no solo de anarquistas, dinamiteros o quien fuera que buscara, sino de sus enemigos secretos y mucho más poderosos del Círculo Interior.

El reloj dio la hora y Charlotte fue vagamente consciente de ello. Gracie vació la ceniza de la estufa y echó más carbón.

Charlotte trataba de no pensar, de no imaginar, y durante el día casi lo lograba. Sin embargo por la noche, en cuanto tenía la mente en blanco, los miedos acudían en tropel. Estaba emocionalmente exhausta, y físicamente no lo bastante cansada. Nunca había estado en Spitalfields, pero no le costaba imaginarlo: callejas estrechas y oscuras con figuras agazapadas en los zaguanes, todo húmedo y mortecino, como a la espera de abalanzarse sobre el incauto.

Despertaba demasiadas veces en mitad de la noche, consciente de cada crujido, del espacio vacío que había a su lado en la cama, preguntándose dónde estaba Pitt, si también estaba despierto, sintiéndose solo.

A veces el hecho de tener que fingir que se sentía bien, para no preocupar a los niños, se le antojaba una tarea imposible; en otras ocasiones era una disciplina que agradecía. Cuántas mujeres a lo largo de los siglos habían fingido mientras sus hombres luchaban en la guerra, exploraban tierras desconocidas, cruzaban océanos transportando mercancías o sencillamente habían huido por ser imprudentes y desleales. Al menos ella sabía que Pitt no era nada de todo eso y regresaría en cuanto pudiera. O cuando ella descubriera por qué Adinett había asesinado a Martin Fetters, encontrara una respuesta lo bastante convincente para que hasta los miembros del Círculo Interior tuvieran que creerla y al mundo no le quedara ninguna duda.

Cerró el periódico y apartó la silla de la mesa en el preciso momento en que Daniel y Jemima entraban en la cocina, impacientes por desayunar antes de ir al colegio. Había mucho que hacer ese día, y si no ya encontraría algo o lo inventaría.

El reloj dio el cuarto. Ya habían sonado las campanadas de las ocho y no lo había advertido. John Adinett ya debía de estar muerto, su cuerpo, con el cuello roto —como el de Martin Fetters— estaría listo para ser arrojado a una tumba poco profunda, y su alma para responder por sus actos ante el Juez que todo lo sabe.

Sonrió a los niños y empezó a preparar el desayuno.

Poco después de las diez, mientras ordenaba el armario de la ropa blanca por segunda vez esa semana, Gracie subió para anunciarle la presencia de la señora Radley, solo que era innecesario porque Emily Radley, la hermana de Charlotte, estaba un paso detrás de ella. Tenía un aspecto apabullantemente elegante, con un traje de montar verde oscuro, un sombrerito oscuro de ala dura y copa alta, y una chaqueta de corte tan excepcional que realzaba cada línea de su esbelta figura. Estaba algo colorada del esfuerzo, y el cabello rubio se le había soltado y rizado con el aire húmedo.

—¿Qué estás haciendo? —preguntó mirando las montañas de sábanas y fundas de almohadas extendidas alrededor de Charlotte.

—Separando la ropa blanca para remendar —respondió esta, consciente de pronto del aspecto tan desaliñado que tenía al lado de su hermana—. ¿Has olvidado cómo se hace?

—No estoy segura de si alguna vez he sabido —contestó Emily con aires de grandeza. Si Charlotte se había casado con un hombre social y económicamente por debajo de su clase, Emily en cambio había elegido uno de condición muy superior. Su primer marido había poseído tanto título como fortuna. Le habían matado hacía bastante tiempo, y tras un período de luto y soledad Emily había vuelto a contraer matrimonio, esta vez con un apuesto y encantador hombre sin apenas posesiones. Era la ambición de Emily lo que lo había empujado a presentarse como candidato para ocupar un escaño en el Parlamento, que había acabado obteniendo.

Gracie volvió a desaparecer escaleras abajo.

Charlotte dio la espalda a su hermana y continuó doblando fundas de almohada, apilándolas con pulcritud donde habían estado previamente.

—¿Sigue fuera Thomas? —preguntó Emily bajando un poco la voz.

—Por supuesto que sí —replicó Charlotte con cierta aspereza—. Ya te lo dije; estará fuera mucho tiempo. No sé cuánto.

—La verdad es que me dijiste muy poco —señaló Emily cogiendo una funda y doblándola con cuidado—. Te anduviste con tanto misterio y parecías tan afectada que he venido a ver si estabas bien.

—¿Qué piensas hacer si no lo estoy? —Charlotte empezó con una de las sábanas.

Emily cogió el otro extremo.

—Darte la oportunidad de iniciar una pelea y comportarte de forma cruel con alguien. Parece que es lo que necesitas en este momento.

Charlotte la miró fijamente, olvidando la sábana. Emily se las daba de ocurrente, pero detrás de su glamourosa fachada había inquietud, y en su ingenioso comentario no había ni pizca de humor.

—Estoy bien —dijo Charlotte con más suavidad—. Es Thomas quien me preocupa. —Ambas habían compartido muchos de los casos de Pitt en el pasado, y Emily conocía la pasión y la pérdida que podía haber en juego. El miedo no le era desconocido, y ya estaba al corriente de la existencia del Círculo Interior. Charlotte no podía decirle dónde estaba Pitt, pero sí por qué estaba allí.

—¿Qué pasa? —Emily percibió que había más de lo que le había hecho creer, y esta vez su voz dejó traslucir ansiedad.

—El Círculo Interior —musitó Charlotte—. Creo que Adinett era uno de ellos, de hecho estoy segura. No perdonarán a Thomas por haberlo condenado. —Su voz sonaba trémula—. Le han ahorcado esta mañana.

El semblante de Emily era sombrío.

—Lo sé. Los periódicos han vuelto a hablar de si era realmente culpable. Nadie parece tener idea de por qué iba a querer hacer tal cosa. ¿No tiene Thomas ninguna pista?

—No.

—¿Y no está intentando averiguarlo?

—No puede —respondió Charlotte con voz muy queda, bajando la vista hacia el linóleo del suelo—. Le han apartado de Bow Street y enviado… al East End… en busca de anarquistas.

—¿Qué? —Emily estaba horrorizada—. ¡Eso es monstruoso! ¿A quién has acudido?

—Nadie puede hacer nada al respecto. Cornwallis hizo todo cuanto estaba en su mano. Si Thomas está en alguna parte del East End… y nadie sabe dónde, permanece en el anonimato, al menos está todo lo a salvo de ellos que es posible estar.

—¿En el anonimato en el East End? —La cara de Emily reflejaba con demasiada claridad su pavor, y todos los peligros que preveía su imaginación.

Charlotte desvió la mirada.

—Lo sé. Podría pasarle cualquier cosa y tardaría días en enterarme siquiera.

—No le pasará nada —se apresuró a decir Emily—. Y está más a salvo allí que aquí, donde todavía pueden encontrarlo. —Sin embargo, en su voz había más coraje que convicción—. ¿Qué podemos hacer para ayudarle? —añadió.

—Me he entrevistado con la señora Fetters —explicó Charlotte imitando su actitud positiva—, pero no sabe nada. Estoy tratando de discurrir qué más hacer. Entre los dos hombres tiene que existir alguna conexión por la que riñeron pero, cuanto más averiguo de Martin Fetters, más parece un hombre insólitamente decente, incapaz de hacer daño a nadie.

—Entonces no estás buscando donde debes —afirmó Emily con franqueza—. Supongo que has descartado todo lo obvio: dinero, chantaje, una mujer, rivalidad por algún cargo. —Parecía desconcertada—. ¿Por qué eran amigos, por cierto?

—Viajes y reforma política, que su mujer sepa. —Charlotte dobló la última sábana—. ¿Te apetece una taza de té?

—No particularmente —respondió Emily—, pero prefiero sentarme en la cocina que seguir junto al armario de la ropa blanca. ¿Discute alguien en serio sobre viajes?

—Lo dudo. Además, ni siquiera viajaban a los mismos lugares. El señor Fetters iba a Oriente Próximo, mientras que Adinett prefería Francia y había estado en Canadá en el pasado.

—Entonces es un asunto político. —Emily la siguió escaleras abajo y a lo largo del pasillo que conducía a la cocina. Alabó a Gracie por el bizcocho, cuyo olor llenaba la habitación. En ninguna otra casa se habría dirigido a la doncella, pero sabía el cariño que Charlotte profesaba a la niña abandonada.

Charlotte puso agua a hervir.

—Los dos querían una reforma —continuó.

Emily se sentó colocándose hábilmente las faldas para que no se le arrugaran.

—¿No la quiere todo el mundo? Jack dice que la situación se está volviendo bastante desesperada. —Bajó la vista hacia sus manos, pequeñas, elegantes y sorprendentemente fuertes—.

Siempre ha habido muestras de descontento, pero ahora es mucho peor que hace incluso diez años. Llegan a Londres muchísimos extranjeros, y no hay suficiente trabajo. Supongo que hace años que hay anarquistas, pero ahora hay más, y son muy violentos.

Charlotte lo sabía. Aparecía bastante a menudo en los periódicos, incluido el juicio a un anarquista francés llamado Ravachol que había intentado volar un restaurante. Y sabía que en Londres la mayoría de esas personas se hallaban en el East End, donde la pobreza era peor y más profunda la insatisfacción. Ese era el pretexto para enviar a Pitt allí.

—¿Qué ocurre? —preguntó Emily al ver su expresión.

—¿Crees que de verdad son un peligro? Quiero decir más que los locos que andan sueltos por ahí.

Emily reflexionó unos instantes antes de responder. Charlotte se preguntó si lo hacía para buscar las palabras adecuadas, para analizar lo que sabía o, peor aún, si era cuestión de tacto. Si se trataba de lo último, entonces la respuesta instintiva debía de ser muy desagradable. No era propio de Emily andarse con rodeos, lo que era muy distinto de ser taimada, que tan bien se le daba.

—En realidad —susurró cuando Gracie sirvió por fin el té—, creo que Jack está muy preocupado, no tanto por los anarquistas, que no son más que unos locos, sino por los sentimientos que percibe en todas partes. Verás, la monarquía es muy impopular, y no solo entre la clase de personas que esperarías, sino entre algunas que son muy importantes y tal vez no imaginarías.

—¿Impopular? —Charlotte estaba desconcertada—. ¿En qué sentido? Sé que la gente piensa que la reina debería hacer mucho más, pero llevan años diciéndolo. ¿Cree Jack que ahora es diferente?

—No sé si diferente. —Emily estaba muy seria. Escogió con cuidado las palabras, sopesándolas antes de pronunciarlas—. Pero afirma que es mucho más grave. El príncipe de Gales gasta muchísimo, como sabes, y casi todo es prestado. Debe dinero en todas partes y a toda clase de gente. No parece capaz de refrenarse, y si se da cuenta del perjuicio que está causando, no le importa.

—¿Perjuicio político? —preguntó Charlotte.

—A la larga, sí. —Emily bajó la voz—. Hay ciertas personas

que creen que cuando muera la anciana reina será el fin de la monarquía.

—¿En serio? —Charlotte estaba perpleja. Era un pensamiento sorprendentemente desagradable. No estaba muy segura de por qué le importaba tanto. Quitaría color a la vida, parte de su glamour. Aunque uno nunca veía a las condesas y las duquesas, si dejaran de existir y en el mundo no hubiera modo de ser algún día una dama, y mucho menos una princesa, las cosas parecerían un poco más grises. La gente siempre tendría héroes, verdaderos o falsos. En la aristocracia no había nada intrínsecamente noble, pero los héroes que la reemplazarían no serían escogidos forzosamente por su virtud o sus logros; podría ser por su riqueza o belleza. Entonces la magia desaparecería sin ningún motivo y sin beneficio alguno.

Era un argumento necio, lo sabía. Lo que importaba era el cambio, y un cambio nacido del odio asustaba porque con demasiada frecuencia se realizaba de forma irreflexiva e ignorante. Tantas cosas podían pasarse por alto.

—Eso es lo que dice Jack. —Emily la observaba con atención, su taza de té olvidada—. Y lo que más le preocupa es que hay intereses poderosos que son monárquicos y harían cualquier cosa para que todo siguiera como está. ¡Cualquier cosa! —Se mordió el labio—. Cuando me lo dijo, le presioné para que me explicara qué quería decir, pero no me respondió. Se calló y se quedó como ensimismado, como hace cuando algo le inquieta. Te parecerá raro que te lo diga, pero creo que está asustado. —Se interrumpió bruscamente y bajó de nuevo la vista hacia sus manos, como si hubiera dicho algo de lo que se avergonzaba. Tal vez no había previsto revelar tantas intimidades.

Charlotte sintió frío. Ya había bastantes cosas de las que estar asustado. Quería saber más, pero no tenía sentido presionar a Emily. Si hubiera sabido expresarlo en palabras, lo habría hecho. Era un pensamiento desagradable y difícil de comunicar.

—Uno no se da cuenta de cuánto valora lo que tiene, con todos sus problemas, hasta que alguien amenaza con destruirlo e introduce sus ideas en su lugar —comentó compungida—. No me importarían unos pocos cambios, pero no quiero muchos. ¿Crees que podría introducirse solo unos pocos? ¿O tiene que ser o todo o nada? ¿Hay que destruirlo todo para cambiar las cosas?

—Eso depende de la gente —respondió Emily con una sonrisa tensa y triste—. Si cedes, entonces no. Pero si no lo haces y te las das de María Antonieta, entonces tal vez sea la corona o la guillotina.

—¿Era tan estúpida?

—No lo sé. Solo era un ejemplo. Nadie va a decapitar a nuestra reina. Al menos me cuesta imaginarlo.

—No creo que los franceses lo imaginaran tampoco —repuso Charlotte con sequedad—. ¡Ojalá no lo hubiera pensado!

—Nosotros no somos franceses. —La voz de Emily sonaba firme, incluso furiosa.

—Eso díselo a Carlos I —observó Charlotte visualizando el genial y triste retrato de Van Dyck de ese hombre poco afortunado, fiel a sus creencias hasta el cadalso.

—Eso no fue una revolución. —Emily se refugió en el sentido literal.

—Fue una guerra civil. ¿Acaso es mejor? —dijo Charlotte.

—¡No son más que palabras! Los políticos y sus pesadillas. Si no fuera por eso, sería por lo de más allá… Irlanda, los impuestos, la jornada de ocho horas o las alcantarillas. —Emily se encogió de hombros con elegancia—. Si no hubiera un problema terrible que solucionar, ¿para qué los necesitaríamos?

—Seguramente no los necesitamos… las más de las veces al menos.

—Es eso lo que les da miedo. —Emily se levantó—. ¿Quieres venir con nosotros a ver la exposición de la National Gallery?

—No, gracias. Tengo previsto visitar de nuevo a la señora Fetters. Creo que tienes razón… Lo más probable es que sea un asunto político.

Charlotte llegó a Great Coram Street poco después de las once de la mañana. Era una hora de lo menos apropiada para hacer visitas, pero no se trataba de una visita social, y tenía la ventaja de que era muy improbable que coincidiera con alguien más y se viera obligada a justificar su presencia.

Juno se alegró de verla y no se molestó en disimularlo. Se le llenó la cara de alivio por tener compañía.

—¡Pase! —exclamó entusiasmada—. ¿Tiene noticias?

—No, lo lamento. —Charlotte se sintió culpable por no haber averiguado nada más. Después de todo, la pérdida de esa mujer era mucho mayor que la suya—. He pensado mucho, pero lo único que he sacado en claro han sido más ideas.

—¿Puedo ayudarla?

—Tal vez. —Charlotte aceptó el asiento que le ofrecía, en la misma encantadora habitación que daba al jardín. Ese día hacía más fresco y la puerta estaba cerrada—. El deseo de una reforma política parece ser el asunto evidente que tenían en común el señor Fetters y Adinett, sobre el que ambos estaban profundamente preocupados.

—Oh, a Martin le preocupaba muchísimo —confirmó Juno—. Discutía por ello y escribió muchos artículos. Conocía a mucha gente que pensaba como él, y creía que algún día llegaría.

—¿Guarda alguno de esos artículos? —preguntó Charlotte. No estaba segura de si servirían de algo, pero no se le ocurrió nada mejor.

—Deben de estar entre sus papeles. —Juno se levantó—. La policía los revisó, por supuesto, pero siguen estando en el escritorio de su gabinete. Yo… no he tenido el valor de leerlos de nuevo —explicó en voz baja, de espaldas a Charlotte. Luego salió y cruzó el pasillo hasta el gabinete, en el que la hizo entrar.

Era una estancia más pequeña que la biblioteca, sin las ventanas altas ni la luz del sol, a pesar de lo cual resultaba agradable, y saltaba a la vista que se había utilizado mucho. Había una sola estantería llena y, encima del escritorio, dos tomos más encuadernados en cuero. En los estantes de detrás había montones de papeles y pliegos.

Juno se detuvo, con el rostro apagado.

—No sé qué vamos a encontrar aquí —dijo indecisa—. La policía no halló nada aparte de alguna extraña nota sobre una reunión, y dos o tres escritos cuando John… el señor Adinett fue a Francia. No eran en absoluto personales, solo descripciones muy vívidas de ciertos lugares de París, la mayoría relacionados con la Revolución. Martin había escrito muchos artículos sobre esos mismos lugares, y Adinett decía que estos significaban mucho más para él ahora que contaba con la visión de Martin. —Se emocionó al recordar una época no tan lejana en la que las cosas habían sido tan distintas. Se acercó a los estantes que había detrás del escritorio y sacó unas cuantas publicaciones periódicas, que hojeó—. Aquí hay toda clase de artículos. ¿Le gustaría leerlos?

—Sí, por favor —respondió Charlotte, de nuevo porque no tenía un punto de partida mejor. Les echaría un vistazo y punto.

Juno se las tendió. Charlotte observó en las portadas que las había editado Thorold Dismore. Abrió la primera y empezó a leer. Martin Fetters escribía desde Viena, mientras paseaba por la ciudad y se detenía en los lugares donde los revolucionarios del levantamiento de 1848 habían luchado para obligar al gobierno del poco espabilado emperador Fernando a hacer alguna clase de reforma de las leyes opresoras, los onerosos impuestos y las desigualdades.

Charlotte se había propuesto hojearlas únicamente, para formarse una idea de los ideales de Fetters, pero fue incapaz de saltarse una frase. El artículo cobraba vida con una pasión y una congoja que la cautivaron por completo, y olvidó el gabinete de Great Coram Street y a Juno, sentada a unos metros de distancia. Imaginó la voz de Martin Fetters y visualizó su cara, llena de entusiasmo ante el coraje de los hombres y las mujeres que habían luchado. Sintió su indignación ante la derrota final y un vivo deseo de que algún día sus ambiciones se cumplieran.

Pasó al siguiente artículo. Había sido escrito en Berlín y venía a ser lo mismo. Se percibía el amor por la belleza de la ciudad y la individualidad de sus gentes, la historia de sus esfuerzos por reducir el poder militar de Prusia y, al final, su fracaso.

En otro escribía desde París, tal vez el artículo al que se había referido John Adinett en las cartas que había encontrado Pitt. Era más largo que los anteriores, lleno de un amor profundo hacia una ciudad magnífica presa del terror, una esperanza tan intensa que dolía aun a través de las palabras impresas. Fetters había estado donde vivió Danton, hecho su último recorrido en carreta hasta la guillotina, el momento más grandioso de Danton, cuando ya había perdido todo y visto cómo la Revolución destruía a sus propios hijos en cuerpo, y aún más terrible, en alma.

Fetters había estado en la rue St. Honoré, frente a la casa del carpintero que había alojado a Robespierre, quien envió a una muerte tan sangrienta a tantos miles de personas y, sin embargo, nunca vio la máquina de la destrucción hasta que él mismo fue a su encuentro, por última vez.

Fetters había paseado por las mismas calles donde los estudiantes levantaron las barricadas durante la revolución de 1848, que tan pocas cosas logró y tan caro costó. Charlotte tenía un nudo en la garganta cuando terminó de leer y se obligó a iniciar la lectura del siguiente artículo. Sin embargo, si Juno la hubiera interrumpido y pedido que se los devolviera, habría tenido la impresión de que le arrebataban algo y se habría sentido de pronto muy sola.

Fetters escribía desde Venecia, que le parecía la ciudad más hermosa del mundo, aun bajo el yugo austríaco, y desde Atenas, antaño la mayor ciudad república, la cuna de la democracia, hoy esqueleto de su antigua gloria, el espíritu profanado.

Escribía, por último, desde Roma, de nuevo sobre la revolución de 1848, la breve gloria de otra república romana, sofocada por los ejércitos de Napoleón III, y el regreso del Papa, el aplastamiento de todo el amor por la libertad y la justicia, por una voz para el pueblo. Escribía sobre Mazzini, que vivía en el palacio papal, en una habitación, comiendo pasas, y sobre sus flores frescas diarias. Escribía sobre las hazañas de Garibaldi y su apasionada y feroz mujer, que había muerto al terminar el sitio, y sobre Mario Corena, el soldado republicano que estaba dispuesto a dar todo cuanto poseía por el bien común: su dinero, sus tierras, su vida si era necesario. Si hubiera habido más hombres como él, no habrían perdido.

Charlotte dejó el último artículo encima del escritorio. Tenía la cabeza llena de heroísmo y tragedia, el pasado y el presente unidos, y por encima de todo la presencia ineludible de la voz de Martin Fetters, sus convicciones, su personalidad, su profundo y sacrificado amor por la libertad individual dentro de un todo civilizado.

Si John Adinett lo había conocido tan bien como todos afirmaban, debía de haber tenido una razón aplastante para quitar la vida a semejante hombre, algo tan poderoso que era capaz de vencer la amistad, la admiración y el cariño que compartían por unos ideales. No se le ocurría cuál podía ser esa razón.

De pronto le asaltó un pensamiento, como una nube que atraviesa el sol: ¿podían haberse equivocado, después de todo, sobre el asesinato? ¿Había dicho Adinett la verdad todo el tiempo?

Mantuvo la mirada baja para ocultar a Juno sus sentimientos. Se sentía como si hubiera traicionado a Pitt por haber tenido siquiera tal pensamiento.

—Escribía de una forma extraordinaria —afirmó—. No solo tengo la impresión de haber estado allí y visto todo cuanto ocurrió en esas calles, sino que me importa casi tanto como a él.

Juno esbozó una leve sonrisa.

—Así era Martin... tan lleno de vida que nunca se me pasó por la cabeza que pudiera morir, no de verdad. —Hablaba con voz dulce, distante. Parecía casi sorprendida—. Parece ridículo que para todos los demás la vida siga como si nada. Parte de mí quiere cubrir las calles de paja y pedir a la gente que conduzca despacio. Otra parte quiere hacer como que no ha pasado nada; ha vuelto a marcharse y volverá en un par de días.

Charlotte levantó la vista y percibió la lucha en su rostro. La comprendía tan bien. Su soledad solo era una mínima parte de la de ella. Pitt estaba bien, solo se encontraba a unos pocos kilómetros, en Spitalfields. Si se retiraba del cuerpo de policía, podría regresar a casa cualquier día. Sin embargo, eso no respondería ninguna pregunta. Charlotte tenía que saber que él no se había equivocado con respecto a Adinett, y por qué, y debía demostrárselo a todos.

Tal vez Juno necesitara saberlo con la misma urgencia y su rostro sombrío se debiera al miedo a lo que podía descubrir acerca de su marido. Debía de tratarse de algo enorme... y, para Adinett al menos, intolerable.

¡Y secreto! Había preferido ir a la horca a hablar de ello, aunque solo fuera para justificarse.

—Será mejor que sigamos buscando —dijo por fin—. Tal vez lo que necesitamos no esté en esta habitación, pero es el mejor lugar para empezar. —Era el único, por el momento.

Juno se agachó obediente y abrió los cajones del escritorio. Para abrir uno de ellos mandó traer de la cocina un cuchillo, que utilizó para hacer palanca, con lo que astilló la madera.

—Una lástima —dijo mordiéndose el labio—. No creo que pueda repararse, pero no tenía la llave.

Empezaron por él, puesto que había sido protegido especialmente contra intrusos.

Charlotte había leído tres cartas cuando empezó a advertir en ellas ciertas pautas. Todas habían sido cuidadosamente redactadas: una mirada superficial no habría descubierto en ellas nada fuera de lo normal; de hecho, eran bastante sobrias. El tema era teórico: la reforma política de un estado que no tenía nombre, de cuyos líderes se hablaba personalmente en lugar de por el cargo que desempeñaban. No había dramatismo ni pasión, solo ideales; como si se tratara de un ejercicio mental, algo que se escribe en un examen.

La primera carta era de Charles Voisey, el juez del tribunal de apelación.

Estimado Fetters:
He leído su artículo con sumo interés. Plantea muchas cuestiones en las que coincido, algunas de las cuales no las había considerado antes, pero al sopesar lo que usted dice creo que su opinión es correcta.

En otros terrenos no puedo ir tan lejos como usted, pero comprendo las influencias que ha recibido, y si estuviera en su lugar tal vez compartiría su opinión, si bien no en todo su extremismo.

Gracias por la cerámica, que llegó sin incidentes y ahora adorna mi gabinete. Es una pieza de lo más exquisita, que me recuerda las glorias del pasado y el espíritu de grandes hombres con quienes tan en deuda estamos... una deuda de la que, como ha afirmado usted, la historia nos hará responsables, aun cuando nosotros no lo hagamos.

Tengo muchas ganas de conversar más extensamente con usted.

Su aliado en la causa,

CHARLES VOISEY

La siguiente, de tono similar, era de Thorold Dismore, el dueño del periódico. También se deshacía en elogios para con el trabajo de Fetters y le pedía que escribiera una nueva serie de artículos. Tenía fecha muy reciente, de modo que a buen seguro los artículos no se habían llegado a escribir. Había un borrador de Fetters en el que aceptaba la propuesta. No había forma de saber si la carta definitiva había sido enviada o no.

Juno le tendió una misiva del montón que había cogido, con la mirada llena de inquietud. Era de Adinett. Charlotte la leyó:

Mi querido Martin:
Qué artículo más maravilloso has escrito. No puedo elogiar bastante la pasión que demuestras. Solo un hombre desprovisto de todo cuanto distingue la civilización de la barbarie no se sentiría enardecido por tus palabras, y resuelto a emplear todas sus fuerzas y fortuna en crear un mundo mejor, cueste lo cueste.

Se lo he enseñado a varias personas, que no nombro por razones que bien conoces, y están tan llenas de admiración como yo.

Creo que hay verdaderas esperanzas. Ya es hora de que dejemos de soñar.

Te veré el sábado.

JOHN

Charlotte levantó la vista.

Juno la miraba con los ojos muy abiertos, plagados de dolor. A continuación le pasó un fajo de borradores de nuevos artículos.

Charlotte los leyó con creciente recelo, luego con alarma. Cada vez se mencionaba de forma más específica la reforma. Se aludía con apasionados elogios a la revolución romana de 1848. La antigua república romana se consideraba un ideal, y los reyes, modelo de tiranía. La invitación a constituir una república moderna tras el derrocamiento de la monarquía era inconfundible.

Había referencias tangenciales a una sociedad secreta cuyos miembros estaban consagrados a mantener como fuera la casa real en todo su poder y riqueza, y se daba a entender que el derramamiento de sangre no era imposible si la amenaza resultaba lo bastante seria.

Charlotte dejó la última hoja y miró a Juno, que estaba sentada, el semblante pálido, los hombros hundidos.

—¿Es posible? —preguntó Juno con voz ronca—. ¿Cree que tenían realmente previsto instaurar una república aquí, en Inglaterra?

—Sí… —Parecía una respuesta brutal, pero negarlo habría sido una mentira que ninguna de las dos habría creído.

Juno permaneció inmóvil en su asiento, apoyada ligeramente contra el escritorio, como si necesitara que la fuerza de este la sostuviera.

—¿Después… de que muriera la reina?

—Tal vez.

—Eso es demasiado pronto. —Juno meneó la cabeza—. Podría ser cualquier día. Ya ha cumplido setenta años. ¿Qué hay del príncipe de Gales? ¿Qué van a hacer con él?

—No se menciona aquí —susurró Charlotte—. Creo que se guardarían muy bien de ponerlo por escrito si de verdad hay un plan y no se trata de un mero sueño. Sobre todo si existe, como dicen, una sociedad secreta.

—Comprendo la necesidad de una reforma. —Juno trataba de

encontrar las palabras—. Yo también la quiero. Hay una pobreza y una injusticia intolerables. ¡Es curioso que no mencionen a las mujeres! —Intentó sonreír, pero resultaba demasiado difícil—. No dicen nada sobre que tengamos más derechos o más voz en las decisiones, aunque solo sea por nuestros hijos. —Meneó la cabeza, con los labios temblorosos—. ¡Pero yo no quiero esto! —Hizo un gesto como para apartarlo de sí—. Sé que Martin admiraba las repúblicas, sus ideales y su igualdad, pero ignoraba que la ambicionara para nosotros. No quiero… No quiero tantos cambios. —Tragó saliva—. No de una forma tan violenta. Me gusta demasiado lo que tenemos. Es lo que somos… lo que siempre hemos sido. —Miró a Charlotte con expresión suplicante, deseando que la comprendiera.

—Nosotras nos contamos entre los afortunados —señaló Charlotte—. Y somos una minoría insignificante.

—¿Por eso lo mataron? —Juno formuló en alto la pregunta que se cernía sobre ambas—. ¿Era Adinett miembro de esa otra sociedad, la secreta, y asesinó a Martin por este… plan de instaurar la república?

—Eso explicaría por qué no dijo nada, aunque solo fuera en su propia defensa. —A Charlotte se le agolpaban las preguntas en la cabeza. ¿Era monárquico el Círculo Interior? ¿De eso se trataba, y Adinett había descubierto lo que planeaba su amigo, que su idealismo no se quedaba en las glorias del pasado o las tragedias de 1848, sino que era urgente e inmediato respecto al futuro?

Si eso era cierto, ¿de qué modo podía ayudar a Thomas?

Juno seguía sentada con la mirada perdida. Algo en su interior se había derrumbado. El hombre al que había amado durante tantos años se había movido de pronto y dejado a la vista otra dimensión que alteraba la imagen que había tenido de él, que lo hacía radicalmente diferente, violento… tal vez hasta peligroso.

Charlotte lo lamentaba muchísimo; quería decírselo, pero habría sonado condescendiente, como si hubiera descubierto ella sola esa situación, relegando a Juno al papel de espectadora que sufre, en lugar de protagonista.

—¿Tiene caja fuerte? —preguntó.

—No. ¿Cree que habría más papeles en ella? —inquirió a su vez Juno con aire abatido.

—No lo sé, pero creo que debería guardar estas cartas y papeles, ahora que ese cajón ya no cierra. No debería destruirlas aún, porque solo estamos haciendo conjeturas sobre lo que significan. Podríamos estar equivocadas.

En los ojos de Juno no había luz.

—Usted no lo cree, y yo tampoco. Martin estaba profundamente interesado por la reforma. Recuerdo lo que decía sobre las repúblicas en comparación con las monarquías. Le he oído criticar al príncipe de Gales y a la reina. Dijo que si la reina hubiera tenido que rendir cuentas al pueblo británico, como cualquier otro titular de un cargo, hace años que habría sido destituida. ¿Quién aparte de ella puede permitirse abandonar sus funciones porque ha perdido a su marido?

—Nadie —coincidió Charlotte—. Hay mucha gente que dice lo mismo. Creo que yo misma lo hago. Eso no significa que prefiera una república… o que, aunque la prefiriera, haría cualquier cosa para instaurarla.

Juno reunió los papeles con expresión ceñuda.

—No hay pruebas en ellos —susurró como si las palabras le dolieran y tuviera que obligarse a pronunciarlas.

Charlotte esperó indecisa, buscando el modo de expresar la conclusión que se seguía de ello. Antes de encontrarlo Juno habló:

—Debe de haber otros papeles en alguna parte, unos más específicos. Tengo que encontrarlos. Necesito saber qué se proponía hacer… si era eso lo único que quería.

Charlotte percibió la tensión en su interior.

—¿Está segura?

—¿No querría usted saberlo? —preguntó Juno.

—Sí… Creo… que sí. Me refería a si está segura de que hay más papeles.

—¡Oh, sí! —En la voz de Juno no había rastro de duda—. Estos no son más que fragmentos, notas. Tal vez estuviera totalmente equivocada sobre en qué trabajaba Martin, pero sé cómo trabajaba. Era meticuloso. Nunca se fiaba solo de la memoria.

—¿Dónde podrían estar?

—No lo…

Se vieron interrumpidas por la doncella, que entró para anunciar la presencia del señor Reginald Gleave, quien rogaba que lo disculpara por la inconveniencia de la hora; deseaba verla y unos compromisos ineludibles le hacían imposible acudir a una hora convencional.

Juno parecía desconcertada. Se volvió hacia Charlotte.

—Esperaré donde me indique —se apresuró a decir esta.

Juno tragó saliva.

—Le recibiré en la sala de estar —dijo a la criada—. Espera cinco minutos, luego hazle pasar. —En cuanto la sirvienta hubo salido, se volvió hacia Charlotte—. ¿Qué demonios querrá? ¡Defendió a Adinett!

—No tiene por qué recibirle. —Charlotte habló movida por la compasión, pero sabía que era desperdiciar una oportunidad única para averiguar más. Juno estaba exhausta, aterrorizada por lo que podía descubrir, y se sentía profundamente sola—. Iré a decirle que no se siente bien, si lo desea.

—No… no. Pero le agradecería que se quedara conmigo. Creo que eso sería lo apropiado, ¿no?

Charlotte sonrió.

—Por supuesto.

Gleave se mostró sorprendido cuando le hicieron pasar y vio a las dos mujeres. Enseguida se hizo evidente que no conocía a Juno, ya que por un instante no estuvo seguro de quién era quién.

—Soy Juno Fetters —dijo con frialdad—. Y esta es mi amiga, la señora Pitt. —Había desafío en su voz, en su barbilla alzada. Él sin duda recordaría el nombre y lo asociaría sin falta.

Charlotte percibió reconocimiento en la mirada de Gleave, seguido de un destello de cólera.

—Encantado, señora Fetters. ¿Señora Pitt? No sabía que se conocían. —Se inclinó muy levemente.

Charlotte lo estudió con interés. No era particularmente alto, pero sus poderosos hombros y su grueso cuello daban la impresión de corpulencia. Su rostro no le resultaba agradable, mas denotaba inteligencia o una gran fuerza de voluntad. ¿Era un simple abogado apasionado que había perdido un caso, en su opinión injustamente? ¿O era un miembro de una sociedad violenta y secreta, dispuesto a cometer un asesinato en privado, o a protagonizar una revuelta y una insurrección en público para hacer realidad sus ideales?

Observó su cara, sus ojos, y no supo decirlo.

—¿Qué puedo hacer por usted, señor Gleave? —preguntó Juno con voz ligeramente temblorosa.

La mirada de Gleave se desplazó de los ojos de Charlotte a los suyos.

—En primer lugar, permita que le dé mi más sentido pésame,

señora Fetters. Su marido era un gran hombre en todos los sentidos. Ninguna aflicción puede igualarse a la suya, por supuesto; aun así, todos hemos salido perdiendo con su fallecimiento. Era un hombre de moralidad intachable y grandes facultades intelectuales.

—Gracias —repuso ella cortés, con una expresión que rayaba en la impaciencia. Ambos sabían que no había venido para decir eso. Habría sido preferible hacerlo por carta, que se recuerda mejor y es menos molesto.

Gleave bajó la mirada, como si se sintiera violento.

—Señora Fetters, tengo mucho interés en que sepa que defendí a John Adinett porque le creía inocente. Jamás habría inventado cualquier disculpa para justificar lo que hizo. —Levantó rápidamente la mirada—. Sigue resultándome casi imposible creer que fuera capaz de hacer algo así. ¡No había… ninguna… razón!

Charlotte se dio cuenta con un escalofrío de que observaba a Juno con tanta atención que debía de percibir el más mínimo temblor o parpadeo. La observaba como observa un animal a su presa. Había venido para averiguar cuánto sabía Juno, si había averiguado, deducido o sospechado algo.

Charlotte deseó con todas sus fuerzas que Juno no dijera nada, que se mostrara insulsa, inocente, hasta estúpida si era preciso. ¿Debía intervenir y hacerse cargo de la situación? ¿O eso daría a entender que estaba asustada, lo que solo podía deberse a que sabía algo? Respiró hondo.

—No —dijo Juno despacio—. Por supuesto que él no lo hizo. Reconozco que yo tampoco lo entiendo. —Relajó el cuerpo, empezando por las manos. Hasta sonrió levemente—. Siempre creí que existía entre ambos una gran amistad. —No añadió nada más.

No era lo que él había esperado. Por un instante se vislumbró indecisión en su rostro, pero enseguida desapareció y su expresión se relajó.

—¿Es así como usted lo ve? —Le devolvió la sonrisa, evitando la mirada de Charlotte—. Me preguntaba si tal vez tenía usted alguna idea de qué pudo haber ido tan trágicamente mal entre los dos… Pruebas no, por supuesto —se apresuró a agregar—, o habría acudido a las autoridades pertinentes… solo ideas o alguna intuición, fruto del conocimiento que usted tenía de su marido.

Juno guardó silencio.

Gleave hablaba con voz empalagosa, pero Charlotte volvió a

percibir un atisbo de duda. El abogado no esperaba que la conversación fuera por esos derroteros. No la controlaba como había sido su intención. Juno le obligaba a hablar más de la cuenta porque ofrecía menos. Ahora tenía que explicar la razón de su interés.

—Discúlpeme por volver a sacar el tema, señora Fetters, pero el caso sigue preocupándome porque parece... sin resolver. Yo... —Meneó la cabeza ligeramente—. Tengo la sensación de haber fracasado.

—Creo que todos lo hemos hecho a la hora de comprenderlo, señor Gleave —repuso Juno—. Ojalá pudiera aclararle algo, pero me temo que no puedo.

—Debe de ser muy penoso también para usted. —La voz de Gleave destilaba compasión—. Es parte del dolor intentar entender.

—Es usted muy amable —se limitó a decir ella.

En la mirada de Gleave hubo un destello de interés, casi imperceptible, y Charlotte se dio cuenta de que Juno había cometido un error. Había sido más cautelosa que sincera. ¿Debía intervenir? ¿O solo lograría empeorar las cosas? De nuevo estuvo a punto de tomar la palabra. ¿Quién era Gleave? ¿Un mero abogado que había perdido a un cliente al que creía inocente, o del que tal vez le pedían cuentas sus colegas? ¿O un miembro de una poderosa y terrible sociedad secreta, que había acudido para averiguar cuánto sabía la viuda, si había papeles o pruebas que era preciso destruir?

—Lo reconozco... —continuó Juno de pronto—. Me gustaría saber por qué... qué... —Meneó la cabeza y los ojos se le llenaron de lágrimas—. Por qué murió Martin. ¡Y no lo sé! No tiene ningún sentido.

Gleave respondió de la única manera posible.

—Lo lamento muchísimo, señora Fetters. No era mi intención afligirla. Ha sido una torpeza por mi parte tocar el tema. Perdóneme.

Ella hizo un gesto de negación.

—Lo comprendo, señor Gleave. Usted creía en su cliente. También debe de estar consternado. No hay nada que perdonar. En realidad me habría gustado preguntarle si sabe la razón pero, por supuesto, aunque la supiera, no podría decírmela. Al menos me ha dejado claro que sabe tanto como yo. Se lo agradezco. Tal vez ahora consiga superarlo y pensar en otras cosas.

—Sí… sí, eso sería lo mejor —convino él, y por primera vez miró a Charlotte abiertamente, escudriñándola con sus ojos oscuros y perspicaces, tal vez previniéndola—. Encantado de conocerla, señora Pitt. —No añadió más, pero en el aire quedó flotando lo que había querido decir y no había expresado.

—Lo mismo digo, señor Gleave —repuso ella, encantadora.

Tan pronto como Gleave hubo salido y la puerta se cerró tras él, Juno se volvió hacia Charlotte. Estaba pálida y temblaba.

—¡Quería averiguar qué hemos descubierto! —dijo con voz ronca—. Por eso ha venido, ¿verdad?

—Sí, creo que sí —asintió Charlotte—. Lo que significa que tiene usted razón al sospechar que hay algo más. ¡Y él tampoco sabe dónde está, pero es importante!

Juno se estremeció.

—¡Entonces tenemos que encontrarlo! ¿Va a ayudarme?

—Por supuesto.

—Gracias. Pensaré dónde buscar. En fin, ¿quiere una taza de té? ¡Yo sí!

Charlotte no había explicado a Vespasia lo que le había ocurrido a Pitt. Al principio le había dado vergüenza, aunque de ningún modo cabía atribuirlo a una negligencia de su esposo, más bien al contrario. Sin embargo, lo veía como un golpe que prefería que no supiera nadie más, y menos alguien como Vespasia, cuya opinión importaba a Pitt tanto como a ella la de él.

Sin embargo, todo el asunto se había convertido en una carga que no se veía capaz de llevar sola, y no tenía a nadie a quien confiarse, salvo a Vespasia, no solo por su lealtad sino por su capacidad para comprender los problemas y saber qué aconsejar.

De ahí que Charlotte apareciera en su puerta la mañana siguiente de su visita a Juno Fetters. La criada la hizo pasar. Vespasia estaba desayunando e invitó a Charlotte a sentarse con ella en la sala de desayuno amarilla y dorada, y tomarse por lo menos un té.

—Pareces nerviosa, querida —observó con suavidad, untando una tostada muy fina con una pequeña cantidad de mantequilla y una gran cucharada de confitura de albaricoque—. Supongo que has venido a hablarme de ello.

Charlotte se alegró de no tener que fingir.

—Sí. En realidad ocurrió hace tres semanas, pero hasta ayer no comprendí cuán grave es. La verdad, no sé qué hacer.

—¿No tiene Thomas una opinión? —Vespasia frunció el entrecejo y dejó de prestar atención a la tostada.

—Le han apartado de Bow Street y trasladado a la Rama Especial para trabajar en Spitalfields. —Charlotte dejó brotar las palabras con toda la angustia que sentía: la incertidumbre y el miedo que tenía que ocultar a los niños, en parte hasta a Gracie—. Peor aún, debe vivir allí. No he vuelto a verlo. ¡Ni siquiera puedo escribirle, porque no sé dónde está! Él me escribe… ¡pero no puedo contestarle!

—Lo siento mucho, querida —dijo Vespasia, la tristeza impresa en su rostro. Si también estaba enfadada, eso venía después. Había visto demasiada injusticia para seguir sorprendiéndose.

—Es en venganza por su testimonio contra John Adinett —explicó Charlotte.

—Entiendo. —Vespasia dio un delicado mordisco a la tostada. La criada trajo té recién hecho y sirvió a Charlotte.

En cuanto la criada hubo salido, Charlotte prosiguió. Explicó a Vespasia que se había propuesto averiguar el motivo de la muerte de Martin Fetters, y que con tal propósito había visitado a Juno. Reprodujo con tanta exactitud como le fue posible lo que había leído en los papeles del escritorio de Fetters, y luego la visita de Gleave.

Vespasia guardó silencio durante varios minutos.

—Esto es sumamente desagradable —dijo por fin—. Es lógico que estés asustada. Es algo muy peligroso. Me inclino a compartir tu opinión sobre el propósito de la visita de Reginald Gleave a la señora Fetters. Debemos suponer que tiene un interés personal en el asunto, y es posible que esté dispuesto a investigarlo por todos los medios.

—¿Incluso la violencia? —Charlotte lo preguntó a medias. Vespasia no disimuló.

—Sin duda, si no le queda otra posibilidad. Debes ser sumamente discreta.

Charlotte no pudo evitar sonreír.

—¡Cualquier otra persona me habría aconsejado que lo dejara estar!

—¿Y lo habrías hecho? —Los ojos plateados de Vespasia se iluminaron.

—No.

—Bien. Si hubieras dicho que sí, me habrías mentido, y a mí no me gusta que me mientan, o me habrías dicho la verdad y entonces me habrías decepcionado mucho. —Se inclinó un poco por encima de la mesa de madera pulida—. La advertencia va en serio, Charlotte. No estoy segura de qué hay en juego, pero creo que mucho. El príncipe de Gales es imprudente, en el mejor de los casos. En el peor, es un despilfarrador al que le trae sin cuidado su fama de poco honrado desde el punto de vista económico. Victoria hace tiempo que perdió su sentido del deber. Entre ambos han dejado el campo libre para que aflore el sentimiento republicano, y eso es lo que ha ocurrido. No me había dado cuenta de lo cerca que estaba de la violencia, ni que contara con hombres tan admirados como Martin Fetters. Pero lo que has averiguado explicaría su muerte como no lo ha hecho nada hasta la fecha.

Charlotte cayó en la cuenta de que había esperado a medias que Vespasia le dijera que estaba equivocada, que tenía que haber alguna otra respuesta, más personal, y que la sociedad tal como la conocían no corría peligro. El hecho de que le diera la razón acabó con todo fingimiento.

—¿Son los miembros del Círculo Interior los que apoyan la monarquía a toda costa? —preguntó bajando la voz a pesar de que nadie podía oírlas.

—No lo sé —admitió Vespasia—. No sé qué se proponen, pero no me cabe la menor duda de que están dispuestos a conseguirlo a costa de todos nosotros.

»Considero que es mejor que permanezcas callada —añadió muy seria—. No hables con nadie. Creo que Cornwallis es un hombre de honor, pero no estoy totalmente segura. Si lo que me has dado a entender es cierto, hemos topado con algo de enorme poder, y un asesinato más o menos carecería de importancia salvo para la víctima y sus seres queridos. Espero que la señora Fetters haga lo mismo.

Charlotte estaba pasmada. Lo que había empezado como un sentimiento íntimo de ultraje ante la injusticia cometida con Pitt se había convertido en una conspiración que amenazaba todo lo que conocía.

—¿Qué vamos a hacer? —preguntó, mirando fijamente a Vespasia.

—No tengo ni idea —reconoció esta—. Por lo menos aún no.

Después de que Charlotte se hubo marchado, confundida y profundamente abatida, Vespasia permaneció sentada largo rato en la habitación dorada, contemplando a través de la ventana la explanada de césped. Había vivido a lo largo de todo el reinado de Victoria. Cuarenta años atrás, Inglaterra parecía el lugar más estable del mundo, el único país donde todos los valores eran seguros, el dinero conservaba su valor, las campanas de las iglesias repicaban los domingos, los párrocos predicaban sobre el bien y el mal, y pocos desconfiaban de ellos. Todo el mundo sabía cuál era su sitio y por lo general lo aceptaban. El futuro se extendía ante ellos interminable.

Ese mundo había desaparecido, como las flores de verano.

Le sorprendió la indignación que le había producido la noticia de que hubieran arrebatado a Pitt su cargo y su vida en familia, que lo hubieran enviado a trabajar a Spitalfields, seguramente para nada. Si Cornwallis era el hombre que ella creía que era, entonces Pitt estaba al menos todo lo a salvo que podía estar de la venganza del Círculo Interior; eso era algo positivo.

Pero ¿qué podía hacer ella? Ya no recibía el elevado número de invitaciones que antaño, pero todavía tenía donde escoger. Ese día, podía asistir a una fiesta de jardín en la Astbury House si lo deseaba. Había decidido declinar la invitación, y así se lo había comunicado el día anterior a lady Weston. Sin embargo, conocía a varias personas que asistirían, entre otras Randolph Churchill y Ardal Juster. Aceptaría, después de todo. Y tal vez viera allí a Somerset Carlisle, un hombre en quien confiaba.

Era una tarde cálida y agradable, y los jardines se hallaban en plena floración. No podría haber hecho un día mejor para una fiesta al aire libre. Vespasia llegó tarde, como era su costumbre últimamente, y encontró la explanada de césped reluciente de las sedas y muselinas de los hermosos vestidos, y las ruedas de los sombreros cubiertos de flores, envueltos en gasa y tul, y como todos los demás se vio en continuo peligro de ser atravesada con la punta de alguna sombrilla manejada con descuido.

Lucía un vestido de dos tonos, de azul lavanda y gris, y un sombrero, ladeado con desenfado, cuya ala se curvaba hacia arriba como la de un pájaro. Solo una mujer a la que le traía sin cuidado lo que los demás pensaran de ella se habría atrevido a escoger tal modelo.

—Maravilloso, querida —dijo lady Weston con frialdad—. Y verdaderamente único, estoy segura. —Con lo que quería dar a entender que el conjunto estaba pasado de moda y no veía a nadie más con él.

—Gracias —repuso Vespasia con una sonrisa deslumbrante—. Es muy generoso de su parte. —Observó de arriba abajo el poco imaginativo vestido azul de lady Weston, con una expresión de rechazo—. Un don tan maravilloso.

—¿Cómo dice? —Lady Weston estaba confundida.

—La modestia de admirar a otras personas —explicó Vespasia. Luego, con otra sonrisa, se recogió la falda y dejó a lady Weston echando humo, sabiendo que Vespasia la había vencido y dándose cuenta de ello solo entonces.

Pasó junto a Thorold Dismore, dueño de un periódico, cuyo rostro inteligente estaba lleno de profunda emoción. Hablaba con Sissons, el fabricante de azúcar. En esta ocasión Sissons parecía también desbordante de entusiasmo y energía. Apenas se reconocía en él al pelmazo que había torturado al príncipe de Gales.

Vespasia observó con interés el cambio operado en él y se preguntó de qué podían estar hablando que los absorbía tanto. Dismore era apasionado y excéntrico, un cruzado en busca de causas nobles, a pesar de haber nacido con fortuna y posición. Era un orador brillante, a veces hasta ingenioso, aunque no sobre el tema de la reforma política.

Sissons había llegado a su posición gracias a sus propios esfuerzos, y había parecido falto de inteligencia y socialmente inepto al tratar con un miembro de la familia real. Tal vez era de los que se sentían intimidados en presencia de alguien de la línea directa de sucesión al trono. A ciertas personas les paralizaba el genio, a otras la belleza, a unas pocas el rango.

Sin embargo, le intrigaba saber qué tenían esos dos hombres en común que los absorbía tanto.

Jamás lo averiguaría. Se encontró cara a cara con Charles Voisey, que la contemplaba divertido con los ojos entrecerrados para protegerlos del sol. Ella no supo interpretar la emoción que reflejaba su rostro. No tenía ni idea de si le caía bien o no, si la admiraba o la despreciaba, o incluso si la expulsaba de su mente en cuanto la perdía de vista. No era una sensación que le resultara agradable.

—Buenas tardes, lady Vespasia —la saludó él cortés—. Un jardín precioso. —Recorrió con la mirada la profusión de colores y formas, los setos oscuros y pulcramente cortados, los arriates herbáceos, el césped uniforme y un parterre de luminosos lirios morados cuyos curvados pétalos dejaban atravesar la luz—. Tan inglés —añadió.

En efecto, lo era. Mientras permanecían allí parados, Vespasia recordó el calor de Roma, los cipreses oscuros, el ruido del agua al caer de las fuentes, como música que reverbera en piedra. De día había que entornar los ojos para protegerlos del sol deslumbrante, pero por la tarde la luz ocre y rosada era tenue, y lo bañaba todo de una belleza que sanaba las heridas de violencia y abandono.

Pero eso tenía que ver con Mario Corena, no con el hombre que tenía delante.

—Hay algo particularmente intenso en estas semanas escasas de pleno verano. Tal vez porque son muy cortas, y muy inciertas. Mañana podría llover.

La mirada de él apenas se apartaba de ella.

—Se la ve meditabunda, lady Vespasia, y un poco triste. —No era una pregunta.

Ella escudriñó su rostro a la luz del sol implacable. Este revelaba cada defecto, cada huella dejada por la pasión, el temperamento o el dolor. ¿Hasta qué punto le había dolido que hubieran ahorcado a Adinett? Había advertido una nota de cólera en su voz cuando había hablado con él en el vestíbulo, antes de la apelación. Sin embargo, había sido uno de los jueces que habían integrado la mayoría que lo había condenado. Dado que habían sido cuatro contra uno, si hubiera votado en contra habría delatado su lealtad sin cambiar el resultado. ¡Eso debía de haberle mortificado!

¿Se trataba de amistad personal o de pasión política? ¿O sencillamente de fe en su inocencia? La acusación no había logrado dar con ningún motivo, y menos aún probar alguno.

—Por supuesto —dijo ella sin comprometerse—. Parte del placer está en saber que durará poco, y en la certeza de que regresará aunque no todos lo veamos.

Él la observaba con mucha atención, olvidada toda pose de despreocupada cortesía.

—No todos lo vemos ahora, lady Vespasia.

Ella pensó en Pitt en Spitalfields, en Adinett en su tumba, en los millones de personas sin nombre que no estaban al sol entre las flores. No había tiempo para jugar.

—Muy pocos de nosotros lo hacemos, señor Voisey, pero al menos existe y hay esperanza. Es preferible que las flores se abran para unos pocos que para nadie.

—¡Siempre que nos contemos entre esos pocos! —exclamó él con vehemencia, y esta vez no pudo disimular la pasión de su rostro.

Vespasia sonrió muy despacio; no se enfadó por su grosería. Había sido una acusación.

En la mirada de él se vislumbró la duda de que tal vez hubiera cometido un error. Ella había querido que le mostrara su juego y Voisey lo había hecho. Y le había costado un esfuerzo. No era un hombre que sonriera a la ligera, pero esta vez relajó la cara y le dedicó una amplia sonrisa que dejaba ver una dentadura excelente.

—Por supuesto, ¿o cómo podríamos hablar de ellas sino en sueños? Pero sé que usted ha luchado como yo por implantar reformas y también se rebela ante la injusticia.

Esta vez fue ella quien pareció vacilar. Voisey no era un hombre simple, pero tal vez lo que le hacía tan complejo era una integridad poco común. No era imposible.

¿Había matado Adinett a Martin Fetters para impedir una revolución republicana en Inglaterra? Eso era muy distinto de introducir la reforma a base de cambiar la ley o de persuadir a quienes estaban en el poder de que actuaran.

Vespasia le devolvió la sonrisa, esta vez con sentimiento.

Un momento después se reunió con ellos lord Randolph Churchill, y la conversación abandonó el ámbito personal. Con las elecciones tan próximas, era natural que saliera el tema de la política: Gladstone y el preocupante asunto de la Ley de Autonomía Irlandesa; el aumento de la anarquía en toda Europa, y los terroristas de Londres.

—Todo el East End es un polvorín —susurró Churchill a Voisey, habiendo olvidado aparentemente que Vespasia todavía podía oírlos—. Solo hace falta la mecha adecuada para que todo estalle.

—¿Qué están haciendo ustedes? —preguntó Voisey ceñudo, con tono preocupado.

—¡Necesito saber en quién puedo confiar y en quién no! —afirmó Churchill con amargura.

Voisey adoptó una expresión cautelosa.

—Lo que necesita es que la reina salga de su retiro y empiece a complacer de nuevo al pueblo, y que el príncipe de Gales salde sus deudas y deje de vivir como si no existiera el mañana ni el Juicio Final.

—¡Deme todo eso y se habrán acabado mis problemas! —repuso Churchill—. Conozco a Warren, y a Abbertine hasta cierto punto, pero no estoy seguro de Narraway. Es un hombre inteligente, no me cabe duda, pero no sé dónde estaría su lealtad llegado el caso.

Voisey sonrió.

Un grupo de jovencitas pasó junto a ellos riendo, les miraron de reojo y adoptaron rápidamente una actitud más decorosa. Eran bonitas, de tez pálida y sin imperfecciones, vestidas con encajes y muselina de tonos pastel, con las faldas arremolinándose.

Vespasia no tenía ningún deseo de volver a tener su edad, pese a toda su ilusión e inocencia. Había vivido intensamente y se arrepentía de pocas cosas, algún que otro acto egoísta o necio, pero nunca de algo que no hubiera sabido comprender, nada que hubiera dejado de hacer por cobardía; aunque tal vez debería.

No encontró a Somerset Carlisle y se sintió decepcionada, consciente de pronto de que llevaba mucho rato de pie. Se disponía a excusarse e irse cuando del otro lado de una pérgola de rosas le llegó la voz de Churchill. Hablaba tan deprisa que apenas entendía lo que decía.

—¡... referirse de nuevo a ello! Ya nos hemos ocupado del asunto. No volverá a ocurrir.

—¡Más les vale, maldita sea! —dijo otra voz en apenas un susurro, la emoción tan intensa que la hacía irreconocible—. Otra conspiración como esa podría significar el fin... ¡y no lo digo a la ligera!

—Están todos muertos, Dios nos asista —replicó Churchill con voz ronca—. ¿Qué esperaba que hiciéramos? ¿Chantajearlos? ¿Y dónde cree que hubiera acabado todo?

—En la tumba —llegó la respuesta—. Como debe ser.

Vespasia se alejó por fin. No tenía ni idea de qué significaba lo que había oído por casualidad.

Un poco más adelante, lady Weston hablaba con un admirador de la última obra de teatro de Oscar Wilde, *El abanico de lady Windermere*. Los dos se echaron a reír.

Vespasia salió al sol y se reunió con ellos, entrometiéndose por una vez en una conversación ajena. Esta era cuerda, trivial y divertida, y necesitaba desesperadamente participar en ella. Era familiar, desenfadada y espontánea. Se aferraría a ella todo el tiempo que le fuera posible.

7

La paciencia de Tellman casi había llegado al límite en su esfuerzo por concentrarse en la serie de robos que le habían asignado. Mientras interrogaba y examinaba fotos de joyas, no podía dejar de pensar en Pitt, en Spitalfields, y en qué había hecho Adinett en Cleveland Street que tanto había interesado a Lyndon Remus.

Era lo bastante inteligente para saber que, si no se concentraba en los robos, nunca los resolvería, y con ello no haría sino aumentar sus problemas. Sin embargo, no podía evitar que le volara la imaginación y, algo inusitado en él, tan pronto como llegó la hora de dar por terminada la jornada, lo hizo. Sin esperar a que alguien le dijera algo, se fue de Bow Street y empezó a investigar en serio las costumbres de Remus: dónde vivía, dónde comía, qué tabernas frecuentaba y a quién vendía la mayor parte de sus noticias. En el transcurso del último año esta pauta había cambiado, ya que había habido un aumento sostenido del número de colaboraciones para Thorold Dismore, hasta que en los meses de mayo y junio había escrito exclusivamente para él.

A Tellman le llevó varias horas, hasta casi medianoche, después de que cerraran las tabernas, averiguar lo suficiente sobre Remus para convencerse de que podía encontrarlo cuando lo necesitara. A la mañana siguiente mentiría a su superior inmediato, algo que nunca había hecho. No había evasiva que pudiera encubrir la situación, o la necesidad imperiosa que sentía de investigar ese misterio mucho más urgente. Tendría que buscar una excusa luego, si lo pillaban.

Durmió mal, a pesar de que su cama era bastante cómoda. Se despertó temprano, en parte porque tenía la cabeza llena de toda suerte de secretos o vicios íntimos que podía haber descubierto Adinett en Mile End, y por los que Martin Fetters lo había amenazado. Nada de lo que se le ocurría parecía encajar con la impresión que le había causado la pequeña tienda de tabaco en una calle tan normal.

Se bebió apresuradamente una taza de té en la cocina y compró un emparedado al primer vendedor ambulante que encontró mientras se dirigía a buen paso a las habitaciones de Remus, junto a Pentonville Road, para seguirlo a donde fuera que se dirigiera.

Tuvo que esperar casi dos horas, y se sentía abatido y furioso cuando Remus salió por fin recién afeitado, con el cuello blanco alzado y lo bastante rígido para resultar incómodo. Tenía el cabello peinado hacia atrás, todavía mojado, y una expresión alerta y ansiosa cuando echó a andar a paso rápido hacia Tellman, plantado con la cabeza gacha bajo el arco de un portal. Era evidente que estaba concentrado en el lugar adonde se dirigía y ajeno a cualquier persona que se cruzara por la acera.

Tellman se volvió y lo siguió a unos quince metros de distancia, pero preparado para acercarse más si las calles se volvían más concurridas y se veía ante la posibilidad de perderlo.

Después de casi un kilómetro tuvo que echar a correr y solo por los pelos cogió el mismo ómnibus, donde se dejó caer en un asiento junto a un hombre grueso con un abrigo de rayas que lo miró divertido. Tratando de recuperar el aliento, Tellman maldijo su exagerada cautela. Remus no había mirado atrás ni una sola vez. Era evidente que estaba absorto en lo que se traía entre manos, fuera lo que fuese.

Tellman sabía perfectamente que podía no guardar la menor relación con el caso de Pitt. Remus podía haber dado por terminada esa noticia, y haber averiguado algo o nada. Tellman hojeaba cada mañana los periódicos en busca de artículos relacionados con Adinett o Martin Fetters, o hasta un pie de autor de Remus, y no había encontrado nada. Las primeras planas se centraban en los horrores de los envenenamientos de Lambeth. Al parecer ya habían muerto siete prostitutas jóvenes. Una de dos, o la noticia de Cleveland Street había sido eclipsada por esa reciente atrocidad, o bien Remus todavía andaba tras ella... al parecer en dirección a Saint Pancras.

Remus se apeó del ómnibus y Tellman lo hizo después de él, con cuidado de no acercarse demasiado. Sin embargo, Remus seguía sin mirar atrás. Ya era media mañana, las calles estaban atestadas de gente y cada vez más congestionadas de tráfico.

El periodista cruzó la calle, dio una propina al chiquillo que barría los excrementos de la calzada y, una vez en la otra acera, apretó el paso. Poco después subía por los escalones del Saint Pancras Infirmary.

¡Otro hospital! Tellman seguía sin tener ni idea de por qué había ido al Guy's, al otro lado del río.

Corrió escaleras arriba detrás de él, alegrándose de haber traído consigo un gorro de tela que podía encasquetarse hacia delante para cubrirse el rostro. Remus volvió a preguntar algo al portero del vestíbulo para, acto seguido, encaminarse a paso rápido hacia las oficinas de la administración, con los hombros echados hacia delante y balanceando los brazos. ¿Buscaba lo mismo que en el Guy's? ¿No había encontrado lo que buscaba la primera vez? ¿O había algo que comparar?

Los pasos de Remus resonaban en el suelo más adelante, y los de Tellman parecían una mala imitación detrás. Se preguntó por qué Remus no se volvía para ver quién lo seguía.

Se cruzaron con dos enfermeras que andaban en sentido contrario, mujeres de mediana edad y rostro cansado. Una llevaba un balde tapado que, a juzgar por su cuerpo inclinado, pesaba. La otra tenía en las manos un fardo de sábanas manchadas y se detenía continuamente para recoger los extremos que arrastraba por el suelo.

Remus giró a la derecha, subió por un breve tramo de escaleras y llamó a una puerta. Cuando esta se abrió, entró. Un pequeño rótulo indicaba que era la oficina de registros.

Se trataba de una especie de sala de espera donde había un hombre calvo apoyado sobre un mostrador. Detrás de él había estantes llenos de carpetas y ficheros. Otras tres personas buscaban información de alguna clase. Dos eran hombres vestidos con trajes oscuros que no les sentaban bien; por su parecido era posible que fueran hermanos. La tercera era una mujer entrada en años con un sombrero de paja ajado.

Remus se incorporó a la cola y esperó su turno cambiando de pierna el peso del cuerpo, impaciente.

Tellman se detuvo cerca de la puerta y trató de pasar inadvertido. Miró al suelo, con la cabeza gacha para que el gorro le cayera de manera natural hacia delante y le ocultara el rostro.

Alcanzó a ver la espalda de Remus, los hombros alzados y rígidos, los puños cerrándose y abriéndose a su espalda. ¿Tan importante era lo que buscaba que no se daba cuenta de que lo seguían? Percibía la excitación en él, pero ignoraba a qué se debía; solo sospechaba que era algo relacionado con John Adinett.

Los dos hermanos habían averiguado lo que querían y salieron juntos. La mujer se acercó al mostrador.

Pasaron varios minutos más antes de que se diera también por satisfecha y le llegara por fin el turno a Remus.

—Buenos días —dijo alegremente—. Tengo entendido que es a usted a quien debo dirigirme si quiero preguntar algo sobre los pacientes del hospital. Dicen que nadie sabe más de esta institución que usted.

—¿Eso dicen? —El hombre no se dejaba ablandar tan fácilmente—. ¿Y qué desea saber? —Avanzó el labio inferior—. Intuyo que no tiene que ver con su familia o lo habría dicho. Ni con los precios de ingreso, que puede averiguar sin el menor problema. Me parece un caballero demasiado listo para necesitar ayuda para algo tan sencillo.

Remus quedó desconcertado, pero se apresuró a aprovecharse de ello.

—Por supuesto —reconoció—. Estoy tratando de dar con un hombre que podría ser bígamo, o al menos eso es lo que me ha dicho cierta señora. Yo no estoy tan seguro.

El empleado se disponía a hacer un comentario, pero se lo pensó mejor.

—¿Y cree que podría estar ingresado aquí? —preguntó en cambio—. Tengo archivos del pasado, no de los que están ahora aquí.

—No; ahora no —aclaró Remus—. Creo que murió aquí, lo que zanja el asunto de todos modos.

—¿Cómo se llamaba?

—Crook. William Crook —respondió Remus con voz un tanto temblorosa. Parecía faltarle el aliento. Tellman alcanzaba a verle la nuca, donde el cuello blanco y duro le pellizcaba la carne—. ¿Murió aquí a finales del año pasado?

—¿Y qué si así fue? —inquirió el oficinista.

—¿Fue así? —Remus se inclinó sobre el mostrador y alzó la voz, con el cuerpo rígido, para añadir—: ¡Necesito… necesito saberlo!

—Sí, murió aquí, el pobre hombre —respondió el empleado, respetuoso—. Como otras muchas personas cada año. Podría haberlo averiguado consultando los archivos públicos.

—¡Ya lo sé! —Remus no se dejó desalentar—. ¿Qué día murió?

El otro no se movió.

Remus dejó una moneda encima del mostrador.

—Consulte los archivos y dígame de qué religión era.

El oficinista miró la moneda —era una cantidad de dinero considerable— y decidió que era una manera bastante fácil de ganarla. Se volvió hacia los estantes que había a sus espaldas, cogió un gran libro encuadernado en azul y lo abrió. Remus no apartó la mirada de él. Seguía sin reparar en Tellman, de pie junto a la puerta, ni en el hombre delgado de pelo rubio rojizo que entró un momento después.

Tellman se devanaba los sesos. ¿Quién era William Crook, y por qué era tan importante que hubiera muerto en un hospital? ¿O su religión? Dado que había fallecido el año anterior, ¿qué relación podía haber tenido con Adinett o Martin Fetters? ¿Cabía la posibilidad de que Adinett lo hubiera asesinado y Fetters se hubiera enterado? Eso sería motivo para matarlo.

El oficinista levantó la vista.

—El 4 de diciembre. Católico romano, según su viuda, Sarah, que lo ingresó.

Remus se inclinó y habló con voz cuidadosamente contenida, pero más alta:

—Católico romano. ¿Está seguro? ¿Es eso lo que pone en su ficha?

—Acabo de decírselo, ¿no? —El oficinista se irritó.

—¿Y su dirección antes de ingresar aquí?

El oficinista consultó la página y titubeó. Remus entendió y sacó otro chelín, que dejó en el mostrador con un ruido metálico.

—En el número 9 de Saint Pancras Street —respondió el oficinista.

—¿Saint Pancras Street? —Remus estaba perplejo, su voz llena de incredulidad—. ¿Está seguro? ¿No vivía en Cleveland Street?

—En Saint Pancras Street —repitió el oficinista.

—¿Cuánto hacía que vivía allí? —inquirió Remus.

—¿Cómo quiere que lo sepa? —replicó el empleado con razón.

—¿El número 9?

—Eso es.

—Gracias. —Remus se volvió y salió con la cabeza inclinada en actitud pensativa. Ni siquiera se dio cuenta de que Tellman salió detrás de él, perdiendo su turno.

Tellman lo siguió a cierta distancia mientras el periodista volvía sobre sus pasos, todavía sumido en el desconcierto y la decepción. Sin embargo, no vaciló en mezclarse con la multitud y andar con brío hasta el final de Saint Pancras Street, donde buscó el número 9. Llamó a la puerta y, retrocediendo un paso, esperó.

Tellman permaneció en la acera de enfrente. De haber cruzado la calle a fin de acercarse lo bastante para escuchar la conversación, hasta Remus en su estado abstraído habría reparado en él.

Abrió la puerta una mujer corpulenta, realmente alta —Tellman calculó que medía más de metro ochenta— y de expresión desabrida.

Remus la trató con mucha deferencia, como si le tuviera el mayor respeto, y ella pareció ablandarse un poco. Hablaron unos minutos, luego el periodista se inclinó a medias y, tras quitarse el sombrero, se volvió y se marchó muy deprisa, tan entusiasmado que hasta bajó de un salto un par de escalones. Tellman tuvo que echar a correr para alcanzarlo.

Remus fue derecho a la estación de Saint Pancras y entró por la puerta principal.

Tellman buscó en sus bolsillos y palpó tres monedas de media corona, un par de chelines y unos pocos peniques. Lo más probable era que Remus solo viajara un par de paradas. Sería bastante fácil seguirlo… pero ¿merecía la pena el riesgo? La mujer alta del número 9 debía de ser la viuda de William Crook, Sarah. ¿Qué había dicho a Remus para disipar su confusión y desaliento? Seguramente que se trataba del mismo William Crook que había vivido en otro tiempo en Cleveland Street o tenía alguna otra relación estrecha con esa calle. Habían hablado varios minutos, de modo que debía de haberle dicho lo que él quería saber. ¿Algo sobre Adinett?

Remus se acercó a la ventanilla de venta de billetes.

Tellman decidió averiguar por lo menos adónde iba. Había más gente en el vestíbulo, de forma que logró acercarse más a él sin llamar la atención. Se mantuvo detrás de una joven con una bolsa de tela y una amplia falda azul celeste.

—Ida y vuelta en segunda a Northampton, por favor —pidió Remus con tono apremiante y alterado—. ¿Cuándo sale el próximo tren?

—No hay ninguno antes de una hora, señor —respondió el empleado—. Son cuatro chelines y ocho peniques. Ha de transbordar en Bedford.

Remus le entregó el dinero y cogió el billete.

Tellman se volvió rápidamente, salió de la estación y bajó por los escalones hasta la calle. ¿Northampton? ¡Eso estaba a kilómetros de distancia! ¿Qué podía haber allí que estuviera relacionado? Desplazarse hasta ese lugar le costaría tanto tiempo como dinero, y no disponía ni de lo uno ni de lo otro. Era un hombre prudente, no impulsivo. Seguir a Remus hasta allí entrañaba un riesgo terrible.

Sin tomar una decisión volvió sobre sus pasos y se encaminó de nuevo hacia el hospital. Disponía de una hora antes de que el tren partiera; calculó que tardaría unos cuarenta minutos por lo menos y aún le quedaría tiempo para regresar, comprar un billete y coger el tren, si quería.

¿Quién era William Crook? ¿Qué importancia tenía su religión? ¿Qué había preguntado Remus a su viuda, aparte de si tenía alguna relación con Cleveland Street? Tellman estaba furioso consigo mismo por seguir con el caso, y con el resto del mundo porque Pitt se hallaba en apuros y nadie pensaba hacer nada al respecto. En todas partes había injusticia, pero la gente se ocupaba de sus asuntos y miraba para otro lado.

Pensó en cómo diría a Gracie que todo eso tenía muy poco sentido y seguramente nada que ver con Adinett. Cada vez que trataba de encontrar las palabras adecuadas, se le antojaban meras excusas. Visualizó su cara con tanta claridad que se sobresaltó. Era como si estuviera viéndola, el color de sus ojos, la luz reflejada en su tez, la sombra que proyectaban sus pestañas, la forma en que siempre se estiraba unos mechones de pelo dejándolos un poco demasiado tirantes junto a su ceja derecha. Conocía tan bien la curva de su boca como la suya propia en el espejo que utilizaba para afeitarse.

Gracie no se daría por vencida. Lo despreciaría si él lo hacía. Imaginaba la expresión de sus ojos y le dolía demasiado. No podía permitir que eso ocurriera.

Dio medio vuelta y se encaminó hacia el oeste, al número 9 de

Saint Pancras Street. Si se paraba a pensar qué estaba haciendo le faltaría el valor, de modo que no pensó. Se dirigió hacia la puerta y llamó con los nudillos, con la placa de policía preparada en la mano.

Abrió la misma mujer gigantesca.

—¿Sí?

—Buenos días, señora —saludó él sin aliento. Le enseñó la placa.

Ella la examinó con detenimiento, con expresión impasible.

—De acuerdo, sargento Tellman, ¿qué quiere?

¿Debía intentar mostrarse encantador o autoritario? Resultaba difícil ser autoritario con una mujer de ese tamaño y ese talante. Nunca había tenido menos deseos de sonreír. Debía hablar, ella comenzaba a perder la paciencia, era evidente en su expresión.

—Estoy investigando un crimen muy grave, señora —dijo con más seguridad de la que sentía—. Hace media hora he seguido a un hombre hasta aquí, de estatura mediana, pelo rojizo, facciones angulosas. Creo que le ha preguntado algo sobre el difunto señor William Crook. —Respiró hondo—. Necesito saber qué le ha preguntado y qué le ha dicho usted.

—¿De veras? ¿Y por qué, sargento? —La mujer tenía un marcado acento escocés, de la costa oeste, sorprendentemente agradable.

—No puedo decírselo, señora. Eso sería violar la confidencialidad. Solo necesito saber qué le ha dicho usted.

—Me ha preguntado si habíamos vivido en Cleveland Street. Parecía irle la vida en ello. He estado tentada de no decírselo. —Suspiró—. Pero ¿de qué serviría? Mi hija Annie trabajaba en la tienda de tabaco de allí. —Había tristeza en su rostro, que por un momento se crispó, como si sintiera un gran dolor. Luego desapareció.

Tellman se oyó a sí mismo insistir.

—¿Qué más le ha preguntado, señora Crook?

—Me ha preguntado si estaba emparentada con J. K. Stephen —respondió ella. Hablaba con voz cansina, como si no le quedaran fuerzas para luchar contra lo inevitable—. Yo no, pero mi marido sí lo estaba. Su madre era prima suya.

Tellman estaba desconcertado. Nunca había oído hablar de J. K. Stephen.

—Entiendo. —Únicamente sabía que esa información tenía

tanto interés para Remus que este había ido derecho a la estación y comprado un billete a Northampton—. Gracias, señora Crook. ¿Eso es todo lo que le ha preguntado?

—Sí.

—¿Le ha dicho por qué quería saberlo?

—Ha dicho que era para corregir una gran injusticia. No he preguntado cuál. Sería una entre un millón.

—Ya lo creo. Él tiene razón… —Inclinó la cabeza—. Buenos días, señora.

—Buenos días. —La mujer cerró la puerta.

El trayecto hasta Northampton fue tedioso, y Tellman pasó el rato dando vueltas a las posibilidades que se le ocurrieron acerca de qué podía andar buscando Remus. Estas se volvieron cada vez más fantasiosas. Tal vez era una empresa desatinada, y lo de la injusticia quizá no había sido sino su manera de suscitar la compasión de la señora Crook. O acaso solo andaba tras algún escándalo. Eso era lo único que le había interesado en el caso de Bedford Square, porque los periódicos se apresuraban a comprar un escándalo si eso aumentaba el número de lectores.

Sin embargo, seguramente no era eso por lo que Adinett había ido a Cleveland Street y se había marchado de allí entusiasmado para, a continuación, ir a ver a Dismore. Él no andaba tras los infortunios de otras personas.

No, había una razón detrás de ello. Si él pudiera averiguarla…

Al llegar a Northampton Remus se apeó del tren. Tellman salió detrás de él de la estación a la soleada calle, donde lo vio parar un coche de punto. Subió al de detrás y dio instrucciones al cochero de seguirlo. Permaneció inclinado en el asiento, impaciente e incómodo, mientras recorrían a gran velocidad las calles hasta que se detuvieron por fin ante un lúgubre hospital psiquiátrico.

Tellman esperó junto a la verja, donde podría pasar inadvertido. Cuando Remus salió casi una hora después con la cara encendida de la emoción y los ojos brillantes, lo hizo a tal velocidad, caminando con los hombros erguidos y balanceando los brazos, que podría haber chocado con Tellman y no darse cuenta.

¿Debería seguirlo de nuevo para averiguar adónde iba, o entrar en el hospital psiquiátrico y descubrir de qué se había enterado? Decididamente lo segundo. Disponía de un tiempo limitado para regresar a la estación y tomar el último tren a Londres. Ya sería bastante difícil explicar a Wetron su ausencia.

Entró en la oficina y presentó su chapa de identificación. Tenía una mentira preparada.

—Estoy investigando un asesinato. He seguido desde Londres a un hombre de mi estatura, unos treinta años, pelo rojizo, ojos castaños y una expresión ansiosa. Necesito que me diga qué le ha preguntado y qué le ha respondido usted.

El hombre parpadeó sorprendido, sus ojos de un azul desvaído fijos en la cara de Tellman, la mano detenida en el aire a medio camino del tintero.

—¡No ha preguntado sobre ningún asesinato! —protestó—. El pobrecillo murió de muerte natural, si es natural dejarse morir de hambre.

—¿Dejarse morir de hambre? —Tellman no había sabido qué esperar, pero no contaba con un suicidio—. ¿Quién?

—El señor Stephen, por supuesto. La persona por la que ha preguntado.

—¿El señor J. K. Stephen?

—Eso es. —El hombre sorbió por la nariz—. El pobrecillo estaba como una regadera. Claro que de lo contrario no habría estado aquí, ¿no?

—¿Murió de hambre? —repitió Tellman.

—Dejó de comer. —El otro asintió con expresión sombría—. Se negó a tomar nada, ni un bocado.

—¿Estaba enfermo? Tal vez no podía comer —aventuró Tellman.

—Podía, pero dejó de hacerlo de repente. —El hombre volvió a sorber por la nariz—. El 14 de enero. Lo recuerdo porque fue el mismo día que nos enteramos de que había fallecido el pobre duque de Clarence. Supongo que fue eso lo que acabó con él. Conocía mucho al duque. Hablaba de él. Le enseñó a pintar, o eso decía.

—¿En serio? —Tellman estaba totalmente desconcertado. Cuanto más averiguaba, menos sentido tenía todo. Parecía poco probable que el hombre que se había negado a comer hasta morir en ese lugar conociera al hijo mayor del príncipe de Gales—. ¿Está seguro?

—¡Por supuesto! ¿Por qué quiere saberlo? —El otro entornó los ojos. Se percibía cierto recelo en su voz. Volvió a sorber por la nariz y buscó en sus bolsillos un pañuelo.

Tellman se contuvo con esfuerzo. No debía desaprovechar esa oportunidad.

—Solo quiero cerciorarme de que tengo al hombre adecuado —mintió esperando sonar convincente.

El hombre encontró el pañuelo y se sonó enérgicamente.

—Era el preceptor del príncipe, ¿no? —explicó—. Supongo que cuando se enteró de que el pobre había muerto, se lo tomó muy mal. No estaba bien de la chaveta, pobrecillo.

—¿Cuándo murió?

—El 3 de febrero —respondió el hombre guardando el pañuelo—. Es una muerte horrible. —Había compasión en su rostro—. Pareció significar algo para el tipo al que usted sigue, pero que me cuelguen si sé qué. Un pobre loco decide morir… de pena, que yo sepa, y él se va corriendo de aquí. Se fue como un niño con zapatos nuevos. Temblando de la emoción, no exagero. No sé nada más.

—Gracias. Me ha sido de gran ayuda. —Tellman fue de pronto desagradablemente consciente del horario de trenes—. ¡Gracias! —repitió, y echó a correr por el pasillo hacia la salida, donde buscó un coche que lo llevara de nuevo a la estación.

Cogió el tren por los pelos, y se recostó con mucho gusto en su asiento. Pasó la primera hora anotando todo cuanto había averiguado, y la segunda, tratando de inventar una excusa para el día siguiente que se pareciera algo a la verdad y, aun así, convenciera a Wetron de que se trataba de un asunto policial justificado. No lo logró.

¿Por qué el pobre Stephen había decidido morir de hambre al enterarse del fallecimiento del joven duque de Clarence? ¿Y qué interés tenía ese dato para Remus? Era trágico. De todos modos el hombre había sido aparentemente declarado loco, o no lo habrían encerrado en el hospital psiquiátrico de Northampton.

¿Y qué tenía eso que ver con William Crook, que había muerto el pasado diciembre en el hospital de Saint Pancras, de causas totalmente naturales? ¿Qué relación tenía con la tienda de tabaco de Cleveland Street? Sobre todo, ¿por qué iba a importarle a John Adinett?

Cuando llegaron a Londres, Tellman se apeó de un salto y miró a un lado y a otro del andén en busca de Remus. Casi había renunciado cuando lo vio bajar despacio dos vagones más adelante. Debía de haberse quedado dormido. Dio un pequeño traspié y se encaminó hacia la salida.

Tellman volvió a seguirlo, corriendo el riesgo de que lo viera antes que exponerse a perderlo. Por fortuna estaban casi a mediados de verano, y las tardes eran tan largas que a las nueve seguía habiendo suficiente luz para no perder de vista a alguien a una distancia de unos quince o veinte metros, aun yendo por una calle bastante concurrida.

Remus se detuvo en una taberna, donde cenó algo. Parecía no tener prisa. Tellman estaba a punto de dejarlo, tras haber llegado a la conclusión de que el periodista había terminado la jornada y en breve se iría a su casa, cuando este consultó su reloj y pidió otra pinta de cerveza.

De modo que le importaba qué hora era. Hacía tiempo para ir a alguna parte o esperaba a alguien.

Tellman aguardó.

Al cabo de un cuarto de hora Remus se levantó y salió a la calle. Subió a un coche de punto, y Tellman casi lo perdió tratando de encontrar otro para él. Apremió al cochero para que lo siguiera a toda costa.

Parecían haber tomado la dirección de Regent's Park. Sin duda no quedaba cerca del domicilio de Remus. Iba a ver a alguien con quien se había citado. Tellman miró su reloj al pasar junto a una farola. Eran casi las nueve y media, y empezaba a oscurecer.

De pronto, sin previo aviso, el cochero se detuvo y Tellman bajó.

—¿Qué ha pasado? —preguntó bruscamente, mirando hacia delante.

Había varios coches de punto a lo largo de la calle, junto al parque.

—¡Ese es! —El cochero señaló más adelante—. Ese es el que busca. Serán uno con tres peniques, señor.

Se estaba convirtiendo en un ejercicio realmente caro. Se maldijo por su estupidez, pero se apresuró a pagar y echó a andar hacia la figura que veía vagamente ante sí. La reconoció por su andar presuroso, como si estuviera a punto de hacer un gran descubrimiento.

Se hallaban en Albany Street, a pocos pasos de la entrada de Regent's Park. Tellman veía claramente Outer Circle, que rodeaba el perímetro, y el césped más allá, que se extendía uniforme en la oscuridad hasta los árboles de los Jardines Zoológicos Reales, a medio kilómetro de distancia.

Remus echó a andar hacia el parque. Se volvió una vez para mirar atrás, y Tellman dio un traspié. Era la primera vez que Remus mostraba algún interés en si lo seguían. Tellman no podía hacer otra cosa que continuar caminando como si fuera lo más natural del mundo.

Remus siguió avanzando, esta vez mirando alrededor. ¿Esperaba a alguien, o temía que estuvieran observándolo?

Tellman se ocultó entre las sombras de los árboles y se quedó un tanto rezagado.

Había varias personas, algunas paseando en grupos de dos y tres, otra no muy lejana, un hombre solo. Remus titubeó y miró con detenimiento al frente, pero pareció quedar satisfecho y continuó andando con paso presuroso.

Tellman lo siguió todo lo cerca que se atrevió.

El periodista se detuvo junto al hombre.

Tellman se moría por saber qué decían, pero hablaban casi en susurros. Aun acercándose unos tres metros, inclinado hacia ellos y con el sombrero bien encasquetado, no entendió ni una palabra, pero vio sus expresiones. Remus estaba muy excitado y escuchaba con toda atención a su interlocutor, sin siquiera mirar alrededor cuando Tellman pasó por el otro lado del camino.

El otro hombre, de estatura más que mediana, iba muy bien vestido. Llevaba su sombrero de hongo tan echado hacia delante y el cuello del abrigo tan subido que medio rostro quedaba oculto. Lo único que Tellman alcanzó a ver con claridad fue que sus botas eran de cuero brillante, de diseño elegante, y que el abrigo le sentaba a la perfección. Debía de haberle costado más de lo que un sargento de policía ganaba en varios meses.

Tellman siguió andando por Outer Circle hasta la puerta que daba a Albany Street y se encaminó hacia la siguiente parada de ómnibus para coger uno que lo llevara a casa. La cabeza le daba vueltas. Nada de lo que había averiguado encajaba en un patrón, pero ahora estaba seguro de que había uno. Solo tenía que encontrarlo.

A la mañana siguiente durmió más de lo que tenía previsto, y llegó a Bow Street justo a tiempo. Le esperaba una nota en que se le informaba de que debía presentarse en la oficina de Wetron. Subió acongojado.

Era la oficina de Pitt, aun cuando sus libros y pertenencias habían sido retirados y sustituidos por los tomos encuadernados cuero de Wetron. De la pared colgaba un bate de críquet que seguramente tenía un significado personal, y encima del escritorio había una fotografía, en un marco plateado, de una mujer rubia. Su rostro era hermoso y dulce, y llevaba un vestido de encaje.

—¿Sí, señor? —dijo Tellman sin esperanza.

Wetron se recostó en su butaca, con sus cejas incoloras alzadas.

—¿Tendría la bondad de decirme dónde estuvo ayer, sargento? Parece que está por encima de su capacidad informar al inspector Cullen...

Tellman ya había decidido qué decir, pero seguía sin resultarle fácil. Tragó saliva.

—No he tenido oportunidad de informar aún al inspector Cullen, señor. Seguí a un sospechoso. Si me hubiera entretenido lo habría perdido.

—¿El nombre del sospechoso, sargento? —Wetron lo miraba fijamente. Sus ojos eran de un azul muy pálido.

Tellman rescató un nombre de su memoria.

—Vaughan, señor. Es un conocido tratante de objetos robados.

—Sé muy bien quién es Vaughan —replicó Wetron con sequedad—. ¿Tenía las joyas de Bratbys? —Su voz dejaba traslucir un profundo escepticismo.

—No, señor. —Tellman había considerado adornar el relato, pero decidió que con ello solo se exponía a que lo pillaran. Era poco afortunado que Wetron conociera a Vaughan. No había contado con eso. Rezó para que nadie pudiera demostrar que Vaughan había estado en otra parte... ¡o detenido en otra comisaría!

La boca de Wetron se convirtió en una fina línea.

—Me sorprende. ¿Cuándo vio por última vez al superintendente Pitt, sargento Tellman? Y más vale que su respuesta sea la verdad.

—El último día que estuvo aquí, en Bow Street, señor —se apresuró a contestar Tellman, permitiéndose una expresión ofendida—. Tampoco le he escrito ni me he comunicado de otro modo con él, antes de que me lo pregunte.

—Espero que sea cierto, sargento. —Wetron hablaba con tono gélido—. Sus instrucciones eran muy claras.

—Así es —confirmó Tellman con rigidez.

Wetron no se inmutó.

—Tal vez quiera explicarme por qué el agente que estaba de ronda lo vio entrar en casa del superintendente Pitt hace dos días a última hora de la tarde.

Tellman sintió un escalofrío.

—Desde luego, señor —repuso con firmeza, confiando en no haber cambiado de color—. Tengo relaciones con la doncella de los Pitt, Gracie Phipps. Fui a verla. El agente le habrá informado sin duda de que entré por la puerta de la cocina. Tomé una taza de té y me marché. No vi a la señora Pitt. Creo que estaba arriba con los niños.

—¡No le están vigilando, Tellman! —replicó Wetron, ligeramente ruborizado—. Le vieron por casualidad.

—Sí, señor —dijo Tellman inexpresivo.

Wetron le miró, luego bajó la vista hacia los papeles que tenía ante sí.

—Bien, será mejor que vaya a informar a Cullen. Los robos son importantes. La gente espera que mantengamos sus propiedades a salvo. Para eso nos pagan.

—Por supuesto, señor.

—¿Está siendo sarcástico, Tellman?

Este lo miró con los ojos como platos.

—No, señor. De ningún modo. Estoy seguro de que para eso nos pagan los caballeros que se sientan en el Parlamento.

—¡Es usted un maldito insolente! —replicó Wetron—. Tenga cuidado, Tellman. No es usted indispensable.

Tellman fue prudente y esta vez no dijo nada. Se limitó a pedir permiso para ir a ver a Cullen e intentar dejarlo contento diciéndole dónde había estado y por qué no tenía ningún parte que dar.

Fue un día largo, caluroso y sumamente duro, la mayor parte del cual la pasó de un interrogatorio infructuoso a otro. Hasta las siete de la tarde no pudo escapar de sus obligaciones y coger por fin un ómnibus con dirección a Keppel Street. Llevaba esperando desde la noche anterior para informar a Gracie de lo que había averiguado.

Por fortuna Charlotte volvía a estar arriba con los niños. Al parecer había tomado la costumbre de leerles a esa hora.

Gracie doblaba la mantelería, que desprendía un olor maravilloso. El algodón recién lavado, una de las cosas que Tellman más adoraba, estaba seco, listo para ser planchado.

—¿Y bien? —preguntó ella en cuanto entró, antes de que él se hubiera sentado siquiera a la mesa.

—He estado siguiendo a Remus. —Se puso cómodo, desabrochándose los cordones de las botas y esperando que ella pusiera enseguida agua a hervir. Tenía hambre. Cullen le había tenido sin comer desde el mediodía.

—¿Adónde fue? —Gracie le miraba con atención; había olvidado los últimos manteles.

—Al hospital de Saint Pancras para comprobar si había muerto un hombre llamado William Crook —respondió él recostándose en la silla.

Ella lo miró sin comprender.

—¿Y quién era ese señor?

—No estoy seguro —admitió él—. Por lo visto murió de muerte natural a finales del año pasado. Al parecer a Remus le interesó mucho el dato de que fuera católico romano. Lo único que me parece importante sobre él es que tenía una hija que trabajaba en la tabaquería de Cleveland Street, y su madre era prima del señor Stephen, que dejó de comer hasta morir de hambre en el manicomio de Northampton.

—¿Qué? —Gracie estaba atónita—. ¿De qué estás hablando?

Tellman describió brevemente su viaje en tren y lo que había averiguado en el hospital psiquiátrico. Ella permaneció sentada en silencio absoluto con la mirada clavada en él.

—¿Y dices que era el preceptor del pobre príncipe Eddy, que acaba de morir?

—Eso dijeron —respondió él.

—¿Qué tiene que ver esto con Cleveland Street? —Gracie frunció el entrecejo—. ¿Qué hacía allí Adinett?

—No lo sé —reconoció el sargento—. El caso es que Remus está seguro de que todo está relacionado. Si hubieras visto su cara lo sabrías. Era como un sabueso rastreando. Casi tembló de la emoción y se le iluminó la cara, como un niño en Navidad.

—Algo pasó en Cleveland Street que desencadenó todo lo demás —aventuró ella con aire meditabundo y el gesto torcido—. O pasó después a consecuencia de lo que ocurrió en Cleveland Street. Y Fetters y Adinett estaban enterados de ello.

—Eso parece —convino él—. Y me propongo descubrir de qué se trata.

—¡Ten cuidado! —lo previno Gracie, pálida, con expresión asustada. Tendió una mano hacia él de manera inconsciente.

—No te preocupes —repuso Tellman—. Remus no sabe que le seguí. —Cogió su mano entre las suyas. Quedó asombrado de lo pequeña que era, como la de una niña. Ella no la apartó, y por un momento eso fue todo en lo que él pudo pensar—. Tendré cuidado —prometió. Sentía frío por dentro. No podía permitirse que Cullen volviera a quejarse de él o que alguien lo viera donde no debía estar. Había trabajado desde los catorce años para llegar al cargo que ahora ocupaba, y si lo echaban del cuerpo no solo perdería sus ingresos, sino que se vería en apuros cuando necesitara referencias para encontrar otro. Aunque no había ningún otro empleo que suscitara su interés o para el que estuviera cualificado. Toda su vida se vería perjudicada, todos los valores de acuerdo con los cuales había vivido se derrumbarían.

Y sin empleo, y enseguida sin alojamiento, ¿cómo conseguiría ser algún día el hombre que aspiraba a ser, un hombre como Pitt, con un hogar y una esposa...? ¿Cómo iba a ser el hombre que Gracie quería que él fuera?

Siguió hablando para alejar esos pensamientos. Se había comprometido, costara lo que le costase. Debía averiguar la verdad, por Pitt, por Gracie, por el honor.

—Cuando Remus volvió de Northampton, no fue a su casa. Cenó en una taberna y se dirigió en un coche de punto a Regent's Park, para reunirse con un hombre con quien debía de haberse citado, porque no dejó de mirar el reloj.

—¿Qué clase de hombre? —preguntó Gracie con un hilo de voz, sin apartar aún la mano de las de él, pero sin moverla, como para no recordarle que la tenía allí.

—Muy bien vestido —respondió Tellman mientras sentía los pequeños huesos entre sus dedos y deseaba estrecharlos con más fuerza—. Un poco más alto de lo normal, con un abrigo con el cuello subido aun en esta época del año y el sombrero bien encasquetado. No pude verle bien la cara, y a pesar de que solo estaba a unos metros de ellos, no logré entender una sola palabra de lo que dijeron.

Ella asintió sin interrumpirle.

—Luego Remus se marchó a toda prisa, alterado y ansioso.

Anda tras algo tan gordo que apenas puede contenerse... o eso cree. Si está relacionado con Adinett, podría ser la prueba de que el señor Pitt tenía razón.

—Lo sé —repuso ella enseguida—. Lo seguiré. Ningún polizonte se fijará en mí o pensará nada si lo hace.

—No puedes... —empezó él.

—Claro que puedo. —Gracie apartó la mano—. O al menos puedo intentarlo. A mí no me conoce y, aunque me viera, no significaría nada para él. De todos modos no puedes detenerme.

—Puedo decir a la señora Pitt que te lo prohíba —señaló él volviéndose a recostar en la silla.

—¡No lo harás! —La expresión de horror en la cara de Gracie fue momentáneamente cómica—. ¿Qué hay del señor Pitt, obligado a vivir en Spitalfields, y de todas las mentiras que se están divulgando sobre él?

—¡Entonces ten muchísimo cuidado! —exclamó él—. No lo sigas muy de cerca. Memoriza todos los lugares adonde va. ¡Y vuelve a casa en cuanto anochezca! No entres en ninguna taberna. —Buscó en sus bolsillos, uno tras otro, y sacó todo el dinero suelto que tenía. Lo dejó en la mesa—. Lo necesitarás para los coches de punto o los ómnibus.

Quedó claro en el rostro de Gracie que no había pensado en ello. Lo miró, sin saber si aceptarlo.

—¡Cógelo! —ordenó él—. No puedes seguirlo a pie. Y si vuelve a salir de la ciudad, levantas el campo. ¿Entendido? —La miró con intensidad, con un nudo en el estómago—. ¡Ni se te ocurra tomar un tren! ¡Nadie sabría dónde estás! Podría pasarte cualquier cosa, ¿y dónde empezaríamos a buscar?

Ella tragó saliva.

—Está bien —dijo con docilidad—. Así lo haré.

Él no sabía si creerle. Estaba sorprendido por lo profundo que era su temor a que le sucediera algo. Respiró hondo para decir algo que la detuviera, pero se dio cuenta de lo ridículo que sonaría. No tenía autoridad para ordenarle nada, como ella sería la primera en señalar. Además, delataría sus sentimientos y no estaba preparado para ello. No sabía siquiera cómo actuar ante ellos, y menos aún explicárselos. Llevaba la amistad a duras penas. Hasta eso exigía de él cosas a las que no estaba acostumbrado y le exponía a sufrir. Era una pérdida de la independencia que siempre le había infundido seguridad.

Admiró a Gracie por estar dispuesta a seguir a Remus en su lugar. En su fuero interno se enterneció al pensarlo. Eso también era una especie de seguridad, una muestra de confianza.

—¡Ten cuidado! —se limitó a decir.

—¡Por supuesto que lo tendré! —Gracie trató de parecer indignada, pero no podía apartar la vista de él y se quedó varios minutos inmóvil antes de levantarse por fin para preparar algo de comer.

A la mañana siguiente pidió el día libre a Charlotte con el pretexto de que tenía un recado urgente que hacer. Había preparado una explicación por si Charlotte se la pedía, pero esta parecía contenta de entretenerse con las distintas tareas domésticas. Le distraerían de sus inquietudes, y si tenía nuevos planes de seguir investigando el caso, no los compartió.

Gracie aprovechó la primera oportunidad para marcharse. Lo último que quería era entablar una conversación en la que podía fácilmente delatar sus intenciones.

Tenía muy poca idea de dónde encontrar a Lyndon Remus a esa hora del día. Ya eran casi las diez de la mañana. En cambio, sabía cómo ir a Cleveland Street en ómnibus y ese era un buen punto de partida.

Fue un trayecto largo, y se alegró de haber aceptado el dinero de Tellman. Se había sentido violenta, pero no cabía duda de que era un caso de necesidad. Algo había que hacer para ayudar al señor Pitt, y los sentimientos personales debían dejarse a un lado. Ya tendrían tiempo ella y Tellman de resolver su relación más tarde y, si les resultaba difícil, no les quedaría más remedio que apañárselas.

Llegó a la última parada del ómnibus, en Mile End Road, y se apeó. Eran las once y cinco. Echó a andar hasta Cleveland Street y giró a la izquierda. No tenía nada especial, solo era mucho más ancha y limpia que la calle que la había visto nacer y crecer; en realidad, tenía un aspecto bastante respetable. No si la comparaba con Keppel Street, por supuesto… pero estaba en el East End.

¿Por dónde empezar? ¿Debía adoptar un enfoque directo e ir derecha a la tienda de tabaco, o uno indirecto y preguntar antes a otras personas sobre ellos? El indirecto parecía mejor. Si iba primero a la tabaquería y fracasaba, lo habría estropeado todo por tratar de ser discreta.

Recorrió con la mirada las aceras desgastadas, los adoquines desiguales, los lúgubres edificios de fachada de ladrillo, en algunos de los cuales las ventanas del piso superior aparecían rotas y cerradas con tablones. De unas pocas chimeneas salían volutas de humo. Las entradas de los patios o los callejones se abrían oscuras.

¿Qué tiendas había? Un fabricante de pipas de arcilla y el taller de un orfebre. No entendía de plata y no sabía mucho más de pipas, pero al menos sobre estas podía improvisar algo. Se acercó a la puerta y entró con una historia preparada.

—Buenos días, señorita. ¿Qué desea? —Detrás del mostrador había un joven unos años mayor que ella.

—Buenos días —repuso Gracie alegremente—. He oído decir que tienen las mejores pipas al este de St. Paul. Cuestión de gusto, por supuesto, pero quiero algo especial para mi padre. ¿Qué tiene?

El chico sonrió. El pelo le formaba un remolino sobre la frente, lo que le confería una expresión descarada y despreocupada.

—¿De veras? ¡Pues quien se lo dijo tenía toda la razón!

—Hace ya tiempo de eso —explicó ella—. Ahora está muerto, pobrecillo. William Crook. ¿Le recuerda?

—Mentiría si dijera que sí. —El joven se encogió de hombros—. Pero pasan cientos de personas por aquí. ¿Qué clase de pipa desea?

—Tal vez fue su hija quien se la compró —aventuró ella—. Trabajaba en la tienda de tabaco. —Señaló con un gesto hacia el otro extremo de la calle—. La conocía, ¿no?

La cara del joven se puso tensa.

—¿Annie? Por supuesto que sí. Era una chica decente. ¿La ha visto hace poco? Me refiero a este año. —Miró a Gracie con ansiedad.

—¿No la ha visto usted? —contraatacó ella.

—Nadie sabe de ella desde hace más de cinco años —respondió él con tristeza—. Un día hubo una gran bronca. Un grupo de forasteros, auténticos rufianes, de pronto empezaron a pegarse. Una pelea de órdago. Llegaron dos coches, uno al número 15, donde vivía el artista, y el otro al 6. Me acuerdo porque estaba en la calle. Los dos hombres entraron en la casa del artista y unos momentos después volvieron a salir arrastrando consigo al tipo, que forcejeaba y gritaba como un loco, pero de nada le sirvió. Lo subieron al coche y se largaron como si los persiguiera el diablo.

—¿Y los demás? —preguntó Gracie sin aliento.

Él se inclinó sobre el mostrador.

—Fueron al número 6, como le he dicho. Luego salieron con la pobre Annie y se la llevaron. Desde entonces no la he visto. Ni yo ni nadie, que yo sepa.

Gracie frunció el entrecejo. Había pasado demasiado tiempo para que Remus o John Adinett se interesaran por ella.

—¿Quién era el tipo al que se llevaron? —preguntó.

—No lo sé. —Él se encogió de hombros—. Un caballero, eso sí lo sé. Mucho dinero y verdadera clase. Bastante callado la mayor parte del tiempo. Buena planta, alto, con unos ojos bonitos.

—¿Era el amante de Annie? —conjeturó ella.

—Supongo. Él venía bastante a menudo. —La cara del joven se ensombreció y adoptó un tono defensivo—. Pero ella era una chica decente. Católica, así que no se haga una idea equivocada de ella, porque no tiene derecho.

—¿Tal vez un amor trágico? —aventuró Gracie al percibir compasión en su rostro—. Si él no era católico, tal vez sus familias querían mantenerlos separados.

—Supongo. —El dependiente asintió con una mirada triste y remota—. Es una lástima. ¿Qué clase de pipa quiere para su padre?

Gracie no podía permitirse el lujo de comprar una. Debía devolver a Tellman todo el dinero que le fuera posible, y él seguramente no quería para nada una pipa de cerámica… Además, ella prefería que no fumara.

—Creo que será mejor que se lo pregunte —dijo con pesar—. No es la clase de cosa que puedes devolver si no aciertas. Gracias. —Y antes de que el joven intentara convencerla de lo contrario, dio media vuelta y salió.

Una vez en la calle, volvió sobre sus pasos en dirección a Mile End Road, sencillamente porque le resultaba familiar y estaba concurrido; además, no tenía mucha idea de qué podía encontrar en la otra dirección.

¿Adónde ir a continuación? Remus podía estar en cualquier parte. ¿Cuánto sabía él del asunto? Probablemente todo. Por lo visto esa información era del dominio público, además de bastante fácil de conseguir. Sin embargo, Remus parecía saber qué significaba. Se había mostrado eufórico y acto seguido había ido a investigar la muerte de William Crook.

De Cleveland Street había ido primero al Guy's Hospital para preguntar algo. ¿Qué? ¿Acaso también buscaba entonces a William Crook? Solo había una forma de averiguarlo y era ir personalmente. ¡Tendría que inventar algo ingenioso para explicar su interés!

Tardó en discurrir una historia todo el trayecto en ómnibus de nuevo hacia el oeste, y a continuación hacia el sur, cruzando el puente de Londres en dirección a Bermondsey y al hospital. Puestos a mentir, ¿por qué no hacerlo a conciencia?

Compró un pastel de frutas y una limonada a un vendedor ambulante y comió de pie contemplando el río. Era un día despejado y ventoso, y mucha gente había salido para disfrutar de él. En el agua había barcos de recreo con banderas ondeando y personas que se sujetaban el sombrero. De algún lugar no muy lejano llegaba la música alegre y algo discordante de un organillo. Un puñado de niños se perseguían unos a otros, gritando y riendo. Una pareja paseaba muy junta cogida de la mano; las faldas de la chica acariciaban los pantalones del joven.

Gracie acabó el pastel y enderezó los hombros antes de encaminarse hacia Borough High Street y al hospital.

Una vez dentro, se dirigió directamente hacia las oficinas con cara de circunstancias y haciendo lo posible por adoptar un aire patético. Lo había intentado hacía muchos años, antes de ponerse a servir en casa de los Pitt. Entonces era menuda y flaca, con una carita angulosa, normalmente sucia, y había funcionado. Esta vez no resultaría tan fácil. Era una persona de cierta categoría. Trabajaba para el mejor detective de Londres, lo que equivalía a decir el mundo, aunque estuviera temporalmente poco reconocido.

—¿Qué puedo hacer por usted? —preguntó el anciano de detrás del mostrador mirándola por encima de sus gafas.

—Verá, señor, estoy tratando de averiguar qué ha sido de mi abuelo. —La edad de William Crook hacía que ese fuera el parentesco más plausible, calculó.

—¿Le han traído enfermo? —preguntó el hombre con amabilidad.

—Creo que sí. —Gracie sorbió por la nariz—. Dicen por ahí que ha muerto, pero yo no estoy segura.

—¿Cómo se llamaba?

—William Crook. Hace bastante de eso, pero es que acabo de enterarme. —Volvió a sorber por la nariz.

—William Crook —repitió él desconcertado, colocándose bien las gafas—. Así, a bote pronto, no le recuerdo. ¿Está segura de que lo trajeron aquí?

Ella trató de adoptar un aire desamparado.

—Eso me han dicho. ¿No tienen a nadie llamado Crook? ¿No han tenido nunca a nadie con ese nombre?

—No sé si nunca. —Él frunció el entrecejo—. Sí tuvimos a una tal Annie Crook, hace mucho tiempo. La trajo sir William en persona. Estaba loca, pobrecilla. Hicimos todo lo que pudimos por ella, pero fue inútil.

—¿Annie? —Gracie contuvo un grito, tratando de no delatar su emoción—. ¿Estuvo aquí?

—¿La conoce?

—Por supuesto. —Hizo un rápido cálculo mental—. Era mi tía. En realidad yo no la conocí. Al parecer desapareció hace años, por el ochenta y siete o el ochenta y ocho. Nadie me ha dicho nunca que estuviera loca, pobrecilla.

—Lo siento. —El hombre meneó la cabeza despacio—. Puede ocurrirle a toda clase de gente. Eso mismo dije al otro joven cuando preguntó por ella. Pero él no era de la familia. —Sonrió—. Estuvo de lo mejor atendida aquí, puedo asegurárselo. ¿Todavía quiere que le busque a su abuelo?

—No, gracias. Debí de entenderlo mal.

—Lo siento —repitió él.

—Sí. Yo también. —Gracie se volvió, y se apresuró a salir de la oficina cerrando la puerta tras de sí sin hacer ruido antes de que el hombre notara su entusiasmo.

De nuevo en la calle, con el viento recio y el sol, echó a correr hacia la parada de ómnibus. Debía volver a casa y recuperar el tiempo perdido. Con suerte, Tellman la visitaría esa noche y podría contarle lo que había averiguado. Quedaría impresionado, muy impresionado. Tarareó una cancioncilla mientras esperaba en la cola.

—¿Adónde dices que has ido? —preguntó Tellman; tenía su delgado rostro muy blanco y las mandíbulas apretadas.

—A Cleveland Street —respondió Gracie sirviendo el té—. Mañana seguiré a Remus.

—¡Ni hablar! ¡Te quedarás aquí haciendo el trabajo que se supone que debes hacer y donde no corres ningún peligro! —replicó él con voz áspera inclinándose sobre la mesa. Estaba ojeroso y tenía una mejilla tiznada. Ella nunca le había visto tan cansado.

Tellman no era nadie para decirle qué debía hacer o dejar de hacer, naturalmente… pero le producía una sensación agradable, casi reconfortante, que se preocupara por su seguridad. Percibía el miedo en su voz y sabía que era real. Tal vez le enfurecía, y era muy capaz de negarlo, pero a él le importaba muchísimo lo que pudiera pasarle a ella. Se reflejaba en sus ojos, y Gracie lo reconoció con placer.

—¿No quieres saber de qué me he enterado? —preguntó, ardiendo en deseos de decírselo.

—¿De qué? —dijo él de mala gana tras beber un sorbo de té.

—Había una chica llamada Annie Crook, que era hija del tal William Crook que murió en Saint Pancras. —Las palabras le salían a trompicones—. La secuestraron de la tienda de tabaco de Cleveland Street, hará unos cinco años, y la llevaron al Guy's Hospital, donde dijeron que la pobre estaba loca, y nadie volvió a verla. —Había sacado el bizcocho, pero con la emoción había olvidado cortar una porción para Tellman—. Fue alguien llamado sir William quien dijo que estaba loca y que no podía ayudarla más. Y alguien más ha preguntado por ella, supongo que Remus. ¡Pero eso no es todo! Secuestraron al mismo tiempo a un joven en un estudio de pintura de Cleveland Street, un tipo atractivo y bien vestido, un señor. El pobrecillo daba patadas y forcejeaba mientras se lo llevaban.

—¿Sabes quién era? —Tellman estaba demasiado eufórico por la información para acordarse de su cólera o del bizcocho—. ¿Alguna idea?

—El chico de las pipas creía que era el amante de Annie —respondió ella—, pero no estaba seguro. Luego dijo que ella era una chica decente, católica, y que no divulgara ningún escándalo sobre ella porque no sería cierto ni estaría bien. —Respiró hondo—. Tal vez lo hicieran las familias, porque ella era católica y él no.

—¿Qué relación podría tener todo esto con Adinett? —Tellman frunció el entrecejo y apretó los labios.

—¡Aún no lo sé! ¡Dame tiempo! —protestó ella—. Hay mucha gente mal de la cabeza, pobrecillos. Lo mismo que el tipo que murió en Northampton. ¿No te parece que hay locura donde realmente importa? Tal vez el señor Fetters también lo sabía.

Tellman guardó silencio por unos minutos.

—Puede —dijo al cabo en un susurro.

—Tienes miedo, ¿verdad? —murmuró ella—. De que no tenga nada que ver con el señor Pitt y no le estemos ayudando. —Le habría gustado añadir algo que lo reconfortara, pero esa era la verdad y estaban juntos en ese asunto, sin fingimientos.

Tellman se disponía a negarlo, ella lo vio en su cara. Luego cambió de parecer.

—Sí —admitió—. Remus cree estar tras una gran noticia y a mí me gustaría creer que se trata de por qué Adinett mató a Fetters. Pero no consigo ver cómo encaja Fetters en todo esto.

—¡Lo conseguiremos! —exclamó ella con resolución, rompiendo la norma que acababa de imponerse a sí misma—. Porque tuvo que hacerlo por una razón, y no pararemos hasta averiguarla.

Él sonrió.

—Gracie, no sabes de qué estás hablando —susurró, pero su mirada iluminada contradecía sus palabras.

—Sí lo sé —afirmó ella, e inclinándose le dio un beso; luego retrocedió rápidamente y cogió el cuchillo para cortar un trozo de bizcocho.

De espaldas a Tellman, no advirtió que él se había ruborizado, ni que le temblaba tanto la mano que tuvo que dejar la taza en la mesa para no derramar el té.

8

Pitt seguía trabajando para el tejedor de seda y haciendo tantos recados como le era posible, observando y escuchando. De vez en cuando, por las noches, hacía guardia en la fábrica de azúcar y a la sombra del enorme edificio oía el continuo siseo del vapor de las calderas, que permanecían en funcionamiento las veinticuatro horas del día, y el poco frecuente ruido de pasos sobre los adoquines. El olor de los residuos extraídos del jugo de caña llenaba la oscuridad como el hedor demasiado dulzón de lo putrefacto.

De vez en cuando patrullaba dentro del edificio, recorriendo con una linterna los pasillos de techo bajo, persiguiendo las sombras, atento a los miles de pequeños movimientos. Intercambiaba algún que otro chismorreo, pero era un intruso. Tendría que trabajar años allí si quería que lo aceptaran y confiaran en él sin vacilar.

Cada vez más a menudo percibía la amenaza de la cólera oculta bajo lo que parecían conversaciones triviales. Estaba en todas partes, en la fábrica, las calles, las tiendas y las tabernas. Unos años atrás se habría manifestado en forma de quejas amables; ahora había en ella un trasfondo de violencia, una furia a punto de emerger.

Sin embargo, lo que más le asustaba era la esperanza que asomaba de vez en cuando entre los hombres que se sentaban a cavilar con una pinta de cerveza, los murmullos de que pronto cambiarían las cosas. No eran víctimas del destino, sino protagonistas de sus propias vidas.

También era consciente de cuántas clases distintas de gente convivían en Spitalfields, refugiados procedentes de toda Europa que huían de algún tipo de persecución, ya fuera económica, racial, religiosa o política. Oía hablar un montón de idiomas diferentes, veía caras de todas las formas y colores.

El 15 de junio, el día siguiente a una serie de envenenamientos en Lambeth que acapararon todos los titulares, Pitt volvió tarde y cansado a Heneagle Street, y encontró a Isaac esperándolo. Este tenía el rostro tenso de la preocupación y estaba ojeroso, como si hubiera dormido poco últimamente.

Pitt le había tomado bastante afecto, al margen del hecho de que Narraway le había confiado a él su seguridad. Era un hombre inteligente y culto, a quien le gustaba conversar. Tal vez porque Pitt no era de Spitalfields, disfrutaba del tiempo que pasaban juntos después de cenar, cuando Leah estaba en la cocina o se había acostado ya. Hablaban sobre toda clase de creencias y filosofías. Pitt había aprendido de él mucho de la historia de su pueblo en Rusia y Polonia. A veces Isaac hablaba con ironía, burlándose de sí mismo. A menudo era increíblemente trágico.

Era evidente que esa noche tenía ganas de hablar, pero no de temas generales.

—Leah ha salido —dijo encogiéndose de hombros, escudriñándolo con sus ojos negros—. Sarah Levin está enferma y Leah ha ido a hacerle compañía. Nos ha dejado la cena lista, pero está fría.

Pitt sonrió y lo siguió hasta la pequeña habitación donde ya estaba puesta la mesa. La madera encerada, esos aromas únicos ya le eran familiares. La mantelería bordada por Leah, la foto de Isaac de joven, la maqueta de una sinagoga polaca construida con cerillas que solo se había torcido ligeramente con los años.

Apenas se habían sentado cuando Isaac empezó a hablar.

—Me alegro de que trabaje con Saul —comentó cortando una rebanada de pan para Pitt y otra para él—. Pero no debería ir a la fábrica de azúcar por las noches. No es un lugar seguro.

Pitt conocía a Isaac lo bastante para saber que no era sino una táctica para entablar conversación. Iba a seguir algo más.

—Saul es un buen hombre. —Pitt cogió el pan—. Gracias. Y me gusta pasearme por el barrio. Pero en la fábrica veo las cosas desde otra perspectiva.

Isaac comió un rato en silencio.

—Va a haber problemas —dijo por fin, sin levantar la mirada de su plato—. Muchos problemas.

—¿En la fábrica de azúcar? —Pitt recordó lo que había oído comentar en las tabernas.

Isaac asintió, luego alzó la cabeza y le miró fijamente.

—Es inquietante, Pitt. No sé de qué se trata, pero estoy asustado. Podrían echarnos la culpa a nosotros.

Pitt no necesitaba preguntar a quién se refería «nosotros». Aludía a la población judía inmigrante, fácilmente reconocible, los cabezas de turco lógicos. Ya estaba enterado por Narraway de las sospechas que la Rama Especial tenía acerca de ellos, y sin embargo él había observado que eran, en todo caso, una influencia estabilizadora en el East End. Cuidaban de los suyos, abrían tiendas y negocios, daban a la gente motivos por los que trabajar. Así se lo había dicho a Narraway. No le había mencionado las colectas de dinero que hacían para los que se encontraban en apuros. Se lo había callado como una cuestión de honor.

—Solo es un rumor —continuó Isaac—, pero no son habladurías. Eso es lo que me hace pensar que es cierto. —Observaba a Pitt con atención, con el rostro arrugado de angustia—. Hay algo planeado, no sé qué, pero no son los anarquistas locos de siempre. Nosotros sabemos quiénes son, lo mismo que los fabricantes de azúcar.

—¿Los católicos? —preguntó Pitt con poca convicción.

—No. —Isaac meneó la cabeza—. Están furiosos, pero son gente normal y corriente, como nosotros. Quieren viviendas, empleos, una oportunidad para seguir adelante, un futuro mejor para sus hijos. ¿Qué iban a ganar volando las fábricas de azúcar?

—¿De eso se trata, de dinamita? —preguntó Pitt con un repentino escalofrío, imaginando cómo las llamas arrasaban la mitad de Spitalfields. Si prendían fuego a las tres fábricas, todas las calles arderían.

—No lo sé —admitió Isaac—. No sé de qué se trata ni cuándo ocurrirá, solo que hay planeado algo definitivo y que, al mismo tiempo, pasará algo gordo en otro lugar, pero relacionado con Spitalfields. Las dos cosas sucederán a la vez, apoyándose la una en la otra.

—¿Alguna idea de quién hay detrás? —presionó Pitt—. ¿Algún nombre?

Isaac meneó la cabeza.

—Solo uno, y no estoy seguro de la conexión…

—¿Cuál?

—Remus.

—¿Remus? —Pitt se sobresaltó. El único Remus que conocía era un periodista que solía especializarse en escándalos y conjeturas. Entre los habitantes de Spitalfields no había escándalos que pudieran atraerle. Tal vez Pitt le había juzgado mal y le interesaba la política, después de todo—. Gracias. Gracias por todo.

—No es mucho. —Isaac le restó importancia con un gesto—. Inglaterra me ha tratado bien. Aquí me siento a gusto. —Sonrió—. Hasta hablo bien inglés, ¿no?

—Ya lo creo —confirmó Pitt con afecto.

Isaac se recostó en su silla.

—Ahora hábleme del lugar donde nació, los bosques y los campos.

Pitt miró los restos de la comida, que seguían en la mesa.

—¿Qué hacemos con esto?

—Déjelo. Leah lo hará. Le gusta trajinar. Se enfadará si me sorprende en la cocina.

—¿La ha pisado alguna vez? —preguntó Pitt escéptico.

Isaac se echó a reír.

—No… —Le dedicó una sonrisa torcida—. Pero estoy seguro de que ella se enfadaría. —Señaló el montón de ropa blanca que había en una mesa lateral—. Allí tiene sus camisas limpias. Leah trabaja bien, ¿verdad?

—Sí —convino Pitt pensando en los botones que había encontrado cosidos, y la tímida y agradable sonrisa que había recibido cuando había dado las gracias a la mujer—. Muy bien, la verdad. Es usted un hombre afortunado.

—Lo sé, amigo mío, lo sé. Ahora siéntese y hábleme de ese lugar en el campo. ¡Descríbamelo! ¿Qué aspecto tiene a primera hora de la mañana? ¿Cómo huele? ¡Los pájaros, el aire, todo! Así podré soñar con él y creer que estoy allí.

Fue a la mañana siguiente muy temprano, al dirigirse a la fábrica de seda, cuando Pitt oyó ruido de pasos a su espalda. Se volvió y vio a Tellman a menos de dos metros de distancia. Se le encogió el corazón al pensar que pudiera haberle ocurrido algo a Charlotte o los niños. Luego vio la cara de Tellman, cansada pero no asustada, y supo que por lo menos no era nada terrible.

—¿Qué pasa? —preguntó casi entre dientes—. ¿Qué haces aquí?

Tellman lo alcanzó y le hizo dar media vuelta para continuar andando.

—He estado siguiendo a Lyndon Remus —susurró. Pitt se sobresaltó al oír el nombre, pero el sargento no lo notó—. Está sobre la pista de algo relacionado con Adinett —continuó—. Aún no sé de qué se trata, pero está que no cabe en sí. Adinett estuvo en este barrio, bueno, un poco más al este, en Cleveland Street.

—¿Adinett? —Pitt se detuvo en seco—. ¿Para qué?

—Por lo visto investigaba una noticia de hace cinco o seis años —respondió Tellman volviéndose hacia él—. Sobre una chica secuestrada en una tabaquería a la que llevaron al Guy's Hospital y declararon loca. Parece ser que fue derecho a Thorold Dismore para darle cuenta del asunto.

—¿El tipo del periódico? —preguntó Pitt, que echó a andar de nuevo y esquivó una montaña de escombros para acto seguido volver a subir a la acera justo a tiempo de impedir que lo atropellara un carro cargado de toneles precariamente colocados.

—Sí —contestó Tellman alcanzándolo—. Remus recibe órdenes de alguien con quien queda en Regent's Park. Alguien que viste muy bien. Con mucho dinero.

—¿Alguna idea de quién podría ser?

—No.

Pitt recorrió otros veinte metros en silencio, mientras las ideas se agolpaban en su cabeza. Había decidido no pensar más en el caso Adinett, pero este le había acosado hasta el punto de analizar cada hecho para intentar dar sentido a un crimen que parecía contrario a la razón o la naturaleza. Quería comprender y, por encima de todo, demostrar que había tenido razón.

—¿Has estado en Keppel Street? —preguntó.

—Por supuesto —respondió Tellman caminando a su paso—. Están todos bien. Le echan de menos. —Desvió la mirada—. Fue Gracie quien averiguó lo de esa chica en Cleveland Street. Era católica, y tenía un amante que parecía un caballero. Él también desapareció.

Pitt percibió en la voz de Tellman la mezcla de emociones, el orgullo y la timidez. En otro momento habría sonreído.

—Le avisaré si averiguo algo más —añadió Tellman sin dejar de mirar al frente—. Ahora debo irme. Tenemos un nuevo superintendente... se llama Wetron. —Su voz destilaba desdén—. No sé de qué va todo esto, pero no me fío de nadie, y será mejor que usted tampoco lo haga. ¿Hace este recorrido cada mañana?

—Casi siempre.

—Le contaré todo lo que averigüe. ¿Dónde estará?

Pitt le dio la dirección. Tellman se detuvo de pronto y se volvió hacia él, su cara alargada ojerosa a la luz gris, la mirada triste.

—Tenga cuidado. —Acto seguido, como si hubiera dicho demasiado y le avergonzara dar muestras de preocupación, giró sobre sus talones y se fue por donde había venido.

Gracie continuaba decidida a seguir a Lyndon Remus, pero no tenía intención de informar a Charlotte ni a Tellman. Eso significaba que era preciso dar alguna excusa para explicar que quisiera salir tan temprano y estar fuera tal vez todo el día. Requería una imaginación considerable inventar pretextos, y ella detestaba mentir. De no haber sido absolutamente necesario para rescatar a Pitt de la injusticia y devolverlo a su hogar, no se lo habría planteado siquiera.

Se levantó poco después del amanecer para tener el fogón encendido, el agua hirviendo y la cocina fregada e impecable antes de que nadie bajara. Hasta los gatos se asustaron al verla en pie a las cinco y media, no muy seguros de si les gustaba la novedad, sobre todo porque los había despertado sacándolos de la cesta de la ropa sucia sin ofrecerles desayuno.

Cuando Charlotte bajó a las siete y media, Gracie ya tenía preparada una mentira.

—Buenos días, señora —dijo alegremente—. ¿Una taza de té?

—Buenos días —saludó Charlotte mientras observaba la cocina con expresión sorprendida—. ¿Te has pasado levantada la mitad de la noche?

—He madrugado mucho. —Gracie hablaba con tono bastante despreocupado al tiempo que volvía a poner agua a hervir—. Es que quería pedirle un favor, si le parece bien. —Sabía que Charlotte estaba al tanto del interés de Tellman por ella porque en el pasado habían conspirado para aprovecharse de ello, solo como una cuestión de necesidad. Respiró hondo. Allá iba la mentira. Permaneció de espaldas a Charlotte; no se creía capaz de hacerlo mirándola—. El señor Tellman me ha pedido que vaya con él a una feria, si podía tomarme el día libre. Además tengo un recado que hacer, unas compras. Si pudiera ir cuando termine la colada, se lo agradecería muchísimo… —No sonó tan convincente como había esperado. Sabía que a Charlotte le costaba cada vez más sobrellevar la soledad y la preocupación, especialmente por lo poco que podía hacer para resolver la situación.

Había vuelto a ver a la viuda de Martin Fetters en al menos dos ocasiones, pero no sabían por dónde empezar a buscar los papeles que faltaban. Sin embargo, a esas alturas Charlotte sabía seguramente más que nadie sobre la vida profesional de Fetters. Había hablado a Gracie de los viajes de John Adinett, sus dotes militares y sus aventuras mientras exploraba Canadá, pero ninguna de las dos veía en ello un motivo para que un hombre hubiera asesinado a otro, solo ideas terribles y peligrosas. Las habían comentado a menudo hasta entrada la noche, después de que los niños se hubieran acostado, mas sin pruebas nada de eso servía.

Ahora le correspondía a Gracie descubrir el nexo entre John Adinett y las fuerzas de la anarquía… o de la opresión, o lo que fuera que hubiese estado haciendo en Cleveland Street y que tanto entusiasmaba a Remus. Apenas tenía idea de qué podía ser, solo que Tellman estaba seguro de que era un asunto desagradable y peligroso, y muy grave.

—Sí, por supuesto —repuso Charlotte. En su voz había cierta renuencia, tal vez hasta envidia, pero no se opuso.

—Gracias —dijo Gracie deseando poder contarle la verdad de lo que se proponía hacer. Estaba tentada de hacerlo pero, si se lo decía, Charlotte la detendría, algo que ella no debía permitir. Sería necio y autocompasivo. Debía calmarse y seguir adelante con su plan.

Todavía le quedaba un poco del dinero que Tellman le había dado y todo cuanto había podido reunir del suyo. Estaba dispuesta a seguir a Remus a donde fuera, y a las ocho de la mañana ya lo esperaba en la calle.

Era una mañana muy agradable y ya hacía calor. Las floristas estaban en la acera con flores frescas, que habían llegado en la madrugada. ¡Gracie se alegró de no tener que pasarse el día en una esquina, esperando vender!

Por la calle pasaban repartidores de pescado, carne y verduras que llamaban a las puertas de las trascocinas. En un cruce había un carro de leche. Una mujer delgada regresaba a su cocina con un cántaro lleno. Caminaba ligeramente ladeada a causa del peso.

El chico de los periódicos, que había ocupado su puesto en la esquina de enfrente, vociferaba de vez en cuando los titulares sobre las próximas elecciones. Había habido un tornado en Minnesota, Estados Unidos, que se había cobrado treinta y tres vidas. Adinett ya había quedado olvidado.

Lyndon Remus salió de su casa y echó a andar con brío hacia la vía principal y la parada de ómnibus, o eso esperaba Gracie con toda su alma. Los coches de punto resultaban caros y ella era muy mirada con el dinero de Tellman.

Remus caminaba con aire resuelto, la cabeza inclinada, el paso largo y cadencioso. Iba vestido con ropa corriente, una vieja americana y una camisa sin cuello. La persona a la que se proponía ver no era de la aristocracia. ¿Tal vez tenía intención de volver a Cleveland Street?

Gracie se apresuró a seguirlo, corriendo un poco para alcanzarlo. ¡No debía perderlo! Podía seguirlo muy de cerca; después de todo él no la conocía.

Estaba en lo cierto, Remus se dirigía a la parada de ómnibus. ¡Menos mal! No había nadie más, de modo que se obligó a situarse detrás de él para esperar. No obstante, no tenía motivos para temer que se acordara de ella si volvía a verla. Él parecía ajeno a la gente que lo rodeaba mientras buscaba con la mirada el ómnibus entre los coches, sosteniéndose en uno y otro pie con impaciencia.

Gracie fue con él hasta Holborn, luego lo vio subir a otro ómnibus que se dirigía al este e hizo lo propio. La cogió desprevenida y casi se quedó atrás cuando él se bajó al final de Whitechapel High Street, frente a la estación de ferrocarril. ¿Se proponía ir a algún otro sitio en tren?

En lugar de eso, Remus subió por Court Street hacia Buck's Row, a continuación se detuvo y, vuelto hacia la derecha, miró alrededor. Gracie siguió su mirada, pero no vio nada ni remotamente interesante en esa dirección; la vía del tren que corría en dirección norte, con el internado a la derecha y a la izquierda la destilería Smith & Company. Más allá había un cementerio. ¡Por todos los santos, no pensaría visitar las tumbas!

O tal vez sí. Ya había indagado las muertes de William Crook y J. K. Stephen. ¿Seguía la pista de una serie de muertos? No podían haberlos asesinado a todos… ¿o sí?

Por la calle había mucho tráfico, carros y carretas, amén de gente que se ocupaba de sus asuntos.

A pesar de ser un día cálido, sin una gota de viento, Gracie temblaba. ¿Qué buscaba Remus? ¿Qué haría un detective para averiguarlo? Tal vez Tellman era más listo de lo que ella había pensado. No era una tarea fácil.

Remus seguía andando, mirando a ambos lados como si tuviera en mente algo concreto, y sin embargo no parecía prestar atención a los números de las casas, de modo que tal vez no era una dirección lo que buscaba.

Gracie avanzaba muy despacio detrás de él. Si el periodista se volvía, ella miraría hacia las puertas fingiendo buscar también algo.

Remus detuvo a un hombre con un delantal de cuero y le dijo algo. Este negó con la cabeza y siguió andando, apretando el paso. A continuación Remus enfiló Thomas Street, al final de la cual Gracie alcanzó a ver un letrero que anunciaba el Asilo de Pobres Spitalfields, donde estos debían trabajar a cambio de comida y alojamiento. Apenas se veían sus enormes edificios grises, refugio y prisión al mismo tiempo. Ella había crecido temiéndolos más que la cárcel. Era la miseria extrema que aguardaba a los desposeídos. Había conocido a gente que prefería morir antes de verse atrapada en su tediosa reglamentación.

Remus abordó a una anciana que llevaba un fardo de ropa sucia.

Gracie se acercó lo bastante para oír lo que decían. Lo veía tan absorto en lo que preguntaba que confió en que no reparara en ella. Permaneció de lado, mirando hacia el otro extremo de la calle como si esperara a alguien.

—Disculpe… —empezó a decir Remus.

—¿Sí? —La mujer se mostró cortés, pero nada más.

—¿Vive por aquí? —preguntó él.

—En White's Row —respondió ella señalando unos metros hacia el este, donde la calle cambiaba al parecer de nombre. Quedaba a muy poca distancia del cruce, frente al Pavilion Theatre.

—Entonces tal vez pueda ayudarme —dijo él con tono apremiante—. ¿Vivía aquí hace cuatro o cinco años?

—Desde luego. ¿Por qué? —La anciana frunció el entrecejo

y entornó los ojos. Se puso ligeramente rígida, mientras sostenía el fardo en equilibrio con torpeza.

—¿Pasan muchos coches por aquí? Me refiero a carruajes, no coches de punto —preguntó Remus.

—¿Le parece a usted que tenemos carruajes por aquí? —La mujer le miró con expresión burlona—. Suerte tendrá si encuentra un coche de alquiler. Será mejor que utilice las piernas, como hacemos los demás.

—¡No quiero ninguno ahora! —Él la asió del brazo—. Lo que quiero es encontrar a alguien que viera uno por estas calles hace cuatro años.

Ella le miró con los ojos como platos.

—Ni lo sé ni quiero saberlo. ¡Lárguese de aquí y déjenos en paz! ¡Vamos! ¡Largo de aquí! —Se soltó y se apresuró a alejarse.

Remus parecía decepcionado, su rostro anguloso sorprendentemente joven a la luz matinal. Gracie se preguntó cómo debía de ser en casa cuando estaba relajado, qué leía, qué le preocupaba, si tenía amigos. ¿Por qué investigaba con tal fervor ese asunto? ¿Le movía el amor o el odio, la codicia, el ansia de fama? ¿O era simple curiosidad?

El periodista cruzó la calle más allá del teatro y al llegar a Hanbury Street giró a la izquierda. Detuvo a varias personas y les hizo las mismas preguntas sobre coches cerrados y grandes, como los que se veían recogiendo a prostitutas.

Gracie se quedó muy rezagada mientras él recorría toda la calle hasta la iglesia metodista libre. Cuando encontró por fin a alguien que le respondió algo, pareció encantado. Irguió la cabeza, se cuadró de hombros y movió las manos con sorprendente elocuencia.

Gracie estaba demasiado lejos para oír qué decían.

Sin embargo, aun cuando hubieran visto tal carruaje, ¿qué le decía eso a ella? Nada. Algún hombre con más dinero que sentido común había acudido a ese barrio en busca de una mujer barata. O sea, que tenía un gusto pésimo. O tal vez encontraba emocionante el peligro que entrañaba tal búsqueda. Había oído decir que había personas así. ¿Y si hubiera sido Martin Fetters? Si eso se hacía público, ¿a quién le importaría, aparte de a su mujer?

¿En realidad trataba Remus de averiguar la razón del asesinato de Fetters? Quizá Gracie perdía el tiempo o, para ser franca, el de Charlotte.

Tomó una decisión.

Salió del portal donde se había ocultado, enderezó los hombros y echó a andar hacia Remus tratando de dar la impresión de vivir allí y saber exactamente qué hacía y adónde iba. Casi le había pasado de largo cuando él por fin se dirigió a ella.

—¡Disculpe!

Ella se detuvo.

—¿Sí? —El corazón le latía con fuerza y se le cortó de tal modo la respiración que le salió voz de pito.

—Perdone la pregunta, pero ¿hace mucho que vive aquí? Verá, estoy buscando a alguien que sepa algo concreto.

Gracie decidió modificar un poco su respuesta, para curarse en salud en caso de que le preguntara por sucesos recientes o la geografía del barrio, de la que sabía muy poco.

—He estado un tiempo fuera. —Tragó saliva—. Viví aquí hace años.

—¿Hace cuatro años? —inquirió él al punto, con expresión ansiosa y el rostro algo encendido.

—Sí —respondió ella con cautela, mirándole a los ojos, castaños y penetrantes—. Vivía aquí entonces. ¿Qué busca?

—¿Recuerda haber visto carruajes por aquí? Me refiero a carruajes buenos, no de alquiler.

Ella hizo una mueca en un esfuerzo por concentrarse.

—¿Se refiere a los particulares?

—¡Sí! Exacto —dijo él con tono apremiante—. ¿Los vio?

Gracie observó con atención su rostro y percibió la emoción contenida, la energía que había en su interior. Cualquier cosa que buscase, lo creía sumamente importante.

—¿Hace cuatro años? —repitió ella.

—¡Sí! —Estaba a punto de añadir algo más para alentarla, pero se refrenó.

Gracie se concentró en la mentira. Debía decirle lo que esperaba oír.

—Sí, recuerdo haber visto por aquí un carruaje grande, de aspecto elegante. No sabría decirle nada de él porque estaba oscuro, pero creo que fue por entonces. —Y agregó con aire inocente—: ¿Alguien que conoce?

—No estoy seguro. —Él la miraba como hipnotizado—. Tal vez. ¿Vio a alguien en él?

Ella no sabía qué responder porque esta vez no estaba segura de qué buscaba el periodista. Era la razón por la que estaba allí. Se conformó con una vaguedad que podía significar cualquier cosa.

—Era un coche grande, negro, silencioso —explicó—. Con el conductor arriba, en el pescante por supuesto.

—¿Un hombre bien parecido, con barba? —A Remus se le quebró la voz de la emoción.

A Gracie le dio un vuelco el corazón. Estaba a punto de averiguar la verdad. Debía andarse con cuidado.

—No sé si bien parecido. —Trató de hablar con naturalidad—. Supongo que porque llevaba barba.

—¿Vio alguien dentro? —Él trataba de mantener una expresión serena, pero le traicionaban los ojos, muy abiertos y brillantes—. ¿Se pararon? ¿Hablaron con alguien?

Gracie se apresuró a inventar algo. No importaba si el hombre que él buscaba se había detenido. Podría haber sido por cualquier motivo, hasta para pedir indicaciones.

—Sí. —Señaló más adelante—. Paró allí y habló con una amiga mía. Ella me dijo que le había preguntado por alguien.

—¿Por alguien? —repitió Remus en voz alta y áspera.

Ella percibía la tensión en él.

—¿Una persona en particular? ¿Una mujer?

De modo que era eso lo que quería saber.

—Sí —murmuró ella—. ¡Eso es!

—¿Quién? ¿Lo sabe? ¿Se lo dijo su amiga?

Gracie rescató de su memoria el único nombre que conocía relacionado con ese asunto.

—Annie no sé qué.

—¿Annie? —Él contuvo un gritito, pero se atragantó y tragó saliva con esfuerzo—. ¿Está segura? ¿Annie qué más? ¿Se acuerda? ¡Trate de recordar!

¿Debía arriesgarse y decir Annie Crook? No. Era mejor no exagerar.

—No. Creo que empezaba por C, pero no estoy segura.

Siguió un silencio absoluto. Él parecía paralizado. Gracie oyó unas carcajadas a unos cincuenta pasos y los ladridos de un perro que no estaba a la vista.

—¿Annie Chapman? —susurró el periodista.

A Gracie se le cayó el alma a los pies. De pronto todo dejaba de tener sentido. Se quedó fría.

—No lo sé —contestó bruscamente, incapaz de disimular—. ¿Por qué? ¿Quién era? ¿Un tipo que había salido de juerga y quería que le saliera barata?

—No importa —se apresuró a decir Remus tratando de ocultar la importancia que tenía para él—. Me ha ayudado mucho. Muchísimas gracias, de veras. —Se llevó una mano al bolsillo y le ofreció tres peniques.

Ella los aceptó. Al menos podría devolver a Tellman parte de lo que había gastado. De todos modos podía necesitarlos, según adónde se dirigiera Remus a continuación.

Él se alejó a grandes zancadas sin mirar siquiera atrás, esquivando un carro cargado de carbón. Nada parecía más lejos de su mente que la posibilidad de que alguien lo siguiera.

Recorrió Commercial para regresar a Whitechapel High Street. Gracie tuvo que correr de vez en cuando para no perderlo. Al llegar al final de la calle, giró al oeste y se encaminó hacia la primera parada de ómnibus, pero en lugar de ir hasta la City, como ella había esperado, volvió a cambiar en Holborn y se dirigió al sur del río, y a lo largo del Embankment, hasta llegar a las oficinas de la policía del Támesis.

Gracie entró en ellas después que él, como si tuviera un asunto que resolver. Esperó detrás del periodista, con la cabeza gacha. Había tomado la precaución de soltarse el pelo y tiznarse la cara. No se parecía a la joven a quien Remus había detenido en Hanbury Street. De hecho, semejaba uno de los pilluelos que se peleaban por restos de comida en la orilla del río, y confió en que la tomaran por una si alguien se molestaba en mirarla dos veces.

Remus también dio muestras de su inventiva y, cuando el sargento que le atendió le preguntó qué quería, contó una historia que Gracie estaba segura había inventado para la ocasión.

—Estoy buscando a un primo mío que ha desaparecido —dijo con ansiedad inclinándose sobre el mostrador—. Me he enterado de que alguien que respondía a su descripción estuvo a punto de morir ahogado cerca del puente de Westminster, el 17 de febrero de este año. El pobre estuvo implicado en un accidente de coche que casi acabó con la vida de una niña y, atormentado por los remordimientos, trató de matarse. ¿Es eso cierto?

—Bastante cierto —respondió el sargento—. Es lo que constaba en el informe. Un tipo llamado Nickley. Pero no puedo asegurarle que intentara matarse. —Lo miró con una sonrisa torcida—. Antes de saltar se quitó el abrigo y las botas en la orilla, como hacen todos los que en realidad no quieren morir. —Su voz rezumaba desdén—. Nadó y lo recogieron un poco más abajo en la ribera, como cabía esperar. Lo llevaron al Westminster Hospital, pero no le encontraron nada.

Remus adoptó de pronto un tono despreocupado, como si lo que se disponía a preguntar fuera una idea que se le acababa de ocurrir y poco importante.

—¿Y la niña…? ¿Cómo se llamaba? ¿También salió ilesa?

—Sí. —El rostro franco del sargento se llenó de compasión—. Por los pelos, pobrecilla. Por fortuna no se hizo nada, solo se quedó petrificada de miedo. Dijo que tampoco era la primera vez. Un coche había estado a punto de atropellarla antes. —Meneó la cabeza, con los labios apretados—. Afirmó que era el mismo, pero no creo que fuera capaz de distinguir un coche elegante de otro.

Gracie vio cómo Remus se ponía rígido y cerraba los puños a los costados.

—¿La segunda vez? ¿El mismo coche? —No pudo evitar hablar con vehemencia, como si el dato tuviera un significado trascendental para él.

—¡No; por supuesto que no! —El sargento rió—. Solo era una niña… no tenía más de siete u ocho años. ¿Qué iba a saber de coches?

Remus no pudo contenerse. Se echó hacia delante.

—¿Cómo se llamaba?

—Alice —respondió el sargento—. Eso creo.

—¿Alice qué más?

El sargento le miró con más detenimiento.

—¿A qué viene tanto interés, señor? ¿Sabe algo que debería decirnos?

—¡No! —se apresuró a negar Remus—. Solo es un asunto familiar. Una especie de oveja negra, ya sabe. Quiero mantenerlo en secreto, si es posible. Pero me sería muy útil saber el nombre de la niña.

El sargento se mostró escéptico. Miró a Remus con un atisbo de duda.

—¿Ha dicho que era su primo?

Remus se había cerrado toda escapatoria.

—Eso es. Es una vergüenza para todos. Tuvo algo con esa niña, Alice Crook. Solo esperaba que no fuera ella.

Gracie sintió un escalofrío por todo el cuerpo al oír el nombre. Fuera lo que fuese, Remus todavía andaba tras ello.

—Bueno, pues me temo que era ella. —La expresión del sargento se suavizó un poco—. Lo siento.

Remus levantó rápidamente las manos y se cubrió la cara. Gracie, detrás de él, advirtió que se ponía rígido y supo que en ese gesto no había dolor, sino euforia. Remus tardó unos minutos en recobrarse y levantar la mirada de nuevo hacia el sargento.

—Gracias —se limitó a decir—. Gracias por su ayuda. —Acto seguido se volvió y salió a toda prisa tras pasar junto a Gracie. Esta tuvo que echar a correr para alcanzarlo. Si el sargento reparó en ella, debió de creer que iba con Remus.

El periodista se alejó del río, mirando a derecha e izquierda como si buscara algo.

Gracie permaneció muy rezagada, manteniéndose detrás de otros transeúntes; trabajadores, turistas, empleados que hacían recados, chicos que vendían periódicos, buhoneros. Luego vio a Remus cambiar de sentido y cruzar la calzada hacia la oficina de correos, en la que entró.

Lo siguió al interior.

Lo vio sacar un lápiz y garabatear una nota con manos temblorosas. La dobló, compró un sobre y un sello, y echó la carta al buzón. Luego volvió a salir a bastante velocidad. Una vez más Gracie se vio obligada a correr unos pasos de vez en cuando para no perderlo de vista.

Se alegró cuando Remus pareció decidir que tenía hambre y se detuvo en una taberna para comer como era debido. Tenía los pies hinchados y le dolían las piernas. Se moría por sentarse un rato, comer algo y vigilarlo cómodamente.

Él pidió pastel de angulas, algo que a ella siempre le había repugnado. Observó maravillada el apetito con que se lo zampaba, sin parar hasta que hubo terminado y se secó los labios con la servilleta. Ella pidió pastel de carne de cerdo, que le pareció mucho mejor.

Media hora después Remus volvió a ponerse en marcha, aparentemente lleno de determinación. Ella lo siguió, decidida a no perderlo. Era media tarde y las calles estaban concurridas. Gracie jugaba con la ventaja de que él no tenía ni idea de que alguien lo seguía, y estaba tan absorto que no miró una sola vez por encima del hombro ni tomó la menor precaución para pasar inadvertido.

Después de dos trayectos en ómnibus y andar un poco más, Remus se detuvo junto a un banco de Hyde Park, en apariencia esperando a alguien.

Permaneció allí cinco minutos, y Gracie puso a prueba su imaginación discurriendo una excusa que justificara su presencia.

Remus no paraba de mirar alrededor, por si la persona a la que esperaba venía en dirección contraria. No podía evitar verla. Al final acabaría preguntándose qué hacía ella allí.

¿Qué habría hecho Tellman en su lugar? Él era detective. Debía seguir a gente constantemente. ¿Tratar de que no le viera? No había nada detrás de lo que esconderse, ni sombras ni árboles que estuvieran lo bastante cerca. De todos modos, si se ocultaba tras un árbol no vería con quién se reunía Remus. ¿Inventar una razón que explicara su presencia allí? Sí, pero ¿cuál? ¿Que también esperaba a alguien? ¿Se lo tragaría él? ¿Que había perdido algo? Entonces ¿por qué no se había puesto a buscarlo en cuanto había llegado?

¿Ya lo tenía? ¡Acababa de darse cuenta de que le faltaba!

Volvió sobre sus pasos muy despacio, escudriñando el suelo como si buscara algo pequeño y muy valioso. Después de recorrer unos dieciocho metros giró sobre sus talones y empezó de nuevo. Casi había llegado al punto de partida cuando por fin un hombre de mediana edad se acercó a Remus por el sendero y este fue a su encuentro.

El hombre se detuvo con brusquedad, luego hizo ademán de rodear a Remus y seguir su camino.

El periodista le cortó el paso y, a juzgar por la actitud del otro, le dijo algo, pero tan bajito que Gracie, a diez metros de distancia, no lo oyó.

El hombre se sobresaltó. Miró con más atención a Remus, como si esperara reconocerlo. Tal vez este lo había llamado por su nombre.

Gracie los observó a la tenue luz del atardecer, pero no se atrevió a moverse y llamar la atención. El hombre de más edad aparentaba unos cincuenta años y era bastante apuesto, de buena estatura, un tanto metido en carnes. Vestía ropa corriente, nada llamativa, bien confeccionada pero no cara. La clase de ropa que Pitt podría haber llevado, de no haber tenido un talento para el desaseo que hacía que cualquier prenda le cayera mal. Ese hombre era pulcro, como un funcionario o un director de banco jubilado.

Remus hablaba acaloradamente, y él respondía ahora con cierta irritación. Remus parecía estar acusándolo de algo. Había alzado la voz, alterado, y Gracie oyó palabras sueltas.

—¡… lo sabía! ¡Estaba tras…!

El otro hombre rechazó el comentario con un rápido gesto. Tenía la cara encendida, y su tono indignado sonaba a falso.

—¡No tiene pruebas! ¡Y si…! —Se tragó sus palabras, y Gracie se perdió las siguientes frases—. ¡… un camino muy peligroso! —terminó.

—¡Entonces usted también es culpable! —Remus estaba furioso, pero esta vez la nota de miedo en su voz era inconfundible. Gracie la reconoció, y sintió por todo el cuerpo un escalofrío que le encogió los músculos del estómago y le formó un nudo en la garganta. Remus estaba asustado, y mucho.

En el otro hombre había algo —tal vez el ángulo de su cabeza, o las arrugas de su cara que ella veía entre las sombras, a la débil luz dorada de la tarde—, que le reveló que él también tenía miedo. De pronto agitó las manos con movimientos furiosos y espasmódicos, negando con brusquedad. Meneó la cabeza.

—¡No! ¡Déjelo estar! ¡Se lo advierto!

—¡Lo averiguaré! —contraatacó Remus—. ¡Daré a conocer hasta el menor detalle y el mundo se enterará! ¡Ya no nos mentirán más… ni usted ni nadie!

El hombre de más edad levantó el brazo iracundo, luego se volvió y se fue a grandes zancadas por donde había venido.

Remus dio un paso hacia él; enseguida cambió de opinión y, pasando junto a Gracie, se encaminó presuroso hacia la calle. En su rostro se apreciaba una tensa y furiosa determinación. Casi chocó con una pareja cogida del brazo que daba un paseo al atardecer. Murmuró una disculpa y siguió avanzando en línea recta.

Gracie corrió tras él, y tuvo que continuar haciéndolo por lo rápido que andaba Remus. Este cruzó Hyde Park Terrace, se dirigió al norte por Grand Junction Road hasta Praed Street y fue derecho a la estación del ferrocarril metropolitano.

A Gracie le dio un vuelco el corazón. ¿Adónde iba? ¿Muy lejos? ¿De qué iba todo ese asunto? ¿Quién era el hombre con quien se había reunido en el parque y a quién había acusado… de qué?

Subió tras Remus por las empinadas escaleras hasta la ventanilla de venta de billetes, compró uno de cuatro peniques como había hecho él y lo siguió. Había viajado antes en el ferrocarril metropolitano, y los había visto salir rugiendo de los túneles y detenerse en el andén. Se había quedado paralizada de terror y había necesitado todo su coraje para entrar en ese tubo cerrado y verse arrojada a través de pasadizos subterráneos en medio de un estruendo ensordecedor.

Pero no iba a perder a Remus. Dondequiera que él fuera, ella iría también... para averiguar qué estaba investigando.

El tren salió inesperadamente del agujero negro y se detuvo con un chirrido, y Remus subió a él. Gracie hizo lo propio.

El tren dio un bandazo y se precipitó hacia delante con un rugido. Gracie cerró los puños y apretó los labios para no gritar. Los demás pasajeros permanecían impasibles, como si estuvieran totalmente acostumbrados a desplazarse a través de agujeros bajo tierra, encerrados dentro de parte de un tren.

Llegaron a la estación de Edgware Road. Unos bajaron, otros subieron. Remus ni siquiera miró para saber dónde estaban.

El tren volvió a ponerse en movimiento.

Dejaron atrás Baker Street, Portland Road, Gower Street. Hubo un largo trecho hasta King's Cross, luego el tren dio un bandazo hacia la derecha y siguió adelante rugiendo, ganando velocidad.

¿Adónde iba Remus? ¿Qué relación existía entre las idas de Adinett a Cleveland Street y la tal Annie Crook que vivía allí y a la que se habían llevado a la fuerza, al igual que a su amante? Había terminado en el Guy's Hospital, atendida nada menos que por el cirujano de la familia real, quien la había declarado loca. ¿Y qué había sido del joven? Al parecer nadie había vuelto a saber de él.

¿Qué había tras los carruajes de Spitalfields? ¿Los había conducido el mismo hombre que atropelló a la pequeña Alice Crook y luego se arrojó al río... después de quitarse el abrigo y las botas?

El tren se detuvo en Farringdon Street y muy poco después en Aldergate Street.

Remus se levantó de un salto.

Gracie casi se cayó del sobresalto y se apresuró a seguirlo.

Remus se acercó a la puerta, a continuación cambió de opinión y volvió a sentarse.

Gracie se desplomó en el asiento más próximo, el corazón latiéndole con fuerza.

El tren dejó atrás Moorgate y Bishopsgate. Se detuvo en Aldgate y Remus se acercó de nuevo a la puerta.

Gracie bajó detrás de él, subió por las escaleras y se apresuró a adentrarse en la oscuridad donde Aldgate Street se convertía en Whitechapel High Street.

¿Por dónde había ido Remus? Debía seguirlo de cerca. Las farolas estaban encendidas, pero iluminaban poco; solo se veían círculos de luz amarillenta aquí y allá.

¿Regresaba a Whitechapel? Estaban a un kilómetro y medio de Buck's Row, que se hallaba al otro extremo de Whitechapel Road, más allá de High Street. Y Hanbury Street quedaba al menos a un kilómetro al norte, más si se tenían en cuenta todas las estrechas y sinuosas callejas.

Sin embargo, en lugar de torcer a la derecha en Aldgate Street, Remus se dirigió de nuevo hacia la City. ¿Adónde iba ahora? ¿Esperaba ver a alguien más? Gracie recordó la expresión de su rostro cuando se alejó del hombre de Hyde Park. Estaba más que enfadado, colérico, pero también alterado, y asustado. Se trataba de algo de proporciones monstruosas… o eso creía él.

La pilló desprevenida que enfilara Duke Street. Era más estrecha y oscura, y los aleros goteaban en la penumbra. Flotaban en el aire los olores a podrido y a aguas residuales. Gracie se sorprendió temblando. Un poco más adelante se vislumbraba la enorme sombra de la iglesia de Saint Botolph. Se encontraban en los límites de Whitechapel.

Remus llevaba un rato andando como si supiera exactamente adónde se dirigía. De pronto titubeó y miró a su izquierda. La tenue luz iluminó por un instante su pálida tez. ¿Qué esperaba ver? ¿Mendigos? ¿Indigentes apiñados en zaguanes tratando de encontrar un lugar donde dormir? ¿Mujeres de mala vida en busca de un cliente?

Gracie pensó en los grandes carruajes negros por los que Remus le había preguntado, el estruendo de las ruedas sobre los adoquines, cada vez más fuerte, los caballos negros alzándose en la noche, el enorme contorno del vehículo, alto y cuadrado, una puerta abriéndose y un hombre preguntando… ¿qué? Por una mujer, una mujer en concreto. ¿Por qué? ¿Qué caballero se desplazaría hasta allí de noche en un carruaje, cuando podía quedarse en el oeste y buscar a alguien más limpio y divertido, y con una habitación y una cama a las que ir en lugar de algún portal?

Remus cruzaba la calle y se adentraba en el callejón que había al lado de la iglesia.

Estaba oscuro como boca de lobo. Gracie tropezó al seguirlo. ¿Adónde diablos iba Remus? Sabía que continuaba delante de ella porque oía el ruido de sus pasos sobre los adoquines. Luego vio su silueta recortada contra un haz de luz un poco más adelante. Había una abertura. Debía de haber una farola al doblar la esquina.

Llegó a la esquina y salió a una pequeña plaza. Él estaba inmóvil, mirando alrededor, su rostro vuelto por un instante hacia el resplandor amarillo de una farola. Tenía los ojos muy abiertos, los labios separados en una espantosa sonrisa, mezcla de terror y júbilo. Le temblaba todo el cuerpo. Levantó ligeramente la mano, con los nudillos blancos a la luz de la farola de gas, el puño cerrado.

Gracie alzó la vista hacia el mugriento rótulo que había en la pared de ladrillo, por encima de la luz. Mitre Square.

De pronto se quedó helada, como si la hubiera alcanzado el aliento del infierno. Casi se le detuvo el corazón. Por fin comprendía por qué Remus había ido a Whitechapel, primero a Buck's Row, luego a Hanbury Street y por último a Mitre Square. Sabía detrás de quién iba al preguntar por el gran carruaje negro, incongruente en aquel barrio. Recordó los nombres: Annie Chapman, conocida como Annie la Oscura, Liz la Larga, Kate, Polly y Mary la Negra. ¡Remus buscaba a Jack el Destripador! ¡Seguía vivo, y el periodista creía saber quién era! Esa era la noticia que pretendía dar a conocer en todos los periódicos y que creía le haría famoso.

Gracie se volvió y echó a correr por el callejón, tropezando y respirando con dificultad. Le fallaban las piernas y los pulmones le dolían como si el aire fueran cuchillas, pero no pensaba quedarse ni un segundo más en ese lugar infernal. Su imaginación se vio inundada por el terror, el miedo cegador y paralizante, la sangre, el dolor, el instante en que la mujer lo había mirado a los ojos y sabido quién era... eso debió de ser lo peor de todo, atisbar en el alma de la persona que había hecho eso... ¡y que volvería a hacerlo!

Chocó con alguien y dejó escapar un grito al tiempo que sacudía los puños hasta que sintió algo blando y oyó un gruñido seguido de una maldición. Se zafó y enfiló Duke Street, donde echó correr hacia Aldgate Road. No sabía ni le importaba a quién había golpeado, si Remus la seguía o no, si sabía que lo había seguido... siempre que pudiera tomar un ómnibus o un tren y huir de allí, huir de Whitechapel, de sus fantasmas y demonios.

Gritó al ver un ómnibus que se dirigía al oeste y bajó corriendo a su encuentro, sobresaltando a los caballos y arrancando una maldición al conductor. A ella no le importó en lo más mínimo. Haciendo caso omiso de sus protestas subió tambaleándose y se dejó caer en el primer asiento vacío.

—¿Te perseguía el diablo? —exclamó un hombre afable, con una sonrisa divertida en su amplio rostro.

Estaba más cerca de la verdad de lo que imaginaba.

—Sí... —dijo ella con la voz tomada—. ¡Así es!

Eran pasadas las once cuando por fin llegó a Keppel Street y encontró a Charlotte paseándose de arriba abajo por la cocina, pálida y ojerosa.

—¿Dónde te has metido? —preguntó furiosa—. ¡Estaba muerta de preocupación! ¿Qué ha pasado?

Gracie sintió tal alivio de estar a salvo en casa, en el calor y la luz de la cocina, con sus olores a madera y ropa limpia, pan y hierbas, y saber que Charlotte se preocupaba por ella, que rompió a llorar y dijo cosas incoherentes entre sollozos mientras Charlotte la sostenía en sus brazos.

Al día siguiente le daría una versión cuidadosamente revisada de la verdad, junto con una disculpa por haberle mentido.

9

Tellman trató de quitarse de la cabeza a Gracie, pero no era fácil. La expresión ansiosa de la joven no cesaba de irrumpir en sus pensamientos cada vez que se relajaba y permitía que su atención se apartara de lo que hacía. No obstante, el hecho de saber que Wetron lo observaba, atento a si cometía la menor equivocación, le obligaba a esforzarse lo máximo posible en investigar esos malditos robos. No podía permitirse que lo sorprendieran en el más mínimo error.

Su diligencia se vio recompensada con un golpe de buena suerte que les ayudó a ver el final del caso.

También pensaba más a menudo de lo que le hubiera gustado, y con tanta preocupación como mala conciencia, en Pitt viviendo solo y trabajando en Spitalfields. Era evidente por qué le habían trasladado allí. Resultaba ridículo pensar que iba a cambiar algo en un sentido o en otro en lo tocante a los anarquistas. Ese era un trabajo especializado y ya contaban con hombres que lo hacían bien. Desde el punto de vista de Cornwallis, era un intento de alejarlo de nuevos peligros, pero para quienes habían ordenado su traslado constituía un castigo por haber convencido al jurado de la culpabilidad de Adinett.

Había quedado en una posición vulnerable porque no había sido capaz de demostrar por qué razón Adinett había cometido el asesinato; ni siquiera había podido aventurar un móvil. Por eso se sentía culpable Tellman. Él seguía siendo policía, gozando de libertad para averiguar la verdad y darla a conocer, y sin embargo no había logrado enterarse de nada aparte de que Adinett había acudido a Cleveland Street entusiasmado por algo, lo que parecía tener ramificaciones interminables que escapaban a su comprensión.

Se hallaba junto al mercado de flores, a un par de manzanas de la comisaría de Bow Street, buscando a los compradores de objetos robados que sabía que también trabajaban allí, cuando advirtió que alguien se había detenido cerca de él y lo observaba.

¡Gracie!

Su primera reacción fue de verdadero placer. Luego reparó en que estaba muy pálida y muy quieta, algo que no era propio de ella, y se le encogió el corazón. Se acercó a la joven.

—¿Qué ocurre? —preguntó con tono urgente—. ¿Qué haces aquí?

—He venido a verte —contestó ella—. ¿No creerás, que he venido a comprar un ramo de flores? —Hablaba con una brusquedad que alarmó a Tellman y lo convenció de que sucedía algo grave.

—¿Está bien la señora Pitt? ¿Ha tenido noticias de su marido? —Eso fue lo primero que se le pasó por la cabeza. No veía a Charlotte desde que Pitt se marchó, y ya hacía más de un mes de eso. Tal vez debería haber hablado con ella. Sin embargo, habría sido una indiscreción, hasta una impertinencia. Además, ¿qué iba a decirle él? Charlotte era una señora de las de verdad, y tenía familia.

Lo que esperaba de él era que averiguara la verdad y demostrara que Pitt había tenido razón, para que lo rehabilitaran en su cargo de Bow Street, que era donde le correspondía estar. Y él había fracasado por completo.

Un carro de flores pasó con estruendo y se detuvo a una docena de metros.

—¿Qué pasa? —preguntó Tellman de nuevo, con más brusquedad—. ¡Gracie!

Ella tragó saliva con esfuerzo. Él vio cómo se le hacía un nudo en la garganta, y esta vez se asustó de verdad. Una parte tan grande de su vida estaba unida a Keppel Street que no podía limitarse a encogerse de hombros y marcharse. Se sentiría incompleto, dañino.

—He seguido a Remus, como me dijiste. —Ella lo miró desafiante.

—¡Nunca te dije que lo siguieras! —exclamó él—. ¡Te dije que te quedaras en casa atendiendo tus tareas!

—Primero me dijiste que lo siguiera —replicó ella con obstinación.

Una pareja pasó junto a ellos; la mujer sostenía en alto un ramo de rosas recién comprado, para oler su aroma.

Gracie estaba asustada. Se advertía en su rostro y en la rigidez de su postura. Tenía el cuerpo agarrotado. Eso le puso furioso y le hizo querer protegerla, y sintió como si el miedo le hubiera tocado con su aliento gélido. ¡No quería nada de eso! Se sentía vulnerable, expuesto a que le lastimaran, ¡hasta que le hicieran trizas!

—¡Bueno, pues no debiste hacerlo! —dijo—. ¡Se supone que tienes que quedarte en casa, cuidando de la señora Pitt y de las tareas domésticas!

Gracie tenía los ojos sombríos y desmesuradamente abiertos, y le temblaban los labios. Él no hacía más que empeorar las cosas. No solo estaba hiriéndola, sino que la dejaba sola con lo que fuera que hubiera visto o creído.

—Bueno, ¿y adónde fue? —preguntó con más suavidad. Pareció hablar a regañadientes, pero era consigo mismo con quien estaba furioso, por su falta de tacto, por sentir tantas cosas y pensar tan poco. No sabía cómo comportarse con ella. Era tan joven, tenía al menos una docena de años menos que él, y era tan valiente y orgullosa... Tratar de tocarla era como intentar arrancar un cardo. ¡Y era tan poquita cosa! ¡Había visto niñas de doce años más grandes! Pero nunca había visto a nadie, del tamaño que fuera, con más coraje y fuerza de voluntad—. ¿Y bien? —la apremió.

Gracie no apartó la vista de él, sin prestar la menor atención a los transeúntes.

—Me gasté todo tu dinero —informó—. Y también lo que me dieron.

—¡No me digas que saliste de Londres! ¡Te dije...!

—¡No; no lo hice! —lo interrumpió ella, tragó saliva, y continuó—. ¡De todos modos no tengo por qué hacer lo que tú me dices! Remus fue a Whitechapel... a las callejuelas que van a dar a Spitalfields. Por el lado de la Lime House. Preguntó por ahí si alguien había visto hace cuatro años un gran carruaje, uno que no fuera del barrio. ¡Menuda tontería! ¿Quién va a ir en carruaje allí? Más bien a pie. O en el ómnibus.

Tellman estaba desconcertado. Pero por lo menos no se trataba de nada siniestro.

—¿Buscaba un carruaje? ¿Sabes si averiguó algo?

Por un momento creyó que Gracie iba a sonreír, pero la sonrisa murió antes de nacer. Se percibía en ella un terror subyacente que apagaba todo atisbo de alegría. Se apoderó de él con un dolor casi insoportable.

—Sí, como no podía reconocerme dejé que me preguntara, como preguntó a otros —respondió ella—. Le dije que había visto un gran carruaje negro hacía cuatro años. Me preguntó si la persona que había dentro parecía andar buscando a alguien en concreto. Le dije que sí.

—¿A quién? —inquirió Tellman, la voz quebrada por la tensión.

—Le dije el primer nombre que me vino a la cabeza. Estaba pensando en esa chica que se llevaron de Cleveland Street, de modo que dije «Annie». —Gracie temblaba de manera visible.

—¿Annie? —Tellman se acercó más. Quería tocarla, sujetarla por los hombros, pero ella podría apartarlo, de modo que se abstuvo—. ¿Annie Crook?

Gracie estaba muy pálida. Meneó la cabeza de forma casi imperceptible.

—No… No lo supe hasta unas horas más tarde, cuando le seguí otra vez hasta Whitechapel, después de que fuera a la policía del río; luego escribió una carta a alguien y por último entró en Hyde Park para encontrarse con un señor al que acusó de algo horrible y con el que discutió. Entonces regresó a Whitechapel. —Se interrumpió sin aliento, respirando agitadamente.

—¿Quién era? —preguntó él con urgencia—. Si no era Annie Crook, ¿qué nos importa? —Estaba injustificadamente decepcionado. Solo el horror reflejado en el rostro de Gracie le impidió desviar la mirada.

Ella volvió a respirar hondo.

—¡Era Annie la Oscura! —exclamó en un susurro ahogado.

—¿Annie… la Oscura? —Tellman empezaba a comprender el horror, frío como una tumba.

Gracie asintió.

—¡Annie Chapman… la chica a la que descuartizó Jack!

—¿El… Destripador? —Tellman apenas pudo pronunciar la palabra.

—¡Sí! —Gracie estaba sin aliento—. Los otros lugares en los que preguntó por carruajes fueron Buck's Row, donde encontraron a Polly Nichols; Hanbury Street, donde estaba Annie la Oscura, y por último Mitre Square, donde encontraron a Kate Eddowes, la peor parada de todas.

El horror recorrió a Tellman como una criatura primigenia e indescriptible que hubiera surgido de la oscuridad y permanecido cerca de ambos, con la muerte en el corazón y las manos.

—Si lo sabías —dijo, el tono de voz estridente a causa de la histeria—, no debiste seguirlo hasta la policía del río y...

—¡No lo sabía! —protestó ella—. Fue primero a la comisaría para preguntar por un cochero llamado Nickley que había tratado de atropellar a una niña de siete u ocho años en dos ocasiones pero ninguna con éxito. —Estaba sin aliento—. Después del segundo intento se tiró al río, pero antes se quitó las botas, de modo que en realidad no quería matarse; solo pretendía que la gente creyera que lo hacía.

—¿Qué tiene eso que ver? —preguntó él. La cogió del brazo y la llevó a un lado de la acera, apartándola de dos hombres que pasaban. No la soltó.

—¡No lo sé! —exclamó ella indignada.

Tellman se esforzaba por dar sentido a esa historia, ver la conexión con Annie Crook, y qué tenía que ver con Adinett y con Pitt. Pero surgiendo de lo más profundo de su ser, y apoderándose de él a pesar de hacer todo lo posible por impedirlo, estaba su miedo por Gracie, y por él mismo, porque ella le importaba más de lo que era capaz de controlar o soportar.

—Pero él lo sabe —afirmó ella observándolo—. Lo sabe. Estaba tan encendido que era posible abrirse paso por Londres con su luz.

Tellman seguía mirándola fijamente.

—Le vi la cara a la luz de la farola de Mitre Square —explicó ella—. ¡Allí es donde Jack mató a Kate Eddowes... y él lo sabía! ¡Remus lo sabía! ¡Por eso estaba allí!

De pronto él comprendió lo que implicaban sus palabras.

—¡Lo seguiste hasta allí de noche! —Estaba horrorizado—. ¡Fuiste sola... hasta Mitre Square! —Oyó su propia voz ascender de escala, temblorosa y fuera de control—. ¿Qué ha sido del cerebro con que naciste? ¡Piensa en lo que podría haberte pasado! —Cerró los ojos con tanta fuerza que le dolieron, tratando de apartar de sí las imágenes que le habían quedado grabadas. Recordaba las fotos de los cadáveres de hacía cuatro años, odiosas deformaciones del cuerpo humano, un atentado contra el decoro de la muerte.

Y Gracie había ido allí de noche, siguiendo a un hombre que podría haber sido cualquier cosa.

—¡Estúpida...! —exclamó—. Estúpida... —Ninguna de las palabras que acudieron a su mente era adecuada para describir su temor por ella, la rabia y al mismo tiempo el alivio, y la furia contra su propia vulnerabilidad, porque si le hubiera ocurrido algo a Gracie, nunca habría vuelto a ser feliz.

No hizo caso de la gente que se detuvo a mirarlo, ni siquiera de un caballero entrado en años que titubeó junto a Gracie, preocupado por la seguridad de esta. Por lo visto decidió que era un asunto conyugal y se apresuró a seguir su camino.

Tellman no quería preocuparse tanto, ni por Gracie ni por nadie, y menos por ella. Era una joven irritable, totalmente equivocada en todos los temas que importaban, y él ni siquiera le gustaba, ¿cómo iba a quererlo? ¡Y estaba decidida a seguir sirviendo a los Pitt! La sola idea de estar al servicio de alguien le producía dentera, como el ruido de un cuchillo deslizándose sobre cristal.

—¡Eres estúpida! —repitió a voz en grito al tiempo que alzaba el brazo como si fuera a arrojar algo al suelo, solo que no tenía nada que arrojar—. ¿No te paras a pensar nunca en lo que haces?

Esta vez ella también se enfadó. Había estado asustada, pero él la había insultado y no pensaba tolerarlo.

—¡Bueno, he averiguado qué anda buscando Remus, que es más de lo que has conseguido tú! —replicó—. Si yo soy estúpida, ¿qué eres tú? ¡Y si estás demasiado rabioso para entender lo que te he dicho y utilizarlo para ayudar al señor Pitt, tendré que hacerlo yo misma! ¡No sé cómo, pero lo haré! Encontraré otra vez a Remus y le diré que sé qué se propone y que si no me dice...

—¡Oh, no lo harás! —Tellman la cogió de la muñeca cuando ella daba media vuelta para irse, casi chocando con una mujer corpulenta con un vestido de rayas.

—¡Suéltame! —Gracie trató de zafarse, pero Tellman la sujetaba con fuerza. Se inclinó y le mordió.

Él gritó del dolor y la soltó.

—¡Bestia!

La mujer corpulenta se apresuró a alejarse, murmurando para sí.

—¡No me pongas las manos encima! —vociferó Gracie—. ¡Y no trates de decirme lo que debo hacer o dejar de hacer! ¡No soy propiedad de nadie y hago lo que me da la gana! Puedes ayudarnos a mí y al señor Pitt, o dedicarte a insultarme, lo mismo da. ¡Averiguaremos la verdad y conseguiremos que vuelva, ya lo verás! —Esta vez las faldas se arremolinaron alrededor de ella y se marchó como un vendaval.

Tellman empezó a seguirla, luego se detuvo. Le dolía mucho la mano y sin darse cuenta se la llevó a los labios. De todos modos no tenía ni idea de qué decirle. Se sentía abatido. Quería ayudar, por Pitt y porque era lo correcto, pero también por Gracie. Esa jovencita tendría que confiar en él, y él se haría digno de esa confianza.

Estaba aterrorizado por ella; era un sentimiento nuevo y espantoso, un miedo como ningún otro, que lo paralizaba y confundía.

Gracie se detuvo a unos pasos y se volvió de nuevo hacia él.

—¿Vas a quedarte ahí parado como una maldita farola? —preguntó.

Él se acercó a ella a grandes zancadas.

—¡Voy a buscar a Remus! —anunció con gravedad—. Y tú te irás a Keppel Street antes de que la señora Pitt te despida por no hacer tu trabajo. Supongo que no se te ha ocurrido pensar que ha estado muerta de preocupación por no saber dónde te habías metido... ¡como si no tuviera suficientes preocupaciones! —Atribuyó a Charlotte sus propios sentimientos—. Seguramente se ha pasado en vela la mitad de la noche, imaginando todas las cosas horribles que podrían haberte ocurrido. Está sola, sin saber qué hacer o decir, ¡y tú deberías estar ayudándola!

Gracie lo miró, sopesando sus palabras.

—Así pues, ¿vas a buscar a Remus? —preguntó desafiándolo.

—¿Estás sorda? ¡Acabo de decírtelo!

Ella sorbió por la nariz.

—Entonces creo que te he dicho todo. Iré a casa y prepararé algo para cenar... tal vez hasta haga un bizcocho. —Se encogió de hombros y se alejó de nuevo.

—¡Gracie!

—¿Sí?

—Lo has hecho muy bien... has estado genial, de veras. ¡Pero vuelve a hacerlo y te dejaré las posaderas tan amoratadas que tendrás que comer en la repisa de la chimenea durante una semana! ¿Me has oído bien?

Ella sonrió y siguió andando.

Tellman no quería sonreír, pero no pudo evitarlo. De pronto, además de miedo, experimentaba alegría, un intenso y placentero anhelo que no quería que lo abandonara.

Tellman no se planteó siquiera quedarse junto al mercado de flores tratando de localizar los objetos robados. Todavía era pronto. Si se ponía en marcha enseguida tal vez encontrara aún a Remus, podría enfrentarse a él y averiguar, por amenaza o persuasión, qué sabía exactamente. Por el bien de Pitt debía descubrir qué tenía que ver todo eso con Adinett; por el bien de todos, si Remus conocía realmente la identidad del asesino más temido que había atacado en Londres, o seguramente en cualquier otra parte. Todos los nombres aterradores palidecían al lado del de Jack el Destripador.

Se alejó presuroso con la cabeza gacha, sin mirar a derecha e izquierda por si atraía la mirada de alguien conocido. ¿Dónde estaría Remus a esa hora? Apenas eran las nueve y cinco. ¿Tal vez en casa? Había llegado tarde la noche anterior.

Cogió un coche de punto para ahorrar tiempo y dio al cochero la dirección de Remus.

Si no estaba allí, ¿dónde encontrarlo? ¿Adónde tenía pensado ir esa mañana? ¿Qué piezas del rompecabezas quedaban por hallar?

¿Qué sabía ya? El asunto de Remus estaba relacionado con un cochero llamado Nickley, que al parecer había conducido el carruaje de su señor por Whitechapel en busca de esas cinco mujeres en particular, y luego, una vez encontradas, alguien las había matado de la forma más espantosa. ¿Por qué esas mujeres, no otras? ¿Por qué se había contentado con cinco? Habían sido bastante vulgares, prostitutas de alguna clase. Había cientos de mujeres como ellas. ¡Y sin embargo, según Gracie, quienquiera que fuera había preguntado cuando menos por una de ellas por el nombre!

El coche lo llevó traqueteando por la calle sin interrumpir su concentración.

¡De modo que no era un simple loco que salía a matar! Tenía

un objetivo. ¿Por qué se habían llevado a Annie Crook de la tienda de tabaco de Cleveland Street y la habían abandonado en el Guy's Hospital? ¡Y atendida por el cirujano de la reina! ¿Por qué? ¿Quién había pagado por ello? Si estaba loca, difícilmente podía tratarse de un asunto quirúrgico.

¿Y quién era el joven al que se habían llevado al mismo tiempo de Cleveland Street, también contra su voluntad?

Al llegar pagó al cochero, pero le pidió que esperara cinco minutos mientras llamaba a la puerta. La casera le informó de que Remus había salido hacía diez minutos, pero no tenía ni idea de hacia dónde.

Tellman le dio las gracias, volvió al coche e indicó al cochero que le llevara a la estación más próxima. Tomaría el ferrocarril metropolitano hasta Whitechapel y a continuación recorrería a pie el medio kilómetro que había hasta Cleveland Street.

Durante el trayecto no paró de dar vueltas al problema. Si Remus no estaba allí y no lograba dar con él, tendría que empezar a preguntar él mismo por ahí. No se le ocurría un punto de partida mejor. Todo el misterio parecía empezar con Annie Crook. Había otras piezas que hasta la fecha no parecían guardar ninguna relación, como por qué tenía tanta importancia el hecho de que Annie Crook hubiera sido católica.

Seguramente el joven no lo era y su familia, o la de ella, había puesto objeciones. Y el padre de la muchacha, William Crook, había acabado sus días en el hospital de Saint Pancras.

¿Quién era la tal Alice, a la que el conductor del carruaje casi había arrollado no una, sino dos veces? ¿Por qué? ¿Qué clase de hombre querría asesinar a una niña de siete años?

Había muchas cosas más que averiguar, y si Remus sabía algo, Tellman debía sonsacárselo como fuera.

¿Y quién era el hombre con quien Remus se había reunido en Regent's Park y que parecía haberle dado consejos e instrucciones? ¿Y quién era el hombre con quien había discutido en Hyde Park? ¡Por lo que Gracie había descrito, no se trataba del mismo individuo!

Se apeó en Whitechapel y echó a andar a paso rápido hasta Cleveland Street, donde dobló la esquina.

Esta vez la suerte lo acompañó. Distinguió la figura de Remus a menos de cien metros de distancia, casi inmóvil, como sin saber adónde ir.

Tellman apretó el paso y lo alcanzó justo cuando se disponía a torcer a la izquierda y dirigirse a la tienda de tabaco.

Lo sujetó del brazo.

—¡Antes de que lo haga, señor Remus, me gustaría hablar con usted!

Remus dio un bote, muerto del susto.

—¡Sargento Tellman! ¿Qué demonios estás...? —Se interrumpió bruscamente.

—Buscarte. —Tellman respondió a la pregunta aunque esta no había sido completada.

El periodista adoptó un aire de inocencia.

—¿Por qué? —Se disponía a añadir algo más, pero se lo pensó mejor. Sabía qué ocurría si protestaba demasiado.

—Oh, por un montón de cosas — contestó Tellman con despreocupación, pero sin soltarle el brazo. Sentía los músculos tensos bajo sus dedos—. Podemos empezar por Annie Crook, seguir con su secuestro en el Guy's Hospital y qué fue de ella, y la muerte de su padre, y el hombre con quien te reuniste en Regent's Park, y el otro tipo con el que discutiste en Hyde Park...

Remus temblaba demasiado para disimularlo. Estaba muy pálido, y tenía el labio superior y la frente perlados de sudor, pero no dijo nada.

—Luego pasaremos al cochero que trató de atropellar a la niña, Alice Crook, y que más tarde se arrojó al río, solo que volvió a salir a nado —continuó Tellman—. Más importante aún, quiero saber quién era el ocupante del carruaje que circuló por Hanbury Street y Buck's Row en el otoño del ochenta y ocho, y cortó el cuello a cinco mujeres, entre ellas Katherine Eddowes, a quién destripó en Mitre Square, donde estuviste ayer noche. —Se interrumpió porque creyó que Remus iba a desmayarse. Siguió sujetándolo, no tanto para impedir que escapara como para sostenerlo en pie.

Remus temblaba visiblemente. Trató de tragar saliva y casi se atragantó.

—Sabes quién es Jack —añadió Tellman. No era una pregunta, sino una afirmación.

Remus tenía el cuerpo rígido, todos los músculos tensos.

El sargento oyó su propia respiración como un ruido áspero.

—Sigue vivo... ¿verdad? —dijo con voz ronca.

Remus asintió con un brusco movimiento de la cabeza.

A pesar de su miedo, en su mirada había una luz, casi un resplandor. Sudaba profusamente.

—¡Es la noticia del siglo! —exclamó, y se pasó la lengua por los labios con nerviosismo—. ¡Cambiará el mundo... te lo aseguro!

Tellman lo dudaba, pero advirtió que Remus lo creía.

—Si capturas a Jack, para mí ya es suficiente —murmuró—. Será mejor que me expliques todo, y ahora mismo. —No se le ocurrió una amenaza lo bastante efectiva, de modo que no añadió ninguna.

El desafío volvió a asomar a los ojos de Remus. Apartó el brazo para soltarse.

—¡No podrás probar nada sin mí! ¡Tendrás suerte si logras probarlo algún día!

—Tal vez no sea verdad...

—¡Ya lo creo que es verdad! —aseguró Remus, su voz llena de certeza—. Solo necesito unas pocas piezas más. Gull está muerto, pero bastará, de un modo u otro. Stephen también está muerto, pobrecillo... y Eddy. Aun así lo demostraré, a pesar de ellos.

—Lo demostraremos —corrigió Tellman, con semblante sombrío.

—¡No te necesito!

—Ya lo creo que me necesitas, o lo anunciaré a bombo y platillo —amenazó Tellman—. Me trae sin cuidado la noticia, eso te lo dejo para ti; lo que quiero es la verdad, por otros motivos, y la averiguaré tanto si consigo una noticia como si me la cargo.

—¡Entonces alejémonos de esta tienda! —apremió Remus mirando por encima del hombro—. No nos conviene quedarnos aquí y que se fijen en nosotros. —Se volvió mientras hablaba y echó a andar de nuevo hacia Mile End Road.

El aire, húmedo y cargado, olía a tormenta.

Tellman se apresuró a seguirlo.

—Explícamelo todo —ordenó—. Y nada de mentiras. Sé mucho. Solo que todavía no he logrado relacionarlo todo.

Remus siguió avanzando sin responder.

—¿Quién es Annie Crook? —preguntó Tellman, andando a su paso—. Y más importante, ¿dónde está ahora?

Remus pasó deliberadamente por alto la primera pregunta.

—No sé dónde está —respondió sin mirarlo, y antes de que Tellman pudiera enfadarse añadió—: A estas alturas, en el manicomio, diría yo. La declararon loca y la encerraron. No sé si todavía vive. No hay ninguna ficha de ella en el Guy's, pero sé que la llevaron allí y la mantuvieron recluida durante meses.

—¿Quién era su amante? —continuó Tellman. A lo lejos retumbaron unos truenos sobre los tejados y cayeron unas gotas de lluvia.

Remus se paró tan súbitamente que Tellman dio unos pasos más antes de detenerse a su vez.

El periodista le miraba con los ojos como platos; de repente se echó a reír, un sonido estridente, histérico. Varias personas se volvieron en la calle para mirarlo.

—¡Basta! —Tellman quería abofetearle, pero habría atraído aún más atención sobre ellos—. ¡Cállate!

Remus tragó saliva y se contuvo con esfuerzo.

—No sabes nada de nada, ¿verdad? Estás haciendo hipótesis. Lárgate. ¡No te necesito!

—Sí me necesitas —afirmó Tellman con seguridad—. Todavía no cuentas con todas las respuestas, y no puedes tenerlas o ya las tendrías. Pero sabes lo bastante para estar asustado. ¿Qué más te hace falta? Tal vez pueda ayudarte. Soy policía. Puedo formular preguntas que tú no puedes hacer.

—¡Policía! —Remus soltó una carcajada llena de cólera y desdén—. ¿Policía? Abberline era policía... ¡y Warren también! Con un cargo importantísimo... nada menos que inspector.

—Sé quiénes son —replicó Tellman con aspereza.

—Por supuesto —repuso Remus asintiendo, con los ojos muy brillantes. Llovía con más fuerza—. ¿Sabes también lo que hicieron? Porque si lo supieras, pronto te encontrarías degollado en uno de esos callejones. —Retrocedió un paso mientras lo decía, casi como si temiera que Tellman fuera a abalanzarse de pronto sobre él.

—¿Insinúas que Abberline y Warren estaban involucrados? —inquirió Tellman.

El desdén de Remus se extinguía.

—¡Desde luego! ¿Cómo crees que se encubrió todo si no? Era absurdo.

—¡Eso es ridículo! —exclamó Tellman en alto. Apenas si reparaba en la lluvia, que les calaba hasta los huesos—. ¿Por qué alguien como Abberline había de encubrir un asesinato? Su nombre habría pasado a la historia si hubiera resuelto el caso. ¡El hombre que capturara al asesino de Whitechapel habría podido ponerse un precio!

—Hay cosas aún más importantes que eso —afirmó Remus con aire sombrío, si bien su rostro volvía a traslucir tensión y excitación, y tenía los ojos brillantes. El agua de la lluvia le corría por las mejillas y le pegaba el pelo a la cabeza. Volvieron a retumbar truenos sobre los tejados—. Esto va más allá de la fama o el dinero, créeme, Tellman. Si no me equivoco, y puedo demostrarlo, cambiará Inglaterra para siempre.

—¡Bobadas! —Tellman lo negó con rotundidad. Quería que fuera mentira.

Remus le dio la espalda. Tellman volvió a sujetarlo y le hizo detenerse en seco.

—¿Por qué iba Abberline a encubrir los peores crímenes que han ocurrido nunca en Londres? ¡Era un hombre decente!

—Por lealtad —respondió Remus con voz ronca—. Hay lealtades que están por encima de la vida o la muerte, lealtades más profundas que el mismo infierno. —Se llevó una mano al cuello—. Ciertas cosas por las que un hombre... algunos hombres... venderían su alma. Abberline es uno de ellos. Warren otro, y el cochero Netley...

—¿Netley? —preguntó Tellman—. ¿Te refieres a Nickley?

—No, se llama Netley. Mintió cuando dijo llamarse Nickley en el Westminster Hospital.

—¿Qué tiene ese tipo que ver con ellos? ¡Conducía el carruaje por Whitechapel! ¡Sabía quién era Jack y por qué este hizo lo que hizo!

—Por supuesto que lo sabía... y sigue sabiéndolo. Me atrevería a decir que se irá a la tumba sin decírselo a nadie.

—¿Por qué trató de matar a la niña... dos veces?

Remus sonrió, dejando ver su dentadura.

—Te lo repito; no sabes nada.

Tellman estaba desesperado. La idea de que hubieran echado a Pitt de Bow Street porque se había empeñado en defender la verdad lo enfurecía. Charlotte se había quedado sola, preocupada y asustada, y Gracie estaba decidida a ayudar a toda costa y sin importarle el peligro. La monstruosa injusticia de todo ello era insoportable.

—Sé dónde encontrar a muchos policías jubilados —susurró—. No solo a Abberline o al inspector Warren, sino a unos cuantos más, hasta las altas esferas, si es preciso. ¡Puede que esos dos estén jubilados, pero los demás no lo están!

Remus estaba blanco como el papel y tenía los ojos muy abiertos.

—¡No... no lo harás! ¿Serías capaz de echármelos encima sabiendo lo que hicieron? ¿Sabiendo lo que encubrieron?

—¡No lo sé! —exclamó Tellman—. No a menos que me lo expliques.

Remus tragó saliva y se pasó el dorso de la mano por la boca. Había miedo en su mirada.

—Ven conmigo. Pongámonos a cubierto. Entremos en esa taberna. —Señaló al otro lado de la calle.

Tellman aceptó complacido. Tenía la boca seca y había recorrido a pie una distancia considerable. No le preocupaba la lluvia. Los dos estaban calados hasta los huesos.

Un relámpago en forma de horca apareció fugazmente en el cielo, seguido de un trueno que retumbó sobre sus cabezas, casi desgarrador.

Diez minutos después estaban sentados en un tranquilo rincón del establecimiento con sendas jarras de cerveza, y el olor a serrín y ropa húmeda alrededor.

—Bien —dijo Tellman—, ¿con quién te encontraste en Regent's Park? Si te pillo mintiendo tendrás problemas.

—No lo sé —respondió Remus al instante, con expresión afligida—. Esa es la verdad, y que Dios me asista. Era el hombre que me metió en todo esto. Admito que no te diría quién era si lo supiera, pero no lo sé.

—No es un buen comienzo, Remus —advirtió Tellman.

—¡No lo sé! —protestó él con una nota de desesperación en la voz.

—¿Qué hay del hombre de Hyde Park con quien discutiste y a quien acusaste de ocultar una conspiración? ¿Otro misterioso informante?

—No. Ese era Abberline.

Tellman sabía que Abberline había estado a cargo de la investigación de los asesinatos de Whitechapel. ¿Había ocultado pruebas o hasta averiguado la identidad del Destripador y no la había revelado? De ser así, su crimen era monstruoso. A Tellman no se le ocurría ninguna explicación que pudiera justificarlo.

Remus lo observaba.

—¿Por qué iba a querer encubrirlo Abberline? —inquirió Tellman de nuevo. Luego formuló la pregunta que no podía borrar de su mente—: ¿Qué tiene que ver Adinett con todo esto? ¿Él también estaba al tanto?

—Creo que sí. Desde luego andaba tras algo. Estuvo en Cleveland Street, preguntando en la tienda de tabaco y en casa de Sickert.

—¿Quién es Sickert?

—Walter Sickert, el artista. Era en su estudio donde se veían. Estaba en Cleveland Street hace cuatro años —respondió Remus.

Tellman lanzó una hipótesis.

—¿Los amantes? ¿Annie Crook, que era católica, y el joven?

Remus hizo una mueca.

—Sí, era allí donde se veían, si quieres expresarlo así.

Tellman asumió por sus palabras que se trataba de algo más que meros encuentros, pero seguía escapándosele el quid de todo ello. ¿Qué tenía que ver eso con un asesino loco y cuatro mujeres muertas y mutiladas?

—Lo que dices no tiene sentido. —Se inclinó ligeramente sobre la mesa que los separaba—. Quienquiera que fuera, o sea, Jack, buscaba a unas mujeres en concreto. Preguntó por ellas por su nombre, al menos en el caso de Annie Chapman. ¿Por qué? ¿Por qué preguntaste por la muerte de William Crook en el Saint Pancras y por el loco de Stephen en Northampton? ¿Qué relación tiene Stephen con Jack?

—Que yo sepa… —Remus aferró con sus delgadas manos la jarra de cerveza, que tembló un tanto, y agitó el contenido—, Stephen fue preceptor del duque de Clarence y era amigo de Walter Sickert. Fue él quien los presentó.

—¿Al duque de Clarence y a Walter Sickert? —inquirió Tellman despacio.

La voz de Remus casi se ahogó en su garganta.

—¡Al duque de Clarence y a Annie Crook, estúpido!

Tellman notó que todo empezaba a darle vueltas, como si estuviera en alta mar en medio de una tormenta. El futuro heredero al trono con una joven católica del East End. Sin embargo, el príncipe de Gales tenía queridas en todas partes. Ni siquiera se mostraba particularmente discreto. Si Tellman lo sabía, probablemente era del dominio público.

Remus dedujo por la expresión de su rostro que no lo comprendía.

—Por lo que yo sé, Clarence... o Eddy, como lo llamaban, era bastante torpe, y sus amigos sospechaban que le atraían tanto los hombres como las mujeres.

—Stephen... —dijo Tellman.

—Eso es. Stephen, su preceptor, le dio a conocer una clase de diversión más aceptable al presentarle a Annie. Era muy sordo, el pobrecillo, lo mismo que su madre, y le resultaba bastante difícil entablar conversación en reuniones de carácter social. —Por primera vez había una nota de compasión en la voz de Remus, y su rostro traslució una repentina tristeza—. Pero no salió como esperaban. Se enamoraron... se enamoraron de verdad. Lo esencial es... —Miró a Tellman con una extraña mezcla de piedad y euforia. Le temblaban aún más las manos—. Lo esencial es que podrían haberse casado.

Tellman sacudió la jarra con tal fuerza que derramó la cerveza en la mesa.

—¿Cómo?

Remus hizo un gesto de asentimiento, temblando. Bajó la voz hasta susurrar:

—Por eso Netley, el cochero del pobre Eddy, que solía llevarlo a Cleveland Street para que viera a Annie, trató dos veces de matar a la niña, pobrecilla...

—¿La niña? —De pronto todo estaba claro—. Alice Crook... —Tellman aspiró y casi se atragantó—. ¿Alice Crook era la hija del duque de Clarence?

—Es muy probable... ¡Una hija natural! ¡Y Annie era católica! —A continuación Remus murmuró—: ¿Recuerdas el Acta de Establecimiento?

—¿Qué?

—El Acta de Establecimiento —repitió Remus. Tellman tuvo que inclinarse sobre la mesa para oírle—. La aprobaron en 1701, pero sigue estando en vigor. ¡Excluye a toda persona casada con un católico romano a heredar el trono! Y lo mismo establece la Declaración de Derechos de 1689.

Tellman empezaba a comprender la magnitud de todo ello. Era espantoso. Ponía en peligro el trono, la estabilidad del gobierno y todo el país.

—¡De modo que los obligaron a separarse! —Era la única conclusión posible—. ¡Secuestraron a Annie y la encerraron en un manicomio... ¿Y qué fue de Eddy? ¿Murió? ¿O... sin duda...?

—No fue capaz de decirlo. De pronto ser príncipe se había convertido en algo terrible, un ser humano desamparado, aterrado y aislado, contra una conspiración que llegaba a todas partes.

Remus lo miraba todavía con compasión.

—Quién sabe. —Meneó la cabeza—. El pobrecillo apenas podía oír y tal vez fuera un poco simple. Al parecer quería muchísimo a Annie y a la niña. Tal vez armó un escándalo por ellas. Era sordo, estaba solo y confundido... —Volvió a interrumpirse, con el rostro lleno de conmiseración por un hombre al que nunca había visto, pero cuyo dolor imaginaba demasiado bien.

Tellman miró los carteles ajados y los garabatos que había en la pared que tenía ante sí, profundamente agradecido de estar allí en lugar de en un palacio, observado por cortesanos asesinos, un servidor del trono sin ninguna autoridad.

—¿Por qué las cinco mujeres? —preguntó por fin—. ¡Tiene que haber una razón!

—Y la había —aseguró Remus—. ¡Eran las que sabían todo! Eran amigas de Annie. Si hubieran sospechado qué tramaban ellos, se habrían esfumado, pero no tenían ni idea. Corre el rumor de que eran avariciosas, al menos una de ellas, y arrastró a las demás. Pidieron dinero a Sickert a cambio de su silencio. Él informó a sus jefes, y estos las redujeron al silencio; el silencio de una tumba bañada en sangre.

Tellman ocultó el rostro entre las manos y permaneció inmóvil, totalmente pasmado. ¿Era Lyndon Remus el que estaba loco en realidad? ¿Podía ser verdad algo de esa atroz historia? Levantó la vista despacio, bajando las manos.

—¿Crees que estoy loco? —preguntó Remus, como si le hubiera leído el pensamiento.

Tellman hizo un gesto de asentimiento.

—Sí...

—No puedo probarlo... aún, pero lo haré. Es verdad. ¡Analiza los hechos!

—Lo estoy haciendo y no demuestran nada. ¿Por qué se mató Stephen? ¿De qué modo estaba involucrado?

—Fue el que los presentó. El pobre Eddy pintaba bastante bien. Era cosa de la vista, ¿entiendes? No necesitaba tener oído para eso. Stephen le apreciaba. —Se encogió de hombros—. Tal vez estaba enamorado de él. De todos modos, cuando se enteró de que había muerto, sabe Dios qué pensó, pero se quitó la vida.

Culpabilidad, tal vez. O tal vez no. Acaso solo tristeza. Eso no cambia nada.

—¿Quién mató entonces a las mujeres? —preguntó Tellman.

Remus meneó la cabeza levemente.

—No lo sé. Sospecho que lo hizo sir William Gull. Es el médico de la familia real.

—¿Y Netley conducía el coche por Whitechapel en su busca, para que Gull las cosiera a puñaladas? —Tellman se sorprendió temblando con un frío interno que el calor de la taberna no podía hacer nada por aliviar. La pesadilla estaba dentro de él.

Remus asintió de nuevo.

—En el carruaje. Por eso nunca hubo mucha sangre, y por eso nunca lo cogieron en flagrante.

Tellman apartó de sí lo que quedaba de cerveza. La sola idea de comer o beber algo le producía náuseas.

—Solo queda atar los últimos cabos —continuó Remus sin tocar tampoco su jarra—. Necesito averiguar más de Gull.

—Está muerto —señaló Tellman.

—Lo sé. —Remus se inclinó hacia el sargento. En el local el ruido iba en aumento y cada vez resultaba más difícil hacerse oír—. De todos modos eso no cambia la verdad. Y necesito recabar toda la información posible. Todas las conjeturas del mundo no servirán de nada sin hechos irrebatibles. —Miró a Tellman fijamente—. Y tú podrías acceder a cosas que a mí me están vedadas. Los involucrados saben quién soy y no me contarán nada más. No tengo ningún pretexto. ¡Pero tú sí puedes actuar! Podrías decir que está relacionado con un caso, y ellos hablarían contigo.

—¿Qué vas a hacer tú? —preguntó Tellman—. ¿Qué más necesitas? ¿Y por qué? ¿Qué piensas hacer con todo ello cuando lo tengas, si alguna vez lo tienes? Es inútil ir a la policía. Gull está muerto. Tanto Abberline como Warren están jubilados. ¿Estás buscando al cochero?

—Busco la verdad, dondequiera que esté —respondió Remus con aire sombrío. Un hombre corpulento se detuvo indeciso cerca de ellos y el periodista esperó a que se hubiera alejado para continuar—. Lo que en realidad quiero es al hombre que hay detrás de esto, el que envió a los demás a hacer estas cosas. Es posible que nunca haya estado en un radio de ocho kilómetros de Whitechapel, pero es el alma y el cerebro del Destripador. Los demás solo eran unos mandados.

Tellman tenía que preguntar. Estaban rodeados de los ruidos de la vida cotidiana: conversaciones, risas, tintineo de vasos, arrastrar de pies. Parecía tan sano, tan normal, que las cosas de las que hablaban no podían ser ciertas. Y sin embargo, si abordabas a cualquiera de esos hombres de la taberna y mencionabas el horror de hacía cuatro años, se produciría un repentino silencio, la sangre abandonaría los rostros y las miradas se tornarían frías y temerosas. Aun ahora sería como si alguien hubiera abierto una puerta interna a una oscuridad del alma.

—¿Sabes quién es? —La voz de Tellman sonó áspera. Necesitaba beber para aliviar la sequedad, pero la sola idea de hacerlo le hizo atragantar.

—Creo que sí —respondió Remus—, pero no voy a decírtelo, de modo que es inútil que me preguntes. Es lo que ando buscando. Tú indaga sobre Gull y Netley. No te acerques a Sickert. —Había una severa advertencia en su rostro—. Te doy dos días, reúnete conmigo aquí.

Tellman aceptó. No tenía otra elección, a pesar de lo que pudiera hacer Wetron u otro. Remus tenía razón; si las suposiciones de este eran ciertas, se trataba de un asunto mucho más importante que cualquier crimen individual, más incluso que resolver los asesinatos más terribles ocurridos nunca en Londres.

Sin embargo, no podía olvidar a Pitt y la razón inicial que le había llevado a preguntar.

—¿Cuánto sabía Adinett de todo esto?

—No estoy seguro. Algo, de eso no cabe duda. Estaba enterado de que se habían llevado a Annie Crook de Cleveland Street y la habían ingresado en el Guy's, y que también se habían llevado a Eddy.

—¿Y Martin Fetters? ¿Dónde encaja él? ¿Qué sabía?

—¿Quién es Martin Fetters? —Remus pareció desconcertado por un instante.

—¡El hombre a quien Adinett asesinó! —exclamó Tellman con aspereza.

—¡Oh! —La confusión de Remus se despejó—. No tengo ni idea. Si hubiera sido al revés y Fetters hubiera matado a Adinett, habría dicho que Fetters era uno de ellos.

Tellman se levantó. Cualquier cosa que fuera a hacer, debía hacerlo enseguida. Si Wetron lo sorprendía una vez más faltando a sus obligaciones, podría despedirlo. Si confiase en Wetron o en alguien que no fuera Pitt y les contara lo que sabía, le darían tiempo y casi sin duda le ayudarían. Sin embargo, ignoraba hasta dónde se extendía el Círculo Interior, o dónde estaba la lealtad de cada uno. Debía actuar solo.

Salió de la taberna a la lluvia cada vez más ligera.

Si había sido sir William Gull quien había cometido actos tan atroces, entonces debía averiguar por sí mismo todo lo posible sobre él. Tenía la cabeza plagada de pensamientos e imágenes cuando echó a andar hacia la calle principal y la parada más cercana de ómnibus. Se alegró de que este avanzara despacio. Necesitaba tiempo para digerir lo que Remus acababa de explicarle y decidir qué hacer a continuación.

Si era cierto que el duque de Clarence se había casado con Annie Crook, fuera cual fuese la forma que hubiera tomado la ceremonia, y había una hija de por medio, no era de extrañar que ciertas personas hubieran sentido pánico y tratado de mantenerlo en secreto. Al margen de las leyes de sucesión al trono, el sentimiento anticatólico que se respiraba en el país era bastante intenso, y la noticia de tal alianza habría bastado para sacudir la monarquía, ya frágil en esos momentos.

Pero si salía a la luz que los asesinatos más horribles del siglo habían sido cometidos por simpatizantes monárquicos, tal vez hasta con el consentimiento de la familia real, estallaría la revolución en las calles, y el trono sería arrasado por una marea de indignación que podría llevarse consigo también al gobierno. Lo que resultaría de ello sería extraño, desconocido y difícilmente mejor.

Sin embargo, fuera lo que fuese, Tellman pensaba con consternación en la violencia, el peso de la cólera que haría pedazos tantas cosas buenas así como las relativamente pocas que no lo eran. ¿Cuánta gente corriente que ahora salía adelante vería desaparecer todo cuanto poseía? La revolución cambiaría a los que estaban en el poder, pero no crearía más comida, viviendas, ropa, empleos dignos ni nada duradero para hacer la vida más próspera y segura.

¿Quién formaría el nuevo gobierno cuando desapareciera el viejo? ¿Serían forzosamente más sabios o más justos?

Se apeó del ómnibus y subió por la cuesta hacia el Guy's Hospital. No había tiempo para sutilezas. En cuanto Remus dispusiera de lo que en su opinión eran suficientes pruebas, lo haría público. ¡Se aseguraría de ello el hombre de Regent's Park que lo había apremiado!

¿Quién era ese hombre? El mismo Remus había afirmado que no lo sabía. En esos momentos no tenía tiempo para averiguarlo, pero el móvil estaba claro: la revolución en Inglaterra, y con ella el fin de la seguridad y la paz, aun con todas sus injusticias.

Tellman subió por las escaleras del hospital y entró por la puerta principal.

Durante el resto del día habló con media docena de personas sobre lo que recordaban del difunto sir William Gull para formarse una impresión de él. Lo que cobró poco a poco forma fue un hombre dedicado a la ciencia de la medicina, sobre todo al conocimiento del funcionamiento del cuerpo humano, su estructura y su mecánica. Parecía más impulsado por un afán de aprender que de curar. Lo movía la ambición personal, así como una visible aunque limitada compasión que lo llevaba a intentar aliviar el sufrimiento.

Se enteró de una anécdota sobre el trato que Gull había dispensado a un paciente que había fallecido. Gull decidió practicarle la autopsia, y la hermana mayor del difunto, preocupada porque el cuerpo no quedara mutilado, insistió en permanecer en la sala durante la operación.

Gull, lejos de poner reparos, realizó todo el procedimiento delante de ella y, una vez extirpado el corazón, se lo guardó en el bolsillo para llevárselo y quedárselo. Eso ponía de manifiesto una vena cruel en él que a Tellman le pareció incompatible con los sentimientos de los pacientes y sus parientes.

No obstante, era incuestionable que había sido un buen médico, y servido no solo a la familia real, sino también a lord Randolph Churchill y su familia.

Tellman comprobó que no había ningún expediente de la estancia de Annie Crook en el Guy's, pero tres miembros del personal del hospital la recordaban bien y afirmaron que sir William le había practicado una operación de cerebro, después de lo cual la mujer perdió la escasa memoria que le quedaba. En opinión de esas personas, sufría sin duda de alguna forma de demencia, al menos cuando la llevaron allí y durante los ciento cincuenta y seis días de su estancia.

Ignoraban qué había sido de ella. Una enfermera entrada en años parecía consternada por ello, y todavía se indignaba al pensar en la suerte de una joven a la que había sido incapaz de ayudar en su confusión y desesperación.

Tellman se marchó poco después del anochecer. No podía esperar más. Aun a riesgo de poner en peligro la misión de Pitt en Spitalfields, que creía en gran medida ineficaz de todos modos, debía dar con él y explicarle todo cuando había averiguado. Era mucho más terrible que cualquier conspiración anarquista de volar un edificio.

Fue en tren hasta Aldgate Street, luego caminó a paso rápido por Whitechapel High Street y Brick Lane hasta la esquina de Heneagle Street. Wetron podía despedirlo si alguna vez se enteraba de ello, pero había en juego algo más que la carrera de un hombre, ya fuera la suya o la de Pitt.

Llamó a la puerta de Karansky y esperó.

Transcurrieron varios minutos antes de que un hombre al que apenas veía a la tenue luz la abriera unos dedos. No veía más que el contorno de la cabeza y los hombros contra el fondo. Tenía una abundante cabellera y era un poco cargado de espaldas.

—¿Señor Karansky? —susurró Tellman.

—¿Quién es usted? —La voz traslucía recelo.

Tellman ya había tomado una decisión.

—El sargento Tellman. Necesito hablar con su inquilino.

En la voz de Karansky había miedo.

—¿Su familia? ¿Ha ocurrido algo?

—¡No! —se apresuró a responder Tellman, reconfortado por una repentina sensación de normalidad, donde el afecto era posible y la oscuridad de fuera, algo temporal y bajo control—. No, pero me he enterado de algo que debo comunicarle cuanto antes. —Y añadió—: Siento molestarle.

Karansky abrió más la puerta.

—Pase, pase —invitó—. Su habitación está en lo alto de las escaleras. ¿Quiere comer algo? Tenemos… —A continuación se interrumpió, avergonzado.

Tal vez tenían muy poco que ofrecer.

—No, gracias —rehusó Tellman—. He cenado antes de venir. —Era mentira, pero no importaba. Había que mantener la dignidad.

Karansky quizá no se lo había propuesto, pero se traslucía alivio en su voz.

—Entonces será mejor que vaya a buscar al señor Pitt. Llegó

hace media hora. A veces jugamos un rato al ajedrez, o charlamos, pero esta noche ha llegado tarde. —Estaba a punto de agregar algo más, pero cambió de opinión. Se respiraba ansiedad en el ambiente, como si esperaran algo inquietante y peligroso, y se protegieran contra el dolor. ¿Siempre era así en ese lugar, el esperar a que estallara la violencia, la incertidumbre de cuál sería el siguiente desastre, solo la certeza de que iba a llegar?

Tellman le dio las gracias, subió por las estrechas escaleras y llamó a la puerta que Karansky le había indicado.

La respuesta fue inmediata, pero distraída, como si Pitt supiera quién era y casi lo esperara.

Tellman abrió la puerta.

Pitt estaba sentado en la cama, con los hombros echados hacia delante, absorto en sus pensamientos. Tenía un aspecto más desaliñado que de costumbre, el cabello despeinado y demasiado largo, pero los puños de la camisa que llevaba estaban pulcramente zurcidos, y encima de la cómoda había una montaña de ropa limpia, bien planchada.

Cuando Tellman cerró la puerta sin hablar, Pitt advirtió que no era Karansky y levantó la mirada. Quedó boquiabierto de asombro, luego de inquietud.

—¡No pasa nada! —se apresuró a decir Tellman—. Me he enterado de algo y tenía que contárselo esta misma noche. Es… —Se llevó una mano al pelo y se lo echó como siempre hacia atrás—. Bueno, en realidad sí pasa algo. —Se dio cuenta de que temblaba—. Es lo más… lo más gordo… lo más espantoso y terrible que he oído nunca, si es cierto. ¡Y va a destruirlo todo!

Mientras Tellman se lo explicaba, los últimos restos de color desaparecieron del rostro de Pitt, que permaneció paralizado del horror hasta que empezó a temblarle el cuerpo de forma incontrolable, como si el frío le hubiera penetrado en los huesos.

10

Era casi medianoche cuando Tellman llegó a Keppel Street, pero a la mañana siguiente no tendría ocasión de informar a Gracie y Charlotte de lo que había averiguado. Y debían saberlo. Esa terrible conspiración era más importante que el empleo, o hasta la seguridad, de cualquier individuo. Ocultárselo no las protegería. Nada de lo que él o Pitt dijeran podría detenerlas en su búsqueda de la verdad. En ambas mujeres la devoción hacia Pitt y su sentido de la justicia eran mucho más poderosos que cualquier noción de la obediencia que hubieran podido tener.

Por lo tanto, debían contar con la escasísima protección que podía proporcionarles una información de tal enormidad.

Y ellas tal vez podrían ayudar. Se lo repitió a sí mismo mientras permanecía en el umbral y levantaba la vista hacia las ventanas oscuras. Él era agente de policía, ciudadano de un país que corría un serio riesgo de verse sumido en una violencia de la que podría no salir en años, y aun cuando lo hiciera, gran parte de su patrimonio e identidad podrían ser destruidos. No podía anteponer la seguridad de dos mujeres, por mucho que admirara a una y amara a la otra.

Alzó la aldaba de latón y la dejó caer con un ruido sordo que resonó en el silencio. No se movía nada en la calle. Llamó otra vez, y otra.

En el piso de arriba se encendió una luz, y unos minutos más tarde Charlotte en persona acudió a abrir, con los ojos muy abiertos de miedo; el cabello, una sombra oscura sobre los hombros.

—No se alarme —dijo Tellman al instante, consciente de los temores de la mujer—. Debo decirles algo.

Charlotte abrió más la puerta y lo hizo pasar. Acto seguido llamó a Gracie y condujo a Tellman a la cocina. Vació la ceniza de la estufa y añadió más carbón. Él se inclinó demasiado tarde para ayudarla, sintiéndose incómodo. Ella le sonrió y puso agua a hervir.

Cuando Gracie apareció, con el pelo enmarañado y, a los ojos de Tellman, el aspecto de una niña de catorce años, se sentaron a la mesa con una taza de té cada uno, y él les explicó lo que había averiguado a través de Lyndon Remus y lo que eso implicaba.

Eran casi las tres de la madrugada cuando Tellman salió por fin a las calles oscuras para volver a su casa. Charlotte le había ofrecido que se quedara a dormir en la sala de estar, pero él había rehusado. No le parecía decoroso y necesitaba la amplitud y la soledad de la calle para pensar.

Cuando Charlotte despertó era de día. Al principio lo único que recordó fue que Pitt no estaba con ella. El espacio a su lado era la clase de vacío que uno experimenta cuando se le ha caído un diente, dolorido, tierno, extraño.

Luego recordó la visita de Tellman y todo cuanto este les había explicado de los asesinatos de Whitechapel, el príncipe Eddy y Annie Crook, y la terrible conspiración para ocultar los hechos.

Se incorporó y apartó las sábanas a un lado. No tenía sentido permanecer más tiempo en la cama. En ella no había calor, ni físico ni emocional.

Empezó a lavarse y a vestirse mecánicamente. Era curioso lo mucho menos agradable que resultaba algo tan simple como cepillarse y ondularse el pelo ahora que no estaba Pitt para verlo, o incluso para hacerla enfadar tocándolo y quitándole de nuevo las horquillas. Añoraba sus caricias aún más que el sonido de su voz. Era un dolor físico en su interior, como el del hambre.

Debía concentrarse en el problema. No había tiempo para la autocompasión. ¿Había matado John Adinett a Fetters porque este estaba involucrado en una conspiración para encubrir al asesino de Whitechapel y el papel de la familia real en todo el asunto? De ser así, Adinett debería haberlo denunciado y hecho responder de su crimen, fuera cual fuese el grado en que había participado.

Sin embargo, tal teoría carecía de sentido. Fetters era republicano. Habría sido el primero en revelarlo. Tenía que ser al revés: Fetters había descubierto la verdad y pensaba darla a conocer, y Adinett le había matado para impedirlo. Eso explicaría por qué no había podido contárselo a nadie, ni siquiera para salvar su vida. Había ido a Cleveland Street para preguntar por el primer crimen de 1888, pero después de las indagaciones que había efectuado Fetters ese año. Debía de haberse dado cuenta de que este lo sabía e iba a divulgarlo inevitablemente, para sus propios fines. Y aparte de proteger a los hombres que habían cometido los horribles asesinatos, quería guardar el secreto por el que estos habían matado. Tanto si era monárquico como si no, no quería una revolución, y toda la violencia y la destrucción que esta traería irremediablemente.

Charlotte bajó despacio por las escaleras sin dejar de dar vueltas a ese pensamiento. Recorrió el pasillo de la cocina y oyó a Gracie aporrear sartenes y salpicar al llenar el cazo de agua para hervir. Todavía era temprano. Tenía tiempo para tomar una taza de té antes de despertar a los niños.

Gracie se volvió al oír los pasos de Charlotte. Parecía cansada, con el pelo más desarreglado que de costumbre, pero al verla entrar sonrió al instante. En su mirada se advertía tanta valentía y resolución que infundió a Charlotte un rayo de esperanza.

Gracie se colocó los mechones sueltos detrás de las orejas, y dio media vuelta para atizar con vigor el fuego y avivar las llamas a fin de que el agua hirviera. Blandía el atizador como si destripara a un enemigo mortal.

Charlotte pensó en voz alta mientras iba a la despensa a buscar leche, mirando por dónde pisaba porque los gatos caminaban en círculos alrededor de ella, como si estuvieran decididos a hacerla tropezar. Les sirvió un poco de leche en un plato, y arrancó un trozo de corteza de pan que dejó caer al suelo. Los animales se pelearon por él y lo hicieron rodar con las patas, persiguiéndolo y lanzándose sobre él.

Gracie preparó el té. Las dos mujeres se sentaron en silencio cordial y lo bebieron a sorbos mientras todavía estaba demasiado caliente. Luego Charlotte subió para despertar primero a Jemima y luego a Daniel.

—¿Cuándo volverá papá? —preguntó Jemima mientras se lavaba la cara, siendo bastante generosa con el agua—. Dijiste que pronto. —Su voz sonaba acusadora.

Charlotte le tendió la toalla. ¿Qué debía responder? Percibía la severidad, y sabía que era producto del miedo. La vida había sufrido cambios y ninguno de los dos niños sabía por qué. Lo inexplicable tornaba el mundo aterrador. Si un progenitor podía marcharse y no regresar, tal vez el otro también lo hiciera. ¿Qué era menos malo, la verdad incierta y peligrosa, o una mentira más agradable que les permitiría pasar los próximos días, pero en la que podrían pillarla al final?

—¿Mamá? —Jemima no estaba dispuesta a esperar.

—Creía que vendría pronto —contestó Charlotte, ganando tiempo—. Es un caso difícil, más de lo que se pensaba.

—¿Por qué lo aceptó si es tan complicado? —preguntó Jemima, su mirada desapasionada e intransigente.

¿Qué podía responder? ¿Que Pitt no lo sabía? ¿Que no había tenido más remedio?

Daniel entró en la habitación poniéndose la camisa, el pelo mojado sobre la frente y por encima de las orejas.

—¿Qué pasa? —Miró a su madre, luego a su hermana.

—Lo aceptó porque era lo correcto —contestó Charlotte—. Porque era lo que debía hacer. —No podía decirles que se hallaba en peligro, que el Círculo Interior había destruido su carrera profesional por haber declarado en contra de Adinett. Tampoco podía decir que tenía que trabajar en algo o perderían su casa, tal vez hasta pasarían hambre. Era demasiado pronto para tanto realismo. Desde luego no podía decirles que había descubierto algo tan terrible que amenazaba con destruir todo lo que conocía y en lo que confiaba día a día. Los dragones y los ogros eran cosa de cuentos de hadas, no de la vida real.

Jemima la miró con expresión ceñuda.

—¿Quiere volver a casa?

Charlotte percibió el temor de que tal vez se había ido porque quería. Ya lo había percibido antes, el pensamiento no expresado de que se había marchado por alguna desobediencia de Jemima, que de alguna manera no había estado a la altura de lo que su padre esperaba de ella, motivo por el cual estaba decepcionado.

—¡Por supuesto que sí! —intervino Daniel enfadado, la cara encendida y la mirada furiosa—. ¡Es una estupidez decir eso! —Habló con voz cargada de emoción. Su hermana había cuestionado todo cuanto él amaba.

En otra ocasión Charlotte le habría reprendido enseguida por hablar de ese modo, pero era demasiado consciente de su voz temblorosa, de la incertidumbre que había provocado ese contraataque.

Jemima se ofendió, pero le asustaba que sus temores fueran ciertos, y eso era mucho más importante que su dignidad.

Charlotte se volvió hacia su hija.

—Por supuesto que quiere volver —afirmó con tranquilidad, como si cualquier otra idea no solo fuera espantosa, sino necia—. No soporta estar lejos, pero a veces cumplir con el deber es muy desagradable e implica tener que renunciar a cosas que te importan muchísimo, por un tiempo, no para siempre. Supongo que nos echa de menos aún más que nosotros a él, porque nosotros por lo menos estamos juntos. Y estamos aquí, en casa, cómodos. Él tiene que estar donde le necesitan, y no es la mitad de acogedor o limpio que esto.

Jemima parecía considerablemente reconfortada, lo bastante para empezar a discutir.

—¿Por qué papá? ¿Por qué no otro?

—Porque se trata de un caso difícil y él es el mejor —contestó Charlotte; esta vez fue fácil—. Si eres el mejor, eso significa que siempre tienes que cumplir con tu deber, porque nadie más puede hacerlo por ti.

Jemima sonrió. Esa respuesta le agradaba.

—¿A qué clase de personas está persiguiendo? —Daniel no estaba dispuesto a dejarlo correr—. ¿Qué han hecho?

Eso era menos fácil de explicar.

—Aún no lo han hecho. Papá trata de asegurarse de que no lo hagan.

—¿Hacer qué? —insistió él—. ¿Qué van a hacer?

—Volar lugares con dinamita —respondió Charlotte.

—¿Qué es dinamita?

—Algo que hace que las cosas salten por los aires —explicó Jemima antes de que Charlotte tuviera tiempo de buscar una respuesta—. Mata a gente. Me lo dijo Mary Ann.

—¿Por qué? —Daniel no tenía en mucho a Mary Ann. Estaba poco dispuesto a tener una opinión muy elevada de las niñas de todos modos, especialmente sobre temas como hacer volar a gente.

—Porque acaban hechos pedazos, estúpido —contestó su

hermana, satisfecha de devolverle la acusación de inferioridad—. ¡No puedes estar vivo sin brazos, piernas ni cabeza!

Eso pareció poner fin a la conversación por el momento, y bajaron a desayunar.

Eran pasadas las nueve, y Daniel construía un barco con cartón y pegamento, cuando Jemima abrió la puerta e hizo pasar a Emily a la cocina, donde Charlotte pelaba patatas.

—¿Dónde está Gracie? —preguntó mirando alrededor.

—Oh, haciendo la compra —respondió Charlotte, que se apartó del fregadero y se volvió hacia ella.

Emily la miró con preocupación, sus rubias cejas ligeramente fruncidas.

—¿Cómo está Thomas? —murmuró. No necesitaba preguntar cómo estaba Charlotte; lo veía en la tensión de su semblante, la pesadez de sus movimientos.

—No lo sé —contestó Charlotte—. Escribe a menudo, pero no cuenta gran cosa, y no puedo verle la cara, de modo que no sé si dice la verdad cuando asegura que está bien. Hace demasiado calor para tomar té. ¿Te apetece una limonada?

—Sí, por favor. —Emily se sentó a la mesa.

Charlotte fue a la despensa y volvió con la limonada. Sirvió dos vasos y le ofreció uno. Luego se sentó y le explicó todo lo ocurrido, desde la salida de Gracie a Mitre Square hasta la última visita de Tellman la noche anterior. Emily no la interrumpió ni una sola vez. Permaneció sentada con la cara pálida hasta que Charlotte dejó por fin de hablar.

—Eso es más espantoso que mis peores pesadillas —dijo por fin, y la voz le tembló a pesar de sí misma—. ¿Quién hay detrás?

—No lo sé —admitió Charlotte—. Podría ser cualquiera.

—¿Tiene alguna idea la señora Fetters?

—No… al menos estoy casi segura de que no. La última vez que estuve en su casa encontramos varios papeles de Martin Fetters, y parecía un republicano bastante ardiente. Si Adinett era monárquico y estaba involucrado en ese otro asunto terrible, y Fetters lo sabía, eso podría explicar por qué Adinett lo mató.

—Por supuesto. ¿Qué piensas hacer ahora? —Emily se echó hacia delante con actitud apremiante—. ¡Por el amor de Dios, Charlotte, ten cuidado! ¡Piensa en lo que han hecho! Adinett está muerto, pero podría haber otros muchos vivos. ¡Y no tienes ni idea de quiénes son!

Tenía razón, y Charlotte no pudo contradecirla. Sin embargo, no podía dejar de pensar en que Pitt seguía en Spitalfields y hombres que eran culpables de crímenes monstruosos quedarían impunes, como si nada hubiera sucedido.

—Debemos hacer algo —murmuró—. Si no lo intentamos siquiera, ¿quién lo hará? Y debo saber si es verdad. Juno tiene derecho a saber por qué asesinaron a su marido. Debe de haber personas a las que les importe. Tía Vespasia lo sabrá.

Emily lo consideró unos instantes.

—¿Te has planteado qué ocurrirá si es verdad y se hace público a causa de nuestra intervención? —preguntó con suma gravedad—. Hará caer el gobierno…

—Si son cómplices de mantenerlo en secreto, entonces es preciso que caiga, pero mediante un voto de censura de la Cámara, no a través de una revolución.

—No se trata solo de lo que merecen —repuso Emily, que estaba muy seria—, sino de qué seguirá, quién los reemplazará. Puede que sean malos, eso no lo discutiré, pero antes de destruirlos tienes que pensar en si lo que conseguirás al hacerlo no será aún peor.

Charlotte meneó la cabeza.

—¿Qué podría ser peor que tener en el gobierno a una sociedad secreta que por razones particulares hace la vista gorda ante un asesinato? Eso significa que no existen ni la ley ni la justicia. ¿Qué pasará la próxima vez que alguien se interponga en su camino? ¿Quién será? ¿Sobre qué asunto? ¿Lo matarán también y se les protegerá?

—Eso es un tanto extremo…

—¡Por supuesto! —protestó Charlotte—. ¡Están locos! Han perdido el sentido de la realidad. Pregunta a alguien que sepa algo de los asesinatos de Whitechapel… ¡Que sepa algo de verdad!

Emily estaba muy pálida, el recuerdo de los asesinatos de hacía cuatro años vivo en su mirada.

—Tienes razón —susurró.

Charlotte se inclinó hacia ella.

—Si nosotros también lo encubrimos, estaremos colaborando. Yo no estoy dispuesta a hacerlo.

—¿Qué piensas hacer?

—Iré a ver a Juno Fetters para decirle lo que sé.

Emily parecía aterrorizada.

—¿Estás segura?

Charlotte vaciló.

—Creo que sí. Estoy segura de que preferirá creer que mataron a su marido porque sabía esto antes que porque planeaba una revolución republicana, que es lo que ahora cree.

Emily la miró con los ojos como platos.

—¿Una revolución republicana? ¿A causa de esto? —Respiró con un escalofrío—. Podría haber triunfado…

Charlotte recordó la cara de Martin Fetters en la fotografía que Juno le había enseñado, la mirada franca, inteligente, osada. Era el rostro de un hombre que seguiría sus pasiones a toda costa. Le había gustado de manera instintiva, como le había gustado su forma de describir los lugares y la gente de las revoluciones de 1848. A los ojos de Fetters había sido una lucha noble, y así se lo había hecho ver a ella. Parecía la causa que habría defendido toda persona decente, un amor por la justicia, una humanidad común. La idea de que hubiera planeado una revolución violenta en Inglaterra era sorprendentemente amarga, casi tanto como la traición de un amigo. Cayó en la cuenta aturdida.

La voz de Emily interrumpió sus pensamientos.

—¿Y Adinett estaba en contra? ¿Por qué no se limitó entonces a desenmascararlo? —preguntó de modo razonable—. Eso lo habría detenido.

—Lo sé —convino Charlotte—. Por eso tiene mucho más sentido que esa sea la razón por la que lo mataron… porque Fetters sabía lo de los asesinatos de Whitechapel y los habría hecho públicos en cuanto hubiera reunido pruebas.

—¿Y ahora ese tal Remus va a hacerlo?

Charlotte se estremeció a pesar del calor que hacía en la cocina.

—Supongo que sí. Seguramente no sería tan estúpido como para intentar chantajearles. —Era una pregunta a medias.

Emily habló en voz muy baja:

—No estoy segura de que no sea estúpido querer saber siquiera.

Charlotte se levantó.

—Yo quiero saber… creo que debemos saber. —Respiró hondo—. ¿Puedes cuidar de los niños mientras voy a ver a Juno Fetters?

—Desde luego. Iremos al parque —respondió Emily. Cuando Charlotte pasó a su lado, la cogió del brazo—. ¡Ten cuidado! —añadió con miedo en la voz, aferrándola con fuerza.

—Lo haré —aseguró Charlotte. Y lo decía en serio. Todo lo que tenía le era muy querido: los niños, esa casa, Emily y Pitt en alguna de esas callejuelas grises de Spitalfields—. Lo haré, te lo prometo.

Juno se alegró de ver a Charlotte. Los días seguían resultándole forzosamente tediosos. Muy poca gente la visitaba y no estaba bien visto que disfrutara de alguna forma de entretenimiento de la vida pública. En realidad no lo deseaba. Pero tenía más que medios suficientes para tener a su servicio a un ejército de criados, de modo que no le quedaba nada por hacer. Las horas transcurrían muy despacio, y solo las dedicaba a la lectura o el bordado, a las muchas cartas que tenía que escribir, y carecía tanto del talento como del interés para pintar.

No preguntó a Charlotte si portaba noticias o tenía más ideas, de modo que fue esta quien abordó el tema tan pronto como se instalaron en la habitación que daba al jardín.

—He descubierto algo que debo contarle —informó con bastante cautela. Vio cómo la cara de Juno se iluminaba—. No estoy totalmente segura de si es verdad, pero si lo es explicará muchas cosas. Parece absurdo… y aún más importante, tal vez nunca logremos probarlo.

—Eso es lo de menos —se apresuró a tranquilizarla Juno—. Quiero saberlo por mí misma. Necesito comprender.

Charlotte vio en su rostro las profundas ojeras y las finas arrugas de la tensión. Vivía con una pesadilla. Todo el pasado que atesoraba, que debería haberle infundido fuerzas en esos momentos, de pronto se veía amenazado por la duda. ¿Había existido el hombre que había amado, o era fruto de su imaginación, alguien que Juno había construido a partir de fragmentos e ilusiones, porque necesitaba amar?

—Creo que Martin averiguó la verdad sobre los crímenes más terribles que se han cometido nunca en Londres o en cualquier otro lugar —susurró Charlotte. Aun en esa habitación soleada con vistas al jardín, la oscuridad seguía envolviéndola al pensar en ello, como si la aterradora figura pudiera andar incluso por las calles con su cuchillo manchado de sangre.

—¿Cómo? —preguntó Juno con apremio—. ¿Qué crímenes?

—Los asesinatos de Whitechapel —respondió Charlotte casi sin voz.

—No... —Juno negó con la cabeza—. ¿Cómo...? —Se interrumpió—. Quiero decir que si Martin lo hubiera sabido entonces...

—Lo habría denunciado —dijo Charlotte—. Por eso tuvo que matarlo Adinett, para impedírselo.

—¿Por qué? —Juno la miró horrorizada y perpleja—. No lo entiendo.

En voz baja, con palabras sencillas pero cargadas de emoción, Charlotte le refirió todo cuanto sabía. Juno escuchó sin interrumpirla hasta que al final calló y se quedó esperando.

Juno habló por fin, la cara pálida. Era como si hubiera sentido ella misma la caricia del terror, como si hubiera visto el carruaje negro cruzar traqueteando las estrechas calles y mirado por un instante a los ojos del hombre capaz de cometer tales atrocidades.

—¿Cómo pudo enterarse Martin? —preguntó con voz ronca—. ¿Se lo contó a Adinett porque creía que podía confiar en él, y solo en el último segundo de su vida descubrió que Adinett era uno de ellos?

—Creo que sí. —Charlotte asintió.

—Entonces ¿quién está detrás de Remus? —preguntó Juno.

—No lo sé. Puede que otros republicanos...

—Entonces fue una revolución...

—No lo sé. Tal vez... o tal vez fuera simple justicia. —Charlotte no lo creía, pero le habría gustado que fuera así. No iba a impedir que Juno se aferrara a ello, si podía.

—Hay otros papeles. —La voz de Juno sonó muy firme, como si hiciera un intenso esfuerzo—. He vuelto a leer los diarios de Martin y sé que hace alusión a algo que no está allí. He mirado en todos los lugares que se me han ocurrido, pero no he encontrado nada. —Observaba a Charlotte, y en su mirada se reflejaban la súplica, la lucha por vencer el miedo que sentía en su interior. Necesitaba conocer la verdad porque sus pesadillas la inventarían de todos modos, y sin embargo, mientras no la supiera habría esperanza.

—¿En quién más podría haber confiado? —Charlotte la sacó de su ensimismamiento—. ¿Quién podría guardarle papeles?

—¡Su editor! —exclamó Juno con entusiasmo—. ¡Thorold

Dismore! Es un republicano apasionado. Lo dice tan abiertamente que la mayoría de la gente lo descarta por ser demasiado franco para representar un peligro, pero habla en serio, y no es ni la mitad de ciego o excéntrico de lo que creen. Martin habría confiado en él porque sabía que compartía sus mismos ideales y era fiel a sus principios.

Charlotte no estaba segura.

—¿Puede pedirle los papeles que tenga de Martin o estos le pertenecerían a él como editor?

—No lo sé —admitió Juno levantándose—, pero estoy dispuesta a probarlo todo con tal de conseguirlos. Rogaré, suplicaré o amenazaré, lo que se me ocurra. ¿Vendrá conmigo? Puede presentarse como mi acompañante, si lo desea.

Charlotte no desaprovechó la oportunidad.

—Por supuesto.

No era tan sencillo entrevistarse con Thorold Dismore, y se vieron obligadas a esperar tres cuartos de hora en una antesala pequeña e incómoda, pero aprovecharon el tiempo preparando lo que debía decir Juno. Cuando les hicieron pasar por fin al despacho asombrosamente espartano, Juno estaba bastante preparada.

Estaba muy atractiva de luto, mucho más espectacular que Charlotte, que no había previsto tal visita e iba vestida en un verde pálido bastante sobrio.

Dismore se acercó con cortesía espontánea. Fueran cuales fuesen sus creencias políticas o sociales, era un caballero tanto por naturaleza como por cuna, aunque no concedía ninguna importancia a esto último.

—Buenos días, señora Fetters. Por favor, pase y siéntese. —Señaló una silla, luego se volvió hacia Charlotte.

—La señora Pitt —presentó Juno—. Ha venido a acompañarme. —No fueron necesarias más explicaciones.

—Encantado —dijo Dismore con un atisbo de interés. Charlotte se preguntó si recordaba el nombre del juicio o si su interés era personal. Se decantó por lo primero, aunque había visto antes esa repentina luz en los ojos de otros hombres.

—Encantada, señor Dismore —repuso ella con modestia, y aceptó el asiento que él le ofrecía, vuelto ligeramente hacia el de Juno.

Una vez ofrecidos y rehusados los refrescos, lo natural fue referirse al motivo de la visita.

—Señor Dismore, he leído algunas de las cartas y notas de mi marido. —Juno sonrió, con la voz cálida por los recuerdos.

Él asintió. Era algo muy natural.

—He advertido que tenía previstos varios artículos para que usted los publicara, sobre temas muy próximos a su corazón, cuestiones sobre la reforma social que anhelaba…

Dismore parecía afligido; era más que condolencia, y sin duda más que buenos modales. Charlotte hubiera jurado que era sincero. Pero se enfrentaban a causas mucho más apasionadas y abrumadoras que la amistad, por larga y profunda que esta fuera. Por lo que se refería a esos hombres era una forma de guerra, y uno sacrificaría hasta a sus camaradas por la victoria final.

Escudriñó el rostro de Dismore mientras escuchaba a Juno describir las notas que había encontrado. En un par de ocasiones él asintió, pero no la interrumpió. Parecía profundamente interesado.

—¿Tiene todas esas notas, señora Fetters? —preguntó cuando ella hubo terminado.

—Por eso he venido —explicó la viuda con inocencia—. Parecen faltar piezas fundamentales, referencias a otras obras sobre todo… —Respiró hondo y su mirada vaciló, como si fuera a volverse hacia Charlotte pero resistiera el impulso—. Referencias a personas y a creencias que me parecen esenciales para darles sentido.

—¿Y? —Dismore permanecía muy quieto, de una forma casi antinatural.

—Me preguntaba si podría haber dejado aquí papeles, borradores más completos. —Juno sonrió indecisa—. Juntos podrían bastar para componer un artículo.

Dismore tenía una expresión ansiosa. Cuando habló, su voz sonó cargada de emoción.

—No tengo gran cosa, pero por supuesto que puede verlo. Si hay más, señora Fetters, debemos buscar en todas partes hasta encontrarlos. Estoy dispuesto a tomarme todas las molestias o a correr con todos los gastos que sean necesarios para dar con ellos…

Charlotte percibió una débil advertencia. ¿Era una amenaza velada?

—Era un gran hombre —agregó Dismore—. Su pasión por la justicia brillaba como una luz a través de cada artículo que escribió. Era capaz de conseguir que la gente volviera a analizar los viejos prejuicios y se los replanteara. —Su rostro se llenó de nuevo de dolor—. Es una pérdida para la humanidad, el honor y la decencia, y el amor al bien. A un hombre como él se le puede seguir, pero nunca reemplazar.

—Gracias —dijo Juno muy despacio.

Charlotte se preguntó si estaba pensando lo mismo que ella. ¿Era ese hombre un inocentón, un entusiasta ingenuo, o el más asombroso actor? Cuanto más le observaba, menos segura estaba. No había en él la actitud deliberadamente amenazadora que había percibido en Gleave, la severidad, la sensación de poder que sería utilizado sin piedad si se sentía tentado a hacerlo. Más bien era una energía mental eléctrica, casi frenética, y una pasión y una inteligencia sin reservas.

Juno no iba a darse por vencida tan fácilmente.

—Señor Dismore, le agradecería sumamente que me dejara echar un vistazo a lo que tiene de Martin y me permitiera llevármelo a casa. Quiero por encima de todo poner en orden cuanto dejó y ofrecerle un último artículo, a modo de homenaje. Si desea publicarlo, por supuesto. Tal vez soy demasiado pretenciosa al…

—¡Oh, no! —interrumpió él—. En absoluto. Naturalmente que publicaré lo que tenga, de la mejor forma posible. —Apretó un botón de su escritorio y dio al secretario que acudió instrucciones de traer todas las cartas y papeles escritos por Martin Fetters que tenían.

Cuando el secretario desapareció para cumplir la orden, Dismore se recostó en su silla y contempló a Juno con afecto.

—Me alegro tanto de que haya venido, señora Fetters… Permítame decirle, confío que sin parecer impertinente, cuánto admiro su ánimo al desear escribir un artículo en homenaje a Martin. Hablaba de usted con tanto cariño que es un placer comprobar que no era solo la voz de un marido enamorado, sino la de alguien que sabía juzgar a los demás.

El color afluyó a las mejillas de Juno y los ojos se le llenaron de lágrimas.

Charlotte ansiaba consolarla, pero no había nada que decir. Una de dos, o Dismore era inocente, o bien hablaba con la más exquisita crueldad, y cuanto más lo observaba, menos segura estaba de qué era. Estaba ligeramente inclinado en su asiento, los ojos iluminados por el entusiasmo y el rostro animado al recordar otros artículos que Fetters había escrito, viajes que había realizado a lugares que fueron escenario de grandes luchas contra la tiranía. Su consagración casi fanática impregnaba cada una de sus palabras.

¿Era posible que su empeño por la reforma republicana fuera una máscara de lo más sutil para camuflar a un monárquico que asesinaría a fin de ocultar la conspiración de Whitechapel? ¿O su afán por la reforma de la legislación encubría en realidad una obsesión tan cruel que pondría al descubierto ese mismo complot con objeto de provocar la revolución con toda su violencia y dolor?

Charlotte le observaba y escuchaba la cadencia de su voz, pero seguía sin saber qué pensar.

Trajeron los papeles en un pesado sobre y Dismore se los entregó a Juno sin vacilar. ¿Demostraba eso que era honrado? ¿O sencillamente que ya los había leído?

Juno los aceptó con una sonrisa rígida a causa del esfuerzo por mantener la calma. Apenas los miró.

—Gracias, señor Dismore —susurró—. Le devolveré todo lo que valga la pena publicar, por supuesto.

—Se lo ruego —repuso él—. En realidad me interesaría mucho ver lo que usted tiene, y si descubre algo más. Podría haber cosas de valor que no lo parecen a simple vista.

—Como quiera —Juno asintió con la cabeza.

Él tomó aliento como si fuera a añadir algo más, insistir en su petición, pero cambió de parecer. Sonrió con repentino afecto.

—Gracias por venir, señora Fetters. Estoy seguro de que juntos lograremos componer un artículo que será el mejor homenaje a su marido, el que él querría, y que servirá para promocionar la gran causa de la justicia, la igualdad social y la verdadera libertad para todos los hombres. ¡Y llegará! Era un gran hombre, clarividente y brillante, y con el coraje de utilizar ambas cualidades. Yo tuve el privilegio de conocerle y participar en sus logros. Es una tragedia que le hayamos perdido tan joven y cuando más desesperadamente lo necesitamos. La acompaño en el sentimiento.

Juno permaneció inmóvil, con los ojos muy abiertos.

—Gracias —dijo despacio—. Gracias, señor Dismore.

Fuera, a salvo en el primer coche de punto que encontraron, se volvió hacia Charlotte con los papeles en una mano.

—¡Los ha leído y no hay nada en ellos!

—Lo sé —asintió Charlotte—. Cualquier cosa que sea lo que falta, no está en lo que Dismore nos ha dado.

—¿Cree que están incompletos y se ha guardado el resto? —preguntó Juno manoseando el sobre—. Me atrevería a jurar que es republicano.

—No lo sé —admitió Charlotte. Dismore la desconcertaba. Se sentía menos segura acerca de él ahora que antes de conocerle.

Regresaron a casa de Juno en silencio y examinaron todos los papeles que les había entregado Dismore. Estaban bien escritos, llenos de pasión y ansia de justicia. Una vez más Charlotte se debatía entre la simpatía instintiva que sentía hacia Martin Fetters, su entusiasmo, su coraje, su afán por compartir con toda la humanidad los mismos privilegios de que él gozaba, y una repulsión por la destrucción que traería consigo de tantas cosas que ella amaba. En ningún papel había nada que diera a entender que estaba al corriente de los asesinatos de Whitechapel, el motivo de estos o algún plan que involucrara a Remus para revelarlos ahora, y la rabia y la violencia que desencadenarían.

Charlotte dejó a Juno sentada releyéndolos todos, emocionalmente exhausta y sin embargo incapaz de parar.

Se encaminó hacia la parada de ómnibus muy confundida. No podía hablar con Pitt, que era lo que más deseaba hacer. Tellman sabía muy poco del mundo en que vivían personas como Dismore y Gleave, o los demás altos cargos del Círculo Interior. La única persona en quien podía confiar era tía Vespasia.

Charlotte tuvo suerte al encontrar a Vespasia en casa y sin compañía. Esta la saludó con efusividad, luego observó su cara con mayor detenimiento y se sentó a escuchar en silencio toda la historia: lo que habían averiguado primero Tellman y luego Gracie, y la revelación que esta había tenido en Mitre Square.

Vespasia no se movió. La luz que entraba por las ventanas acentuaba las finas arrugas de su piel y ponía de relieve tanto la energía que había en ella como su edad. Los años la habían mejorado, habían atenuado su coraje, pero también la habían herido, le habían mostrado demasiado de las debilidades y defectos de la gente, así como de sus victorias.

—Los asesinatos de Whitechapel —susurró con la voz ronca

ante un horror que no había imaginado—. ¿Y el tal Remus va a dar con las pruebas para venderlas a los periódicos?

—Sí… eso dice Tellman. Será la gran noticia del siglo. Seguramente el gobierno caerá y con él, casi con toda probabilidad el trono.

—Ya lo creo. —Vespasia permaneció inmóvil, con la mirada perdida en un punto que estaba más dentro de ella que fuera—. Habrá violencia y derramamiento de sangre como no hemos visto en Inglaterra desde tiempos de Cromwell. ¡Dios mío, cuánto mal para combatir el mal! Terminarán con una corrupción reemplazándola por otra, y todo el sufrimiento habrá sido inútil.

Charlotte se inclinó ligeramente.

—¿No hay nada que podamos hacer?

—No lo sé —reconoció Vespasia—. Necesitamos averiguar quién está detrás de Remus, y qué papel desempeñan Dismore y Gleave. ¿Qué hacía Adinett en Cleveland Street? ¿Intentaba buscar la información para proporcionársela a Remus o para detenerlo?

—Para detenerlo —respondió Charlotte—. Creo… —Se dio cuenta de lo poco que sabía. Casi todo eran conjeturas, miedo. La conspiración involucraba a Fetters y a Adinett, pero seguía sin estar del todo segura de cómo. Y no podían permitirse la menor equivocación. Refirió a Vespasia la visita de Gleave y el deseo de este de encontrar los papeles de Martin Fetters. Describió cómo había percibido en él una actitud amenazadora, pero dicho en esa habitación dorada y limpia parecía cosa de su imaginación antes que la realidad.

Vespasia no pasó por alto la observación y continuó escuchando con atención.

Charlotte pasó a hablarle de la convicción de Juno de que había otros papeles, así como de la visita que habían hecho a Thorold Dismore, y su convicción de que era un republicano auténtico y estaba decidido a utilizar todo cuanto pudiera encontrar o inventar para conseguir sus propios fines.

—Seguramente —asintió Vespasia. Sonrió de forma casi imperceptible, con profunda tristeza en los ojos—. No es una causa innoble. Yo no la comparto, pero entiendo muchas de las cosas que se esfuerzan por conseguir y admiro a quienes la defienden.

Había en ella algo que disuadió a Charlotte de llevarle la contraria. Esta cayó en la cuenta con una sensación de desamparo de los muchos años que se llevaban, y cuánto había vivido Vespasia que ella ignoraba. Sin embargo, le profesaba un afecto que nada tenía que ver con la edad o el parentesco.

—Deja que piense en ello —añadió Vespasia al cabo de un momento—. Mientras tanto, querida, ten muchísimo cuidado. Averigua lo que puedas sin correr riesgos. Estamos tratando con personas que no se detienen a la hora de matar a hombres o mujeres para conseguir sus objetivos. Creen que los fines justifican los medios y que tienen derecho a hacer todo cuanto consideran que servirá para lo que están convencidos de que es el bien supremo.

Charlotte sintió en esa habitación luminosa una oscuridad y un frío gélido, como si se hubiera hecho de noche antes de hora. Se levantó.

—Lo haré. Pero debo hablar con Thomas… Necesito verlo.

—Por supuesto. —Vespasia sonrió—. A mí también me gustaría, pero me doy cuenta de que es inviable. Por favor, dale recuerdos de mi parte.

Charlotte se adelantó impulsivamente y se agachó para abrazar a Vespasia. La besó en la mejilla y se marchó sin que ninguna de las dos volviera a hablar.

Camino de regreso a casa, Charlotte pasó por la de Tellman y, con gran consternación de la casera, esperó media hora a que él volviera de Bow Street. Le pidió sin rodeos que la llevara al día siguiente a ver a Pitt cuando este se dirigiera a la fábrica de seda. Tellman protestó alegando los peligros que eso entrañaba, lo desagradable que le resultaría y, por encima todo, el hecho de que a Pitt no le gustaría que ella fuera a Spitalfields. Charlotte le pidió que no perdiera el tiempo con objeciones inútiles. Estaba dispuesta a ir con o sin él, y ambos lo sabían, de modo que más valía que lo reconociera cuanto antes para que pudieran ponerse de acuerdo en los detalles e irse temprano a la cama.

—Sí, señora —concedió él.

Charlotte dedujo por la expresión de su rostro que era demasiado consciente de la gravedad de la situación para tener más que una discusión simbólica con que aquietar su conciencia. La acompañó a la parada de ómnibus.

—Estaré en la puerta de Keppel Street a las seis de la mañana

—dijo él con solemnidad—. Iremos en coche hasta la estación del ferrocarril metropolitano y cogeremos uno hasta Whitechapel. Póngase su ropa más vieja y botas cómodas para andar. Y si pudiera pedir prestado un pañuelo para cubrirse la cabeza, pasaría más inadvertida entre las mujeres del barrio.

Charlotte accedió con un presentimiento y al mismo tiempo ilusionada al pensar en volver a ver a Pitt.

Al llegar a casa subió por las escaleras y se lavó el pelo, aunque iba a esconderlo bajo un pañuelo, y se lo cepilló hasta que le brilló. Se había propuesto no decírselo a Gracie, pero no pudo mantener en secreto el plan. Se acostó temprano, pero estaba tan emocionada que no logró conciliar el sueño hasta medianoche.

A la mañana siguiente se despertó tarde y tuvo que correr. Apenas tuvo tiempo para tomar una taza de té. Lo bebió demasiado caliente y dejó la mitad cuando Tellman llamó a la puerta.

—¡Diga al señor Pitt que le echamos muchísimo de menos, señora! —exclamó Gracie ruborizándose ligeramente.

—Lo haré —prometió Charlotte.

Tellman estaba en el umbral, la oscura forma de un coche de punto se alzaba detrás de él. Se le veía estrecho de espaldas, con la cara delgada y adusta, y Charlotte se dio cuenta por vez primera de lo mucho que le había afectado la desgracia de Pitt. Tal vez detestara admitirlo, pero era profundamente leal, tanto a Pitt como a su propio sentido de lo justo y lo injusto. Quizá le contrariaba la autoridad, veía sus fallos y las injusticias de las diferencias de clases y de oportunidades, pero confiaba en que los hombres que le daban órdenes observaran ciertas normas dentro de la ley. Por encima de todo, no había esperado que traicionaran a uno de los suyos. Fuera cual fuese su origen, Pitt se había ganado su puesto tanto como cualquiera de ellos, y en el mundo de Tellman eso significaba que debería haber estado a salvo.

Tal vez deploraba la conciencia social, o su ausencia, entre sus superiores, pero conocía su moralidad, o al menos eso había creído, y esta era digna de respeto. Eso era lo que había hecho tolerable su autoridad. Y de pronto ya no lo era. Cuando empezaba a derrumbarse el orden establecido, seguía una nueva y aterradora soledad, una confusión distinta de todo lo demás.

—Gracias —murmuró Charlotte mientras cruzaban la húmeda acera. A continuación Tellman la ayudó a subir al coche.

Recorrieron en silencio las calles, mientras la luz grisácea de la mañana se reflejaba en las ventanas de las casas y los escaparates. Ya se veía a mucha gente, criadas, chicos de los recados, carreteros que recogían productos frescos para llevarlos a los mercados. Los primeros carros de leche esperaban en las esquinas y ya empezaban a formarse colas cuando el cochero dobló la calle en dirección a la estación.

El estrépito del tren al atravesar el túnel era excesivo para que pudieran charlar, y Charlotte estaba absorta disfrutando de antemano de su encuentro con Pitt. Solo llevaban unas semanas separados, pero el tiempo que había pasado sin él se extendía tras ella como un desierto. Lo visualizó: su cara, su expresión, si estaría cansado, sano o enfermo, si se alegraría de verla. ¿Cuánto le había afectado la injusticia? ¿Le había cambiado la rabia que debía de sentir? Ese pensamiento la traspasó como un dolor físico.

Se mantuvo erguida en el asiento, y solo cuando Tellman se movió a su lado y se levantó, señalándole la puerta con un gesto, se dio cuenta de que había estado abriendo y cerrando los puños hasta que le dolieron. Se puso en pie mientras el tren se detenía con una sacudida. Estaban en Aldgate Street y debían hacer a pie el resto del camino.

Ya era pleno día, pero las calles estaban más sucias que las de Bloomsbury, más llenas de carros, carretas y grupos de hombres que se dirigían a su lugar de trabajo, algunos andando con paso largo y cansado, la cabeza gacha, otros gritando a sus compañeros. ¿Se respiraba verdadera tensión en el ambiente o ella se lo imaginaba porque conocía la historia del barrio y estaba asustada?

Se pegó a Tellman cuando abandonaron la calle principal para dirigirse al norte. Él le había dicho que irían a Brick Lane porque Pitt pasaba por allí camino de la fábrica de seda donde trabajaba. Se encontraban en Whitechapel. Charlotte pensó en lo que significaba literalmente ese nombre[1] y cuán absurdo resultaba para ese barrio industrial tan lúgubre, de calles estrechas, ventanas rotas y cubiertas de polvo, callejones de ángulos bruscos, chimeneas que arrojaban humo, y olor a alcantarillas y excrementos. Su horrible historia estaba tan próxima a la superficie que resultaba dolorosa.

Tellman caminaba a paso rápido, no se le veía fuera de lugar en medio de esos hombres que se dirigían presurosos hacia las

1. En ingles, «capilla blanca». (N. de la T.)

fábricas de azúcar, almacenes y talleres. Ella tenía que trotar a su lado, pero tal vez allí fuera lo apropiado. Las mujeres no andaban al lado de sus hombres a esas horas del día como si fueran parejas de prometidos.

Hubo un estallido de risas roncas. Alguien había estrellado una botella y el débil ruido del cristal al hacerse pedazos sonó asombrosamente desagradable. Charlotte no pensó en la pérdida de algo útil, como habría hecho en casa, sino en el arma que serían los trozos cortantes.

Habían llegado a Brick Lane.

Tellman se detuvo, y ella se preguntó por qué. De pronto le dio un vuelco el corazón al ver a Pitt. Estaba en la otra acera, andando con resolución, pero a diferencia de los demás hombres miraba a un lado y a otro, escuchando, observando. Iba vestido con ropa andrajosa, un abrigo rasgado por detrás que le daba un aspecto fachoso, como siempre. En lugar de las bonitas botas que Emily le había regalado, calzaba las viejas, con la suela izquierda suelta y cuerdas en vez de cordones. Y tenía el sombrero abollado por el lado del ala. Solo por sus andares lo reconoció antes de que él se volviera y la viera.

Él titubeó. No esperaba verla allí —seguramente no había estado pensando en ella siquiera—, pero tal vez le atrajo algo en su postura.

Charlotte se precipitó hacia delante, pero Tellman la sujetó del brazo. Por un instante ella se ofendió e hizo ademán de soltarse; luego se dio cuenta de que al cruzar corriendo la calle habría atraído la atención sobre ella, y por lo tanto sobre Pitt, y permitió que la detuvieran. Esa gente conocía a Pitt. Le preguntarían quién era ella. ¿Qué iba a responder? Empezarían las habladurías, las preguntas.

Charlotte permaneció con un pie en la cuneta, la cara colorada de vergüenza.

Ese breve movimiento pareció bastar. Pitt la había reconocido. Cruzó la calle tranquilamente, esquivando los vehículos, pasando por detrás de un pesado carro y por delante de la carretilla de un vendedor ambulante. Alcanzó a la pareja y, tras la más imperceptible inclinación de la cabeza, habló como si se dirigiera solo a Tellman.

—¿Qué hacéis aquí? —preguntó con suavidad, la voz llena de emoción—. ¿Qué ha pasado?

Charlotte le miró fijamente, memorizando cada arruga. Parecía cansado. Estaba recién afeitado, pero tenía la piel grisácea y los ojos hundidos. Sintió un dolor en el pecho por el deseo de confortarle, llevarlo de nuevo a casa, al calor de una cocina limpia, el olor a ropa blanca, la tranquilidad del jardín con su aroma a tierra húmeda y hierba cortada, unas puertas que se cerraban unas pocas horas al mundo, y por encima de todo el deseo de estrecharlo entre sus brazos.

Sin embargo, mucho más urgente era la necesidad de demostrar a todos que él había tenido razón, probarlo de tal modo que se vieran obligados a reconocerlo, para curar así la vieja herida de la vergüenza de su padre. Charlotte se sentía furiosa, dolida e impotente, no sabía qué decir o cómo explicarse para que él comprendiera y se alegrara de verla como ella se alegraba de estar sencillamente cerca de él, ver su cara y oír su voz.

—Han ocurrido muchas cosas —decía Tellman en voz muy baja. Solo llamaba «señor» a Pitt cuando se mostraba insolente, de modo que no tuvo que vigilar su lengua por si lo traicionaba sin querer—. No estoy al corriente de todo, de modo que será mejor que la señora Pitt se lo explique. Pero son cosas que debe saber.

Pitt percibió el miedo en la voz de Tellman, y su cólera se evaporó. Miró a Charlotte.

Ella quería preguntarle cómo estaba, si se encontraba bien, cómo era su habitación, si la familia del casero se mostraba agradable con él, si la cama estaba limpia, si tenía suficientes almohadas, cómo era la comida, si era abundante. Sobre todo deseaba que supiera que le quería, y que echarlo de menos era más doloroso y le hacía sentir más sola de lo que nunca habría imaginado, en todos los sentidos; para reír, charlar, compartir con él lo bueno y lo malo de cada día, saber sencillamente que él estaba a su lado.

En lugar de ello empezó a decirle lo que mentalmente había ensayado y a buen seguro podría haberle dicho también Tellman. Fue muy sucinta y práctica.

—He ido varias veces a ver a la viuda de Martin Fetters... —Pasó por alto la expresión de sobresalto de Pitt y se apresuró a continuar antes de que la interrumpiera—. Quería averiguar por qué lo mataron. Tiene que haber una razón. —Hizo una pausa cuando un grupo de trabajadoras de la fábrica pasaron a su lado hablando a voces y mirándolos con curiosidad mal disimulada.

Tellman cambió el peso del cuerpo de un pie a otro, incómodo.

Pitt se alejó un paso de Charlotte, dando a entender que ella estaba con Tellman.

Una de las mujeres rió y siguieron andando.

Un carro de verduras pasó con gran estruendo por la calle.

No podían permanecer mucho rato allí o se fijarían en ellos, lo que pondría en peligro a Pitt.

—He leído la mayor parte de sus papeles —explicó ella brevemente—. Era un republicano apasionado, dispuesto incluso a colaborar en la causa de la revolución. Creo que por eso lo mató Adinett, cuando se enteró de lo que se proponía hacer. Supongo que no se atrevió a confiar en la policía. Nadie le habría creído o, peor aún, podrían haber estado mezclados.

Pitt estaba perplejo.

—Fetters era... —Tragó saliva mientras asimilaba lo que Charlotte acababa de explicar—. Entiendo. —Guardó silencio unos momentos, mirándola fijamente. Recorrió con la mirada su cara como si memorizara cada detalle de ella.

Al cabo se obligó a volver al presente, a la calle bulliciosa, la acera gris y la urgencia del momento.

Charlotte notó que se ruborizaba, pero fue una sensación agradable que recorrió hasta lo más profundo de su ser.

—Si es así, hay dos conspiraciones —dijo él por fin—. La de los asesinos de Whitechapel para proteger a toda costa el trono, y la de los republicanos para derrocarlo, también a toda costa, lo que tal vez es aún más terrible. Y no estamos seguros de quién está en cada bando.

—Se lo he contado a tía Vespasia. Me ha dado recuerdos para ti. —Charlotte pensó mientras lo decía en lo poco apropiadas que eran esas palabras para transmitir las poderosas emociones que había sentido emanar de Vespasia. Mientras miraba a Pitt a la cara, advirtió que él lo comprendía, y volvió a relajarse con una sonrisa.

—¿Qué te ha dicho? —preguntó él.

—Que tenga cuidado —respondió ella con tristeza—. De todos modos no hay nada que yo pueda hacer, aparte de seguir buscando a ver si encontramos el resto de los papeles de Martin Fetters. Juno está segura de que hay más.

—¡No se los pidáis a nadie más! —exclamó él con severidad. Miró a Tellman, pero se dio cuenta de que era inútil esperar que él se lo impidiera a Charlotte. Se sentía impotente y frustrado, y se reflejaba en su cara, una mezcla de dolor, miedo y furia.

—¡No lo haré! —prometió ella. Lo dijo en un impulso, para detener la ansiedad que sabía le consumía—. No hablaré con nadie más. Solo iré a verla y seguiremos buscando en la casa.

Él exhaló el aliento despacio.

—Debo irme.

Charlotte se quedó quieta, ardiendo en deseos de tocarlo, pero había mucha gente en la calle y ya habían empezado a atraer miradas. En contra de todo sentido común, dio un paso hacia delante.

Pitt tendió una mano.

Un obrero que pasaba en bicicleta tocó el timbre y gritó a Tellman algo ininteligible, sin duda una obscenidad. Rió y siguió pedaleando.

Tellman cogió a Charlotte del brazo y la hizo retroceder. Le dolían los dedos.

Pitt dejó escapar un suspiro.

—Ten cuidado, por favor —repitió—. Di a Daniel y a Jemima que les quiero.

Ella asintió.

—Lo saben.

Él vaciló solo un instante, luego se volvió y cruzó de nuevo la calle, sin mirar atrás.

Charlotte le observó alejarse y de nuevo oyó reír a un par de jóvenes en el otro extremo de la calle.

—¡Vamos! —exclamó Tellman furioso. Esta vez la cogió de la muñeca y la obligó a dar la vuelta con tal brusquedad que casi le hizo perder el equilibrio.

Charlotte se disponía a protestar enojada cuando se dio cuenta de que estaba llamando la atención. Tenía que comportarse como la gente esperaba de ella o solo empeoraría las cosas.

—Lo siento —dijo, y lo siguió sumisa hacia Whitechapel High Street. Notó que sus pasos eran más ligeros, y dentro de ella sentía una sensación de bienestar. Pitt no la había tocado, ni ella a él, pero su mirada había sido una caricia en sí misma, un roce que nunca se debilitaría.

A Vespasia no le gustaba particularmente Wagner, pero la ópera, cualquier ópera, era una ocasión solemne con cierto glamour. Como la invitación procedía de Mario Corena, habría aceptado aun cuando se hubiera tratado de pasear por Hight Street bajo la lluvia. No lo habría admitido, pero sospechaba que él tal vez ya lo sabía. Ni la terrible noticia que Charlotte le había comunicado podía disuadirla de salir con él esa noche.

Mario pasó a recogerla a las siete, y avanzaron muy lentamente en el coche que él había alquilado para la velada. Era una tarde agradable, y las calles estaban llenas de gente que veía y se dejaba ver de camino a fiestas, cenas, bailes, exposiciones o excursiones arriba y abajo del río.

Mario sonreía. Los últimos rayos de sol danzaban en su rostro a medida que avanzaban. Vespasia pensó que los años se habían mostrado clementes con él. Conservaba la piel tersa y sus arrugas no denotaban amargura, pese a todo lo que se había perdido. Tal vez nunca había perdido la esperanza y esta solo había cambiado al morir una causa y nacer otra.

Recordó las largas tardes doradas en Roma, con el sol poniéndose sobre las antiguas ruinas de la ciudad, perdidas ahora en siglos de sueños posteriores y menores. Allí el aire era más cálido, y olía a polvo. Recordaba cómo habían andado por las aceras que en otro tiempo habían sido el centro del mundo, holladas por los pies de todas las naciones que habían acudido a rendirle homenaje.

Pero eso había sido en la época imperial. Mario se había detenido en uno de los puentes más viejos y sencillos que cruzaban el Tíber para contemplar la luz reflejada en el agua y le había hablado, con tono apasionado, de la vieja república que había derrocado a los reyes, mucho antes de las épocas de los Césares. Eso era lo que él amaba, la simplicidad y el honor con que habían empezado antes de que se apoderara de ellos la ambición y el poder los corrompiera.

Al pensar en poder y corrupción Vespasia experimentó un escalofrío que la cálida velada no logró aliviar; ni los ecos de la memoria eran lo bastante fuertes para desprenderse.

Pensó en los oscuros callejones de Whitechapel, en las mujeres que esperaban solas, oyendo a sus espaldas el traqueteo de las ruedas de los carruajes, tal vez hasta volviéndose para ver su contorno negro contra la penumbra, la puerta que se abría, la visión fugaz de un rostro, y el dolor.

Pensó en el pobre Eddy, un títere zarandeado de acá para allá, cuyas emociones habían sido explotadas y pasadas por alto en un mundo que oía solo a medias, que tal vez comprendía a medias. Y pensó en su madre, también sorda, compadecida y a menudo ignorada, y en cómo debía de haber llorado por él y cuán impotente se habría sentido por no poder acudir a consolarle siquiera, y no digamos salvarlo.

Se aproximaban a Covent Garden. En la esquina había una niña con un ramo de flores marchitas.

Mario detuvo el carruaje, lo que enojó y causó molestias a los conductores de los coches que los rodeaban. Se apeó y se acercó a la chiquilla, le compró las flores y volvió con ellas sonriente. Estaban cubiertas de polvo, los tallos doblados y los pétalos lánguidos.

—No están en su mejor momento —dijo con ironía—. Y le he pagado demasiado por ellas. —En su mirada había humor y tristeza.

Vespasia las aceptó.

—Muy apropiadas —observó devolviéndole la sonrisa con un ridículo nudo en la garganta.

El carruaje volvió a ponerse en marcha en medio de considerables improperios.

—Siento que sea Wagner —comentó él recostándose de nuevo en su asiento—. Nunca consigo tomármelo con la debida seriedad. Los hombres que no son capaces de reírse de sí mismos me asustan aún más que los que se ríen de todo.

Ella le miró y supo que hablaba en serio. Su tono le hizo pensar en los calurosos y terribles días de sitio antes del final. A lo largo de esas noches solos, cuando ya habían hecho cuanto estaba en sus manos y únicamente cabía esperar, habían comprendido que no ganarían. El Papa regresaría y con él, tarde o temprano, todas las viejas corruptelas, anodinas, despiadadas e impersonales.

Pero dentro de ellos había pasión, amén de una lealtad que lo daba todo sin pedir nada a cambio, incluso al final. Los hombres que los vencían eran más fuertes, más ricos y más tristes.

—Se burlan porque no comprenden —repuso ella pensando en los que se habían mofado hacía mucho de sus aspiraciones.

Mario la miraba como siempre lo había hecho, como si no existiera nadie más.

—A veces. Es mucho peor cuando lo hacen porque comprenden pero odian lo que no pueden tener. —Sonrió—. Recuerdo que mi abuelo me decía que si buscaba la riqueza o la fama siempre habría quienes me odiarían por ello, porque estas solo se obtienen a costa de alguien. En cambio, si únicamente aspiraba a ser bueno, nadie me envidiaría. No le contradecía, en parte porque era mi abuelo, pero sobre todo porque entonces no me daba cuenta de lo equivocado que estaba. —Tensó la boca, y una terrible pena inundó sus ojos—. No hay odio más grande en este mundo que el que sientes por alguien que posee una virtud que tú no posees y deseas tener. Es el espejo que muestra lo que eres y te obliga a verlo.

Sin darse cuenta Vespasia puso una mano sobre las de él. Mario la cogió casi de inmediato entre las suyas, cálidas y fuertes.

—¿En quién estás pensando? —preguntó ella, consciente de que no hablaban solo los recuerdos, por muy queridos que fueran.

Mario se volvió hacia ella con una expresión solemne. El trayecto tocaba a su fin, y pronto sería el momento de bajarse y unirse a la multitud que se congregaba en la escalinata del teatro de la ópera, las mujeres envueltas en seda y encajes, las joyas lanzando destellos bajo las luces, los caballeros con camisas tan blancas que brillaban.

—No estoy pensando tanto en un hombre, querida, como en una época. —Miró alrededor—. No pueden durar mucho todo este lujo, la desigualdad y el despilfarro. Contempla la belleza y memorízala, porque es muy valiosa y gran parte de ella desaparecerá. —Hablaba en voz muy baja—. Solo con que hubieran sido un poco más prudentes, un poco más moderados, habrían podido conservarlo todo. Ese es el problema cuando la cólera acaba por estallar; destruye tanto lo bueno como lo malo.

Antes de que ella pudiera sonsacarle más, el carruaje se detuvo, y él se bajó y le tendió una mano adelantándose al lacayo. Subieron por la escalinata y se abrieron paso entre la gente, saludando con la cabeza a algún amigo o conocido.

Vieron a Charles Voisey en plena conversación con James Sissons. Este parecía acalorado y, cada vez que Voisey titubeaba, metía baza.

—Pobre Voisey —dijo Vespasia con ironía—. ¿Crees que estamos moralmente obligados a rescatarlo?

—¿Rescatarlo? —preguntó Mario desconcertado.

—Del hombre de la fábrica de azúcar —dijo ella, sorprendida de tener que explicárselo—. Es un auténtico pelmazo.

El rostro de Mario se llenó de dolorosa compasión, de un

pesar que la inundó de una gran añoranza de cosas que nunca podrían ser, que no habían podido ser siquiera tantos años atrás en Roma, salvo en sueños.

—No sabes nada de él, querida, del hombre que hay detrás de esa torpe fachada. Merece que se le juzgue por su corazón, no por su elegancia o falta de ella. —La cogió del brazo y, con sorprendente fuerza, la hizo pasar junto a Voisey y Sissons, y el grupo que había más allá, y escaleras arriba hasta el palco.

Vespasia observó que Voisey se sentaba casi enfrente de ellos, pero no volvió a ver a Sissons.

Deseaba disfrutar de la música, dejar que la mente y el corazón se le llenaran de Mario durante ese breve período de tiempo, pero no podía dejar de pensar en lo que le había contado Charlotte. Analizó todas las posibilidades y, cuantas más vueltas les daba, menos dudas tenía acerca de lo terriblemente cerca de la verdad que estaba aquello a lo que Lyndon Remus se había visto empujado, pero este estaba siendo manipulado por razones que escapaban a su comprensión.

Confiaba en el corazón de Mario. Aun después de tantos años no creía que hubiera cambiado mucho. Sus sueños estaban entremezclados con su alma. Sin embargo, no confiaba en su mente. Era un idealista; veía el mundo a grandes pinceladas, como quería que fuera. Se había negado a permitir que la experiencia debilitara sus esperanzas o le enseñara a ser realista.

Observó su rostro, tan lleno aún de pasión y esperanza, y siguió su mirada hasta el palco de la familia real, que esa noche estaba vacío. El príncipe de Gales seguramente disfrutaba de algo un poco menos serio que la deliberación de los dioses condenados de Valhala.

—¿Has escogido a propósito *El ocaso de los dioses*? —preguntó.

Algo en su voz llamó la atención de Mario, una nota grave, incluso una sensación de que se agotaba el tiempo. No había rastro de sentido del humor en su mirada cuando respondió.

—No… pero podría haberlo hecho —susurró—. Es el ocaso, Vespasia, para los dioses llenos de defectos que han desaprovechado sus oportunidades y malgastado dinero que no les pertenecía, dinero prestado que no han devuelto. Por culpa de ello morirá de hambre gente buena, y eso enfurece a las víctimas. Suscita indignación en el hombre de la calle, y eso es lo que derroca a los reyes.

—Lo dudo. —A ella no le gustaba llevarle la contraria—. Hace tanto que el príncipe de Gales debe dinero que ahora solo queda una cólera lánguida, no lo bastante explosiva para lo que estás diciendo.

—Eso depende de quién se lo haya prestado —repuso Mario con gravedad—. Si son hombres ricos, banqueros, especuladores y cortesanos... han corrido hasta cierto punto sus propios riesgos y cabe pensar que merecen su suerte. Pero no si el prestamista está arruinado y se hunden otros con él.

Las luces fueron apagándose y se produjo un silencio en el teatro. Vespasia apenas se dio cuenta.

—¿Y es probable que ocurra, Mario?

La orquesta tocó las primeras notas siniestras.

Ella sintió el roce de la mano de Mario en la oscuridad. Seguía habiendo considerable fuerza en él. En todas las ocasiones que la había tocado nunca le había hecho daño, solo roto el corazón.

—Por supuesto que ocurrirá —respondió él—. El príncipe está tan empeñado en su propia destrucción como cualquiera de los dioses de Wagner, y al hundirse se llevará consigo todo el Valhala, a los buenos así como a los malos. Nunca hemos sabido impedirlo. Esa es su tragedia, que no escucharán hasta que sea demasiado tarde. Sin embargo, esta vez contamos con hombres clarividentes y prácticos. Inglaterra es la última de las grandes potencias en oír la voz del hombre de la calle en su protesta contra la injusticia, pero tal vez por ello aprenderá de los que hemos fracasado, y vosotros tendréis éxito.

Se levantó el telón y en el escenario apareció un complicado decorado. A la luz de este Vespasia miró a Mario y vio en su rostro una profunda esperanza, así como el coraje de volver a intentarlo a pesar de todas las batallas perdidas, pero aún no la generosidad de desear la victoria a otros.

Casi deseó que tuviera éxito, por él. La vieja corrupción tenía raíces profundas, pero en muchos casos formaba parte de la vida misma, era ignorancia, no maldad deliberada ni crueldad, solo ceguera. Ella comprendía los argumentos de Charles Voisey contra el privilegio heredado, pero conocía la naturaleza humana lo suficiente para creer que el abuso de poder no hace distinción de personas; afecta tanto al rey como a la gente más corriente.

—Los tiranos no nacen, querido —murmuró—. Se hacen

cuando se presenta la oportunidad, sea cual sea el título que se den a sí mismos.

Mario sonrió.

—Tienes en muy poco al ser humano. Debes tener fe.

Ella tragó saliva para contener el nudo que se le formó en la garganta, y no le contradijo.

11

Después de dejar a Charlotte Pitt siguió andando por la calle en dirección a la fábrica de azúcar. El intenso y empalagoso olor se le introducía por la nariz y la garganta, pero ni la perspectiva de hacer guardia esa noche podía estropear la felicidad que le había inundado al verla, aun por poco tiempo. Estaba exactamente como la había recreado su memoria en las largas noches de soledad: el calor que irradiaba, el contorno de las mejillas, los labios y, por encima de todo, los ojos al sostenerle la mirada.

Se encaminó hacia las puertas de la fábrica y las cruzó. El enorme edificio se elevaba imponente mientras los hombres se abrían paso a codazos. Solo quería averiguar si lo necesitaban esa noche. Casi todas las mañanas pasaba para preguntar.

—Sí —respondió alegremente el vigilante más antiguo. Aquel día se le veía cansado, sus ojos, de un azul desvaído, casi ocultos tras pliegues de piel.

—Bien —respondió Pitt con pesar. Habría preferido dormir—. ¿Cómo está su mujer?

—Pachucha —contestó el vigilante nocturno meneando la cabeza y tratando de sonreír.

—Lo siento. —Pitt lo decía en serio. Siempre preguntaba por ella, y la respuesta variaba de un día para otro, pero la mujer empeoraba y ambos lo sabían. Habló con él un rato más. Billy se sentía solo y siempre necesitaba a alguien con quien compartir sus inquietudes.

Después Pitt se dirigió con prisas al taller de Saul porque se le había hecho tarde. También llegó con retraso a su primer recado, porque un carro de barriles volcó en la calle y se detuvo a ayudar al carretero a volverlos a cargar. La paz que experimentaba en su interior le hacía inmune a las calles grises, la cólera y el miedo que crispaban los nervios.

Esa noche, regresó a Heneagle Street temprano. Isaac aún no había vuelto y Leah estaba atareada en la cocina.

—¿Es usted, Thomas? —preguntó al oír pasos al pie de las escaleras.

Pitt percibió el intenso olor de sus guisos, a hierbas dulces. Se había acostumbrado a ellas y le habían llegado a gustar.

—Sí —respondió—. ¿Cómo está?

Ella nunca respondía directamente.

—¿Tiene hambre? Debería comer más… y no trabajar tan tarde en esa fábrica. No es bueno para usted.

Él sonrió.

—Sí, tengo hambre, y he de hacer el primer turno esta noche.

—¡Entonces pase y coma algo!

Él subió antes a lavarse la cara y las manos, y encontró la ropa limpia que ella le había dejado sobre la cómoda. Cogió la camisa de encima y vio que había dado la vuelta a los puños, de tal manera que los extremos gastados quedaban dentro.

Le embargó una sensación de nostalgia tan abrumadora que por un instante fue casi inconsciente de la habitación en que se encontraba. Era un pequeño detalle doméstico, la clase de cosa que haría Charlotte. La había visto tardes enteras remendar, dar la vuelta a cuellos o puños, la aguja chocando contra el dedal, la luz reflejándose en este, plateada, con cada puntada diminuta.

Luego se puso furioso por tantas mujeres como Leah Karansky, a las que nunca se les preguntaba si querían una revolución, o qué precio estarían dispuestas a pagar por la idea que otra persona tenía de la justicia social o la reforma. Tal vez lo único que ellas querían era a su familia a salvo en casa por la noche y dinero suficiente para poner en la mesa algo que comer.

Pitt examinó las puntadas de Leah en los puños y supo cuánto tiempo había dedicado a la tarea. Debía darle las gracias, hacerle saber que apreciaba la amabilidad, tal vez hablarle de algo interesante al hacerlo. O mejor, escucharla con mucha atención cuando ella hablara.

Después de cenar, sonriendo aún al recordar las historias de Leah, entró en el patio de la fábrica de azúcar en el preciso momento en que llegaba Wally Edwards, con quien iba a compartir la guardia.

—¡Ah, tú otra vez! —exclamó Wally alegremente—. ¿Qué haces con todo tu dinero, eh? Con la seda todo el día y el azúcar por la noche… Alguien está viviendo a lo grande gracias a tu trabajo, seguro.

—¡Yo algún día! —dijo Pitt con un guiño.

Wally rió.

—Oye, me han contado una historia muy graciosa sobre un fabricante de velas y una anciana. —Y sin esperar, pasó a relatársela con deleite.

Un cuarto de hora después Pitt efectuó la primera ronda por su zona, y Wally fue en dirección contraria, todavía riendo para sus adentros. El personal que trabajaba de noche era el mínimo. Las calderas nunca se apagaban, y Pitt echó un vistazo en cada sala y subió por la estrecha escalera a cada planta. Las salas eran pequeñas, de techos bajos para que hubiera el mayor número de pisos. Las ventanas eran diminutas; por fuera, a la luz del día, el edificio no parecía tener ninguna. En esos momentos estaba iluminado por lámparas bien protegidas, porque el jugo de caña era sumamente inflamable.

Cada sala por la que pasaba estaba llena de cubas, barriles, retortas y grandes calderas en forma de disco y cacerolas de varios metros de ancho. Los pocos hombres que todavía trabajaban miraban alrededor y cambiaban unas palabras con él para a continuación seguir con su tarea. En todas partes había un olor dulzón, casi a podrido. A Pitt le parecía que nunca se lo quitaría de la ropa y el pelo.

Media hora después volvió a encontrarse abajo con Wally. Pusieron agua a hervir en un brasero en el patio descubierto y, sentados en los viejos barriles, dentro de los cuales llegaba sin refinar el azúcar de las Antillas, bebieron el té a sorbos hasta que estuvo lo bastante frío. Se contaron chistes e historias, algunas muy largas y solo ligeramente graciosas, pero lo importante era la compañía.

En un par de ocasiones advirtieron un movimiento en la oscuridad. La primera vez Wally fue a investigar y volvió diciendo que creía que había sido un gato. La segunda fue Pitt, y encontró a uno de los encargados de la caldera dormido tras una montaña de toneles. Al despertar había movido uno, que rodó sobre los adoquines.

Cada uno efectuó otra ronda, y luego otra.

Una vez Pitt vio salir a un hombre al que no reconoció. Le pareció de edad más avanzada que la mayoría de los trabajadores, pero la vida en Spitalfields envejecía a sus habitantes. Lo que le llamó la atención fueron sus facciones recias, de huesos delicados, y su tez oscura. El tipo se abstuvo de mirarle, limitándose a levantar una mano en un saludo rápido, y la luz arrancó un destello de una sortija con una piedra negra. El hombre transmitía una inteligencia que continuaba grabada en la memoria de Pitt cuando volvió al patio y encontró a Wally poniendo de nuevo agua a hervir.

—¿Termina el turno algún empleado a esta hora? —preguntó.

Wally se encogió de hombros.

—Algunos. Es un poco temprano, pero a los pobres diablos no les dan las gracias de todos modos. Se escabullen a casa para dormir, supongo. Qué suerte tienen. ¡No me importaría meterme en la cama! —Retiró el cazo del fuego—. ¿Te he contado que una vez subí por el canal hasta Manchester? —Y sin esperar una respuesta, inició el relato.

Dos horas más tarde Pitt estaba en mitad de su siguiente ronda por las salas del piso superior cuando llegó al final del pasillo y observó que la puerta de la oficina de Sissons estaba entornada. Le parecía que no la había visto así en la ronda anterior. ¿Había entrado algún empleado?

La abrió por completo de un empujón, sosteniendo la linterna en alto. La estancia era más amplia que las demás y desde el séptimo piso, al resplandor muy tenue del lucero del alba, vio por encima de los tejados, en dirección sur, el reflejo plateado sobre la brillante superficie del río.

Sosteniendo la linterna en alto, dio vueltas por la habitación.

Sissons estaba sentado a su escritorio, desplomado sobre su superficie brillante. En la mano derecha tenía una pistola, y había un charco de sangre en la madera y el cuero debajo de él. Aún más llamativa, de un blanco deslumbrante al enfocarla con la linterna, era una hoja de papel que la sangre no había alcanzado y, por lo tanto, sin manchar. El tintero estaba a la derecha del escritorio, en la parte delantera, colocado en su base ligeramente hundida, la pluma en su soporte, el cortaplumas al lado.

Helado, con el estómago un tanto revuelto, Pitt dio los dos pasos que lo separaban de Sissons, con cuidado de no tocar nada. No vio huellas ni gotas de sangre en el suelo. Tocó la mejilla de Sissons. Estaba casi fría. Debía de llevar dos o tres horas muerto.

Rodeó el escritorio y leyó la nota. Estaba escrita con caligrafía pulcra, casi pedante.

He hecho todo lo que he podido y he fracasado. Me advirtieron, pero no hice caso. En mi estupidez creí que un príncipe, heredero al trono de Inglaterra y, por lo tanto, de una cuarta parte del mundo, cumpliría su palabra. Le presté dinero, todo el que conseguí reunir, a plazo fijo y con un interés mínimo. Creí que al hacerlo aliviaría sus apuros económicos y, al mismo tiempo, ganaría un poco que podría invertir de nuevo en mi negocio para beneficiar a mis trabajadores.

Qué ciego he estado. Él ha negado la mismísima existencia del préstamo, y estoy acabado. Perderé las fábricas, miles de hombres se quedarán sin empleo, y todos cuantos dependen de ellas morirán del mismo modo. La culpa es mía, por haber confiado en un hombre sin honor. No me siento con fuerzas para vivir y ver lo que ocurre, no puedo soportar ser testigo o enfrentarme a los hombres a los que he destruido.

Estoy haciendo lo único que me queda por hacer. Que Dios me perdone.

JAMES SISSONS

Al lado de la nota había un pagaré por valor de veinte mil libras, firmado por el príncipe de Gales. Pitt se quedó mirando ambos papeles y estos danzaron ante sus ojos. La habitación parecía dar vueltas a su alrededor como si se hallara a bordo de un barco. Apoyó las manos en el escritorio para sostenerse. Ya no era posible ayudar a Sissons. Cuando entrara el primer secretario y lo encontrara, y junto a él la nota y el pagaré, el hecho causaría más daño que media docena de cartuchos de dinamita. Un préstamo no devuelto al príncipe de Gales, para que apostara en las carreras de caballos, bebiera vino y comprara regalos a sus queridas, ¡mientras en Spitalfields mil quinientas familias tenían que salir a mendigar! Las tiendas cerrarían, los comerciantes abandonarían sus negocios, la gente cerraría sus casas con tablones y viviría en las calles.

Se producirían disturbios al lado de los cuales el Domingo

Sangriento de Trafalgar Square parecería una pelea en un patio de recreo. Todo el East End de Londres estallaría.

Y cuando Remus obtuviera la última prueba que necesitaba para desenmascarar al asesino de Whitechapel como alguien al servicio del trono, a nadie le importaría si la reina, el príncipe de Gales o quien fuera había estado informado o lo había consentido; habría una revolución. El viejo orden desaparecería para siempre, reemplazado por la cólera, luego el terror y por último la destrucción implacable, tanto de lo bueno como de lo malo.

La ley sería la primera en resentirse, tanto la que oprimía como la que protegía, y por último toda la ley, hasta la que regía la conciencia y la violencia que llevaba dentro de sí.

Pitt acercó la mano a la carta. Si la rompía, nadie más se enteraría de su existencia. Podía retirar la pistola de la mano de Sissons y deshacerse de ella, dejarla caer en un tonel. Entonces parecería un asesinato. La policía nunca averiguaría quién lo había cometido, porque nadie lo había hecho.

Esa mitad de la conspiración podía detenerse. Así, aun cuando Remus diera a conocer la otra historia, la cólera que se respiraba en Spitalfields no estallaría. Suscitaría furia, pero contra Sissons, no contra el trono.

¿Era eso lo que él quería? Mantuvo la mano en el aire, sobre el papel. Si el príncipe de Gales había tomado prestado dinero para pagar sus lujos, y no lo había devuelto, aun a sabiendas de que eso significaría la ruina para miles de personas, entonces merecía ser destronado, despojado de sus privilegios y abandonado relativamente en la indigencia en que se encontraban ahora los habitantes de Spitalfields. Aun cuando se convirtiera en fugitivo, en refugiado en otro país, su situación no sería peor que la de muchos. Tendría que empezar de cero como un extranjero, como habían hecho Isaac y Leah Karansky, y cientos de miles como ellos. A fin de cuentas todas las vidas humanas eran iguales.

¿Dónde estaba la justicia si Pitt encubría ese monstruoso egoísmo, esa irresponsabilidad criminal, porque el culpable era el príncipe de Gales? Eso lo convertiría en cómplice del pecado.

Y si no lo hacía, un número incalculable de personas que no tenían ni voz ni voto en el asunto se verían afectadas por la violencia que vendría a continuación y la destrucción, que dejaría una estela de pobreza y pérdidas tal vez durante toda una generación.

Estaba totalmente aturdido. Todos los principios por los que se regía su vida le prohibían ocultar la verdad. Sin embargo, aun mientras las ideas se le agolpaban en la cabeza, cogió el papel. Lo arrugó, luego lo desdobló y lo rompió una y otra vez hasta convertirlo en trozos diminutos. Todavía no muy seguro de por qué lo hacía, se guardó el pagaré dentro de la camisa.

Temblaba y notaba el sudor frío en la piel. Se había comprometido. Ya no podía volverse atrás.

Si tenía que parecer un asesinato debía hacer que lo pareciera. Sin duda había investigado suficientes asesinatos para saber qué buscaría la policía. Sissons llevaba muerto al menos dos o tres horas. No había peligro de que sospecharan de él. Era preferible un robo impersonal al odio o la venganza, que darían a entender que era alguien que conocía al propietario de la fábrica.

¿Había dinero en la oficina? Debía crear la impresión de que la habían registrado cuando menos, y deprisa. Por otro lado, no debía parecer que se había quedado allí parado, planteándose qué hacer. Un hombre honrado habría dado la alarma de inmediato. Ya se había retrasado bastante. No era momento para titubear.

Abrió los cajones del escritorio y los vació en el suelo, e hizo lo mismo con los archivadores. Encontró un poco de dinero en efectivo, pero no se vio con fuerzas de cogerlo. En lugar de ello lo escondió debajo de un cajón y volvió a ponerlo en su sitio. No se quedó muy satisfecho, pero tendría que servir.

Ojeó rápidamente otros papeles para ver si había más alusiones al préstamo del príncipe. Todo parecía relacionado con la fábrica y su funcionamiento diario: pedidos y recibos, y unas pocas cartas de intenciones. Una le llamó la atención porque conocía la letra. Se quedó helado mientras la leía:

> Querido amigo:
> Es un sacrificio inmenso el que se dispone a hacer por la causa. Nunca podré expresar la gran admiración que suscita entre sus colegas. Su ruina en manos de cierta persona prenderá un fuego que nunca se apagará y que se verá en toda Europa, y se le recordará con reverencia como un héroe del pueblo.
> Mucho después de que la violencia y la muerte hayan sido relegadas al olvido, su monumento conmemorativo será la paz y la prosperidad de los hombres y mujeres corrientes que llegaron después de usted.
> Se despide con el más profundo respeto.

Estaba firmada con un garabato. En la mente de Pitt estalló como una explosión el hecho de que el autor de la carta estaba al corriente de la bancarrota de Sissons, y seguramente hasta de su muerte. El texto era ambiguo, pero eso parecía intencionado.

Debía destruirla también, y enseguida. Ya oía pasos en el pasillo. Había tardado demasiado en volver. Wally debía de estar buscándolo para asegurarse de que todo estaba en orden.

Rompió la misiva en mil pedazos. No tuvo tiempo de deshacerse de ella, pero al menos sería ilegible. Tendría que buscar la oportunidad de arrojar en una cuba los restos de ambas cartas y la pistola.

Se acercaba a la puerta cuando recordó dónde había visto esa caligrafía. Dio un traspié y se golpeó con la esquina del escritorio al comprender lo que eso implicaba. Había sido durante la investigación de la muerte de Martin Fetters... ¡era la letra de John Adinett!

Se quedó totalmente inmóvil, mareado por un instante, con la pierna dolorida por el golpe que se había dado contra el escritorio, aunque solo era vagamente consciente de ello.

Los pasos de Wally habían llegado casi a la puerta.

Adinett no solo había estado al corriente de la bancarrota de Sissons, ¡lo había elogiado por ella! No era monárquico como se habían pensado, sino todo lo contrario. Entonces ¿quién había matado a Martin Fetters?

Se abrió la puerta y Wally se asomó; la linterna que sostenía en la mano le iluminaba la cara desde abajo, lo que le daba un aspecto fantasmal.

—¿Estás bien, Tom? —preguntó con nerviosismo.

—Sissons está muerto —informó Pitt, y se sobresaltó al oírse la voz tan ronca y al ver cómo le temblaban las manos—. Parece que alguien le ha pegado un tiro. Voy a buscar a la policía. Tú quédate aquí y asegúrate de que no entra nadie.

—¿Un tiro? —Wally estaba perplejo—. ¿Por qué? —Miró hacia la figura desplomada sobre el escritorio—. ¡Dios! Pobre tipo. ¿Qué va a pasar ahora? —Había miedo en su voz y en su rostro, que estaba fláccido de la conmoción y el horror.

Pitt era terriblemente consciente de la pistola que tenía en el bolsillo, así como de los trozos de las dos cartas rotas.

—No lo sé. Pero será mejor que llamemos enseguida a la policía.

—¡Nos echarán la culpa a nosotros! —exclamó Wally con expresión asustada.

—¡No lo harán! —exclamó Pitt, pero la sola idea le produjo ardor en la boca del estómago—. De todos modos no tenemos otra elección. —Pasó junto a Wally y salió sosteniendo la linterna en alto para ver por dónde iba. Debía encontrar una cuba vacía y deshacerse de la pistola.

En la primera sala en que entró había un trabajador nocturno que levantó la vista sin curiosidad; lo mismo ocurrió en la segunda. En la tercera no había nadie, y Pitt levantó la tapa de la cuba y olió el espeso líquido. El papel no se hundiría solo en él, tendría que revolverlo. No quería arriesgarse a que lo encontraran con los trozos, pues todavía podrían recomponer las cartas con cuidado. Los arrojó sobre la superficie y utilizó la pistola para darles vueltas hasta que dejaron de verse; a continuación dejó caer el arma y observó cómo se sumergía lentamente.

Tan pronto como desapareció, salió de nuevo al pasillo y bajó corriendo por las escaleras hasta el patio. Fue derecho a las puertas y recorrió Brick Lane hacia Whitechapel High Street. La aurora se había extendido por el cielo, pero aún faltaba mucho para que se hiciera de día. Las farolas brillaban como lunas moribundas a lo largo de la acera y proyectaban pálidos arcos sobre los adoquines mojados.

Encontró a un agente de policía al doblar la esquina.

—¡Eh, eh! ¿Qué pasa contigo? —preguntó el policía cortándole el paso.

Pitt solo veía su silueta porque estaban entre dos farolas, pero era alto y parecía fornido con la capa y el casco. Era la primera vez en su vida que Pitt tenía miedo de la policía, y era una sensación fría y desagradable, nada propia de él.

—Han pegado un tiro al señor Sissons —dijo jadeando—. En su oficina, en la fábrica de Brick Lane.

—¿Un tiro? —repitió el agente con tono dubitativo—. ¿Estás seguro? ¿Está muy malherido?

—Está muerto.

El policía enmudeció por un instante de perplejidad, luego se recobró.

—Entonces será mejor que vayamos a la comisaría a buscar al inspector Harper. ¿Quién eres tú y cómo es que has encontrado al señor Sissons? ¿Eres el vigilante nocturno?

—Sí. Me llamo Thomas Pitt. Wally Edwards está allí con él. Es el otro vigilante nocturno.

—Entiendo. ¿Sabes dónde está la comisaría de Whitechapel?

—Sí. ¿Quiere que vaya a avisarles?

—Sí. Ve y di que te envía el agente Jenkins, y explícales qué has encontrado en la fábrica. Yo estaré allí. ¿Entendido?

—Sí.

—Pues corre.

Pitt giró sobre sus talones y echó a correr.

Había transcurrido casi una hora cuando volvió a la fábrica de azúcar, no a la oficina de Sissons, sino a otra sala bastante amplia del piso superior. El inspector Harper era muy distinto físicamente del agente Jenkins, más menudo, de cara embotada y barbilla cuadrada. Jenkins estaba de pie junto a la puerta, y Pitt y Wally en el centro de la habitación. Acababa de amanecer, la luz grisácea a través del humo de los muelles, el sol plateado sobre los tramos de río que se vislumbraban a lo lejos.

—Veamos... —empezó a decir Harper—, ¿cómo se llama usted? ¡Pitt! Dígame exactamente qué vio y qué hizo. —Frunció el entrecejo—. ¿Qué hacía en la oficina del señor Sissons, para empezar? No le corresponde entrar en ella, ¿no es así?

—La puerta estaba abierta —contestó Pitt. Tenía las manos sudorosas y rígidas—. No debería haberlo estado, de modo que pensé que tal vez había pasado algo.

—Bueno, bueno. Ahora dígame qué vio exactamente.

Pitt había preparado la respuesta con mucho cuidado, y ya se lo había explicado al sargento de servicio de la comisaría de Whitechapel.

—El señor Sissons estaba sentado ante su escritorio, desplomado sobre él, y había un charco de sangre, de manera que enseguida comprendí que no dormía. Algunos de los cajones del escritorio estaban entreabiertos. No había nadie más en la habitación y las ventanas estaban cerradas.

—¿Por qué lo dice? ¿Qué importancia tiene eso? —lo desafió Harper—. ¡Estamos en un séptimo piso, hombre!

Pitt notó que se le subían los colores. No debía parecer demasiado agudo. Era un vigilante nocturno, no un superintendente de policía.

—Ninguna. Solo me fijé, eso es todo.

—¿Tocó algo?

—No.

—¿Está seguro? —Harper lo escudriñó.

—Sí, estoy seguro.

Harper parecía escéptico.

—Bien, le pegaron un tiro con un arma, una pistola de alguna clase. ¿Dónde está?

Pitt se dio cuenta con una sacudida de que Harper insinuaba que él la había cogido. Sentía la culpabilidad en su rostro encendido. De pronto supo exactamente cómo se habían sentido otras personas cuando él las había interrogado, hombres tal vez culpables de un crimen, pero con otros secretos desesperados que ocultar.

—No lo sé —respondió con toda la firmeza que le fue posible—. Supongo que quien la disparó se la llevó consigo.

—¿Y quién pudo ser esa persona? —preguntó Harper, con los ojos, de un azul pálido, abiertos de par en par—. ¿No es usted el vigilante nocturno? ¿Quién entró y salió? ¿O debo entender que es uno de los hombres que trabajan aquí?

—¡No! —Wally habló por primera vez—. ¿Por qué iban a hacerlo?

—Por ningún motivo en absoluto si tienen un poco de sentido común —afirmó Harper—. Lo más probable es que se pegara él mismo un tiro y que el señor Pitt decidiera llevarse un pequeño recuerdo. Tal vez para venderlo por unos chelines. ¿Era una buena pistola?

Pitt levantó la vista perplejo y le sostuvo la mirada. Fue en ese instante cuando comprendió con un terror escalofriante que Harper había sabido lo que iba a encontrar. Formaba parte del Círculo Interior, y estaba resuelto a establecer que Sissons se había suicidado, independientemente de lo que hubiera hecho Pitt. Este tenía un nudo en la garganta, la boca seca.

Harper sonrió. Era dueño de la situación y lo sabía.

Jenkins cambió el peso del cuerpo de un pie a otro con aire desgraciado.

—No tenemos pruebas de ello, señor.

—¡Tampoco tenemos pruebas de lo contrario! —exclamó Harper con brusquedad, sin apartar la mirada de Pitt—. Tendremos que esperar a ver qué encontramos cuando investiguemos los asuntos del señor Sissons, ¿no?

Wally meneó la cabeza.

—No tiene pruebas para decir que Tom se llevó la pistola, y eso es un hecho. —Le temblaba la voz de miedo, pero su semblante denotaba obstinación—. Además, el señor Sissons no se pegó un tiro, porque yo he visto el cuerpo. ¡Le dispararon en el lado derecho de la cabeza, como si fuera diestro, cosa que no era! Tenía los dedos de la mano derecha rotos y los como se llamen cortados, de modo que no podía doblar los dedos... conque no pudo sostener la pistola para dispararla. Los médicos que lo examinen se lo confirmarán.

Harper estaba desconcertado y furioso. Se volvió hacia Jenkins y se topó con una mirada de callada insolencia e impasibilidad.

—Está bien —dijo con irritación, desviando la vista—. Supongo que será mejor que averigüemos quién ha logrado entrar sin que estos dos diligentes vigilantes nocturnos se dieran cuenta y ha asesinado a su jefe, ¿no?

—¡Sí, señor! —exclamaron los demás.

Harper se pasó el resto de la mañana interrogando no solo a Wally y a Pitt acerca de todos los detalles de su guardia, sino también a todo el personal nocturno y a los numerosos oficinistas que habían llegado para comenzar la jornada.

Pitt no mencionó al hombre que había visto salir. Al principio se lo calló más por instinto que por un motivo fundado. No era algo que se le hubiera ocurrido hacer veinticuatro horas atrás, pero ahora vivía en un nuevo mundo, y se dio cuenta con incredulidad de que durante semanas se había ido uniendo a personas como Wally Edwards, Saul, Isaac Karansky y los demás hombres y mujeres corrientes de Spitalfields que desconfiaban de la ley, la cual raras veces los había protegido y nunca había capturado al asesino de Whitechapel. Creía lo que le había contado Tellman sobre esa investigación, sobre Abberline, hasta sobre el inspector Warren. Los tentáculos de esa conspiración habían llegado hasta el mismo trono.

Sin embargo, no era la misma conspiración que había asesinado a James Sissons y hecho que pareciera un suicidio, o que proporcionaba a Lyndon Remus información que, cuando estuviera completa, pondría al descubierto el mayor escándalo de la historia de la familia real y derribaría el gobierno y, con él, la corona.

Harper formaba parte de ese segundo complot, de eso estaba

seguro. Por lo tanto, no le diría nada más que lo estrictamente necesario.

En segundo lugar, y eso era algo de lo que se había dado cuenta un momento después, la descripción que él podía ofrecer encajaría fácilmente con muchos de sus conocidos: Saul o Isaac, y otros muchos hombres de edad. Y tal vez nada le gustaría más a Harper que utilizarlo como una excusa para avivar los sentimientos antisemitas. Favorecería sus fines acusar a los judíos de la ruina de la fábrica de azúcar. No tanto como acusar al príncipe de Gales, pero más valía eso que nada.

Y así resultó ser. Hacia el mediodía, cuando dejaron marchar a Pitt, Harper había insinuado y parafraseado respuestas hasta tener a un intruso que había sido visto por tres trabajadores nocturnos distintos: un hombre moreno y delgado de aspecto judío, que llevaba en la mano algo en lo que se reflejaba la luz, como el cañón de una pistola. Había subido por las escaleras a hurtadillas, sin hacer ruido, para poco después volver a bajar y desaparecer en la noche.

Pitt se sentía abatido y harto, y más impotente de lo que se había sentido en toda su vida. Su concepto de la ley y todas sus creencias habían cambiado de pronto de patrón. Había visto antes corrupción, pero esta había sido individual, nacida de la codicia o de la debilidad explotada, nunca un cáncer que se propagaba silencioso e invisible por todo el cuerpo de los que creaban la ley y la aplicaban. No había nadie a quien recurrir, nadie a quien los perseguidos o heridos pudieran apelar.

Mientras andaba por Brick Lane en dirección a Heneagle Street, advirtió que estaba profundamente asustado. No se sentía así desde que, siendo niño, había visto cómo se llevaban a su padre y comprendido que no había justicia para salvarlo ni nadie que pudiera ayudarle. No iba a volver a verlo y no podía hacer nada por impedirlo.

Había olvidado cuán horrible era esa sensación, la amargura de la decepción, la soledad al comprender que ese era el final de ese camino en concreto y no había nada más allá aparte de lo que él mismo podía crear.

Pero ahora era un hombre, no un niño. ¡Podía y debía hacer algo! Dio media vuelta y apretó el paso en dirección a Lake Street. Si Narraway no estaba, pediría al zapatero que fuera a buscarlo. Al menos averiguaría en qué bando estaba Narraway, le obligaría a desenmascararse. Tenía muy poco que perder.

Cruzó la calle y pasó junto a un chico que vendía periódicos y vociferaba los titulares. En la Cámara de los Comunes el señor McCartney había preguntado si el conflicto entre los partidos políticos irlandeses impediría votar a los ciudadanos pacíficos. ¿Se les proporcionaría protección?

En París el anarquista Ravachol había sido declarado culpable y condenado a muerte.

En Estados Unidos habían vuelto a nombrar a Grover Cleveland candidato demócrata para la presidencia.

Al llegar a Lake Street pasó junto a otro vendedor de periódicos que sostenía un letrero en el que se leía que James Sissons había sido asesinado en una conspiración para arruinar Spitalfields, y la policía ya contaba con testigos que habían visto a un hombre moreno de aspecto extranjero y trataba de identificarlo. No se mencionaba la palabra «judío», pero para el caso bien podrían haberlo hecho.

Pitt llegó a la tienda del zapatero y dejó recado de que necesitaba hablar inmediatamente con Narraway. Le dijeron que volviera al cabo de treinta minutos.

Cuando lo hizo, Narraway lo esperaba en la pequeña habitación. No estaba sentado donde siempre, sino de pie, como si hubiera estado aguardando a Pitt y se sintiera demasiado agitado para hacer la menor concesión a la idea de que todo iba bien.

—¿Y bien? —preguntó en cuanto Pitt cerró la puerta.

Ahora que había llegado el momento, Pitt titubeó. Tenía las manos sudorosas y el corazón le latía deprisa. Narraway parecía escudriñarlo, pero Pitt seguía sin saber si confiar en él.

—¡Quería decirme algo, Pitt! ¿Qué es?

La voz de Narraway era dura. ¿También estaba asustado? Debía de haberse enterado del asesinato de Sissons y comprendido todas sus implicaciones. Aun cuando fuera miembro del Círculo Interior, no era disturbios lo que quería. Sin embargo, Pitt no tenía a nadie más a quien acudir. Le vino a la cabeza el dicho «Ten una cuchara larga si cenas con el diablo». Pensó en las cinco mujeres de Whitechapel y el carruaje que había dado vueltas por la noche en su busca para matarlas. ¿Era eso mejor que los disturbios, hasta que la revolución?

—¡Por el amor de Dios, hombre! —exclamó Narraway, los ojos oscuros y brillantes, el rostro blanco de agotamiento—. ¡Si tiene algo que decir, dígalo! ¡No me haga perder tiempo!

Esta vez el miedo era inconfundible. No se veía a simple vista, pero Pitt lo sintió como electricidad a través de la piel.

—¡Sissons no ha muerto asesinado como cree la policía! —soltó por fin. Se había comprometido. Ya no era posible echarse atrás—. Fui yo quien lo encontró, y parecía un suicidio. Tenía la pistola en la mano, junto a una carta de despedida en la que afirmaba que se había matado porque estaba arruinado por un préstamo que había hecho y que ahora se negaban a devolverle.

—Entiendo. ¿Y qué ha sido de esa carta? —Esta vez Narraway habló con voz suave, casi inexpresiva.

Pitt sintió una sacudida en el estómago.

—La destruí. —Tragó saliva—. ¡Y también me deshice de la pistola! —No iba a mencionar la carta de Adinett ni el pagaré.

—¿Por qué? —susurró Narraway.

—Porque el préstamo era al príncipe de Gales —respondió Pitt.

—Entiendo. —Narraway se frotó la frente echándose hacia atrás el pelo. En ese único gesto había un cansancio y una comprensión tan profunda que disipó la capa exterior del miedo de Pitt. Quedó extrañamente al descubierto, como si por fin hubiera revelado algo del hombre de verdad.

Narraway se sentó y le invitó a hacer lo mismo con un ademán.

—¿Y qué es eso de un judío al que han visto salir de la fábrica?

Pitt sonrió con ironía.

—Es el intento del inspector Harper de encontrar un cabeza de turco satisfactorio… aunque no tan bueno como el príncipe de Gales.

—¿No tan bueno? —Narraway levantó la vista bruscamente.

Pitt ya no podía volverse atrás, no quedaba ningún lugar seguro.

—Para sus fines —aclaró Pitt—. Pertenece al Círculo Interior. Esperaba la muerte de Sissons. Estaba vestido esperando que lo llamaran. Trató de decir que era un suicidio y acusarme de haber robado la pistola. Lo habría hecho si Wally Edwards no le hubiera plantado cara… y también el agente Jenkins. Fue Wally quien dijo que Sissons no pudo haberse suicidado a causa de una vieja herida: tenía los dedos de la mano derecha inutilizados.

—Entiendo. —El tono de Narraway era amargo—. ¿Y debo

asumir que ahora confía en mí? ¿O está tan desesperado que no tiene otra elección?

Pitt no pensaba aumentar sus mentiras. Además, tal vez Narraway merecía mejor trato, de una manera u otra.

—Creo que tiene el mismo interés que yo en ver el East End envuelto en llamas. Y es cierto, estoy desesperado.

En los ojos de Narraway asomó brevemente un humor negro.

—¿Debo agradecerle al menos eso?

A Pitt le hubiera gustado hablarle de los asesinatos de Whitechapel y de lo que sabía Remus, pero eso habría sido llevar demasiado lejos la confianza y, una vez que lo hubiera contado, no podría volverse atrás. Se encogió muy levemente de hombros y no respondió.

—¿Puede ocuparse de que la policía no acuse a una persona inocente? —preguntó en su lugar.

Narraway soltó una breve carcajada amarga y burlona.

—¡No… no puedo! No puedo impedir que acusen a un pobre judío de la muerte de Sissons si creen que eso los sacará de más apuros. —Se mordió el labio con fuerza, hasta que el dolor se reflejó en su rostro—. Pero lo intentaré. Ahora váyase y haga lo que pueda. ¡Ah, Pitt!

—¿Sí?

—No vaya por ahí contando lo que hizo, sea quien sea quien le arreste. De todos modos no le creerán. Solo conseguirá empeorar las cosas. Esto no tiene nada que ver con la verdad. Estamos hablando de hambre y miedo, y de proteger lo que te pertenece cuando apenas tienes algo que compartir.

—Lo sé —repuso Pitt. También sabía sobre el poder y la ambición política, pero calló. Si Narraway no estaba enterado, no era el momento para abrirle los ojos; si lo estaba, era innecesario. Salió sin decir nada más.

12

Pitt nunca se había sentido tan solo. Era la primera vez en toda su vida de adulto que se había colocado a propósito fuera de la ley. Sin duda había conocido antes el miedo, tanto físico como emocional, pero jamás había experimentado dentro de él semejante división moral, la sensación de ser un extraño en su propio país.

Se despertó con frío, las sábanas revueltas y enmarañadas, medio caídas de la cama. La luz gris de la mañana bañaba la habitación. No se oía a Leah moverse en el piso de abajo. Estaba asustada. Lo había notado en su mirada baja, en la tensión de sus manos, más torpes de lo habitual. La visualizó en la cocina, el rostro tenso de preocupación, siguiendo su ritual matinal de forma mecánica, atenta a oír los pasos de Isaac, tal vez temiendo que Pitt apareciera, porque tendría que fingir delante de él. Era difícil tener en casa a extraños en tiempos de crisis, aunque también tenía sus ventajas. Te obligaba a ocultar el terror que amenazaba con consumirte por dentro. El pánico se posponía.

Después de todo habían asesinado a Sissons y lo habían arreglado para que su muerte pareciera un suicidio, pero Pitt había cambiado las pruebas —de hecho había mentido— a fin de hacer que pareciera de nuevo un asesinato. Había decidido ocultar la verdad, lo que él creía que era la verdad, con objeto de contener los disturbios, tal vez hasta la revolución. ¿Era absurdo?

No. Sabía que en el ambiente se respiraba violencia, miedo, cólera, una desesperación latente que podía encenderse con unas pocas palabras pronunciadas por la persona adecuada en el momento y el lugar oportunos. Y cuando Dismore —seguido de todos los demás editores— publicara el artículo de Lyndon Remus sobre el duque de Clarence y los asesinatos de Whitechapel, la ira se propagaría por todo Londres. Bastaría entonces con una docena de hombres en puestos poderosos, preparados y bien dispuestos, para derribar el gobierno y con él el trono... ¿y cuántas muertes y pérdidas seguirían?

Sin embargo, al tergiversar la verdad Pitt había traicionado al hombre en cuya casa dormía y a cuya mesa se disponía a desayunar, como había cenado la noche anterior.

El dolor que le producía tal pensamiento le revolvió el estómago, y le obligó a levantarse de la cama y cruzar la alfombra confeccionada a mano hasta la cómoda y la jarra de agua. Vació la mitad en la palangana y sumergió las manos en ella para a continuación echársela a la cara.

¿A quién podía pedir ayuda? Tenía prohibido ponerse en contacto con Cornwallis, quien seguramente no podría hacer nada. Tal vez hasta Tellman lo despreciara por lo que había hecho. Pese a toda su furia, Tellman era un hombre conservador que cumplía con rigurosidad sus propias reglas y sabía exactamente cuáles eran. Entre ellas no estaban las mentiras, ni falsificar pruebas ni inducir a error a la ley... fuera cual fuese el fin.

¿Cuántas veces había dicho él mismo que el fin no justifica los medios?

Había confiado a Narraway al menos parte de la verdad, y la sola idea le llenó de un miedo frío, una incertidumbre semejante a las náuseas. ¿Y qué había de Charlotte? Le había hablado tantas veces de la integridad.

Permaneció de pie temblando ligeramente mientras afilaba distraído la cuchilla de afeitar. Afeitarse con agua fría dolería. ¡Pero la mitad del mundo se afeitaba con agua fría!

¿Qué diría Charlotte de Sissons? No importaba lo que dijera, ¿qué pensaría? ¿La defraudaría tanto con su modo de actuar que mataría parte del amor que había visto en su mirada hacía apenas unos días? Era posible amar la vulnerabilidad, tal vez más que la ausencia de ella, pero no la debilidad moral, no el engaño. Cuando desaparecía la confianza, ¿qué quedaba? La compasión... el mantener promesas porque se habían convertido en... ¿un deber?

¿Qué habría hecho ella de haber encontrado a Sissons y la carta?

Pitt se observó en el pequeño espejo cuadrado. Era la misma

cara de siempre, un poco más cansada, más arrugada, pero los ojos no habían cambiado, y tampoco la boca.

¿Siempre habían existido esas posibilidades dentro de él? ¿O el mundo había cambiado?

Quedándose allí de pie dándole vueltas no lograría nada. Los acontecimientos no le esperarían, y la decisión ya había sido tomada en la oficina de Sissons. Ahora debía salvar todo lo posible.

Mientras se rasuraba las mejillas, sin importarle el escozor ni el roce de la cuchilla, se dio cuenta de que en su mente había tomado forma que la única persona en la que confiaba y que tenía cierto poder para ayudarlo era Vespasia. Estaba totalmente seguro de sus lealtades, su coraje y, tal vez igual de importante, su cólera. Se indignaría tanto como él al imaginar lo que habría ocurrido si los disturbios hubieran estallado y se hubieran extendido por el East End, o si los hubieran contenido y ahorcado a algún miembro de la comunidad judía por un crimen que no había cometido, porque eran los corruptos y llenos de perjuicios los que aplicaban la ley.

Eso sería también una especie de derrocamiento del gobierno. Parecería que afectaba a menos personas, pero ¿acaso no acabaría corrompiendo a todos? Si la ley no hacía distinción entre inocentes y culpables, y se limitaba a ser conveniente para los que estaban en el poder, entonces era peor que inútil. Era un mal que se hacía pasar por bien, hasta que al final no engañaba a nadie y se convertía en algo odioso. Entonces no solo desaparecía la realidad de la ley, sino que el concepto quedaba destruido en la mente de la gente.

No se había afeitado muy bien, pero no importaba. Se lavó con el resto del agua fría y se vistió. No se sentía con fuerzas de enfrentarse a Isaac y a Leah durante el desayuno, y tampoco disponía de mucho tiempo. Si era una cobardía, aquel día era un pequeño pecado en la balanza.

Les dio los buenos días apresuradamente y sin ofrecer ninguna explicación se marchó. Recorrió a paso rápido Brick Lane hasta Whitechapel High Street y la estación de Aldgate. Debía ver a Vespasia, a pesar de la hora.

Todos los periódicos de la mañana recogían la noticia del asesinato de Sissons. De hecho, había un retrato a tinta del presunto asesino, elaborado a partir de las descripciones que Harper había sonsacado a los reacios trabajadores nocturnos de la fábrica, así como a un vagabundo que deambulaba por Brick Lane y afirmaba haber visto pasar a alguien. Con un poco de imaginación el rostro del dibujo podría ser el de Saul, o el de Isaac, o el de otra docena de personas que Pitt conocía. Aún peor era la insinuación en letra impresa de que el asesinato estaba relacionado con un préstamo de dinero a intereses abusivos y la negativa a devolverlo.

Pitt se sentía furioso y abatido, pero sabía que era inútil tratar de desmentirlo. El miedo a la pobreza era demasiado fuerte para atender a razones.

No eran ni las nueve cuando llegó a casa de Vespasia, y esta aún no se había levantado. La doncella que acudió a abrir la puerta parecía sorprendida de que alguien, y no digamos un Pitt con un aspecto insólitamente zarrapastroso, llamara a tales horas.

—Es urgente que hable con lady Vespasia tan pronto como pueda recibirme —dijo él con algo menos que su habitual cortesía. En su voz se percibía tensión.

—Sí, señor —repuso la doncella tras un breve titubeo—. Si quiere pasar, avisaré a la señora de que está aquí.

—Gracias —dijo él, agradecido de haber estado las suficientes veces allí para que la doncella lo reconociera, y de que Vespasia siempre hubiera sido lo bastante excéntrica en sus afectos para que no se cuestionara su presencia.

Se quedó de pie en la sala dorada del desayuno que daba al jardín, donde la criada le había pedido que esperara.

Al cabo de quince minutos apareció Vespasia con una bata larga de seda color marfil, el cabello recogido con prisas y una expresión preocupada.

—¿Ha pasado algo, Thomas? —preguntó sin preámbulos. No había necesidad de añadir que Pitt estaba ojeroso y que ningún suceso corriente podía haberlo traído a esa hora del día y en semejante estado.

—Han pasado muchas cosas —respondió él. Apartó una silla y la sostuvo mientras ella se sentaba—. Y son más desagradables y peligrosas que mis peores fantasías.

Ella señaló con un gesto la silla que había al otro lado de la elegante mesa octogonal. Una doncella había añadido otro cubierto, adelantándose a los deseos de su señora.

—Será mejor que me lo cuentes —ordenó Vespasia. Lo miró con ojo crítico y agregó—: Podrías hacerlo mientras desayunas.

—No era una pregunta—. Aunque tal vez sea prudente que calles mientras los criados están en la habitación.

—Gracias —aceptó él. Ya empezaba a sentirse menos desesperado que al llegar. Advirtió con sorpresa lo mucho que apreciaba a esa mujer singular, cuyo linaje, herencia y vida entera eran tan diferentes de los suyos. Contempló su hermoso rostro de huesos delicados y tez frágil, los ojos de párpados caídos, las finas arrugas que traían consigo los años, y supo la irremediable sensación de pérdida que se apoderaría de él cuando ella ya no estuviera allí. No tenía coraje para utilizar la palabra «muerta» ni aun en lo más recóndito de su mente.

—Thomas… —lo alentó ella.

—¿Se ha enterado de la muerte de Sissons, el fabricante de azúcar? —preguntó él.

—Sí. Por lo visto lo asesinaron —dijo ella—. Los periódicos dan a entender que fue un prestamista judío. Me sorprendería mucho que fuera verdad. Supongo que no lo es y tú lo sabes.

—Sí. —No había tiempo para mostrarse prudente o cauteloso—. Lo encontré yo. Pensé que era un suicidio, porque había una carta de despedida. —Explicó brevemente su contenido. Luego, sin decir nada le tendió el pagaré para que lo leyera.

Vespasia lo examinó, a continuación se acercó al escritorio y cogió una nota escrita a mano. Comparó ambas hojas de papel y sonrió.

—Se parece mucho —observó—, pero no es perfecta. ¿Quieres que te la devuelva?

—Creo que estará más segura en sus manos —respondió él, sorprendentemente aliviado al pensar que no exageraba.

Le habló de la carta de Adinett y lo que había deducido de ella. La observó mientras hablaba y percibió en su rostro tristeza y cólera, pero no asombro. El hecho de que le creyera lo reconfortó un poco.

Más difícil le resultó referir lo que había hecho, pero no había modo de evitarlo. Sería inexcusable tener en consideración los sentimientos personales en un momento como ese.

—Rompí las dos cartas y me llevé la pistola al salir, y las arrojé en una cuba —explicó con voz entrecortada—. Hice que pareciera un asesinato.

—Entiendo. —Vespasia hizo un leve gesto de asentimiento.

Pitt esperó a que añadiera algo más, ver su sorpresa y cómo

se distanciaba de aquel acto, pero no ocurrió nada de eso. ¿Tan bien se le daba a Vespasia ocultar lo que pensaba? Podía ser. Tal vez había visto tanta doblez y traición a lo largo de su vida que ya nada la escandalizaba. ¡O quizá no esperaba otra cosa de él! ¿Hasta qué punto la conocía? ¿Por qué había dado por sentado que lo consideraba tan honrado que cualquier cosa que hiciera o dejara de hacer la afectaría de forma más que tangencial?

—No; no lo entiende —repuso él, la voz afilada por el dolor y la cólera—. Me enteré por Wally Edwards, el otro vigilante nocturno, de que Sissons tenía una herida en la mano derecha y no pudo apretar él mismo el gatillo. Hice que un asesinato disfrazado de suicidio volviera a parecer un asesinato. —Respiró hondo—. Y creo que vi al hombre que lo hizo, pero no tengo ni idea de quién era, solo que nunca le había visto.

Ella esperó a que continuara.

—Era mayor, de pelo moreno con canas, piel oscura y rostro de huesos delicados. Llevaba una sortija de sello con una piedra oscura. Si era uno de los judíos del barrio, yo no lo conocía.

Vespasia permaneció callada tanto rato que él empezó a temer que no lo hubiera oído o entendido. La miró fijamente. Había una profunda tristeza en sus ojos. Se había encerrado en sí misma, concentrada en algo que él no podía adivinar siquiera.

Titubeó, sin saber si interrumpirla o no. Las preguntas se le agolpaban en la cabeza. ¿Había hecho bien al molestarla para contarle lo sucedido? ¿Esperaba demasiado de ella, creyéndola sobrehumana, atribuyéndole una fuerza que era imposible que poseyera?

—Tía Vespasia... —Al instante se dio cuenta avergonzado de que se había dirigido a ella con excesiva familiaridad. ¡No era tía suya! Era la tía política de la hermana de su mujer! Eso era un atrevimiento intolerable—. Yo...

—Sí, te he oído, Thomas —susurró ella sin dar muestras de estar enfadada o ofendida, solo desconcertada—. Me preguntaba si ha sido deliberado o un acto oportunista. Esta última posibilidad no me parece verosímil. Debe de haber sido algo planeado para avergonzar a la corona o, peor, para causar disturbios que podrían utilizarse... —Frunció el entrecejo—. Pero eso es muy despiadado. Yo... —Levantó un hombro de forma casi imperceptible. Pitt advirtió lo delgada que estaba bajo la seda de la bata, y percibió de nuevo su fragilidad y al mismo tiempo su fuerza.

—Hay algo más —murmuró.

—Tiene que haberlo —convino ella—. Esto solo carece de sentido. No conseguiría nada permanente.

Pitt tuvo de pronto la sensación de que volvían a ser aliados. Se avergonzó de haber dudado de su generosidad de espíritu. Tratando de encontrar las palabras adecuadas reprodujo lo que Tellman le había explicado sobre el duque de Clarence y Annie Crook, y su historia trágica.

El rostro de Vespasia palideció aún más, y la luz de la mañana puso de relieve tanto su belleza como sus años, la pasión de todo cuanto había visto a lo largo de su vida. La intensidad con que la había sentido y comprendido se reflejaba en sus ojos y sus labios.

—Entiendo —dijo cuando él terminó—. ¿Y dónde está ahora Remus?

—No lo sé —admitió Pitt—. Buscando la última prueba, supongo. Si la tuviera, Dismore ya la habría publicado.

Vespasia meneó levemente la cabeza.

—Creo, por lo que dices, que la intención era darlo a conocer al mismo tiempo que el suicidio de Sissons, y que tú lo has impedido. Tal vez contemos con un par de días de gracia.

—¿Para hacer qué? —preguntó él con una brusca nota de desesperación en la voz—. No tengo ni idea de en quién puedo confiar. ¡Cualquiera puede ser del Círculo Interior! —Volvió a sentir cómo la oscuridad impenetrable y sofocante lo cercaba. Quería continuar, decir algo que describiera la enormidad de todo ello, pero no sabía cómo hacerlo salvo repitiendo las mismas palabras desesperadas e inadecuadas una y otra vez.

—Si el Círculo Interior está en el centro de esta conspiración —dijo Vespasia, casi tanto para sí como para él—, entonces lo que pretenden es derribar el gobierno y el trono para reemplazarlo con otra autoridad, seguramente una república.

—Sí —convino él—, pero saberlo no nos ayuda a encontrarlos, y menos aún impedir que eso ocurra.

Ella meneó levemente la cabeza.

—No es eso, Thomas. Si la intención del Círculo Interior es implantar una república, entonces no pudieron ser ellos los que encubrieron la trágica boda del duque de Clarence o asesinaron a las cinco desgraciadas para asegurarse de que nunca se supiera. —Lo miró con fijeza, sin parpadear.

—En tal caso hay dos conspiraciones... —susurró él—. ¿Quién más está implicado? ¿No será... el mismo trono?

—Por Dios, no —respondió ella—. No puedo asegurarlo, pero diría que los masones. Tienen la autoridad y el deseo de proteger la corona y el gobierno.

Él trató de imaginarlo.

—Pero ¿serían capaces...?

Vespasia esbozó una sonrisa.

—Los hombres son capaces de todo si creen suficientemente en la causa y han prestado juramentos que no se atreven a romper. Por supuesto, también es posible que no tenga nada que ver con ellos. Tal vez nunca lo sepamos. En todo caso alguien ha roto un juramento o ha sido sumamente descuidado, y otra persona ha sido más lista de lo que nadie había previsto, porque el Círculo Interior tiene ahora el poder de destruirlo todo y parece que eso es lo que pretende. —Respiró hondo—. Tú los has entretenido, Thomas, pero dudo que se den por vencidos.

—Y entretanto habré conseguido poner en peligro a la mitad de los judíos de Spitalfields y seguramente hacer que ahorquen a uno de ellos por un crimen que tal vez no ha cometido —añadió Pitt, que detestó el tono de autodesprecio de su voz en cuanto lo oyó.

Vespasia le miró con cierta irritación.

¿Hay algún modo de averiguar si la historia de Clarence es cierta? —preguntó él. No estaba seguro de qué buscaba, solo que permanecer inactivo equivalía a darse por vencido.

—No creo que importe ya —respondió ella; la cólera de su mirada se había suavizado—. Podría ser cierta, y dudo que alguien pueda refutarla, que es todo lo que necesitará el Círculo Interior. El escándalo que provocaría haría que nadie vacilara ni un instante en sopesar o juzgar los hechos. Si hay que impedir que el incidente sea del dominio público, es preciso hacerlo antes de que lo vocee alguien de fuera del Círculo. —En sus labios apareció un esbozo de sonrisa—. Como tú, no estoy segura de en quién puedo confiar. En cuestiones de ética creo que en nadie. Hay ocasiones en que uno está solo y tal vez esta sea una de ellas. No obstante, ciertas personas tienen unos intereses que creo poder juzgar lo bastante bien para saber de qué modo actuarán si se les presiona.

—¡Tenga cuidado! —Pitt estaba aterrorizado por Vespasia.

No debería haber hablado, se dio cuenta de ello mientras lo decía. Era una impertinencia, pero ya no le importaba.

Ella no se molestó en decir nada respecto a su advertencia.

—Será mejor que trates de hacer algo para ayudar a tus amigos judíos —afirmó—. Creo que es inútil intentar averiguar quién mató a Sissons, quien al parecer era un ingenuo… hasta cierto punto de buen grado. No previó que acabaría muriendo. Calculó mal el poder o la maldad de las conspiraciones en las que participó. Hay tantos idealistas que creen que el fin justifica cualquier medio, hombres que empiezan noblemente… —No concluyó el pensamiento, que se desvaneció poco a poco llevándose sus fantasmas del pasado.

—¿Qué piensa hacer? —inquirió Pitt. Temía por Vespasia y se sentía culpable por haber acudido a ella.

—Solo se me ocurre una cosa que podamos hacer —respondió ella con la mirada perdida—. Hay dos alianzas monstruosas. Debemos volver una contra otra, y rezar para que el resultado sea más destructivo para ellos que para nosotros.

—Pero… —empezó a protestar Pitt.

Vespasia se volvió hacia él con las cejas ligeramente arqueadas.

—¿Tienes una idea mejor, Thomas?

—No.

—Entonces vuelve a Spitalfields y haz lo posible por impedir que unos inocentes paguen por nuestros desastres. Vale la pena intentarlo.

Pitt se levantó y le dio las gracias, resuelto a hacer lo que ella le había dicho. Solo cuando estuvo de nuevo en la calle, en medio del tráfico de la mañana, cayó en la cuenta de que aún no había desayunado. Los criados habían sido demasiado considerados para interrumpirlos con trivialidades como la comida.

En cuanto Pitt se hubo marchado, Vespasia tocó el timbre y la doncella entró con té recién hecho y tostadas. Mientras desayunaba, dio vueltas a todas las posibilidades. Un pensamiento tenía prioridad sobre todos los demás, pero se negó a considerarlo aún.

Primero atendería el problema inmediato. Poco importaba que en realidad Sissons no hubiera prestado dinero al príncipe de Gales, siempre que el Círculo Interior se las hubiera ingeniado para que pareciera que lo había hecho. Y estaba convencida de que se habrían ocupado de todos los demás aspectos necesarios para crear el fraude. Por lo tanto, las fábricas de azúcar se cerrarían. Ese era el objetivo del asesinato. Los hombres corrientes de Spitalfields no se amotinarían a no ser que perdieran sus empleos.

Por consiguiente, debía hacer algo inmediatamente para impedirlo, al menos a corto plazo. A más largo plazo podría buscarse alguna otra solución… seguramente hasta un gesto majestuoso del príncipe. Eso le brindaría una oportunidad para redimirse, cuando menos en parte.

Subió a su habitación y se atavió con mucho esmero con un vestido gris oscuro de falda amplia y espléndidos encajes en el cuello y las mangas. Cogió una sombrilla a juego y pidió el coche.

Llegó a Connaught Place a las once y media, una hora poco apropiada para hacer una visita, pero se trataba de una emergencia y así se lo había dicho por teléfono a lady Churchill.

Randolph Churchill la esperaba en su gabinete. Cuando la hicieron pasar, él se levantó de su escritorio, su tersa cara con una expresión severa, el disgusto solo contenido por los buenos modales y tal vez la curiosidad.

—Buenos días, lady Vespasia. Siempre es un placer verla, pero reconozco que su mensaje ha causado cierta alarma. Por favor…

Se disponía a decir «siéntese», pero ella ya lo había hecho. No tenía intención de permitir que nadie, ni siquiera Randolph Churchill, la pusiera en situación de desventaja.

—…Y dígame qué puedo hacer por usted —concluyó volviendo a tomar asiento.

—No hay tiempo que perder con cumplidos —dijo ella lacónicamente—. Sin duda está al corriente de que James Sissons, fabricante de azúcar de Spitalfields, fue asesinado hace dos días. —No esperó a que lo confirmara—. En realidad la intención era que pareciera un suicidio; había una carta de despedida en la que atribuía su bancarrota a un préstamo que había hecho al príncipe de Gales y que este se negaba a devolver. Como consecuencia, sus tres fábricas iban a quebrar y al menos mil quinientas familias de Spitalfields se verían en la miseria. —Se interrumpió.

Churchill estaba pálido.

—Veo que comprende el problema —continuó ella secamente—. Podría ser de lo más desagradable que ocurrieran tales cierres. A decir verdad, junto con otras desgracias que tal vez no podamos impedir, podrían hasta causar la caída del gobierno y del trono.

—Oh... —Churchill se disponía a protestar.

—Tengo suficientes años para haber conocido a testigos de la Revolución francesa, Randolph —lo interrumpió ella con tono gélido—. Tampoco creyeron que ocurriría... aun con el ruido de las carretas por las calles se negaron a creerlo.

Él se relajó un poco, como si su energía para protestar hubiera quedado consumida por el miedo. Tenía los ojos muy abiertos, la respiración agitada, sus delicadas y elegantes manos rígidas sobre la pulida superficie del escritorio. La observaba casi sin parpadear. Era la primera vez en su vida que ella lo veía tan nervioso.

—Por fortuna —prosiguió Vespasia— tenemos amigos, y uno de ellos ha resultado ser la persona que descubrió el cadáver de Sissons. Tuvo la previsión de deshacerse de la pistola y el pagaré, y destruir la carta, a fin de hacer que la muerte de Sissons pareciera un asesinato. Pero eso solo es una solución temporal. Debemos encargarnos de que las fábricas sigan funcionando y los hombres continúen cobrando. —Lo miró fijamente, con un amago de sonrisa en los labios—. Supongo que tiene amigos que se sentirán como usted y estarán dispuestos a colaborar para conseguirlo. Sería muy inteligente de su parte, en su propio interés, por no hablar del gesto moral. Y si se hiciera de tal modo que la gente se enterara, sospecho que la noticia sería recibida con considerable gratitud. El príncipe de Gales, por ejemplo, podría verse convertido en el héroe del día, en lugar del responsable. Tiene su lado irónico, ¿no le parece?

Churchill respiró hondo y exhaló un prolongado suspiro. Se sentía aliviado; se reflejaba en su cara pese a su intento de disimularlo. Tampoco podía evitar sentirse intimidado ante Vespasia, y eso también se notaba. Por un instante contempló la posibilidad de recurrir a evasivas y fingir que consideraba la idea para a continuación desecharla por absurda. Los dos sabían que la aceptaría, que debía hacerlo.

—Una solución excelente, lady Vespasia —dijo con toda la solemnidad de que fue capaz, pero la voz no sonó del todo firme—. Me ocuparé de que se ponga en práctica de inmediato... antes de que se produzcan verdaderos daños. Sin duda es... una suerte que tengamos un... amigo... tan bien situado.

—Y con iniciativa para actuar, poniéndose él mismo en peligro —añadió Vespasia—. Hay quienes le harían la vida sumamente difícil si se enteraran.

Churchill esbozó una débil sonrisa, con los labios apretados en una fina línea.

—Confiemos en que eso no ocurra. Ahora debo ocuparme de este asunto de la fábrica de azúcar.

—Por supuesto. —Vespasia se levantó—. No hay tiempo que perder. —No le dio las gracias por haberla recibido. Ambos sabían que era más en interés de él, y ella no fingió. Churchill no le caía bien; tenía serias sospechas, rayanas en la certeza, sobre lo profundamente implicado que había estado en los asesinatos de Whitechapel, aunque no había pruebas. Ella lo estaba utilizando y no pensaba simular lo contrario. Inclinó levemente la cabeza cuando él pasó a su lado para abrirle la puerta y sostenerla abierta mientras ella cruzaba el umbral—. Buenos días —dijo con un amago de sonrisa—. Le deseo éxito.

—Buenos días, lady Vespasia —repuso él. Estaba agradecido, pero no a ella, sino a las circunstancias, al interés común.

Había otra cuestión, más triste y mucho más dolorosa, pero Vespasia aún no estaba preparada para enfrentarse a ella.

Pitt se pasó todo el camino desde la casa de Vespasia hasta Spitalfields reflexionando sobre lo que podía hacer para impedir que un inocente se convirtiera en cabeza de turco del asesinato de Sissons. Había oído los rumores que corrían sobre las sospechas que tenía la policía. Los últimos dibujos se parecían cada vez más a Isaac. Solo era cuestión de días, tal vez horas, que se mencionara su nombre. Harper se encargaría de ello. Tenía que arrestar a alguien para aplacar la creciente cólera, e Isaac Karansky serviría a la perfección. Su delito era ser judío y diferente, líder de una comunidad claramente distinguible que cuidaba de lo suyo. La muerte de Sissons era un mero pretexto. La usura constituía un enemigo común, una acusación no probada pero grabada en la mente a lo largo de los siglos, de boca en boca, a través del chismorreo, y la causa de una docena de males de otro modo inexplicables.

Pitt contaba con una ventaja: había sido el primero en llegar al lugar de los hechos y era por lo tanto un testigo. Podía buscar una excusa para acudir de nuevo a Harper y hablar con él.

Cuando se apeó del tren en la estación de Aldgate Street, ya había tomado una decisión y ensayaba mentalmente lo que iba a decir.

Echó a andar con brío. Alguien debía de haber matado a Sissons y, como había dicho Vespasia, sería un miembro del Círculo Interior. Era casi seguro que nunca averiguara quién había sido. Harper haría todo lo posible por que así fuera.

Al mediodía hacía calor en las calles y olía mal, las alcantarillas estaban casi secas, las basuras amontonadas. Los ánimos estaban caldeados. Se respiraba miedo en el ambiente. La gente parecía incapaz de concentrarse en tareas triviales. Se producían peleas por nada: una equivocación en el cambio, un hombre que chocaba con otro, un cargamento volcado, un caballo obstinado, una carreta mal aparcada.

Los agentes de policía hacían sus rondas tensos, con las porras balanceándose en el costado. Tanto los hombres como las mujeres les lanzaban improperios. De vez en cuando alguien más atrevido arrojaba una piedra o una verdura podrida. Los niños lloriqueaban sin saber de qué tenían miedo.

Un carterista fue capturado y le apalearon con saña. Nadie intervino ni fue a buscar a la policía.

Pitt seguía sin saber si podía confiar en Narraway, pero tal vez averiguara algo a través de él sin delatar nada.

Narraway podía ser del Círculo Interior o masón, y estar dispuesto a todo, a arriesgar lo que fuera, con tal de salvar el orden establecido, el poder investido, la corona. O podía no ser ninguna de las dos cosas, sino sencillamente lo que afirmaba ser: un hombre que trataba de tener controlados a los anarquistas e impedir que se produjeran disturbios en Londres.

Pitt lo encontró en la misma habitación trasera de siempre. Parecía cansado y nervioso.

—¿Qué desea? —preguntó Narraway con tono seco.

Pitt había cambiado una docena de veces de parecer sobre qué decir, y seguía sin estar convencido. Escudriñó la cara de Narraway, los ojos inteligentes y hundidos, las profundas arrugas que se extendían de la nariz a la boca. Sería poco prudente subestimarlo.

—Karansky no mató a James Sissons —dijo sin rodeos—. Es

la forma que tiene Harper de culpar a alguien. Está coaccionando a los testigos e inventándose esa descripción.

—¿Ah, sí? ¿Está seguro? —preguntó Narraway con voz inexpresiva.

—¿No lo está usted? —inquirió Pitt—. Conoce Spitalfields e hizo que me alojara con Karansky. ¿Lo creía capaz de asesinar?

—Casi todos los hombres son capaces de asesinar, Pitt, hasta Isaac Karansky, si hay en juego suficientes cosas. Y si no lo sabe, no debería dedicarse a esta clase de trabajo.

Pitt aceptó la reprimenda. Había formulado la pregunta con torpeza. Dejaba ver su nerviosismo.

—¿Creía usted que estaba planeando una insurrección? ¿O el castigo a prestatarios que no pagan usura? —se corrigió.

Narraway torció el gesto.

—No. Para empezar, nunca pensé que fuera prestamista. Es el cabecilla de un grupo de judíos que cuidan de los suyos. Se trata de caridad, no de un negocio.

Pitt se sobresaltó. Ignoraba que Narraway estuviera al corriente de ello. Se relajó un poco.

—Harper cree que puede echarle la culpa. Cada vez está más cerca de conseguirlo —aseveró con tono apremiante—. Arrestarán a Karansky si logran inventar una prueba más. Y no costará mucho con el sentimiento antisemita que hay en estos momentos.

Narraway parecía cansado y su voz traslucía desencanto.

—¿Por qué me dice esto, Pitt? ¿Cree que no lo sé?

Pitt tomó una bocanada de aire, listo para desafiarle y acusarle de indiferencia, de faltar a su deber o incluso al honor. Luego le miró a los ojos con más detenimiento y percibió la decepción, el cansancio interno de derrota tras derrota, y exhaló sin decir lo que tenía en la punta de la lengua. ¿Debía confiarle la verdad? ¿Era Narraway un cínico, un oportunista que se pondría del lado de quien creyera que iba a resultar ganador? ¿O un hombre harto de demasiadas pérdidas, pequeñas injusticias y desesperación? Excesiva información en un mar de pobreza... justo al lado de la opulencia. Se precisaba mucho coraje para seguir librando batallas cuando se sabía que era imposible ganar la guerra.

—No se quede ahí parado atestando la oficina más de lo que ya está, Pitt —dijo Narraway con impaciencia—. Sé que la policía busca un cabeza de turco, y Karansky les servirá a la perfección. Todavía les duelen los asesinatos de Whitechapel de hace cuatro años, y no dejarán que este quede sin resolver, aunque la solución no encaje. Quieren que la gente los elogie, y Karansky les viene bien. Si yo pudiera salvarle lo haría. Es un buen hombre. El mejor consejo que puedo dar a Karansky es que se largue de Londres. Que coja un barco a Rotterdam o Bremen, o a donde sea que salga el próximo.

Los argumentos se agolpaban en la cabeza de Pitt: sobre el honor, el dejarse vencer por la anarquía y la injusticia, la mismísima existencia de la ley si tal era su valor. Se desvanecieron antes de que los expresara. Narraway debía de habérselos repetido a sí mismo. Eran nuevos para Pitt. Habían hecho tambalear su fe en los principios que lo habían guiado toda su vida; habían disminuido el valor de todo aquello por lo que había trabajado, todas sus suposiciones acerca de la sociedad de la que se había considerado una parte. Si llegado el momento de la verdad todo lo que la ley podía decir a un hombre acusado injustamente era «huye», ¿por qué confiar en ella y respetarla? Sus ideales eran huecos, bonitos pero vacíos de contenido, como una burbuja que reventaba al primer pinchazo.

Se encorvó y hundió las manos en los bolsillos.

—Sabían quién era el asesino de Whitechapel y por qué —dijo con osadía—. Lo ocultaron para proteger el trono. —Observó la reacción de Narraway, que permaneció sentado totalmente inmóvil.

—¿De veras? —susurró—. ¿Y cómo cree que habría afectado al trono el hecho de que lo capturaran, Pitt?

Este se quedó helado. Se había equivocado. Lo comprendió en ese instante. Narraway era uno de ellos: no formaba parte del Círculo Interior, pero era masón, como Abberline o el inspector Warren, y sabía Dios quién más… sin duda el médico de la reina, sir William Gull. Por un instante el pánico se apoderó de él, una urgencia física casi insoportable de dar media vuelta e irse corriendo, salir de la tienda, bajar por la calle y desaparecer por esos callejones grises hasta perderse. Sabía que no podría hacerlo lo bastante deprisa. Lo encontrarían. Ni siquiera sabía quién más trabajaba para Narraway.

Además, estaba furioso. No tenía ningún sentido, pero su indignación era mayor que el pánico.

—Porque los asesinatos fueron cometidos para ocultar el matrimonio del duque de Clarence con una mujer católica llamada Annie Crook y el hecho de que tuvieran un hija —dijo con tono áspero.

Narraway abrió los ojos como platos de forma tan fugaz que Pitt no estaba seguro de si lo había visto o lo había imaginado. ¿Sorpresa? ¿Por la noticia o porque Pitt estuviera al corriente?

—¿Lo ha descubierto estando en Spitalfields? —preguntó Narraway. Se pasó la lengua por los labios, como si tuviera la boca seca.

—No. Me lo han contado —respondió Pitt—. Hay un periodista que tiene todas las piezas menos una, o al menos las tenía. Podría tenerlas todas mientras hablamos, pero los periódicos aún no lo han publicado.

—Ya veo. ¿Y no le pareció oportuno informarme de ello? —El rostro de Narraway era inescrutable, los ojos le brillaban bajo los párpados caídos, la voz era muy suave, amenazadoramente cortés.

Pitt dijo la verdad.

—Los masones son los responsables… eso es lo que ocurrió. El Círculo Interior está proporcionando al periodista dato tras dato, para que este los dé a conocer en el momento que a ellos les convenga. La mitad de los policías más antiguos encargados del caso intervinieron en el primer crimen. El asesinato de Sissons ha sido cosa del Círculo Interior. Usted podría estar con unos o con otros, no tengo forma de saberlo.

Narraway respiró hondo y se hundió en su asiento.

—Entonces ha corrido un gran riesgo al contármelo, ¿no le parece? ¿Va a decirme que tiene un arma en el bolsillo y me pegará un tiro si no tomo la decisión acertada?

—No; no tengo ninguna. —Pitt se sentó frente a él en la única silla—. Y el riesgo merece la pena. Si es usted mason detendrá al Círculo Interior, o lo intentará. Si pertenece a este, desenmascarará a los masones y supongo que derribará la monarquía, pero para hacerlo tendrá que volver a declarar que la muerte de Sissons fue un suicidio, y eso salvará por lo menos a Karansky.

Narraway se irguió lentamente en el asiento. Cuando habló lo hizo con dureza. Sus elegantes manos descansaban sobre la mesa, y era inconfundible su cólera, así como la amenaza.

—Supongo que debería estarle agradecido por habérmelo dicho. —Sus palabras destilaban sarcasmo, dirigido tanto a sí mismo como a Pitt. Por un instante pareció que iba a añadir algo, pero cambió de parecer.

Pitt se preguntó si Narraway sentía la misma indignación que él, la misma confusión al ver no solo que la ley fallaba en ese caso, sino que no había un poder más elevado al que dirigirse, una justicia superior a la que recurrir. Esta estaba corrupta hasta la médula.

—Váyase y haga todo lo que pueda por Karansky —agregó Narraway con tono inexpresivo—. En caso de que tenga alguna duda, es una orden.

Pitt casi sonrió. Esa fue la única luz tenue en la oscuridad. Asintió y se levantó para marcharse. Iría derecho a Heneagle Street. Pensó con amargura que él, que había estado al servicio de la ley toda su vida de adulto, no podía hacer nada más por la justicia que prevenir a un hombre inocente y ayudarle a convertirse en un fugitivo, porque la ley no le brindaba ni seguridad ni protección. Tendría que dejar atrás su hogar, a sus amigos, la comunidad a la que había servido y respetado, toda la vida que había construido en el país que había creído que podía cobijarlo y darle una nueva oportunidad.

Pitt se encargaría de ello aunque él mismo tuviera que hacer las maletas y acompañarlos al muelle, comprar los pasajes a su nombre y sobornar al capitán de un buque de carga para que los llevara.

Fuera, en la calle polvorienta, hacía calor. El desagradable olor a aguas residuales flotaba en el aire. Las chimeneas expulsaban humo que menguaba la luz del sol.

Pitt echó a andar hacia el sur. Debía encontrar a Isaac y prevenirlo esa misma tarde. Pasó junto a un vendedor de periódicos y miró de reojo los titulares… todavía el mismo retrato, pero esta vez con una leyenda en letras negras: «Se busca al asesino de la fábrica de azúcar», por si a alguien le había pasado por alto su delito contra la comunidad. El dibujo parecía cambiar ligeramente con cada edición y cada vez se parecía más a Isaac.

Pitt apresuró el paso. Dejó atrás a vendedores ambulantes, carreteros, mendigos, un charlatán que canturreaba una cancioncilla sobre el asesinato de Sissons en la que se decía lo que todos pensaban: que se trataba de un prestamista que enseñaba a un mal deudor a pagar sus deudas. Era una hábil composición de ripios. No utilizaba la palabra «judíos», pero la rima la daba a entender.

Al llegar a Heneagle Street Pitt entró por la puerta delantera y se dirigió a la cocina. Leah estaba de pie junto al fogón. Había una olla al fuego y flotaba en el aire el dulce olor a hierbas. En un extremo de la mesa estaba Isaac, y a su lado, en el suelo, había dos bolsas de tela sucias.

Se volvió bruscamente al oír entrar a Pitt. Tenía la cara surcada de profundas arrugas, los ojos hinchados del agotamiento. No hacía falta preguntar si había visto los carteles o comprendido lo que significaban.

—¡Debe irse! —se oyó decir Pitt con una voz áspera no intencionada, llena de cólera y miedo. Eso era Inglaterra. No habían hecho nada: un hombre inocente no debería verse obligado a huir de la ley.

—Nos vamos —informó Isaac, poniéndose su vieja americana—. Solo le estábamos esperando.

—Tiene la cena en el fogón —indicó Leah—. Hay pan en la despensa. Y las camisas limpias están encima de su cómoda...

Se oyeron unos golpes muy fuertes en la puerta.

—¡Váyanse! —exclamó Pitt desesperado.

Isaac cogió a Leah del brazo y casi la empujó hacia las grandes ventanas traseras.

—Hay jabón en el armario —dijo ella a Pitt—. Y encontrará...

Alguien volvió a aporrear la puerta de la calle.

—Sabrá de nosotros por Saul —dijo Isaac abriendo la ventana al tiempo que Pitt se dirigía al pasillo—. Vaya con Dios. —Y casi sacó a Leah en brazos.

—Lo mismo digo —repuso Pitt.

Los golpes en la puerta eran tan fuertes que amenazaban con romper los goznes. Sin esperar a verlos marchar, Pitt recorrió el corto pasillo y descorrió el cerrojo en el preciso momento en que aterrizaba en el panel otro golpe que podría haber hecho saltar los pernios de no haber abierto.

Al otro lado estaban Harper y el agente Jenkins, este último con una expresión de sumo disgusto.

—¡Otra vez usted! —exclamó Harper sonriente—. Vaya, vaya. —Lo apartó hacia un lado de un empujón y echó a andar a grandes zancadas hacia la cocina. La encontró vacía. Parecía desconcertado, y arrugó la nariz ante el olor de hierbas desconocidas—. ¿Dónde están? ¿Dónde está Isaac Karansky?

—No lo sé —respondió Pitt fingiendo estar ligeramente sorprendido—. La señora Karansky acaba de salir a comprar algo que necesitaba para la comida. —Señaló con un gesto la olla que cocía a fuego lento en el fogón.

Harper giró sobre sus talones frustrado, pero sin sospechar aún. Observó la olla, la comida a medio preparar, el aspecto doméstico de la cocina. La mejor americana de Isaac colgaba de un gancho detrás de la puerta. Pitt dio gracias a Dios en silencio porque el miedo les había inspirado la prudencia de dejarla allí, a pesar de lo que valía. Miró a Harper con un odio que no podía tratar siquiera de disimular. Le revolvía las entrañas con un dolor agudo.

Harper separó una silla y se sentó.

—Entonces le esperaremos —anunció.

Pitt se acercó a la olla y removió su contenido con cuidado. Tenía muy poca idea de lo que hacía, pero carecía de sentido dejar que se quemara. Vigilarlo daba un aire de normalidad y le permitía parecer atareado y no tener que mirar a Harper.

Jenkins permanecía callado y de vez en cuando cambiaba el peso del cuerpo de un pie a otro.

Pasaron los minutos.

Pitt apartó la olla del fuego.

—¿Qué ha ido a buscar? —preguntó Harper de pronto.

—No lo sé —respondió Pitt—. Alguna hierba, creo.

—¿Dónde está Karansky?

—No lo sé —repitió él—. Yo acabo de volver. —Seguramente sabían que era cierto.

—¡Será mejor que no esté mintiendo! —amenazó Harper.

Pitt siguió dándole la espalda.

—¿Por qué iba a hacerlo?

—Para protegerlos. Tal vez le han pagado.

—¿Para que diga que la señora Karansky ha salido a comprar hierbas? —preguntó Pitt con incredulidad—. Él no sabía que ustedes iban a venir, ¿no?

Harper emitió un ruidito de disgusto.

Transcurrieron otros diez minutos.

—¡Está mintiendo! —exclamó Harper levantándose y golpeando la mesa—. ¡Usted les ha prevenido y se han marchado!

¡Le acusaré de ayudar a un fugitivo! ¡Y si me apura, también de cómplice de asesinato!

Jenkins carraspeó.

—No puede hacerlo, señor. No tiene pruebas.

—¡Tengo todas las pruebas que necesito! —replicó Harper fulminando a su inferior con la mirada—. ¡Y le agradecería que no se inmiscuyera! ¡Arréstelo, como se le ha ordenado!

Jenkins se quedó donde estaba, obstinado.

—Tenemos orden de detener a Karansky, señor. No tenemos ninguna orden contra Pitt.

—¡Tiene mi palabra, Jenkins! ¡Y obedecerá mi orden a menos que quiera terminar en una celda con él!

Meneando la cabeza y apretando los labios Jenkins informó a Pitt de que estaba detenido y lo esposó bajo la mirada furiosa de Harper. A continuación retiró con mucho cuidado la olla del fogón y la tapó, no fuera que Leah regresara y se encontrara con que la comida se había echado a perder.

—Gracias. —Pitt agradeció el detalle.

Al salir les aguardaba un grupo de hombres y mujeres enfadados y asustados. Miraron a los policías furiosos, con odio mal disimulado, pero no se atrevieron a intervenir. Pitt, Harper y Jenkins se marcharon de Heneagle Street y recorrieron el kilómetro que los separaba de la comisaría. Ninguno de los tres habló. Al parecer Harper había aceptado que al menos por el momento Isaac lo había esquivado, y eso lo puso rabioso.

Pasaron por delante de hombres y mujeres resentidos, y más periódicos con retratos que eran claramente de Isaac. Corrían rumores de que iban a cerrar las fábricas de azúcar.

Una vez en la comisaría, llevaron a Pitt a una celda y lo dejaron allí.

Más de dos horas después Jenkins apareció con una amplia sonrisa.

—Las fábricas de azúcar no van a cerrar después de todo —anunció tras entrar en la celda—. Lord Randolph Churchill y varios amigos suyos van a poner el dinero necesario para que sigan funcionando. ¿No es sorprendente?

Pitt sintió asombro y alivio. ¡Tenía que ser obra de Vespasia!

—Será mejor que vaya a casa —añadió Jenkins, la sonrisa de oreja a oreja—. Por si vuelven los Karansky.

Pitt se levantó.

—¿Ya no los buscan? —Apenas podía creerlo.

—Oh, sí, pero a saber dónde estarán. A estas alturas podrían estar en alta mar.

—¿Y el inspector Harper está dispuesto a dejarme ir? —Pitt no se movió. Imaginaba la cólera de Harper y sus deseos de venganza. Sería una gran satisfacción para el Círculo Interior que Pitt pasara unos años en prisión por ayudar a escapar al asesino de la fábrica de azúcar.

—No. —Jenkins se mostraba sumamente complacido—. Pero no tiene otra elección, porque han llegado órdenes de arriba de que se le trate bien y se le deje marchar. Tiene usted amigos en las altas esferas, lo que le ha venido muy bien.

—Gracias —dijo Pitt distraído y profundamente perplejo. Salió de la celda y recibió sus pocas pertenencias de manos del sargento del mostrador. ¿De nuevo Vespasia? Difícilmente... o lo habría protegido desde el principio. ¡Narraway! No era posible, pues no estaba enterado ni tenía autoridad.

Los masones... la otra cara de las conspiraciones de Whitechapel. De pronto la libertad tenía un gusto amargo y dulce al mismo tiempo.

Volvería a Heneagle Street y comería lo que le había preparado Leah; luego, cuando nadie le viera, iría a ver a Saul y se ocuparía de reunir todo el dinero y la ayuda posibles para Isaac y Leah.

Charlotte seguía decidida a encontrar los papeles que tanto ella como Juno estaban seguras de que Martin Fetters había escondido en alguna parte. Habían agotado todos los lugares que se les habían ocurrido fuera de la casa y volvían a estar en la biblioteca, contemplando las estanterías en busca de nuevas ideas. Charlotte era desagradablemente consciente de que, a unos pocos pasos de donde se encontraba, Martin Fetters había sido asesinado por un hombre en quien confiaba y a quien creía amigo. La imagen de ese terrible momento flotaba como un aire gélido. Pensó en el instante en que vio su propia muerte en los ojos de Adinett y supo qué iba a ocurrir, el dolor instantáneo y el olvido. Juno debía de tener plena conciencia de ello.

Cada noche Charlotte dormía sola en su habitación, consciente del espacio vacío que había a su lado en la cama, preocupada por Pitt, temiendo por él. Juno no únicamente dormía sola, sino sabiendo lo que había ocurrido a unas pocas habitaciones de distancia y que lo peor que podía temer era la verdad.

—¡Tienen que estar aquí! —exclamó Juno desesperada—. Existen, y Martin no sabía que debía destruirlos, y Adinett no tuvo tiempo de cogerlos. Se marchó sin llevarse nada consigo, porque yo misma le vi salir. Y fue al volver a entrar él cuando encontramos a Martin. Supongo que podría haberse llevado algo entonces... —Se interrumpió.

—¿Cuándo tuvo tiempo de buscar? —razonó Charlotte—. Si Martin los había sacado de su sitio, entonces Adinett debió de volver a guardarlos y sacarlos de nuevo cuando regresó. Usted ha dicho que no portaba ningún maletín, solo un bastón. ¿Cómo se llevó esos papeles sueltos, o cree que estaban escritos como entradas de un libro?

Juno examinaba las paredes.

—No lo sé. No sé qué estamos buscando en realidad, ni qué extensión tiene, solo que, por lo que sabemos, había muchos más planes. Tenían intención de hacer algo definitivo. No eran meros soñadores que se reunían para hablar de ideas. Y si quieres conseguir algo, has de tener todo planeado con mucha precisión.

—Entonces, seguramente, como monárquico decidido a impedir que se llevaran a cabo sus planes, Adinett habría querido destruirlos —dijo Charlotte pensativa. Recorrió con la mirada los estantes forrados de libros—. Me gustaría saber dónde buscó.

—Nada parece fuera de sitio —observó Juno—. Solo los tres libros que estaban en el suelo, por supuesto, pero siempre hemos dado por sentado que estaban allí para hacer ver que Martin los había tirado al caer de la escalera.

—De todos modos, supongo que la policía registró concienzudamente. —Charlotte sintió que volvía a perder la esperanza—. Si hubiera habido algo en los estantes detrás de los libros, lo habrían encontrado sin dificultad.

—Podemos retirar todos los libros —propuso Juno—. No tenemos nada mejor que hacer. Bueno, yo no.

—Yo tampoco —repuso Charlotte enseguida, y se volvió a uno y otro lado para estudiar los estantes—. No escondería los papeles detrás de las obras que consultaba a menudo —añadió—, o se verían fácilmente. Alguien podría verlos sin querer. ¿Alguna de las doncellas saca los libros para quitar el polvo?

—No lo sé. —Juno negó con la cabeza—. No lo creo, pero supongo que podrían hacerlo. Tiene razón. Debían de estar tras los tomos que nunca se consultaban. Si es que están detrás de alguno.

Charlotte sintió cómo la desilusión se apoderaba una vez más de ella.

—Supongo que no es un gran escondite. Y dentro de un libro lo haría lo bastante grueso para llamar enseguida la atención. No estamos buscando un par de hojas, sospecho.

—¿Y si…? —Juno miró hacia los estantes de arriba, donde había tomos voluminosos.

—¿Sí? ¿Qué? —preguntó Charlotte rápidamente.

Juno se apartó el cabello de la frente en un gesto de cansancio.

—¿Y si estuvieran dentro de un libro… uno que ha sido vaciado? Sé que parece un acto de vandalismo, pero sería un escondite muy seguro. ¿Quién iba a hojear uno de esos libros? —Juno señaló el estante de arriba junto a la ventana, donde había una hilera de memorias de políticos del siglo XVIII y media docena de volúmenes de estadísticas de exportación e importación.

Charlotte se acercó a la escalera y le dio la vuelta. Luego, aferrando con firmeza la barra con una mano y recogiéndose la falda con la otra, se subió a ella.

—¡Cuidado! —exclamó Juno con voz chillona, dando un paso al frente.

Charlotte se detuvo, manteniéndose en precario equilibrio. Se volvió para sonreír a Juno, pálida y demacrada por el luto que llevaba.

—Lo siento —se disculpó esta, retrocediendo—. Yo…

—Lo sé —se apresuró a decir Charlotte. Los peldaños eran firmes, pero no pudo evitar pensar en Martin Fetters y la forma en que se creyó al principio que había muerto, cayéndose desde esa posición exacta. Si perdía el equilibrio acabaría donde habían encontrado su cuerpo sin vida, solo que con la cabeza hacia el otro lado.

Apartó de sí la imagen. Esa muerte sencilla, casi privada, estaba a una enorme distancia de lo que ahora tenían ante sí. Cogió el primer libro, un tomo grueso y amarillo sobre rutas de navegación que no se utilizaban en la actualidad. ¿Por qué demonios iba a querer alguien conservarlo si no era por descuido, olvidando que estaba allí? Era pesado. Se lo pasó a Juno.

Esta lo hojeó.

—Exactamente lo que indica el título —dijo esforzándose por disimular su decepción—. Martin debió de comprarlo hace veinte años. —Lo dejó en el suelo y esperó el siguiente.

Charlotte fue bajándolos uno por uno, y Juno los examinó y colocó en el suelo en columnas cada vez más altas. Continuaron porque a ninguna de las dos se le ocurrió una idea mejor.

Llevaban casi tres horas y estaban las dos cubiertas de polvo, con los brazos doloridos, cuando Juno se dio por fin por vencida.

—Todos versan sobre lo que indica el título. —Parecía tan desdichada que Charlotte la compadeció. De haber estado en juego solo el deseo de saber, la habría alentado a abandonar. Llegaba un momento en que la aflicción debía poner fin a la lucha por comprender y permitir que empezara la curación.

Sin embargo, Charlotte necesitaba demostrar al mundo que Pitt no se había equivocado con respecto a John Adinett. Se armó de valor para continuar.

—Siéntese un rato —propuso—. ¿Le apetece una taza de té?

Bajó de la escalera y Juno le ofreció una mano para sostenerla. Esta tenía los dedos fríos y fuertes, pero le temblaba un poco el brazo y su rostro estaba blanco por la tensión. Desvió la mirada.

—Tal vez deberíamos desistir —añadió Charlotte impulsivamente, a pesar de lo que había resuelto, porque su compasión era demasiado grande para atender a razones—. Tal vez no haya nada que encontrar después de todo. Quizá eran solo sueños.

—No —murmuró Juno sin mirarla a la cara—. Martin no era así. Le conocía bien. —Soltó una risita nerviosa—. Al menos conocía partes de él. Hay cualidades que uno no puede ocultar. Y Martin siempre luchó para que sus sueños se hicieran realidad. Era un romántico, pero aun cuando se trataba de algo tan insignificante como regalarme rosas para mi cumpleaños, si se le metía en la cabeza no paraba hasta lograrlo.

Se acercaban a la puerta de la biblioteca, que Juno abrió para bajar a tomar un té.

Un ramo de rosas para un cumpleaños parecía un regalo muy poco original. Charlotte se preguntó por qué lo había mencionado.

—¿Y lo consiguió?

—Oh, sí. Le llevó cuatro años.

Charlotte estaba sorprendida.

—Los rosales se dan muy bien —afirmó—. He tenido rosas en el jardín hasta en Navidad.

Juno esbozó una dulce sonrisa al tiempo que las lágrimas asomaban a sus ojos.

—Nací en un año bisiesto. Se necesita mucho ingenio para encontrar rosas a finales de febrero. Él insistía en que solo lo celebrara los años bisiestos, y entonces me organizaba una fiesta de cuatro días y me consentía todo. Era muy generoso.

De pronto a Charlotte le costaba tragar a causa del nudo que tenía en la garganta.

—¿Cómo consiguió las rosas? —preguntó con voz quebrada.

Juno tragó saliva y sonrió a través de las lágrimas.

—Encontró un jardinero en España que había logrado cultivarlas e hizo que las trajeran en barco cuando eran capullos. Solo duraron dos días, pero nunca las olvidaré.

—Ninguna mujer lo haría —observó Charlotte.

—Hemos revisado todos esos libros. —Juno volvió al tema de la búsqueda mientras cerraba la puerta de la biblioteca detrás de ellas—. Era una tontería. Debí suponerlo. Martin amaba los libros. Jamás habría destrozado uno, ni siquiera para esconder algo. Habría encontrado otro modo de hacerlo. Solía arreglar los volúmenes que estaban rotos, ¿sabe? Se le daba muy bien. Todavía le veo, de pie con un libro estropeado en las manos, soltándome un sermón sobre lo incivilizado que era no utilizarlos debidamente, romper el lomo, rasgarlos o marcarlos de cualquier modo.

Bajaban por las escaleras, y Charlotte vio a una criada cruzar el pasillo. Un té era una idea realmente excelente. No se había dado cuenta de lo reseca que tenía la boca, como si tanto papel y polvo la hubieran desecado.

—A veces volvía a encuadernarlos por completo —continuó Juno—. Dora, sirve el té en el jardín, por favor.

—¿Los reencuadernaba? —preguntó Charlotte.

—Sí. ¿Por qué?

Charlotte se detuvo al pie de la escalera.

—¿Qué ocurre? —preguntó Juno.

—No hemos buscado los libros que encuadernó…

Juno comprendió al instante. Abrió mucho los ojos y no titubeó.

—¡Dora! Todavía no tomaremos el té. ¡Ya te avisaré! —Se

volvió hacia Charlotte—. ¡Vamos! ¡Volveremos y los encontraremos! ¡Sería el escondite perfecto!

Corrieron escaleras arriba, recogiéndose las faldas para no tropezar, y recorrieron el pasillo hasta la biblioteca.

Tardaron casi media hora, pero Juno al final lo encontró: un librito sobre la economía de Troya, encuadernado a mano en un discreto cuero oscuro con letras doradas.

Permanecieron una al lado de la otra mientras leían una página al azar:

La prueba del préstamo ha sido preparada con cuidado, por supuesto. Todo constará en su carta, que se encontrará a su muerte. Tan pronto como se sepa, se dará al periodista la última prueba de la noticia de Whitechapel.

Los dos juntos lograrán todo lo que es necesario.

Juno miró a Charlotte con expresión interrogante.

Las ideas se agolpaban en la cabeza de esta. Comprendía solo parte del texto, pero la referencia a Remus era tan clara que hizo que a Juno le temblara la mano.

—Sabía que iba a morir alguien —susurró—. Formaba parte de su plan de derribar el gobierno, ¿verdad? —Su voz desafiaba a Charlotte a que la reconfortara con una mentira.

—Eso parece —convino Charlotte, que se devanaba los sesos para adivinar a quién se refería el escrito—. Sé de qué va lo del periodista, y tiene usted razón, es parte de la conspiración para hacer estallar una revolución.

Juno no dijo nada. Le temblaban las manos mientras sostenía el libro para que Charlotte lo leyera con ella. Pasó la página.

Eran listas de cifras de los muertos y heridos en las diversas revoluciones que habían tenido lugar en Europa en 1848. A partir de ellas se deducían las muertes que se producirían en Londres y las ciudades más importantes de Inglaterra cuando se iniciara la revolución. No había duda acerca de su significado.

Juno estaba blanca como el papel, los ojos oscuros en sus cuencas.

Las siguientes páginas solo las hojearon. Eran planes y posibilidades de redistribuir la riqueza y las propiedades confiscadas a quienes disfrutaban de ellas como un privilegio heredado. El documento tenía una docena de páginas por lo menos.

En la última se recogía la propuesta de una constitución para un nuevo Estado encabezado por un presidente responsable ante un senado, no muy distinto de la Roma republicana de antes de los Césares. No estaba redactada de manera formal; más bien era una serie de propuestas, pero no parecía haber duda acerca de quién sería el primer presidente. El autor hacía referencia a varios de los grandes idealistas del pasado, en especial a Mazzini y a Mario Corena, el soñador que con tanta gloria había fracasado en Roma. Pero el jefe en persona se proponía gobernar en Inglaterra.

Charlotte no tuvo que preguntar si la letra era de Martin Fetters; sabía que no lo era. No se parecía en absoluto. La de Fetters era decidida, fluida y un tanto desaseada, como si su entusiasmo hubiera avanzado más deprisa que la mano. Aquella, en cambio, era precisa, las mayúsculas solo un poco más grandes que el resto, poco inclinadas, sin espacio entre una frase y la siguiente.

Miró a Juno. Trató de imaginar cómo se sentiría ella si encontrara algo así en la habitación de Pitt; un plan apasionado, idealista, arbitrario, violento y totalmente equivocado. Ninguna reforma podía llevarse a cabo mediante el engaño que proponían esas páginas, alentando disturbios nacidos de la cólera y las mentiras, sin plantearse siquiera preguntar a la gente qué quería ni decir con franqueza lo que todos perderían a cambio.

Charlotte vio el horror reflejado en el rostro de Juno, amén de un desconcierto y un dolor que habían eclipsado toda la aflicción de los últimos días.

—Me he equivocado —susurró—. No le conocía en absoluto. Lo que planeaba era monstruoso. Perdió… su verdadero idealismo. Sé que creía que era por el bien del pueblo. Detestaba toda forma de tiranía… pero nunca preguntó a la gente si quería una república, ¡o si estaba dispuesta a morir por ella! ¡Decidió por todos! Eso no es libertad, sino otra forma de tiranía.

Charlotte no tenía ningún argumento que ofrecer, ni se le ocurrió nada para reconfortarla. Lo que Juno había dicho era cierto: era la arrogancia suprema, el despotismo final, por muy idealistas que fueran las intenciones.

Juno permaneció con la mirada perdida, conteniendo las lágrimas.

—Gracias por no hacer un comentario trillado —dijo por fin.

Charlotte adoptó la única decisión de la que estaba segura.

—Tomemos el té ahora. ¡Tengo la sensación de haber estado comiendo papel!

Juno sonrió a medias y aceptó. Bajaron juntas por las escaleras y en menos de cinco minutos Dora trajo la bandeja con el té. Ninguna de las dos habló, no parecía haber nada razonable que decir, hasta que terminaron y Juno dejó por fin la taza, se levantó y se acercó a la ventana. Se quedó mirando la pequeña extensión de césped.

—Me sentía incómoda con John Adinett. Y le odié por haber matado a Martin —dijo despacio—. Que Dios me perdone, casi me alegré cuando lo ahorcaron. —Tenía el cuerpo rígido, los hombros tensos, los músculos agarrotados—. Pero ahora comprendo por qué creyó que tenía que hacerlo. Yo… detesto la idea, pero creo que debo dar a conocer la verdad. No devolverá la vida a Adinett, pero limpiará su nombre.

Charlotte no estaba segura de qué sentía. Una compasión abrumadora, así como una admiración profunda. Pero ¿y Pitt? Adinett había tenido motivos justificados, según cómo se mirara, para matar a Fetters. ¡O al menos comprensibles! Si se hubiera sabido en el juicio por qué lo había hecho, no habrían querido ahorcarlo. Tal vez hasta echaran las culpas a Pitt por haber investigado el caso.

Sin embargo, Adinett se había negado a dar la menor explicación. ¿Cómo iba a saber nadie por qué lo había hecho? Ni siquiera Gleave había dicho nada. ¿Acaso lo ignoraba? De pronto recordó su rostro al presionar a Juno para que le hablara de los papeles de Martin. No las había amenazado verbalmente, pero la amenaza había flotado en el aire y ellas la habían sentido como un frío en los huesos.

¡Lo sabía! ¡Solo que estaba de parte de Fetters! Pobre Adinett… no había tenido a nadie a quien recurrir, nadie en quien confiar. No era de extrañar que hubiera guardado silencio y se hubiera enfrentado a la muerte sin tratar de salvarse. Sabía desde el momento en que lo detuvieron que no tenía ninguna posibilidad de ganar. Había actuado para salvar a su país de una revolución, a sabiendas de que le costaría la vida. Merecía que la verdad lo vindicara ahora por lo menos.

—Sí —convino Charlotte—. Tiene toda la razón. Como esposa del inspector Pitt me gustaría acompañarla, si puedo.

Juno se volvió.

—Sí, por favor. Iba a pedírselo.

—¿A quién se lo va a decir?

—He pensado en eso. A Charles Voisey. Es juez del tribunal de apelación y fue uno de los que estudiaron el caso. Está familiarizado con él. Le conozco de vista. No conozco a los demás. Intentaré ir esta misma tarde. Quiero hacerlo inmediatamente... Me resultaría muy difícil esperar.

—Lo comprendo —se apresuró a decir Charlotte—. Estaré allí.

—Iré en coche a las siete y media, a menos que no pueda recibirnos. Le avisaré —prometió Juno.

Charlotte se levantó.

—Estaré preparada.

Llegaron a casa de Charles Voisey, en Cavendish Square, poco después de las ocho, y de inmediato las hicieron pasar a un espléndido salón. Estaba decorado en su mayor parte en un estilo tradicional, tonos cálidos y oscuros, rojos y dorados suaves, pero con una sorprendente colección de exquisitos objetos de latón árabes, bandejas, jarras y vasos, en cuyas superficies afiligranadas y sencillas líneas se reflejaba la luz.

Voisey las recibió con cortesía, ocultando su curiosidad por la visita, pero no intentó entablar una conversación trivial. Una vez sentados, ofrecidos y rehusados los refrescos, se volvió hacia Juno con expresión interrogante.

—¿En qué puedo ayudarle, señora Fetters?

Juno ya había afrontado lo peor al admitir que Martin no había sido el hombre al que había amado durante todos esos años de matrimonio. Decírselo a otra persona resultaba difícil, pero en muchos sentidos, si se trataba de la persona adecuada, suponía casi un alivio.

—Como le he dado a entender por teléfono —empezó a decir mirándolo muy erguida en su asiento—, he hallado entre los papeles de mi marido algo que la policía no encontró porque había sido escondido muy hábilmente.

Voisey se puso un tanto rígido.

—¿De veras? Creía que habían efectuado un registro exhaustivo. —Miró por un instante a Charlotte. Esta tuvo la sensación de que el fracaso de Pitt le complacía y debió hacer un esfuerzo deliberado para no salir en su defensa.

Juno lo hizo por ella.

—Estaba encuadernado en forma de libro. Mi marido hacía sus propias encuadernaciones, ¿sabe? Se le daba muy bien. A menos que se leyera cada volumen de la biblioteca no habría manera de encontrarlo.

—¿Y usted sí lo hizo? —Había una ligera nota de sorpresa en su voz.

Ella esbozó una sonrisa.

—No tengo nada mejor que hacer.

—Naturalmente… —Voisey dejó que la frase flotara en el aire, inconclusa.

—Quería saber por qué lo mató John Adinett, a quien siempre creí amigo suyo —prosiguió Juno—. Ahora ya lo sé, y creo que es moralmente necesario hacerlo público. He considerado que usted era la persona adecuada para ello.

Voisey permaneció inmóvil en su asiento. Exhaló despacio.

—Entiendo. ¿Y qué dicen esos papeles, señora Fetters? Supongo que no hay ninguna duda de que son suyos.

—No los escribió él, pero los encuadernó en forma de libro y los escondió en su biblioteca —explicó ella—. Eran cartas e informes a favor de una causa en la que evidentemente creía. Creo que John Adinett se enteró y por eso lo mató.

—Eso parece… un acto muy extremo —observó Voisey pensativo. Se olvidó de Charlotte, concentrando toda su atención en Juno—. Si se trataba de algo que Adinett desaprobaba tan apasionadamente, ¿por qué no se limitó a denunciarlo? Supongo que era algo ilegal. O al menos algo que otros habrían impedido.

—Con ello solo habría logrado que cundiera el pánico, habría incluso provocado a otros con ideas afines —respondió Juno—. Sin duda habría causado una gran alegría a los enemigos de Inglaterra y tal vez les habría sugerido formas de perjudicarnos.

Voisey la miraba cada vez más tenso. Cuando habló, su voz sonó más dura, llena de ansiedad.

—¿Puedo preguntar la razón por la que cree que no informó de forma discreta a la autoridad pertinente?

—Porque no tenía forma de saber quién más estaba involucrado —contestó ella—. Verá, se trata de una conspiración con muchos implicados.

Él arqueó ligeramente las cejas y entrelazó los dedos.

—¿Una conspiración? ¿Para hacer qué, señora Fetters?

—Derrocar el gobierno, señor Voisey —respondió ella con una voz sorprendentemente serena para una afirmación tan grave—. Por medio de la violencia. En pocas palabras, provocar una revolución que derribaría la monarquía y la reemplazaría por una república.

El juez permaneció en silencio varios minutos, como si estuviera perplejo y le costara creer lo que Juno había explicado.

—¿Está… totalmente segura, señora Fetters? ¿No podría haber interpretado mal unos escritos sobre otro país y supuesto que se referían a Inglaterra? —preguntó por fin.

—Me gustaría que así fuera, créame. —La emoción de Juno era evidente; él no habría podido ponerla en duda.

Voisey se volvió hacia Charlotte. Esta le sostuvo la mirada y percibió una gran inteligencia, así como una frialdad que emanaba de una extraordinaria y casi incontrolable aversión por ella. Se sobresaltó y se dio cuenta de que estaba asustada. No se le ocurría ninguna razón. No lo conocía y nunca le había hecho nada.

El juez se dirigió a ella con voz áspera.

—¿Ha leído usted esos papeles, señora Pitt?

—Sí.

—¿Y ve en ellos los planes de una revolución?

—Sí; me temo que sí.

—Es extraordinario que su marido no los encontrara, ¿no le parece? —Esta vez el desdén era inconfundible, y Charlotte comprendió que era Pitt quien le inspiraba esa emoción que era incapaz de disimular.

Se sintió profundamente ofendida.

—Supongo que no buscaba planes de derribar la monarquía y establecer una nueva constitución republicana —replicó con frialdad—. El caso habría estado más completo si hubiera descubierto el móvil, pero no era necesario. Y Adinett prefirió ir al patíbulo antes que revelar sus razones, lo que demuestra lo extensa que creía que era la conspiración. No conocía a nadie en quien se atreviera a confiar, ni siquiera para salvar su vida.

Voisey tenía el rostro encendido, los ojos brillantes.

Charlotte se preguntó hasta qué punto se culpaba, como juez que había examinado la apelación, de haber condenado a un hombre que ahora tenía que reconocer como víctima y héroe. Lamentaba haber hablado con tan poca delicadeza, pero no pudo decírselo.

—¿Y estaba equivocado, señora Pitt? —susurró él, apretando la mandíbula—. Si hubiera confiado al inspector sus motivos para matar a Fetters, ¿le habría creído y ayudado? —Dejó la otra mitad de la pregunta sin pronunciar.

—Si se está preguntando si mi marido es un revolucionario o si habría conspirado con ellos... —Charlotte se interrumpió al ver su sonrisa. Sabía exactamente qué estaba pensando: que Juno Fetters también había creído en la inocencia de su marido y se había equivocado—. Estoy segura de que mi esposo habría hecho todo lo posible para poner al descubierto el complot. Sin embargo, tengo la certeza de que no habría sabido en quién confiar. Ellos se habrían limitado a destruir las pruebas y también a él. Pero mi esposo ignoraba la existencia de la conspiración, de modo que la cuestión no se planteó.

Voisey se volvió de nuevo hacia Juno y su expresión cambió, llenándose de nuevo de compasión.

—¿Qué ha hecho con ese libro, señora Fetters?

—Lo tengo aquí —respondió ella tendiéndoselo—. Creo que deberíamos... que debemos... ocuparnos de que el nombre del señor Adinett sea vindicado y no pase a la historia como el de un hombre que asesinó a un amigo sin motivo. Ojalá pudiera concederle eso, por mi marido, pero no puedo.

—¿Está segura? —preguntó él con amabilidad—. Una vez que haya puesto en mis manos la prueba, no podré devolvérsela. Deberé actuar en consecuencia. ¿Está segura de que no prefiere destruirla y mantener el nombre de su marido intacto como el de un hombre que luchó por la libertad de todos a su manera?

Juno vaciló.

—¿Reportará algún beneficio a los ciudadanos —continuó Voisey— saber que entre ellos hay hombres, cuyos nombres no puede usted dar (por lo que no es posible excluir al resto), que abolirían las Cámaras de los Lores y de los Comunes, y nuestra monarquía, para poner en su lugar a un presidente y un senado, por muy reformado que este haya sido y por mucha justicia e igualdad que ofrezca? Son ideas extrañas para el hombre de la calle, que no las comprende y se siente seguro con aquello a lo que está acostumbrado, hasta con los males e iniquidades. Es posible que John Adinett callara porque sabía el revuelo que causaría la noticia de tal conspiración, así como porque no sabía en quién confiar. ¿Se ha parado a pensarlo?

—No —susurró Juno—. No; no lo he pensado. Tal vez tenga usted razón. Tal vez… si él no se atrevió a hablar de ello entonces, querría que se mantuviera en secreto ahora. Era un buen hombre… un gran hombre. Entiendo por qué lamenta usted tanto su muerte. Lo siento, señor Voisey… estoy avergonzada.

—No tiene por qué estarlo —repuso él con una breve sonrisa llena de tristeza—. No tiene la culpa. Es cierto, era un gran hombre, y es posible que pase a la historia como tal, pero aún no, me temo.

Juno se levantó, se acercó a la chimenea y, muy despacio, dejó caer el libro al fuego.

—Le agradezco profundamente el consejo, señor Voisey. —Miró a Charlotte.

Esta también se puso en pie. La cabeza la daba vueltas con pensamientos contradictorios. Sin embargo, en lo más profundo de su corazón había una certeza: ¡Charles Voisey estaba en el centro de la conspiración! Conocía los papeles mucho mejor que ellas. ¡Juno había mencionado una presidencia, pero no había dicho nada de un senado! Ni de deshacerse de los lores y los comunes.

—Señora Pitt… —La voz de Voisey interrumpió sus pensamientos.

—Señor Voisey —dijo ella, consciente de que sonaba torpe, absorta de una forma que no estaba justificada. Él la miraba fijamente, escudriñando con sus ojos inteligentes cada expresión de su rostro. ¿Acaso sospechaba que ella lo sabía?—. Tal vez tenga razón —se obligó a decir. Que pensara que estaba decepcionada porque hacer pública la conspiración habría lavado el honor de Pitt. Voisey odiaba a Pitt. Se lo tragaría. Debían marcharse de allí, alejarse de él. ¡Ponerse a salvo en casa!

¡A salvo! ¡Martin Fetters había sido asesinado en su propia biblioteca! Tendría que decírselo a Juno, convencerla de que se marchara de Londres y fuera al campo de incógnito. No debían encontrarla hasta que pudieran protegerla, o ya no importara.

—Creo que sí —dijo él con una sonrisa torcida—. Causará más perjuicio que el bien de restaurar el buen nombre de Adinett… que estuvo dispuesto a perder por su país.

—Sí, lo entiendo. —Charlotte se encaminó hacia la puerta,

pero debía hacerlo despacio, a pesar del deseo casi incontenible de darse prisa, hasta de echar a correr. ¡Él no debía adivinar que ella lo sabía! ¡No debía percibir su miedo! Se detuvo y dejó que se acercara más a ella antes de seguir a Juno hasta el pasillo.

Parecía que nunca iban a llegar a la puerta principal y respirar el aire nocturno.

Juno se detuvo de nuevo para despedirse y agradecer a Voisey el consejo.

Por fin estaban en el carruaje, y se alejaban.

—¡Gracias a Dios! —exclamó Charlotte.

—¿Gracias a Dios? —repitió Juno con aire cansado, decepcionado.

—¡Sabía lo del senado! —exclamó Charlotte—. ¡Usted no lo ha mencionado!

Juno la aferró en la oscuridad y le clavó los dedos del terror.

—Debe marcharse de Londres —añadió Charlotte con tristeza—. Esta misma noche. Voisey sabe que ha leído el libro. No diga a nadie adónde va. ¡Informe a lady Vespasia Cumming-Gould, no a mí!

—Sí, sí, lo haré. Por Dios, ¿en qué nos hemos metido? —No soltó el brazo de Charlotte mientras avanzaban a través de la noche.

13

Vespasia estaba en el salón de la mañana, contemplando por la ventana los rosales amarillos en plena floración del otro extremo del césped. No podía seguir posponiendo enfrentarse a la pregunta que más profundamente le dolía. Temía la respuesta, pero siempre había creído que el coraje era la piedra angular de todas las virtudes. Sin él la integridad perecía; ni siquiera el amor podía sobrevivir, porque el amor entrañaba riesgo, y en alguna parte, en algún momento o lugar, siempre dolía.

Había amado a Mario durante medio siglo. Ese amor le había proporcionado el más intenso y completo gozo, así como el dolor más hondo que jamás había conocido, pero nunca desilusión. Trataba de decirse que no iba a hacerlo ahora.

Seguía allí cuando entró la criada para anunciar la visita de la señora Pitt.

Por una vez Vespasia hubiera preferido que no la interrumpieran. Era una excusa para apartar de sí el tema, pero no quería ninguna. Eso no cambiaba nada. Sin embargo, no podía negarse a recibir a Charlotte.

—Hazla pasar —indicó dando la espalda a las rosas. Debía de ser algo urgente lo que traía a Charlotte a una hora tan temprana. Acababa de desayunar.

En cuanto vio la cara de Charlotte supo que había acertado. Estaba pálida, salvo por sendas manchas de color en las mejillas, como si estuviera febril, y entró en la habitación apresuradamente cerrando la puerta tras ella. Comenzó a hablar de inmediato sin dar muestras de su habitual cortesía.

—Buenos días. Lamento venir a estas horas, pero Juno Fetters y yo encontramos ayer unos papeles de Martin, los que él escondió. Planeaba una revolución en Inglaterra, una revolución violenta para derribar no solo el trono, sino todo el gobierno… el Parlamento, todo, y poner en su lugar un senado y un presidente. Contaba con que hubiera violencia. Había cifras de las muertes que calculaba, así como el borrador de una nueva constitución, llena de reformas.

—¿De veras? —murmuró Vespasia—. No me sorprende que existan tales papeles, pero nunca hubiera dicho que Martin Fetters estuviera involucrado sabiendo que habría violencia. Le había creído un reformista, no un revolucionario. El consentimiento del pueblo está en el alma de todo gobierno honrado. Lamento enterarme. —Y así era. Era una amarga noticia, la pérdida de otro hombre al que admiraba.

Charlotte permanecía de pie a su lado, con dolor en la mirada.

—Yo también —dijo sonriendo con tristeza—. Solo le conozco por sus escritos, pero me gustaba mucho. Y ha sido devastador para Juno. El hombre a quien amó no existió en realidad. —Escudriñó el rostro de Vespasia, su expresión preocupada, asustada.

—Siéntate. —Vespasia señaló una silla y tomó también asiento—. Supongo que quieres hacer algo.

—Ya lo he hecho. —A Charlotte le falló la voz—. Juno enseguida comprendió que eso demostraba por qué John Adinett había matado a su marido y por qué no había podido decírselo a nadie, ni siquiera para salvarse. Después de todo ¿en quién podía confiar?

Vespasia esperó, intranquila.

—De modo que decidió que el honor la obligaba a darlo a conocer —concluyó Charlotte.

—¿A quién? —preguntó Vespasia; el miedo se abría paso como un afilado y brillante cuchillo en su interior.

—A Charles Voisey —respondió Charlotte—. Fuimos a verle ayer por la tarde. Ella le contó gran parte de lo que ponía en los papeles, pero no todo.

—Entiendo…

—¡No! —Charlotte estaba pálida, con los ojos desmesuradamente abiertos—. No puede entenderlo. Justo antes de que nos marcháramos, convenció a Juno de que destruyera el libro en lugar de alarmar a la gente dando a conocer una conspiración sin poder facilitar el nombre de los implicados. Y tiene sentido —se apresuró a añadir—. ¡Pero en el calor de su argumentación Voisey mencionó cosas que nosotras no habíamos comentado! Tía Vespasia, Voisey forma parte del Círculo Interior... Creo que hasta podría ser el cabecilla. Como usted bien sabe, no confiarían tanta información a alguien de menos rango. —Meneó la cabeza levemente—. No lo hacen. Están divididos en grupos pequeños a fin de que no puedan traicionarles, y solo saben lo que tienen que hacer.

—Sí... —A Vespasia se le agolpaban las ideas en la cabeza. Lo que Charlotte acababa de decir tenía mucho sentido. Charles Voisey era el hombre que se convertiría en jefe de Estado en una nueva Inglaterra revolucionaria. Había sido durante muchos años juez del tribunal de apelación, lo habían visto defender la justicia, revocar veredictos equivocados, mantenerse apartado de las ganancias personales o del partido. Tenía un amplio círculo de amigos y colegas, y sin embargo había permanecido al margen de la controversia política de tal modo que, a los ojos de la gente, no le movía ningún interés personal.

Al pensar en todo cuanto sabía de él, Vespasia decidió que lo que había dicho Charlotte era completamente verosímil. Otras muchas cosas cobraban de pronto sentido: fragmentos de conversaciones que había oído por casualidad, observaciones que le había confiado Pitt, hasta su encuentro con Randolph Churchill.

Acudieron a su mente otras cosas, y las pocas dudas a las que se había aferrado acabaron disipándose.

—Tía Vespasia... —murmuró Charlotte inclinándose en su silla.

—Sí —repitió Vespasia—. Casi todo lo que has dicho es cierto, pero me parece que has interpretado mal un hecho, y si se lo aclaras a la señora Fetters, le reconfortará mucho. Por otro lado, su seguridad es de suma importancia, y si tiene ese libro en su poder me temo que no la dejarán tranquila.

—Ya no lo tiene —se apresuró a explicar Charlotte—. Lo quemó allí mismo, en la chimenea de Voisey. Pero ¿en qué me he equivocado? ¿Qué he interpretado mal?

Vespasia suspiró, con el entrecejo ligeramente fruncido.

—Si Adinett se enteró de pronto de la existencia de ese libro y de que Martin Fetters formaba parte de una conspiración para provocar una revolución, y si eso ocurrió ese día en la biblioteca, ¿por qué no se llevó el libro?

—No sabía dónde estaba y no tuvo tiempo de buscarlo —respondió Charlotte—. Estaba muy escondido. Martin lo encuadernó de modo que pareciera exactamente... —De repente abrió mucho los ojos—. Oh... sí, por supuesto. ¡Si lo vio entonces es que sabía dónde estaba! ¿Por qué no se lo llevó consigo?

—¿De quién era la letra del libro?

—No tengo ni idea. En realidad había dos o tres caligrafías distintas. ¿Sospecha que el libro no era de Martin?

—Me atrevería a decir que al menos una de ellas era de Adinett —respondió Vespasia—. Y otra seguramente de Voisey, o tal vez hasta de Reginald Gleave. Creo que la que no encontraste era la de Fetters.

—¡Pero lo encuadernó él! —arguyó Charlotte—. ¿Insinúa que lo hizo para conservarlo como prueba? Pero él era republicano. ¡Nunca fingió lo contrario!

—Hay mucha gente republicana —murmuró Vespasia tratando de protegerse del dolor que sentía—, pero la mayoría no quiere implantar una república mediante la violencia y el engaño. Se limitan a defenderla con argumentos y a intentar convencer con pasión o razón, o ambas cosas. Si Martin Fetters hubiera sido uno de ellos y hubiera descubierto que la intención de sus compañeros era mucho más radical que la suya, estos habrían tenido que silenciarlo de inmediato.

—Que es lo que hizo Adinett —concluyó Charlotte. Había miedo en su mirada—. No me extraña que Voisey odiara a Thomas por mantener las pruebas contra Adinett. ¡Y por ponerle más o menos en la situación en que él mismo tuvo que rechazar su apelación! Después de todo, si ya había tres jueces en contra de revocar el fallo, su voto a favor solo habría descubierto su juego, por así decirlo, sin salvar a Adinett. —Su rostro traslució por un instante un humor amargo—. La ironía solo habría empeorado las cosas. —Su expresión se suavizó—. Me alegro de que Martin Fetters no tuviera nada que ver con la violencia. Al leer sus escritos no pude evitar que me cayera bien. Y Juno se sentirá muy aliviada cuando se lo diga. Tía Vespasia, ¿hay algo que podamos hacer para protegerla del peligro, o al menos intentarlo?

—Pensaré en ello —respondió Vespasia pero, aunque eso era importante, tenía cosas más apremiantes en la cabeza.

Charlotte la miraba con atención; tenía los ojos empañados por la inquietud.

Vespasia no estaba preparada para abrir su pecho; tal vez nunca lo estuviera. Algunas cosas formaban parte de uno mismo y no podían expresarse en palabras.

Se levantó. Charlotte se apresuró a hacer lo mismo al comprender que era el momento de marcharse.

—Thomas me visitó ayer —dijo Vespasia—. Estaba bien. —Vio alivio en el rostro de Charlotte—. Creo que lo cuidan en Spitalfields. Llevaba ropa limpia y remendada. —Sonrió muy brevemente—. Gracias por venir, querida. Reflexionaré con detenimiento sobre todo cuanto me has contado. Al menos ahora hemos aclarado muchas cosas. Si Charles Voisey es el jefe del Círculo Interior y John Adinett su lugarteniente, al menos comprendemos qué le pasó a Martin Fetters y por qué. Y sabemos que Thomas tenía razón. Veré qué puedo hacer para ayudar a la señora Fetters.

Charlotte la besó en la mejilla y se despidió.

Ahora Vespasia debía actuar. Ya había suficientes piezas en su sitio para que no le cupiera ninguna duda sobre lo ocurrido. La deuda del príncipe de Gales no era real, lo sabía por el pagaré que le había traído Pitt. Se trataba de una falsificación excelente, pero no se habría sostenido ante un tribunal. Su propósito era convencer a los desposeídos, hambrientos y aterrorizados de Spitalfields de que se habían quedado sin trabajo por culpa del despilfarro de la familia real. Una vez que hubieran empezado los disturbios, dejaría de importar qué era verdad y qué mentira.

Por si fuera poco, Lyndon Remus iba a dar a conocer su noticia sobre el duque de Clarence y los asesinatos de Whitechapel, verdadera o falsa, y los disturbios darían paso a la revolución. El Círculo Interior lo amañaría todo hasta que llegara el momento de dar un paso adelante y tomar el poder.

Vespasia recordó a Mario Corena en la ópera. Cuando ella había comentado lo aburrido que era Sissons, Corena le había asegurado que se equivocaba. Si hubiera sabido más sobre él, habría admirado su coraje, hasta su sacrificio. Era como si Corena hubiera sabido que Sissons iba a morir.

Y recordó la descripción que había hecho Pitt del hombre al que había visto salir de la fábrica de azúcar: entrado en años, moreno con canas, tez aceitunada, estatura mediana, una sortija de sello con una piedra oscura. La policía lo había tomado por judío. Estaban equivocados; había sido un romano, un republicano apasionado que tal vez había creído que Sissons aceptaba su destino de buen grado.

Vespasia lo había conocido en Roma hacía cincuenta años atrás. Entonces él no habría asesinado a un hombre. Sin embargo, había transcurrido toda una vida desde ese verano, para los dos. La gente cambiaba. La decepción y la desilusión desgastaban hasta el corazón más fuerte. Las esperanzas postergadas durante demasiado tiempo podían convertirse en amargura.

Vespasia escogió un vestido de una exquisita seda gris plateada y uno de sus sombreros favoritos. Siempre le habían favorecido los de ala amplia. Luego pidió que llevaran el coche a la puerta y dio al cochero la dirección donde se alojaba Mario Corena.

Él la recibió con sorpresa y placer. Su próximo encuentro no estaba previsto hasta el día siguiente.

—¡Vespasia! —Su mirada se recreó en el rostro de ella, en la suave caída de su vestido. El sombrero le hizo sonreír pero, como siempre, no expresó el menor comentario sobre su aspecto; la aprobación se reflejaba en sus ojos. Luego, al observarla con más detenimiento, la alegría desapareció de su expresión—. ¿Qué ha pasado? —susurró—. No me digas que nada. Lo noto.

La época de fingir había quedado muy atrás. Parte de ella quería permanecer en esa bonita habitación con vistas a la silenciosa plaza, con el susurro de los árboles de verano, la visión momentánea del césped. Podía estar cerca de él, abandonarse a la sensación de plenitud que siempre experimentaba en su compañía. Pero tarde o temprano esta se agotaría. Habría que afrontar el momento inevitable.

Se volvió y le miró a los ojos, y por un instante le faltó determinación. Mario no había cambiado. El verano en Roma podría haber sido ayer. Los años podían haber cansado sus cuerpos y arrugado sus rostros, pero sus corazones seguían rebosantes de la misma pasión, las mismas esperanzas, la voluntad de luchar y sacrificarse, de amar, de sobrellevar el dolor.

Vespasia parpadeó.

—Mario, la policía va a arrestar a Isaac Karansky o algún otro judío por el asesinato de James Sissons. No voy a consentirlo. Por favor, no me digas que es por el bien mayor del pueblo del que todos pueden beneficiarse. Si permitimos que un hombre inocente sea ahorcado y su mujer se quede sola y desamparada, entonces hemos hecho una parodia de la justicia. Y una vez hecho eso, ¿qué podemos ofrecer al nuevo orden que queremos crear? Cuando utilizamos nuestras armas para hacer el mal, hemos dañado su poder para hacer el bien. Nos hemos unido al enemigo. Creía que lo sabías.

Él la miró en silencio, con expresión sombría.

Vespasia esperó a que dijera algo; el dolor era tan intenso en su interior que creyó que iba a estallar.

Él respiró hondo.

—Lo sé, querida. Tal vez olvidé por un tiempo quién era exactamente el enemigo. —Bajó la vista—. Sissons iba a suicidarse en aras de una mayor libertad. Sabía cuando prestó dinero al príncipe de Gales que este no se lo devolvería. Quería desenmascararlo como el parásito amigo de los excesos que es. Sabía que iba a costar el empleo a muchos hombres, pero estaba dispuesto a pagar con su vida. —Volvió a levantar hacia ella su mirada luminosa, apremiante—. Sin embargo, en el último momento le faltó coraje. No era el héroe que quería ser, que deseaba ser. Sí... le maté yo. Fue limpio y rápido, sin dolor ni miedo. Solo supo por un instante qué iba a hacerle, y luego terminó. Dejé la nota que él mismo había escrito para explicar que se trataba de un suicidio, junto con el pagaré del príncipe. La policía debe de haberlos escondido. No comprendo cómo ha ocurrido. Teníamos a uno de nuestros hombres haciendo guardia, y debería haberse ocupado de que se declarara que había sido un suicidio y no se echaba la culpa a ningún inocente. —El desconcierto le ensombreció el rostro, así como la desdicha por el miedo y el mal cometido.

Vespasia no podía mirarle.

—Lo intentó —reconoció—, pero llegó demasiado tarde. Encontró el cadáver otra persona que, sabiendo los disturbios que iba a causar, destruyó la nota. Solo que... verás, nunca habría podido pasar por un suicidio porque James Sissons tenía los primeros dedos de la mano derecha inutilizados, y el vigilante nocturno lo sabía. —Por fin Vespasia le miró—. Yo he visto el pagaré, y no era del príncipe. Era una falsificación excelente, diseñada únicamente con el fin con que tú trataste de utilizarlo.

Mario abrió la boca para hablar, luego la cerró. Poco a poco se reflejaron en su rostro la comprensión y el dolor, seguidos de la cólera. No hacía falta que adujera que le habían engañado; ella no lo habría dudado al verle los ojos y la boca, y la congoja que delataban.

A Vespasia le dolía la garganta del esfuerzo por controlarse. Lo amaba tanto que le consumía todo su ser, salvo un pequeño rincón del corazón. Si en esos momentos cedía y se decía que no importaba, que podían desentenderse de todo ese asunto, lo perdería... y, peor aún, se perdería a sí misma.

Parpadeó, con los ojos enrojecidos.

—Hay algo que debo reparar —susurró él—. Adiós, Vespasia. Digo «adiós», pero te llevaré en mi corazón a dondequiera que vaya. —Le cogió la mano y se la acercó a los labios. A continuación se volvió y salió de la habitación sin mirar atrás, dejando que ella se marchara cuando estuviera preparada, cuando pudiera dominarse y volver a encontrarse con el lacayo, el carruaje y el mundo.

Todo el asunto del príncipe Eddy y Annie Crook había quedado grabado en la memoria de Gracie. Imaginaba a una chica cualquiera, en una posición económica no mucho mejor que la que ella misma había tenido en las calles de su niñez, un poco más aseada, mejor hablada tal vez, pero en el fondo esperando únicamente una vida de trabajo y matrimonio, y más trabajo.

Y un buen día le habían presentado a un joven apuesto y tímido. Ella debió de darse cuenta enseguida de que era un caballero, aunque no un príncipe. Él era diferente de los demás, aislado por su sordera y las consecuencias de esta. Cada uno había encontrado algo en el otro, tal vez un compañerismo que no habían conocido en ninguna otra parte. Se habían enamorado.

Sin embargo, era un amor imposible. Nada de lo que hubieran podido imaginar habría logrado igualar el horror de lo que ocurriría después.

Gracie aún no había conseguido borrar el recuerdo de los minutos que había permanecido en Mitre Square, viendo la cara de Remus a la luz de la farola y comprendiendo detrás de quién andaba. Aún se le hacía un nudo en la garganta al pensar en ello, incluso sentada en la acogedora cocina de Keppel Street, bebiendo té a las cuatro de la tarde, tratando de pensar qué verdura preparar para la cena.

Daniel y Jemima habían vuelto a salir con Emily. Esta pasaba mucho tiempo con ellos desde que Pitt se había ido a Spital-fields. Había ganado muchos puntos en la estima de Gracie, pues hasta entonces la había considerado un poco consentida. Como era la hermana de Charlotte, se alegraba de haberse equivocado.

Seguía con la mirada clavada en las hileras de platos azules y blancos del aparador cuando una llamada a la puerta trasera la hizo volver con un sobresalto a la realidad.

Era Tellman. Entró y cerró la puerta tras de sí. Parecía preocupado y cansado. Llevaba el cuello de la camisa tan tirante y limpio como siempre, pero el pelo le caía hacia la frente como si no se hubiera molestado en cepillárselo con cuidado como acostumbraba e hiciera una semana que no pisaba el barbero.

Ella no se molestó en preguntarle si le apetecía un té. Se acercó al aparador, cogió una taza y se lo sirvió.

Tellman se sentó a la mesa frente a ella y bebió un sorbo. Esta vez no había bizcocho, de modo que Gracie no lo mencionó. No sintió la necesidad de romper el silencio.

—He estado pensando —dijo él por fin observándola por encima de su taza.

—¿Sí? —Ella sabía que estaba preocupado; se veía en cada arruga de su rostro, en su manera de sentarse y sostener la taza en la mano, en el tono de su voz. Le explicaría de qué trataba si ella no lo interrumpía ni tanteaba.

—¿Te acuerdas del propietario de esa fábrica al que mataron en Spitalfields, Sissons?

—Sí. Dijeron que era posible que cerraran todas las fábricas, pero luego el príncipe de Gales, lord Randolph Churchill y algunos de sus amigos pusieron suficiente dinero para que siguieran funcionando, hace unas semanas.

—Sí. Corre el rumor de que fue un judío quien lo hizo… Lo mató porque había pedido prestado dinero a varios de ellos y no podía devolverlo.

Ella asintió. No sabía nada de eso.

—Bueno, supongo que tenían previsto que eso ocurriera al mismo tiempo que Remus encontraba las últimas piezas del rompecabezas del asesinato de Whitechapel. Solo que aún no las tiene, porque el asunto de la fábrica de azúcar no ha salido bien. —Continuaba observándola, esperando ver su reacción.

Gracie estaba desconcertada. No estaba segura de si lo que Tellman explicaba tenía sentido.

—He ido a ver al señor Pitt otra vez —añadió él—, pero no estaba. Están insinuando que fue Isaac Karansky, el hombre en cuya casa se aloja, quien mató a Sissons.

—¿Crees que fue él? —preguntó ella imaginando cómo debía de sentirse Pitt y detestando todo el asunto por él. Había visto cómo se venía abajo cuando alguien resultaba ser culpable de un acto atroz.

—No lo sé —reconoció Tellman. Parecía confuso. Había algo más en sus ojos, sombríos y preocupados. Gracie pensó que tal vez estaba asustado, aunque no se trataba de un miedo pasajero, sino de algo profundo y duradero contra lo que no podía luchar.

Esperó de nuevo.

—No es eso. —Él dejó la taza por fin, vacía, y miró a Gracie sin parpadear—. Es Remus. Tengo miedo por él, Gracie. ¿Y si tiene razón y esa historia resulta ser cierta? Esa gente no se lo pensó dos veces antes de matar a cinco mujeres en Whitechapel, por no hablar de lo que hicieron a Annie Crook y a su hija.

—Y al pobre príncipe Eddy —susurró ella—. ¿Crees que murió de muerte natural?

Tellman palideció aún más.

—¡No digas eso, Gracie! ¡No lo pienses siquiera! ¿Me oyes?

—Sí, te oigo. Tú también estás asustado, no lo niegues. —No era una acusación. Le creería necio si no lo estuviera. Necesitaba que tanto ella como él sintieran la proximidad de compartir el miedo—. ¿Estás asustado por Remus? —inquirió.

—No tendrán reparos en matarlo —aseguró él.

—Eso si está en lo cierto —argumentó ella—, pero ¿y si está equivocado? ¿Y si no tuviera nada que ver con el príncipe Eddy y fuera una mera invención del Círculo Interior?

—Seguiría temiendo por él —afirmó Tellman—. Lo utilizarían y se desharían también de él.

—¿Qué vamos a hacer? —se limitó a preguntar ella.

—¡Tú no vas a hacer nada! —respondió él, cortante—. Vas a quedarte en casa con la puerta cerrada. —Se volvió en su silla—. ¡Deberías cerrar con llave la puerta trasera!

—¿A las cuatro de la tarde? —inquirió ella con incredulidad—. ¡No hay nadie aparte de mí! Si tuviera la trascocina cerrada con llave pensarían que tengo algo que esconder.

Él se ruborizó ligeramente y desvió la mirada.

Gracie se sorprendió sonriendo y trató en vano de disimular.

Tellman tenía miedo por ella y eso le volvía sobreprotector. Y ahora se sentía incómodo porque se había delatado.

Él la miró y vio la sonrisa. Por una vez la interpretó correctamente y se sonrojó aún más. Al principio Gracie creyó que era de cólera, pero luego lo miró a los ojos y vio que era de placer. Ella también se había delatado. Bueno… no podían jugar eternamente.

—Entonces ¿qué vamos a hacer? —preguntó ella—. Debemos prevenirle. Si no se lo decimos, no podremos evitarlo. Hemos de intentarlo, ¿no?

—No me hará caso —dijo él con tono cansino—. Cree que anda tras la noticia del siglo. No se rendirá, no importa adónde le conduzca eso. Es un fanático. Lo lleva escrito en la cara.

Gracie recordó la mirada extraviada de Remus.

—También está asustado. Deja que te acompañe. Lo intentaremos juntos.

Tellman parecía indeciso. Las profundas arrugas de su rostro delataban su preocupación. Nadie cuidaba de él. No tenía a nadie más con quien compartir sus temores o el sentimiento de culpabilidad si le ocurría algo a Remus y no había tratado de prevenirle.

Gracie se levantó arrastrando sin querer las patas de la silla en el suelo.

—Te prepararé otro té. ¿Qué tal un plato de repollo y patatas? Tenemos montones de repollos y cebollas. ¿Qué dices?

Él se relajó.

—¿Estás segura?

—¡No! —exclamó ella irritada—. ¡Estoy aquí parada porque no consigo tomar una decisión! ¿Qué crees?

—Te cortarás con esa lengua tan afilada —replicó él.

—Lo siento —se disculpó ella. Lo decía en serio. No sabía por qué se había mostrado tan brusca. Tal vez porque quería hacer mucho más para reconfortarle y cuidarle de lo que él le permitiría.

Ese pensamiento la hizo ruborizarse de pronto, y se dirigió a grandes zancadas a la despensa para coger las verduras. Las trajo y, de espaldas a Tellman, se dedicó a cortarlas y freír las cebollas. Luego añadió el resto de verduras y las removió con suavidad hasta que estuvieron blandas por dentro y doradas por fuera. Las echó en un plato tibio y lo dejó delante de él. A continuación volvió a poner agua a hervir y preparó más té.

Por fin se sentó de nuevo frente a él.

—¿Vamos a buscar a Remus para advertirle de lo serio que es el asunto? Por si está tan empeñado en sacar su noticia que no se ha dado cuenta de quién está arriba.

—Sí —contestó él con la boca llena y tratando de sonreír al mismo tiempo—. Pero yo, tú no.

Gracie contuvo el aliento.

—¡Tú no! —se apresuró a repetir él—. ¡Y no discutas conmigo! Se acabó.

Ella suspiró y no dijo nada.

Tellman se concentró en el plato de repollo y patatas. Estaba caliente y crujiente, y olía a cebolla. No se le ocurrió pensar que Gracie había cedido con demasiada facilidad.

Cuando terminó, le dio las gracias con profunda admiración. Se quedó otros diez minutos y se marchó por la puerta de la trascocina.

Gracie había seguido a Remus con éxito hasta Whitechapel y regresado. Creía que se le daba realmente bien. Cogió el abrigo y el sombrero del perchero de detrás de la puerta y salió tras Tellman. No le caía particularmente bien Lyndon Remus, pero había averiguado algo sobre su persona, lo que le gustaba y lo que no, y visto en él la emoción y el terror. No quería pensar en el periodista herido, al menos no de gravedad. Un pequeño escarmiento no le vendría nada mal, pero no había nada moderado en todo ese asunto.

Por supuesto, seguir a Tellman resultaría mucho más difícil porque la conocía. Por otra parte, él no esperaba que lo siguiera, y ella sabía adónde iba: a las habitaciones de Remus para esperar a que volviera.

Gracie solo llevaba encima un chelín y cinco peniques. No había tenido tiempo de buscar más. Por desgracia tampoco había tenido tiempo de escribir más que una nota apresurada a Charlotte para explicarle adónde iba. Lo había hecho en la despensa, en una bolsa de papel, con el lápiz de la cocina. Su ortografía dejaba que desear, pero como era Charlotte quien le había enseñado a leer y escribir, entendería lo que quería decir.

Tellman bajó a grandes zancadas por Keppel Street en dirección a Tottenham Court Road. Se dirigía a la parada del ómnibus. Eso complicaría bastante las cosas. Si ella subía al mismo ómnibus, él la vería forzosamente. Si esperaba el siguiente, llegaría demasiado tarde. ¡Podía tardar un cuarto de hora!

Sin embargo, sabía dónde estaban las habitaciones de Remus. Tenía muchas posibilidades de llegar allí al mismo tiempo que Tellman si cogía el ferrocarril metropolitano. Valía la pena el riesgo.

Se dio bruscamente la vuelta y echó a correr. Si tenía suerte, funcionaría. Y tendría suficiente dinero.

Se paseó por el andén y, cuando llegó el tren, subió y se sentó nerviosa. En cuanto llegó a su destino, se precipitó hacia la puerta, cruzó el andén y subió por las escaleras.

Había mucho ajetreo en la calle y tardó unos minutos en ubicarse. Tuvo que pedir indicaciones a una vendedora de bollos y volvió a ponerse en camino casi a la carrera.

Al doblar la última esquina chocó de pleno con Tellman, que casi perdió el equilibrio.

Él soltó una maldición con más sentimiento de lo que Gracie le había creído capaz.

—¡Eso es terrible! —exclamó ella sorprendida.

Él se ruborizó. Era tal su vergüenza que le arrebató temporalmente la capacidad de conservar la dignidad y ordenarle que regresara a casa.

Gracie se puso bien el sombrero y le sostuvo la mirada.

—¿Aún no ha llegado?

—No. —Tellman se aclaró la voz—. Aún no.

—¡Pues será mejor que esperemos! —exclamó ella desviando la mirada y adoptando una postura paciente.

Tellman respiró hondo y se preparó para discutir, pero tras la primera palabra comprendió cuán inútil resultaría. Gracie estaba allí, y él no tenía ni la autoridad ni la capacidad para hacerla marchar. En cambio podía hacer de ella una aliada.

Permanecieron uno al lado del otro en la esquina frente al portal de la casa donde se alojaba Remus. Tras cinco minutos de silencio y las miradas de curiosidad de varios transeúntes, Gracie decidió expresar su opinión.

—Si no quieres que llamemos la atención, será mejor que hablemos. Así parece que estemos aquí para hacer alguna maldad. ¡Si estamos callados ni siquiera parecerá que hemos discutido! ¡Nadie está eternamente enfurruñado!

—¡Yo no estoy enfurruñado! —se apresuró a decir él.

—Entonces háblame —repuso ella.

—No puedo hablar… ¡sin más!

—Sí puedes.

—¿Sobre qué? —protestó él.

—Cualquier cosa. Si pudieras viajar a alguna parte del mundo, ¿adónde irías? Si pudieras hablar con alguna figura histórica, ¿a quién escogerías? ¿Qué le dirías?

Él la miró con los ojos como platos.

—¿Y bien? —instó ella—. ¡Y no me mires! Estate atento a ver si aparece Remus, que para eso estamos aquí. ¿A quién te gustaría conocer?

Él volvía a estar colorado.

—¿A quién querrías conocer tú?

—A Florence Nightingale —respondió ella enseguida.

—Sabía que lo dirías —repuso él—. Pero aún no ha muerto.

—No importa. Ya forma parte de la historia. ¿Y a quién te gustaría conocer a ti?

—Al almirante Nelson.

—¿Por qué?

—Porque fue un gran jefe y un gran combatiente. Logró que sus hombres lo apreciaran —contestó él.

Ella sonrió. Se alegraba de que Tellman hubiera dicho eso. A veces era muy revelador saber quiénes eran los héroes de las personas y por qué.

Él la cogió de pronto del brazo.

—¡Ahí está Remus! —exclamó—. ¡Vamos! —Cruzó con ella la calle esquivando el tráfico y llegó a la otra acera en el preciso instante en que Remus salía por la puerta—. ¡Remus! —llamó, deteniéndose justo a tiempo de no tropezar con él.

El periodista se volvió sobresaltado. En cuanto reconoció a Tellman, su rostro se ensombreció.

—No tengo tiempo para hablar —dijo cortante—. Lo siento. —Retrocedió un paso y tras dar la espalda a Tellman empezó a cerrar la puerta.

Este metió un pie en el hueco arrastrando aún a Gracie de la mano, y no porque ella no quisiera seguirlo.

Remus se detuvo, y su expresión cambió para delatar enojo.

—¿No me has oído? No tengo nada más que decir, y menos aún tiempo. ¡Apártate de mi camino!

Tellman se puso rígido como si se dispusiera a resistir un golpe y permaneció donde estaba.

—Si todavía andas tras el asesino de Whitechapel y la noticia de Annie Crook, deberías dejarlo. Es demasiado peligroso para que lo busques tú solo.

—¡Esa noticia es demasiado peligrosa para darla a conocer hasta que tenga las pruebas! —replicó Remus—. ¡Y tú deberías saberlo mejor que nadie! —Se volvió hacia Gracie—. ¿Y quién demonios eres tú?

—Sé en quiénes puedes confiar —dijo Tellman con urgencia—. Habla con ellos. Es lo único que puede protegerte.

Remus tenía los ojos brillantes y en sus labios había una mueca burlona.

—¡Apuesto a que te gustaría que se lo contara a la policía! Empezando por ti, ¿eh? —Soltó una carcajada llena de desdén—. Aparta el pie de mi puerta. Sé lo peligroso que es, y los miembros de la policía son las últimas personas en que confiaría.

Tellman trató en vano de encontrar un argumento.

A Gracie tampoco se le ocurrió ninguno. En la situación de Remus, ella no habría confiado en nadie.

—¡Entonces ten cuidado! —dijo impulsivamente—. Ya sabes lo que han hecho a esas mujeres.

—Por supuesto que lo sé. —Remus sonrió—. Ya tengo cuidado.

—No; no lo tienes —replicó ella escupiendo las palabras—. Te seguí hasta Whitechapel y no te enteraste, y eso que incluso hablé contigo. También te seguí hasta Mitre Square, pero estabas tan absorto en tus pensamientos que ni te diste cuenta.

Remus palideció. La miró fijamente.

—¿Quién eres tú? ¿Por qué ibas a querer seguirme... si es que lo hiciste? —Ahora había miedo en su voz. Tal vez la mención de Mitre Square le había convencido de que decía la verdad.

—No importa quién soy yo —contestó ella—. Si yo puedo seguirte, ellos también pueden. Haz lo que él te dice —añadió señalando a Tellman— y ten cuidado.

—¡Está bien! ¡Tendré cuidado! Ahora largaos —ordenó Remus empujando la puerta para cerrarla.

Tellman aceptó que habían hecho todo cuanto estaba en su mano y se apartó llevándose a Gracie con él.

De pronto se detuvo y la miró con expresión interrogante.

—Está tramando algo —aseguró ella con firmeza—. Está asustado, pero no va a darse por vencido.

—Estoy de acuerdo —murmuró—. Voy a seguirle para intentar protegerlo. Tú vuelve a casa.

—Voy contigo.

—¡De ningún modo!

—Voy a ir contigo o detrás de ti.

—Gracie…

En ese momento la puerta de Remus volvió a abrirse y este salió, miró a izquierda y derecha, luego hacia atrás y, tras llegar al parecer a la conclusión de que se habían marchado, echó a andar. No había tiempo para discutir. Fueron tras él.

Lo siguieron con éxito durante cerca de dos horas, primero hasta Belgravia, donde estuvo unos veinticinco minutos, después al este y al sur del río, y a lo largo del Embankment en dirección a la Torre. Finalmente lo perdieron cuando volvía a encaminarse hacia el este. Empezaba a anochecer.

Tellman soltó una maldición de frustración, pero esta vez se moderó.

—¡Lo ha hecho a propósito! —exclamó furioso—. Sabía dónde estábamos. Debemos de habernos acercado demasiado a él y dejado ver. ¡Estúpido!

—Tal vez sabía que lo seguiríamos. O tal vez no era a nosotros a quienes trataba de despistar. Quizá solo estaba siendo cauteloso, como le hemos aconsejado.

Tellman se detuvo en la acera con el entrecejo fruncido, los labios apretados hasta formar una fina línea, y miró hacia donde habían visto a Remus por última vez.

—El caso es que le hemos perdido. ¡Iba otra vez a Whitechapel!

Comenzaba a anochecer y en el otro extremo de la calle el farolero se apresuraba.

—Nunca le encontraremos con este follón. —Tellman miró alrededor; el tráfico, el estruendo de cascos y ruedas sobre los adoquines, los gritos de los cocheros. Todos trataban de ir lo más deprisa posible. Él y Gracie apenas veían más allá de cincuenta pasos en cualquier dirección en medio de la penumbra y la masa movediza de caballos y personas.

Gracie sentía una amarga decepción. Tenía los pies cansados y un hambre voraz, pero no podía apartar de sí el temor de que Remus no hubiera comprendido el peligro que corría y la convicción de que todavía estaban a tiempo para hacerle entrar en razón.

—Vamos, Gracie —dijo Tellman con suavidad—. Le hemos perdido. Vayamos a comer algo. Y a sentarnos un poco. —Señaló con un gesto una taberna al otro lado de la calle.

La idea de sentarse era aún más tentadora que la de comer. Y en realidad no había nada más que hacer.

—Está bien —accedió ella sin moverse, no porque no quisiera ir, sino por lo exhausta que estaba.

La comida era excelente, y la oportunidad de descansar, una bendición. Gracie disfrutó inmensamente, ya que las veces que habían comido juntos había sido en la cocina de Keppel Street, y ella había preparado la comida. Hablaron de toda clase de cosas, de los primeros años de Tellman en el cuerpo de policía. Él contó sus experiencias, algunas de las cuales eran hasta graciosas, y ella se sorprendió riendo. Nunca se había dado cuenta de que, a su manera, Tellman tenía un agudo sentido de lo absurdo.

—¿Cómo te llamas? —preguntó Gracie de pronto cuando él terminó de explicar una aventura que revelaba bastante de sí mismo.

—¿Cómo dices? —Estaba desconcertado, no muy seguro de a qué se refería ella.

—¿Cómo te llamas? —repitió Gracie. No quería seguir pensando en él como «Tellman». Quería un nombre, el nombre con que lo llamaba su familia.

Él se puso muy colorado y bajó la vista hacia su plato vacío.

—Lo siento —dijo ella con tristeza—. No debería habértelo preguntado.

—Samuel —respondió él enseguida.

A ella le gustó. De hecho le gustó mucho.

—Hummm. Es demasiado bonito para ti. Es un nombre de verdad.

Él levantó rápidamente la mirada.

—¿Te gusta? ¿No te parece que es…?

—Por supuesto que sí —coincidió ella—. Solo quería saberlo, eso es todo. Es hora de volver a casa. —Sin embargo, no hizo además de levantarse.

—Sí —convino él sin moverse tampoco.

—¿Sabes una cosa? —dijo ella pensativa—. Remus cree que ya tiene la respuesta. Sabe la verdad. Lo he visto en su cara. Trataba de disimular para que no nos diéramos cuenta, pero lo sabe todo y va a contar la historia mañana.

Tellman no la contradijo. Se quedó mirándola con una expresión ansiosa.

—Lo sé, pero no tengo ni idea de cómo detenerlo. Explicarle todo el daño que causaría sería inútil. Es su oportunidad para hacerse famoso y no renunciará a ella por nadie.

—Ellos también lo sabrán —comentó Gracie, que sintió cómo volvía a invadirla un miedo frío y malsano. No le agradaba particularmente Remus, pero quería protegerlo—. Apuesto a que ha ido a Whitechapel una vez más antes de hacerlo público... tal vez antes de escribir la última parte de la noticia para los periódicos. Apuesto a que está visitando otra vez esos lugares, Hanbury Street, Buck's Row y demás.

Por la expresión de los ojos de Tellman ella dedujo que le creía. El sargento echó la silla hacia atrás y se levantó.

—Voy allí. Tú coge un coche y vuelve a casa. Te daré dinero. —Empezó a buscar en sus bolsillos.

—¡Ni se te ocurra! —Gracie también se puso en pie—. No pienso dejarte ir solo. No pierdas el tiempo hablando. Pediremos al polizonte que hace la ronda que nos acompañe desde High Street y, si no hay nada, haremos el ridículo. Échame a mí la culpa. —Y sin esperarle se encaminó hacia la puerta.

Tellman la siguió abriéndose paso a empujones entre la gente que entraba y pidiendo disculpas por encima del hombro.

Fuera detuvo al primer coche de punto que pasó y pidió al conductor que los llevara a Whitechapel High Street.

Indicó al cochero que se detuviera al ver al agente de policía, una figura alta y con casco envuelta en la neblina a la luz de una farola.

Bajó de un salto del vehículo y se acercó a él. Gracie se apeó a su vez y lo alcanzó justo cuando explicaba al agente que temían que un informante estuviera en peligro y necesitaban su ayuda.

—Es verdad —corroboró Gracie con ímpetu.

—Gracie Phipps —se apresuró a decir Tellman—. Viene conmigo.

—¿Y dónde está ese informante? —preguntó el agente de policía mirando alrededor.

—En Mitre Square —respondió ella al instante.

—¡Eh! —exclamó el cochero—. ¿Ya no me necesitáis más?

Tellman se acercó a él para pagarle, tras lo cual volvió a reunirse con Gracie y el agente. Echaron a andar por High Street hasta Aldgate Street y giraron en Duke Street. Ninguno de los tres habló, y sus pasos resonaban en la neblina. En esa zona el silencio era mucho más profundo y el espacio entre las farolas, mayor.

Los adoquines estaban resbaladizos. La humedad se introducía en la garganta.

Gracie sentía las mejillas mojadas. Tragó saliva respirando con dificultad. Recordó la cara de Remus tal como la había visto en Mitre Square, encendida de la emoción, con los ojos brillantes.

Pensó en el enorme carruaje negro que había circulado con estruendo por esas calles con algo inimaginablemente perverso y violento en su interior.

Aferró a Tellman del brazo cuando una rata pasó a su lado y alguien se movió junto a la pared. Él no se apartó; de hecho le devolvió el apretón.

Dejaron Duke Street para adentrarse en un callejón junto a la iglesia de Saint Botolph y lo recorrieron casi a tientas a la tenue luz de la linterna del agente hasta llegar a Mitre Square.

Salieron a un espacio vacío, débilmente iluminado por la única farola que había en lo alto de una pared. Allí no había nadie.

Gracie se sintió aturdida del alivio. Le traía sin cuidado que el agente la tomara por tonta o se enfadara con ella, como haría sin duda. Le traía sin cuidado que Tellman —Samuel— también se enfadara.

De repente le oyó contener un sollozo y vio el cuerpo tendido sobre los adoquines al otro lado, con los brazos abiertos.

El agente se precipitó hacia delante casi sin aliento.

—¡No! —exclamó Tellman cogiendo a Gracie del brazo.

Pero ella lo vio a la luz de la linterna. Lyndon Remus yacía donde había yacido Kate Eddowes, con la garganta rajada y las entrañas extraídas y esparcidas sobre un hombro en una especie de espantoso ritual.

Gracie lo miró fijamente un terrible momento más, un momento que quedó grabado para siempre en su memoria. Luego se volvió y ocultó la cabeza en el hombro de Tellman. Sintió cómo él la rodeaba con los brazos y la estrechaba contra su cuerpo como si nunca fuera a soltarla.

La pregunta se repetía en su mente: Remus conocía la verdad y había muerto a causa de ella, pero ¿cuál era esa verdad? ¿Lo había matado el hombre que estaba detrás de los asesinatos de Whitechapel, por haber descubierto que se trataba de una conspiración para ocultar la indiscreción del príncipe Eddy? ¿O había sido el Círculo Interior, porque había averiguado que no era verdad... que Jack el Destripador, el Delantal de Cuero, era un loco solitario, como siempre había creído todo mundo?

Remus se había llevado su secreto a la tumba y nadie se enteraría nunca de lo que había descubierto, fuera lo que fuese.

Gracie se soltó lo justo para echar los brazos al cuello de Tellman; a continuación volvió a apretarse contra su cuerpo, y sintió la mejilla y los labios de él en su pelo.

La casa de Isaac y Leah estaba silenciosa, casi sin vida, sin ellos. Pitt oía sus propios pasos por el pasillo. Hacía mucho estruendo con los cacharros cuando se preparaba la comida en la cocina. Hasta el ruido de la cuchara contra el bol le parecía un alboroto. Mantenía el fogón encendido para cocinar y tener al menos agua caliente, pero se daba cuenta de que era la presencia de Leah la que había transmitido verdadero calor a ese hogar.

Cenó solo y se acostó temprano, sin saber qué más hacer. Seguía despierto en la cama, a oscuras, cuando oyó unos golpes bruscos e imperiosos en la puerta.

Lo primero que pensó fue que había habido más conflictos en la comunidad judía y alguien buscaba la ayuda de Isaac. No había nada que él pudiera hacer, pero al menos abriría la puerta.

Estaba medio vestido y en mitad de las escaleras cuando advirtió cierta autoridad en los golpes, como si la persona tuviera derecho a exigir atención y esperara recibirla. Sin embargo, eran más discretos y menos impacientes de como habrían sido los de la policía, sobre todo los de Harper.

Llegó al pie de la escalera y recorrió los tres pasos que había hasta la puerta. Descorrió el cerrojo y abrió.

Victor Narraway entró directamente y cerró la puerta tras de sí. A la luz de la lámpara de gas del pasillo parecía ojeroso y su abundante cabellera se veía alborotada y húmeda por la neblina.

A Pitt se le encogió el corazón.

—¿Qué pasa? —preguntó dando rienda suelta a la imaginación.

—Acaba de llamarme la policía —respondió Narraway con voz ronca—. Voisey ha pegado un tiro a Mario Corena.

Pitt estaba perplejo. Por un instante la noticia no tuvo mucho sentido para él. No situaba a Corena, y Voisey no era más que un nombre. Sin embargo, la mirada de Narraway indicaba que era de suma importancia.

—Mario Corena era uno de los grandes héroes de las revoluciones que hubo por toda Europa en el cuarenta y ocho —explicó Narraway en voz baja, con una terrible tristeza—. Era uno de los más valientes y generosos.

—¿Qué hacía en Londres? —Pitt seguía desconcertado—. ¿Por qué iba a querer Voisey pegarle un tiro? —Recordó comentarios que habían hecho Charlotte y Vespasia—. ¿No se identifica Voisey con los sentimientos republicanos? Además, Corena es italiano. ¿Por qué iba a importarle a Voisey?

Narraway frunció el entrecejo.

—Corena era más grande que cualquier nación, Pitt. Por encima de todo era un gran hombre, dispuesto a arriesgar todo cuanto tenía luchando para dar una oportunidad a la gente, para que hubiera verdadera justicia y humanidad en todas partes.

—¿Por qué lo mató entonces Voisey?

—Dice que fue en defensa propia. Vístase y venga conmigo. Vamos a averiguar de qué se trata. ¡Deprisa!

Pitt obedeció sin hacer preguntas, y media hora más tarde estaban en un coche de punto que se detenía frente a la elegante casa de Charles Voisey en Cavendish Square. Narraway se apeó, pagó al cochero y precedió a Pitt hasta la puerta principal, que abrió un agente de policía uniformado.

Pitt subió por los escalones y entró inmediatamente detrás de él. En el pasillo había otros dos hombres. Pitt reconoció a un policía cirujano; al otro no lo conocía. Fue el segundo quien habló con Narraway y señaló con un gesto una puerta.

Narraway lanzó una mirada a Pitt, para indicarle que lo siguiera, se acercó a la puerta y la abrió.

Saltaba a la vista que la habitación era un despacho, con un gran escritorio, varias estanterías y dos sillas talladas y tapizadas de cuero. Encendieron la lámpara de gas y la estancia se llenó de luz. En el suelo, como si hubiera estado caminando de la puerta hacia el escritorio, yacía un hombre esbelto de tez morena y pelo oscuro salpicado generosamente de canas. En su mano de huesos delicados había una sortija con una piedra oscura. Su rostro era atractivo, casi hermoso por lo apasionado de su forma y la serenidad de su expresión. Tenía los labios curvados en un esbozo de sonrisa. La muerte le había llegado sin horror ni miedo, como un amigo muy esperado.

Narraway quedó inmóvil, luchando por contener la emoción.

Pitt reconoció al hombre. Se arrodilló y lo tocó. Seguía tibio pero, aparte del orificio de la bala en el pecho y la sangre roja del suelo, no había duda de que estaba muerto.

Se irguió de nuevo y se volvió hacia Narraway. Este tragó saliva y desvió la mirada.

—Vamos a hablar con Voisey. Veamos cómo… explica esto. —Su voz sonó ahogada, pero en ella se filtró la cólera.

Cerró con mucha delicadeza la puerta al salir, como si la habitación se hubiera convertido en una especie de santuario. Recorrió el pasillo hasta donde esperaba el segundo hombre e intercambiaron una mirada de comprensión, tras lo cual este abrió la puerta y Narraway entró, seguido por Pitt.

Era un salón. Charles Voisey estaba sentado en el borde de un gran sofá, con la cara oculta entre las manos. Levantó la mirada cuando Narraway se detuvo ante él. Estaba muy pálido, salvo por las débiles marcas de los dedos en las mejillas.

—¡Se abalanzó sobre mí! —exclamó con voz fuerte y quebrada—. Estaba como loco y llevaba un arma. Traté de hacerle razonar, pero no quiso escucharme. No… no parecía oír nada de lo que yo le decía. ¡Era… un fanático!

—¿Por qué iba a querer matarle? —preguntó Narraway con frialdad.

Voisey tragó saliva.

—Era… era amigo de John Adinett, y sabía que yo también lo había sido. Creía que yo le había traicionado… de algún modo… al no ser capaz de salvarlo. No lo entendía. —Miró a Pitt, luego a Narraway—. Hay lealtades que están por encima de la amistad, por mucho… aprecio que tengas a alguien. Y Adinett tenía muchas cosas buenas… Dios lo sabe.

—Era un gran republicano —dijo Narraway con una mezcla de pasión y sarcasmo que Pitt no supo cómo interpretar.

—Sí… —Voisey vaciló—. En efecto. Pero… —Se interrumpió de nuevo, con incertidumbre en la mirada. Miró a Pitt y por un instante se hizo visible el odio en su cara. Lo enmascaró con rapidez y bajó la vista—. Creía en muchas reformas y luchó por ellas con todo su coraje e inteligencia. Pero yo no podía pasar por alto la ley. Corena se negó a comprenderlo. Había algo… violento… en él. No tuve otra elección. Se arrojó sobre mí como un loco jurando que iba a matarme. Forcejeé, pero no conseguí quitarle el arma. —En sus labios apareció una fugaz sonrisa, más de sorpresa que de humor—. Tenía una fuerza extraordinaria para un hombre de su edad. La pistola se disparó sola. —No añadió más; habría sido innecesario.

Pitt le observó y vio la sangre en la pechera de su camisa, a la altura de la herida de Corena. Podría ser cierto.

—Entiendo —dijo Narraway sombrío—. Así pues, ¿fue en defensa propia?

Voisey arqueó las cejas.

—¡Por supuesto! Dios mío… ¿cree que habría disparado a propósito a ese hombre? —El asombro y la incredulidad eran tan intensos en todo su ser que, a pesar de sus sentimientos, Pitt no pudo evitar creerle.

Narraway dio media vuelta y salió como una exhalación, haciendo que la puerta girara sobre sus goznes.

Pitt miró a Voisey una vez más antes de seguirle.

Narraway se detuvo en el pasillo. Tan pronto como Pitt lo alcanzó, habló en voz muy baja.

—Conoce a lady Vespasia Cumming-Gould, ¿verdad? —Apenas era una pregunta, y ni siquiera esperó una respuesta—. Tal vez no sepa que Corena fue el gran amor de su vida. No me pregunte cómo lo sé; lo sé y eso basta. Debería ser usted quien se lo diga. No deje que lo lea en los periódicos o se entere por alguien que desconoce lo que significa para ella.

Pitt sintió como si hubiera recibido un golpe tan fuerte que le hubiera vaciado los pulmones de aire. En su lugar se instaló un dolor que casi bastó para hacerle gritar.

¡Vespasia!

—Hágalo, por favor —dijo Narraway con tono apremiante—. Que no sea un desconocido quien le dé la noticia. —No suplicó, pero lo hizo con la mirada.

Solo había una respuesta posible. Pitt asintió con un gesto, no confiando en poder hablar, y se encaminó hacia la puerta y la calle silenciosa.

Detuvo el primer coche de punto que pasó y dio la dirección de Vespasia. Durante todo el trayecto permaneció con la mente en blanco. No tenía sentido ensayar cómo iba a comunicar tal noticia.

El vehículo se detuvo y Pitt se apeó. Llamó al timbre y con gran asombro vio que abrían al cabo de unos minutos.

—Buenas noches, señor —susurró el mayordomo—. La señora sigue levantada. Tenga la bondad de pasar y le avisaré de que está usted aquí.

—Gracias. —Pitt estaba desconcertado, como si se sumergiera en una pesadilla. Siguió al mayordomo hasta la sala amarilla y esperó.

No sabía si habían transcurrido un par de minutos o diez cuando se abrió la puerta y entró Vespasia. Llevaba una bata larga de seda blanquinosa, el pelo todavía enroscado sobre la cabeza. Se la veía frágil, mayor, de una belleza casi etérea. Era imposible no pensar en ella como una mujer apasionada que había amado de manera inolvidable un verano en Roma, medio siglo atrás.

Pitt contuvo las lágrimas que acudieron a sus ojos y le hicieron un nudo en la garganta.

—No te preocupes, Thomas —dijo ella tan bajito que él apenas la oyó—. Sé que ha muerto. Me escribió para explicarme lo que se proponía hacer. Fue él quien mató a James Sissons... Creía que eso era lo que Sissons había querido, pero que en el último momento le faltó el valor para ser un héroe. —Hizo una pausa tratando de mantener la compostura—. Eres libre de utilizar esta información para asegurarte de que no culpan a Isaac Karansky por un crimen que no ha cometido... y tal vez que culpen a Charles Voisey, aunque no estoy segura de cómo podrías lograrlo.

Pitt detestaba tener que decírselo, pero no era una mentira que pudiera perdurar.

—Voisey afirma que le disparó en defensa propia. No sé cómo podríamos probar lo contrario.

Vespasia casi sonrió.

—Estoy segura de que así fue —repuso—. Charles Voisey es el jefe del Círculo Interior. Si hubieran tenido éxito en su conspiración para hacer una revolución, se habría convertido en el primer presidente de Inglaterra.

Por un instante, un latido del corazón, Pitt quedó atónito. Luego todo cobró sentido: el descubrimiento que había hecho Martin Fetters del complot, su enfrentamiento con Adinett —probablemente amigo de Voisey y su lugarteniente— y su asesinato porque quería reformas, pero no una revolución. Luego, pese a todo su poder y su lealtad, Voisey no había podido salvar a Adinett. A Pitt no le extrañaba que el juez le odiara y hubiera utilizado toda su influencia para destruirlo.

Y Mario Corena, un hombre movido por un fuego más puro, más inocente, había sido utilizado y engañado para acabar con Sissons. Al darse cuenta por fin de lo ocurrido, había tratado de volverse contra Voisey.

—No lo entiendes, ¿verdad? —susurró Vespasia—. Voisey se había propuesto ser el héroe supremo de toda reforma, el líder de una nueva era… Tal vez inicialmente sus objetivos fueran buenos. Sin duda contaba con el apoyo de hombres buenos. Pero su arrogancia lo llevó a creer que tenía derecho a decidir por el resto de nosotros lo que más nos convenía e imponérnoslo por la fuerza, con o sin nuestro consentimiento.

—Sí, lo sé… —empezó a decir Pitt.

Ella meneó la cabeza, con los ojos llorosos.

—Pero ya no puede hacerlo. Ha matado al héroe republicano más grande del siglo… por encima de cualquier nacionalismo o particularidad de un país.

Él creyó vislumbrar una luz, una estrella lejana.

—Pero fue en defensa propia —dijo despacio.

Vespasia sonrió, y las lágrimas le rodaron por las mejillas.

—Porque descubrió la conspiración para derrocar el trono, inventar esa deuda falsa del príncipe de Gales, asesinar a Sissons y causar disturbios… y cuando Mario se dio cuenta de que lo sabía, lo atacó, de modo que Voisey se vio obligado, cómo no, a disparar. ¡Es un hombre tan valiente! Casi sin ayuda de nadie ha puesto al descubierto una terrible conspiración y dado los nombres de los involucrados, que quedarán por lo menos desacreditados, tal vez incluso sean arrestados. Puede que la reina lo arme caballero… ¿no crees? Debo hablar con Somerset Carlisle para asegurarme de ello. —Acto seguido se volvió y se retiró sin decir una palabra más. No era capaz de contener por más tiempo el dolor y la añoranza que la consumían.

Pitt permaneció inmóvil hasta que dejó de oír sus pasos. Luego se volvió y salió al pasillo. Allí no había nadie más que el mayordomo, quien lo acompañó a la puerta y a la calle iluminada por las farolas.

Casi un mes después Pitt se hallaba al lado de Charlotte en la sala del trono del palacio de Buckingham. Se sentía muy incómodo con su traje nuevo, camisa inmaculada, cuello alto y recto, y botas impecables. Hasta llevaba el pelo bien cortado y arreglado. Charlotte estrenaba vestido, y él nunca la había visto más encantadora.

Con todo, era Vespasia, a unos metros de distancia, quien acaparaba su atención. Lucía un vestido gris y perlas en el cuello y las orejas. El cabello le brillaba plateado, tenía el mentón alzado, el rostro bellísimo, delicado y muy pálido. Se negaba a apoyarse en el brazo de Somerset Carlisle aun cuando este estaba preparado y atento para ayudarla.

Un poco más adelante Charles Voisey hincaba la rodilla mientras otra mujer mayor, baja y regordeta, de mirada penetrante, se movía con cierta torpeza para rozarle el hombro con la espada y ordenarle que se levantara.

—Somos conscientes del gran servicio que nos ha prestado, sir Charles, por el trono y la seguridad y prosperidad ininterrumpidas de nuestro país —dijo con claridad—. Es un placer reconocer ante el mundo entero los actos de generoso coraje y lealtad que ha realizado en privado.

El príncipe de Gales, a unos metros, sonreía con aprobación y gratitud aún más sentida.

—El trono no tiene servidor o aliado más leal —afirmó agradecido.

Siguió una ovación entusiasta del público, compuesto de cortesanos.

Voisey trató de hablar, pero se aturulló, como le ocurriría en el futuro si volviera a levantar la voz a favor de una república.

Victoria, acostumbrada a ver a hombres abrumados en su presencia, lo pasó por alto, como requerían los buenos modales.

Voisey se inclinó y se volvió para marcharse. Mientras lo hacía miró a Pitt con un odio tan intenso, tan profundo, que le tembló el cuerpo entero y se le perló el rostro de sudor.

Charlotte asió a Pitt del brazo hasta clavarle los dedos aún a través de la tela del abrigo.

Voisey miró a Vespasia. Esta le sostuvo la mirada sin parpadear, con la cabeza bien alta, y sonrió con la misma calma apasionada con que había muerto Mario Corena.

Luego dio media vuelta y se marchó para que no viera sus lágrimas.